二見文庫

禁じられた愛のいざない

ダーシー・ワイルド／石原まどか=訳

Lord of the Rakes

by

Darcie Wilde

This edition published by arrangement
with The Berkley Publishing Group,
an imprint of Penguin Publishing Group,
a division of Penguin Random House LLC

謝辞

いつもながらユナイテッド・ライターズ・グループの協力なくしては、本書の執筆はありえませんでした。心より感謝いたします。そして本書の題名を考えてくれたシンディ、厳しいまなざしで物語を推敲してくれたエリカにも、深く感謝いたします。

いつものように、わたしのおとぎの国の王子様であるティムに、本書を捧げます。

禁じられた愛のいざない

登場人物紹介

キャロライン・デラメア	伯爵令嬢
フィリップ・アルマンド・モンカーム	侯爵家の次男
フィオナ・レイバーン	キャロラインの親友
ジェームズ・ウェストブルック	フィオナの婚約者
ジャレット・デラメア	キャロラインの兄。キーンズフォード伯爵
ルイス・バンブリッジ	キャロラインの許婚
ハロルド(ハリー)・レイバーン	フィオナの兄
セオドア・アプトン	事務弁護士
ミセス・フェリディ	キャロラインの侍女で母方の親戚
ユージニア・ウォーリック	フィリップの元愛人
トビアス・モンカーム	フィリップの父親。インスブルック侯爵
オーウェン・モンカーム	フィリップの兄
ジュディス・モンカーム	フィリップの伯母
ギデオン・フィッツシモンズ	フィリップの友人
ミスター・ペニー	ジャレットの事務弁護士
ヘレン・デラメア	キャロラインの母親。故人
カール・ヘレスマン	ヘレンの父親。故人
フレデリック・マクラーレン	ヘレンの元恋人。ジュディスの友人

1

レディ・キャロラインは自分の書斎で、ミセス・フェリデイから渡された手紙にじっと目をこらしていた。青とクリーム色の薄寒い部屋に、凝った装飾の置き時計が時を刻む音と、暖炉で薪がはじける音だけが響いている。炭の塊がごとんと崩れ落ちた。しかしキャロラインは見向きもしなかった。べつだん危険な物音ではない。それより怖いのは、兄の帰宅を知らせる物音だ。だからキャロラインはじっと息をひそめていた。希望の歓声も驚きの叫びも押し殺して。壁に耳ありと言うように、どこで誰が聞き耳を立てているかわからないのだから。昔からあらゆる秘密をのみこんできたこの荘園屋敷だが、すべての秘密が守られてきたわけではない。

キャロラインはこの秘密を、もう何週間も胸に秘めてきた。幾度も目を通した手紙を、さらにもう一度読み返す。

「ばかね、わたしったら」キャロラインは自分につぶやいた。「内容が変わるわけでもないのに」

自身の愚かさをたしなめつつも、ふたたび文面に目をこらす。時計の音と暖炉の薪がはじける音のほかは、室内はしんと静まり返っている。

キャロラインはゆっくりと手紙を置き、立ちあがった。奔放に波打つ豊かな栗色の髪が、ピンからこぼれて耳元でカールしている。彼女は落ちかかる髪を耳にかけて、机に目を落とした。離れて見ると、白紙に文字をびっしりと羅列しているようにしか見えないが、〝信託財産〟、〝配当金〟、〝預金高〟という単語は読み取れた。

キャロラインはふらりと窓辺へ行き、分厚いカーテンを引き寄せた。金色と灰色に冷たくけぶる庭に三月の雨が降り注いでいる。母の愛した薔薇《ばら》たちの根元を覆う麻布の合間に雪が解けずに残っている。

指先で触れる窓ガラスは、肌に染み入るように冷たい。この書斎で、あるいは母の寝室で、いつもこうして窓の外を眺めるのが、キャロラインの習慣のようになっていた。母が不安定な眠りについているときや、押し黙って暗く沈みこんでいるようなときに。

けれども、例の手紙をくれた人物の言うことが本当に確かならば、切ない思いでこうして窓から外を眺める日々はもう終わろうとしている。キャロラインはガラスにてのひらを押しつけた。これまでずっと、父と兄がこしらえた目に見えぬ檻《おり》のなかで暮らすことに、けんめいに慣れようとしてきた。でも今は……これからは……。

ドアの軋《きし》む音がした。「お嬢様?」優しい声が呼びかける。

キャロラインはびくっとしてふり向いた。とっさに机に目をやり、手紙を隠そうと考えたが、声の主は侍女のミセス・フェリデイだとわかり、胸を撫《な》で下ろす。キャロラインはほっとして窓によりかかった――きついコルセットがゆるすかぎりではあるけれど。

「ミセス・フェリデイ、どうしたの？」

「お嬢様、ミス・レイバーンが、たった今こちらに――」

「ねえ、キャロ、すごい知らせがあるのよ！」ミセス・フェリデイが言い終わるより早く、フィオナ・レイバーンが入ってきた。「ほら！　見て！」キャロラインの目の前で左手をひらひらさせる。

例の手紙とフィオナの突然の訪問に驚きのあまりめまいがして、キャロラインにはそれがよく見えなかった。「フィーー！　てっきりロンドンにいるものと思っていたわ」

「そうなのよ、でも見て！」フィオナはキャロラインの鼻先で指をふってみせた。キャロラインはため息をつき、親友の手首を取っておとなしくさせてから、目の前につきつけられたものをじっと見つめた。

美しく手入れされたフィオナの華奢《きゃしゃ》な手の薬指には、光り輝く金の指輪がはめられていた。キャロラインの親指の爪ほどの大きさもあろうかと思われるスクエア・カットのダイヤモンドが、繊細なピンクの輝きを放っている。

キャロラインがぱっと顔を上げて親友の目を見ると、フィオナは得意げにうなずいた。

「結婚を申しこまれたの！　ジェームズが結婚を申しこんでくれたのよ！」

「よかったわね、本当におめでとう！」キャロラインは親友を抱きしめながら涙ぐんだ。しかしその涙は、純然たる喜びからとは言い切れなかった。ミスター・アプトンから届いた例の手紙がもたらした一縷《いちる》の希望と不安な思いは、フィオナのうれしい知らせによっても、消し去れなかった。

「家族以外で知らせたのはあなたが初めてよ」フィオナは身体《からだ》を離すと、キャロラインの肩に手を置いて言った。「花嫁付添人《メイド・オブ・オナー》になってくれるわよね？　あなた以外には考えられないもの」

フィオナの有無を言わさぬ物言いには、思わず笑ってしまう。ロンドンの社交界で一年以上も過ごしているのに、彼女はちっとも変わらない。

「それじゃあ、ダンブリー・ハウスで挙式をするの？」キャロラインはヴェルヴェットのソファに腰かけると、隣に座るようにフィオナを手招きした。「さぞかし素敵で……」

「ダンブリー・ハウス？　いいえ、キャロ。こんな田舎で結婚式なんてできないわ。ジェームズは未来のエディストン男爵なのよ。結婚式は都会でなきゃ。それも盛大にね。もちろん六月よ、それから――」

「都会で結婚式？　ロンドンってこと？」

「まったく、キャロ。あなたのユーモアのセンスにはときどき呆《あき》れてしまうわ。ロンドンに決まっているでしょう」

キャロラインは返事につまった。立てつづけにいろいろありすぎて、頭がいっぱいでなにも考えられない。フィオナは疑わしげに目を細めた。そうするといつもの愛らしく上品な顔が驚くほど賢《さか》しげになる。ごく親しい人々をのぞいて、フィオナの空色の瞳《ひとみ》の奥に強い意志を持ったとても利発な女性が隠れていることを見抜ける人はそういないだろう。「キャロ？なにかあったの？」

ええ、そうなの。言ってしまいたい気持ちが胸をよぎったが、やはり口には出せなかった。今このときも、重厚な正面玄関のドアが開き、大理石の床に乗馬用ブーツの音が響くのではないかと耳を澄ませている。兄のジャレットの帰宅を知らせる音が。

「どうせジャレットは頭ごなしにだめって言うでしょうけど」フィオナが言う。「わたしがあなたをかどわかして、妖《あや》しげな仮面舞踏会であの放蕩《ほうとう》貴公子の腕のなかに投げだすとでも思っているのよ」

「誰ですって？」キャロラインは兄への鬱積《うっせき》した不満をふり払うように問い返した。「なんの貴公子？」

フィオナは一瞬、キャロラインがなにを言っているのかわからないような表情になったが、すぐに田舎暮らしの親友が社交界のゴシップにまるで疎いことを思い出した。「ああ、ごめんなさい。流行のジョークなのよ。今、社交界で評判のフィリップ・モンカームという有名な遊び人がいてね。年配のご婦人たちは、彼のことを若い娘を襲う恐ろしいモンスターのように噂《うわさ》しているの。社交界にデビューしたてのお嬢さん方、慎み深くしていないと、あの放蕩貴公子に取って食われてしまいますよって」

「それで効き目があるの?」

「わたしの知るかぎりでは全然。ところで、キャロ、話が脱線してしまったけど、わたしが言いたいのは、あなたに花嫁付添人になってほしいということ。そのために、あなたも一緒にロンドンに来られるようジャレットを説得しに来たわけなのよ」フィオナはそう言ってすっくと立ちあがった。まさしく〝英国の薔薇〟の見本のような、可憐《かれん》なブロンド美人のフィオナは、せいぜい一五〇センチほどの背丈しかない。いっぽうのキャロラインは父に似て背が高く、豊満なスタイルと栗色の髪は母ゆずりだ。小柄で愛らしいフィオナの隣に立つと、いつもウドの大木になったような気がする。「あなたも一緒にロンドンに行かせてほしいって、ジャレットに直談判《じかだんぱん》するわ」フィオナは言った。「もしわたしが失敗しても、うちの母と父があとから説得に来てくれるから大丈夫よ」

キャロラインは裕福な伯爵家の令嬢でありながら、これまで一度もロンドンへ行ったことがない。その代わりに、母が語ってくれる舞踏会やおしゃれな店や劇場の思い出をおとぎ話のように聞いて育った。子供の頃の楽しい遊びは、母が考えだした〝お出かけごっこ〟だ。ふたりで屋敷のなかをロンドンの町並みに見立ててそぞろ歩き、冷たくがらんとした室内は、母がキーンズフォード伯爵に嫁ぐ前に親しくしていた貴婦人たちが笑いさざめく舞踏会の広間になる。けれども母はずっと病気がちで、父の厳しい言いつけにより、実際にロンドンへ行かせてもらったことは一度もない。今は兄のジャレットが爵位を継ぎ、父の厳格な言いつけを忠実に守っている。兄が認めるミセス・レイバーンや付き添いの婦人が同席する場合にかぎって、たまに近隣の田舎屋敷のパーティーへ行くことをゆるしてもらえた。ほかに社交と呼べるのは、兄のお伴で趣味のアーチェリーや狩猟の集まりに出かけるくらいだ。それ以外のときは、キーンズフォード館とその領地がキャロラインにとっての世界のすべてだった。

少なくともそれが父の遺志であり、今はジャレットがその掟《おきて》を厳格に守っている。彼女宛《あて》の手紙に兄が目を通しているところを目撃したわけではないが、そうしていたとしても不思議ではないとキャロラインは思っている。今日の朝食の席で、いろいろと鋭い質問をしてきた様子からも、妹がなにか隠しごとをしているらしいと勘づいているようだ。わたしがお金のことを知っていると兄が疑っているとしたら……兄はどうするだろう？　わたしをここに閉じこめておくために、どんな方法を考えてくるかしら？

この数日、頭のなかで何度も同じ問答を繰り返してきた。兄はどうするだろう？　でもミスター・アプトンの言葉が正しいとしたら、ジャレットはどうすることもできないはず。

「キャロ、本当に熱でもあるんじゃない？　いったいどうしたの？」

キャロラインは親友の心配そうな瞳を見つめ返した。なにから話せばいいのやら。キャロラインは親友の手をぎゅっと握ると、机のほうへ歩いていった。最近来た二通の手紙を取りだして見つめる。もしここに書かれていることが真実なら、この内容が本当に信頼できるものならば……。

「キャロ」フィオナがささやきかける。「お願いよ、わたしたち親友でしょう。困ったことがあるなら、どうか話して」

「困ったことはなにもないわ」キャロラインは答えた。「むしろ、これですべての悩みが解決するかもしれない」

キャロラインは最初に来た手紙をフィオナに渡した。文面に目を通す親友の横で、わざわざのぞきこむ必要はなかった。この一週間で内容はすっかり暗記している。いや、手紙をもらった最初の日に一語一句覚えてしまったほどだ。

拝啓　レディ・キャロライン

本日、お誕生日を迎えられ、成人となられました折に、このお手紙をさしあげますことをおゆるしください。成人に達せられましたあなた様は、お母上様が堅実に遺《のこ》されました信託財産の正式な所有者となり……。

フィオナは手紙から目を上げた。「信託財産？　お母様があなたに信託財産を遺していたの？　キャロ、そんな話、一度もしてくれなかったじゃない！」

「わたしも知らなかったの」キャロラインは弱々しく答えた。「あの人たち……父やジャレットは知っていたのかもしれないけど、わたしには教えてくれなかった」母が亡くなって遺言が読まれるとき、未成年のキャロラインは同席させてもらえなかった。存命中の父親と兄がいるのだから、未成年の娘に金の話などしないのは、まあ当然と言えただろう。その後、爵位を継いだジャレットは、父がしていたように、屋敷に届いた郵便物をすべて受け取り、キャロラインやほかの使用人たち宛のものをより分けていた。そのときに、故意に彼女宛の手紙を渡さないようにしていたのではないか、とキャロラインは疑っている。

フィオナは口に手をあて、手紙の続きを読んだ。

配当金の支払いに関して、ご質問やご意向などございましたら、なんなりと以下に記します住所にご連絡いただけましたら、可能なかぎりのことをお答えいたします。とくにご指示がございませんでしたので、ロンドン銀行のあなた様名義の口座に、年四回配当金がふりこまれることになっております。

ご連絡をお待ち申しあげております。重ねて成人のお誕生日を迎えられましたことをお祝い申しあげます。ご信頼にお応《こた》えして、誠心誠意、力を尽くす所存でございます。

敬具

セオドア・アプトン

デイヴィス、アプトン、フォーサイス&クレーン信託会社

「すごいじゃない、キャロ……」フィオナはゆっくりと手紙を下ろし、キャロラインを見つめた。「本当にこんな財産を継いだの？」

キャロラインは手紙の束のなかから、フィオナが来るほんの一時間前に届いた手紙を無言でさしだした。

拝啓　レディ・キャロライン

ご連絡をいただき、まことにありがとうございます。お母上様とは残念ながらご生前に信託金の詳細についてご相談することができませんでしたが、亡きお母上様のためにも、今後とも最善を尽くしてまいります。

基本的には現況は以下のとおりでございます。信託金は、お母上様のお父上様、カール・ヘレスマン様がご購入されました土地の賃貸料を積み立てております。ご所有の土地はロンドンの中心部にあり、現在は瀟洒《しょうしゃ》な邸宅が立ち並ぶ高級住宅街として、非常に地価が高騰しております。これらの地代を積み立てた信託金の受取人が、お母

上様のお名前になっておりました。五年前にお母上様は、あなた様を唯一の相続人兼受取人とする遺言状を作成なさり、わが社にお預けになられました。

ご質問の件についてですが、わたくしが綿密に調べましたところ、信託金が婚姻関係によって先代のキーンズフォード伯爵の所有になることはありえないとわかりました。したがってお母上様には、ご自身で相続人を選ぶ法的な権利があり、あなた様は法的に正当な受取人として認められているわけでございます。

ご質問に対して、明確な答えとなれば幸いです。ほかにもご質問がございましたら、なんなりとお寄せください。

敬具

セオドア・アプトン

デイヴィス、アプトン、フォーサイス＆クレーン信託会社

フィオナは手紙を読み終えると、おもむろにキャロラインの顔を見た。

「あなたは女相続人なのね」ため息をついて言う。「ロンドンに所有している土地の賃貸料が毎年入ってくるなんて！　きっと何千ポンドにもなるわ！」

「年に一万ポンドだそうよ（当時の一ポンドが二万～三万円と想定した場合、一万ポンドは二億～三億円か）」キャロラインが答えると、フィオナは驚きに息をのんだ。「金額をきいてみたの。ああ、フィー。夢みたいで、怖いく

らいよ。自分でもどうしていいかわからないの。とても信じられなくて……」

「信じるのはあとでいいわ。まずは行動するのみよ。で、どうするつもり？」

キャロラインはフィオナから手紙を受け取った。「ここに居つづける気がないのは確かよ」

手紙を三つ折りにしながら言う。「わたしの母は静養のためと称してここに幽閉されていた。その結果がどうなったかを、わたしはこの目で見てきた」

「わかっているわ、キャロ」

キャロラインはドアのほうに目を走らせた。今、階下から男性の足音がしなかった？　確信は持てない。不安にざわつく胸を必死に静めようとした。わたしはもう自立した女性なのだから。いつまでもびくびくと怖がってはいられないわ。母が教えてくれたように、本物のレディとして気品と威厳をもって世間に向きあわなくては。

「これがどういう意味かわかる、フィー？　わたしはここを出ていけるのよ。いつでも好きなときに。わたしは自由の身になったの」初めて口に出して宣言した〝自由〟という言葉は、とても素晴らしい響きで、舌に心地よかった。

「そうね、でも……」

「でも、なに？」沈黙を破った今、ついに自由になったという実感がキャロラインの胸に大輪の花のように広がった。母が亡くなって以来、孤独のなかでどんなに自由を夢見たことだろう。けれどもこの牢獄《ろうごく》を抜け出せる望みは一縷もなかった。自由になるにはある程度のお金がどうしても必要だ。そのお金が今、手に入ったのだ。しかも望みをはるかに上まわる大金が。

「ジャレットはキーンズフォード伯爵よ」フィオナは自信なさげに言った。「あなたがどれほど莫大《ばくだい》なお金を相続したとしても、その気になればいくらでもあなたのじゃまをできるんじゃないかしら」

「それなら兄の力の及ばないところへ行くわ」キーンズフォード館の扉は今や大きく開け放たれ、世界じゅうどこへでも自由に行けるのだから。「ヨーロッパ大陸に行こうかしら。ヴェニス、スイス、フィレンツェ。ああ、フィー！　わたし、ずっとフィレンツェへ行ってみたかったの。それからもちろんパリにも！」

「でもひとりで行くわけにはいかないわ、キャロ」フィオナは現実的な口調でさとした。

キャロラインは手をふって親友の心配を打ち消した。「ミセス・フェリデイがいるもの。いつでもお伴しますって言ってくれているわ」実際、ミスター・アプトンへの返事の手紙を、隣村の郵便馬車の停車場まで届けてくれているのはミセス・フェリデイだ。「あの人は母のまたいとこなの。だから礼儀作法にはちゃんとかなっているでしょう」

「それくらいでは足りないわ、キャロ。ロンドン社交界の貴婦人たちの新入りいじめは、それは恐ろしいんだから」

「だってロンドンで暮らすわけじゃないのよ」キャロラインは親友に思い出させた。「あなたの結婚式がすんだら、すぐにパリへ渡って、そこからいろいろ巡るの」ほんの少し前までは淡い希望でしかなかったことが、みるみる現実的な計画になりはじめてきた。「ジャレットも、ゴシップ好きのご婦人方もいないところに行けばいいわ。誰もわたしを知らない、誰も気にかけない異国へ。お金はたっぷりあるのだから、わたしはなんでも好きなことができる。なんにでもなれる」キャロラインの目に熱い涙がこみあげてきた。「ああ、フィー、昔母が言っていたの。わたしが得られなかった自由をいつかあなたにあげるって。どういう方法かは教えてくれなかった。当時は話すわけにいかなかったのよ。そしてわたしが理解できる年齢になる頃には、もうまともに話せないほど母の病気は悪化していたわ」

フィオナは賛成しかねるように、心配そうな表情で聞いていたが、生来の闊達《かったつ》な気性が頭をもたげてきたらしく、やがて満面の笑みを浮かべた。キャロラインも思わずにっこりと微笑《ほほえ》み返した。「キャロ、これはすごいことよ！　ねえ、わたしたち、一緒にロンドンに行けるのよ。みんなにあなたを紹介するわ。パーティーや舞踏会に出かけて、結婚も夢ではない……」

「それはないわ」キャロラインはきっぱりと否定した。

「え？」

「わたしは結婚しない。この気持ちは絶対に変わらないわ」キャロラインは何年も前に固く決心していた。爵位のある男性と愛のない結婚をしたせいで、心を病み、やつれていく母を見てきたからでもあり、田舎の上流階級のパーティーで、婦人たちが自分の娘や息子のことを競りにかける馬みたいに話すのを長年聞いてきて、うんざりしていたからでもある。ジャレットが友人をディナーに招待するようになって、キャロラインの結婚への拒否感はさらに強固なものとなった。その友人たちが招ばれた目的は、ジャレットが購入した新しい猟銃を品定めするためだけでないことは明らかだった。

「だけど財産もあって、自由に都会で暮らせるのなら……」フィオナが言うと、キャロラインはかぶりを振った。

「結婚したら、夫の庇護《ひご》下に入るわけでしょう。そんなのはいやよ。フィー、わたしはもう決めたの。二度と、誰の支配も受けないって」

「でも……一生愛を知らずに生きていくなんて悲しすぎるわ、キャロ。恋さえもしないつもりなの？」

キャロラインは心配そうな親友の目を力強く見つめ返した。「恋愛しないなんて、言った覚えはないけど？」

「どういう意味？」

「結婚しないなら、純潔を守る必要もないわけでしょう？」世間から見れば、行き遅れのうぶな令嬢かもしれないが、心も純真無垢《むく》とはかぎらない。屋敷に宿泊している紳士たちが夜中に廊下を忍び歩くわけも、彼らの妻ではない婦人がこっそりドアを開けて迎え入れるわけもちゃんと知っている。厳しいお目付役のいない若い娘を、若者や大人の男性が誘惑する場面も、何度か目にしている。もし父も兄もいなくて、夜中に男性が忍んできたら、わたしはドアを開けるだろうか、とよく夢想したものだ。

けれどもこれには、いくら積極的なフィオナも、さすがに共感しかねるようだった。

「キャロ、あなた、頭がどうかしてしまったんじゃない？」

「いいえ、まったくもって冷静よ。わたしは自由の身になったの。完全に、完璧にね。その自由を心ゆくまで満喫してどこがいけないの？」ドアを開けるのも、誘いに応じるのも、すべてはわたしの自由……。

「まあ、いいわ、キャロ。あなたが興奮するのも無理はないもの。見逃してあげる」一瞬、フィオナは小言を言うときの彼女の母親そっくりに見えた。けれどもそれを言ったら火に油を注ぐことになるので、キャロラインは黙っていた。「でも落ち着いて考えたら、自分が言ったことの意味がわかるはずよ。そういう女性がどんなふうに言われるか知ってる？〝大胆〟っていうのは最も上品な表現よね」

フィオナが善意で忠告してくれているのはわかっている。だが今はそんなことで議論している場合ではない。「ごめんなさい、フィー。せっかくのあなたの幸せな気分を台無しにしてしまって。でも、あなたの花嫁付添人になれるのよ！　それにはあなたの助けが必要だわ。ロンドンに家を借りなきゃ。ミセス・フェリデイは都会の事情に疎いし。それから、例の手紙をくれたミスター・アプトンという人が、わたしの財務相談人になるわけだけど、会ったこともないし、彼の判断を信頼していいかどうかもわからない。家を探す手伝いをしてくれるでしょう？」

「もちろん、わたしにできることなら、なんでもするわ。うちの父や母もね。それからハリーも……」

「だめよ、フィー。ほかの人にはまだ言わないで」

「どうして？　みんな喜んで手を貸してくれるわよ」

「わかってる。でも、ほら……皆さんすごくいい人でしょう。だから、わたしとジャレットを仲違《なかたが》いさせまいとすると思うの。それで、善意からにせよ、計画に支障が……」

フィオナはまじめな顔でうなずいた。「たしかにそのとおりね、キャロ。わかったわ、あなたが望むなら、誰にも言わない」

「ええ、今だけはお願い。すべてがうまくいけば、じゅうぶん結婚式に間に合うようにロンドンに行ける。あなたが新婚旅行に出かけたら、わたしもヨーロッパ大陸へ渡り、ジャレットだろうと誰だろうと、二度と恐れずにすむわ」

しかしフィオナはまだためらっている様子だった。「でも、無謀なことはしないでね。この状況に慣れるまでよく考えて。財産と自由とロンドンという組み合わせは、ものすごく強烈よ」

いつになく慎重なフィオナの態度に、キャロラインは思いがけず深く傷ついた。「フィー、あなたがジャレットの肩を持つなんて、思ってもみなかったわ」

「もう一度そんなことを言ったら、本気で怒るわよ、キャロライン。わたしはロンドン社交界で三シーズンを過ごしたのよ。都会の雰囲気に酔って舞いあがってしまう女の子を何人も見てきたわ。自由を満喫するのはいいけれど、慎重になるべきだって言ってるの」

「さもないと、あなたがさっきからずっと話している例の放蕩貴公子とやらの罠《わな》に落ちてしまうから？」

「ずっと話しているだなんて」フィオナは憤慨して言い返した。「一度、名前を口にしただけじゃない。でもそのとおりよ、キャロライン、あの放蕩貴公子みたいな人にたぶらかされて――」

そのときフィオナの言葉をさえぎるように、廊下に重々しい足音が響き、いかめしくドアを叩《たた》く音がした。キャロラインは素早く立ちあがると、フィオナの手に手紙を押しつけた。わずかに一拍遅れてドアが開き、キーンズフォード伯爵ジャレット・デラメアが室内に入ってきた。

2

ジャレットは雄鶏《おんどり》にそっくりだと、キャロラインは昔から思っている。鋭いくちばしを振り立て、がりがりにやせて、始終かんしゃくを起こしている。今みたいに唇の薄い口を開けていると、ますます雄鶏そのものだ。いつものごとくなんの許しも得ずに妹の部屋にいきなり入ってきたところ、フィオナ・レイバーンがソファに座っているのに気づき、ぎくりとしたようだ。

フィオナはいかにもお嬢様らしい無邪気な様子でしとやかに立ちあがり、お辞儀をした。「ごきげんよう、ジャレット。それとも伯爵様とお呼びしたほうがよろしいかしら？」

ジャレットは口をぴたりと閉じ、お辞儀を返した。「ミス・レイバーン」冷ややかにあいさつをする。「あなたがいらっしゃるとは、聞いていなかったもので」伝え忘れたことを責めるように、キャロラインを無言でにらみつける。「今夜のディナーにルイス・バンブリッジを招いたと、キャロラインに知らせに来たのです」

「わかりました、ジャレット」キャロラインは答えた。「料理人に伝えておきます」自分でも冷静な声が出せたことに驚いた。許しも得ずにずかずかと部屋に入られ、親友との大事な話のじゃまをされたばかりか、あのいけ好かないミスター・バンブリッジとディナーをともにしなければならないと知らされ、内心が煮えくり返っているというのに。

でも、どうってことはないんじゃない？　念願叶《かな》ってここから逃げだせるのだもの、これぐらいの我慢はなんでもないわ。

「まだロンドンにいらっしゃるものと思っていましたよ」ジャレットはフィオナに言った。

「今しがた、戻ってきたばかりですの」

「フィオナは婚約したんですって、ジャレット」キャロラインは口を挟んだ。「未来のエディストン男爵と」

「それはそれは」ジャレットは皮肉たっぷりな口調で言った。「玉の輿《こし》ですな、ミス・レイバーン？　ご両親はさぞお喜びでしょう」

「ふつうはまず、おめでとう、お幸せにって言うものじゃないかしら」黙っているべきだとわかっていながら、キャロラインはつぶやかずにいられなかった。さっきまで、ジャレットを怒らせるようなことは言わないでとフィオナに頼んでいたものの、大金持ちだが貴族ではないことでまたしても親友がけなされるのを目の当たりにして、とうてい黙ってなどいられなかった。

キャロラインは深呼吸して怒りを静めようとした。落ち着いて、このチャンスをふいにしてはだめ。フィオナの結婚式は、長年の叶わぬ夢だった逃避行の、またとない口実なのだから。ジャレットが式への出席を認めてくれれば、まっすぐロンドンに行き、必要な手配をすべて整えることができる。「フィオナは、結婚式でわたしに花嫁付添人になってほしいと頼みに来たの」

ジャレットはフィオナに視線を向けた。「では、ダンブリー・ハウスで式を挙げるということかね？」

今度はフィオナが答えた。「いいえ。ロンドンです」

「問題外だ」ジャレットは即座に否定した。「キャロラインがすでにお断りしたものと思うが」そう言い捨てると、ジャレットは背中を向けた。

「お願いです、キーンズフォード伯爵様」フィオナはかすかな皮肉をにじませて、ジャレットに爵位で呼びかけた。「わたしの結婚式ですし、わたしたち一家とは長いつきあいではありませんか。今回かぎりは例外を認めていただけないでしょうか？」

「お断りする。話はこれでおしまいだ」ジャレットはふり返りもせずに言った。

「ジャレット」キャロラインはけんめいに冷静な声を保とうとした。「わたしの親友の結婚式なのよ。フィオナのご家族と一緒にロンドンのお宅に滞在させてもらうのだから、保護者もついているのだし。反対する理由はなにもないでしょう」息継ぎをして、またつづける。「お兄様も一緒に来ればいいじゃない。それならご自分で監督できるでしょう」

ジャレットは怒りもあらわにふり向いたが、怒鳴りはしなかった。ロンドンよりも毛嫌いするものがあるとしたら、人前で見苦しい醜態をさらすことなのだ。

「ふたりだけにしてもらえないかな、ミス・レイバーン。妹と話したいことがあるので」

「お断りします」フィオナも同じく冷静に答えた。「キャロラインがわたしの結婚式に出席できない正当な理由があるのなら、直接わたしに言ってください」

「いいのよ、フィー」キャロラインは言った。「わたしとジャレットで話をするわ」もとをたどれば、兄と妹の確執が原因なのだから。

フィオナはうなずくと、書斎の隣部屋へつづくドアから出ていった。キーンズフォード館は古い様式で建てられており、書斎と寝室がつながっているのだ。

ドアが閉まると、キャロラインは兄に向き直った。ジャレットはいらだって砂色の髪をかきむしり、ますますとさかをふり立てるかんしゃく持ちの雄鶏そっくりに見えた。

「これでふたりきりになったわ、ジャレット」隣室でフィオナは壁に耳を押しつけているに違いないと思いつつ、キャロラインは言った。「もう一度うかがうけれど、なぜフィオナの結婚式に出席してはいけないの?」

「おまえはロンドンの毒気に耐えられるほどの気質も常識も、持ちあわせていないからだ。精神的にも大混乱をきたすだろうし、財産や身分が目当ての輩《やから》のえじきにされるのは目に見えている」ジャレットはもう何千回も口にしてきたかのように、疲れた怒りをにじませて答えた。実際にそうなのだが。「わたしは父上のいまわの際に誓ったんだ。父上が母上を庇護しつづけたように、妹であるおまえの身の安全を守ると。その誓いを破るわけにはいかない」

「ジャレット、お願いよ。どうか行かせて。フィオナがわたしを……放蕩貴公子に紹介するとか、そんなことはありえないのだから。フィオナのお母様が──」

「あのご婦人は節度に欠けている。娘も同様だがな」ジャレットは冷たく言い捨てた。「フィリップ・モンカームのようなろくでなしを知っていることが、その証拠じゃないか」

お兄様は、なぜわたしがあだなで呼んだ人物の名前をご存じなの？　キャロラインはいぶかりつつも、口には出さなかった。今は話の本題に集中しなければ。「お忘れかもしれないけれど、わたしはもう成人に達したわ。どこへ行こうと、自分で選択できる。こうして承認を求めているのは、兄であり……保護者であるあなたに敬意を払ってのことよ」当然ながらジャレットは、自分を妹の保護者と考えている。しかしその言葉は、キャロラインには舌を焦がすほど忌まわしく感じられた。

だが、妹が示した精一杯の敬意にも、ジャレットの頑《かたく》なさは少しもゆるがなかった。「たしかにどこへ行こうとおまえの自由だが、わたしが金を渡さなければおまえは無一文だということを忘れるな。ここを出ていくなら、今着ているその服以外は一切なにも持たせないぞ」ジャレットはそう言うと、キャロラインを威圧するように進みでて、彼女の目の前に立った。

一瞬、キャロラインは怒鳴り返し、鼻先で手紙をふりかざして、兄の大嫌いな醜態を演じてやろうかと思ったが、今度もぐっとこらえた。いろいろあっても、やはりジャレットはたったひとりの兄なのだし、もっと良好な関係を築けたらどんなにいいだろうと思う。キャロラインは子供の頃の兄を思い出そうとした。泥にはまった子犬のトビーを、引っ張りあげてくれたことがあったっけ。わたしが本をなくしてしまったときも、父が気づく前に探してくれた。なかでも一番感謝している思い出は、フィオナとふたりで郵便馬車の停車場まで出かけ、禁断のフランス小説を受け取ったことを兄は知っていたにもかかわらず、父に叱《しか》られそうになったとき、村の慈善活動に参加していたとキャロラインが言いわけするのを、かばってくれたことだ。

「ジャレット、お願い。わたしにとって、とても大事なことなの」

つかのま、ジャレットの厳しいまなざしの奥で思い出が揺らめくのが見え、キャロラインは希望を抱いた。しかし懐かしい光はすぐに消えてしまい、兄はさらに進みでて、ほんの数センチの距離に威圧的に立ちはだかった。今朝はひげを剃《そ》っていないようで、鋭く突きだした顎《あご》の無精ひげ《ひげ》が陽射しにきらめいている。

「無駄な言い争いはよそうじゃないか、キャロライン。こうなることを互いに望んだわけではないが、わたしは父と交わした約束を守らなければならない。おまえが未婚の妹であるからには、兄のわたしが監督するべき立場にあるのだ」

そらきた。最後通告。少なくとも今までは、いつもこれで話は終わりだった。

「自立できない未成年のわたしをお兄様が監督するのはわかるけれど」キャロラインは言った。「その状況は四年前に変わったはずよ。お母様が亡くなり、わたしに信託財産を遺してくれたときに」

強烈な感情にとらわれると、ジャレットはいつも顔色を失う。キャロラインの爆弾発言に、兄は髪の生え際からシンプルな黒のクラヴァット（男性が首に巻いたスカーフ状の装飾。ネクタイの原形）を巻いた首元まで文字どおり蒼白《そうはく》になった。

「誰からそれを聞いた？」ジャレットは問いつめた。「誰だ？」

ジャレットが父と結託して遺産の話を故意に秘密にしていたのでは、という疑念を少しでも否定してくれるのではないかと期待していたが、見事に裏切られた。「やっぱりそうだったのね。わたしをだましていたんだわ」キャロラインはうわずる声を止められなかった。

「なんの呵責《かしやく》もなくわたしに嘘《うそ》をついて、この先もずっとここに閉じこめておくつもりだったのね。お父様がお母様を幽閉していたように」

「母上はロンドンの華やかな生活をおとぎ話に仕立てて、おまえの目をくらませ、贅沢《ぜいたく》やおしゃれに憧《あこが》れる気持ちを助長させた。母上がいろいろと吹きこんだせいで、そういうおかしな考えを持つようになったのだろう！」

キャロラインは身震いするほど激しい憤りを覚えた。唇を開いたものの、わめき散らしたいのか、泣きたいのかわからなかった。

〝本物のレディは決して殿方に胸の内を悟らせないものよ〟母の言葉が絶妙なタイミングで頭のなかによみがえった。〝どんなに心が波立っていても、真のレディは冷静さと勇気をもって世間と向きあうの〟キャロラインは毅然《きぜん》として背筋を伸ばし、ジャレットの怒りに翳《かげ》る目をまっすぐに見つめ返した。

「あなたがわたしをどう思おうと、わたしがなにを考えていようと、そんなことはもうどうでもいいわ、ジャレット。わたしは年に一万ポンドの収入がある。一カ月前に成人に達し、そのお金を好きなように使う権利を持っているんですもの」

「その財産はおまえのものじゃない」ジャレットは苦々しげに歯がみして言った。「妻の所有物は夫のものになると法律で決められているはずだ。おまえが言うその地代は正式に父上のものであり、今はわたしのものだ」

「それなら法廷で決着をつけましょう」不思議なほど冷静な声を出せたことにキャロラインは驚いた。「法のもとで、公の判断を仰げばいいわ。新聞に載れば、キーンズフォード伯爵が妹に財産を渡すまいとして訴訟を起こしたと評判になるでしょうね」

ジャレットは妹に平手打ちを食らわせられたかのように怯《ひる》んだ。ささやかな勝利に勝ち誇ってもいいはずが、キャロラインは疲れしか感じなかった。

「ならば、身の破滅を招く手段を手に入れたわけだから、好きなように転落の道を歩むがいいさ」確信に満ちたジャレットのやんわりとした皮肉は、怒鳴りつけられるよりよほど神経にこたえる。「だが、おまえが伯爵家の名を汚すのを、わたしが黙って見ていると思うなよ。家名を守るという務めを、少なくともわたしは忘れるわけにはいかない」ジャレットは背中を向けて、出ていこうとした。

そのまま行かせればいいじゃない。キャロラインは内心で葛藤した。レディらしく落ち着いて毅然としていればいいのよ。部屋を出ていきたいなら、そうさせてやりなさい。けれどもキャロラインは兄を引き止めずにはいられなかった。

「ジャレット、こんなふうにけんか別れをして出発するのは気が進まないわ」目頭を熱い涙が刺し、キャロラインは残りの言葉をのみこんだ。

ジャレットはすかさず言った。「こんなふうに出かけるのはいやだと？　ならば行くな。ロンドンなんぞに行って、世間知らずの箱入り娘が大金を持ってふらついていたら、ろくな目に遭わないぞ。金も評判も男に奪われて、さらし者になるのがおちだ」一瞬、キャロラインは兄の目に本心から妹の身を案じる思いを見た気がした。彼は久しく見せたことのない兄らしい愛情のこもったしぐさで妹の手を包んだ。「頼む、キャロ。行かないでくれ。おまえを安全に見守らせてほしい」

「それはおとなしく言いなりになれということ？」

ジャレットはさっと手を引いた。一瞬前までの兄らしい気遣いは、硬い怒りの幕に隠された。

それを見て、キャロラインの迷いは消え去った。兄が少しでも気にかけてくれていると期待した自分が愚かだった。「ここを出ていくわ、ジャレット。わたしを止めることはできないはずよ」

「おまえを止めることはできない、今はまだな」ジャレットはそう言い捨てると、部屋を出ていった。

キャロラインは恐怖と反抗心に胸を昂《たかぶ》らせて、その場に立ちつくしていた。寝室の側のドアからフィオナが入ってくる物音がしたが、ふり返って見もしなかった。

「今も、今後も絶対によ」キャロラインは閉じたドアに向かって、ジャレットに、フィオナに、そして世界全体に向けて宣言するように言った。「わたしは二度と誰の支配も受けないわ、お兄様にも、社交界にも、夫にも。噂の放蕩貴公子だろうと、ほかの誰だろうと。わたしはレディ・キャロライン・デラメア。どこへ行くか、誰と過ごすか、決めるのはわたし。すべてわたしの自由なんだもの！」

3

「ミセス・グラッドウェルの夜会だと?」フィリップ・モンカームは友人に向かって、呆れたように貴族的な眉《まゆ》を上げてみせた。「ギデオン、酔っぱらっているのか?」

「これ以上ないくらいしらふさ」ギデオン・フィッツシモンズは、指輪をはめ直し、凝った結び方のクラヴァットの折り目を撫でつけながら答えた。「少なくとも今のところはね」

「一緒に〈クロックバーン〉へ行くんじゃなかったのか?」フィリップは不機嫌そうに言った。

しかしギデオンのお抱え御者は、すでに瀟洒な石造りの屋敷の私道に馬車を乗り入れていた。贅沢に着飾った貴婦人たちが紳士にエスコートされて、続々と正面階段を上がっていく。その華やかな人の群れを、フィリップは皮肉めいた目つきで眺めやった。今夜はギャンブルと酒と、礼儀作法など気にもしない女たちと、楽しく過ごそうと思っていたのに。

「あとですぐに賭博《とばく》場へ行くさ、約束する」ギデオンはシルクハットをかぶり直した。「だがその前に、どうしてもあいさつしておきたい人がいるんだ。きみも当然、この夜会には招待されているだろうね?」

フィリップはギデオンの軽口をかわして答えた。「もちろん招待されているとも。ただ気分が乗らなくてね」

ふだんとは異なる親友らしくない言葉に、ギデオンは意外そうな顔でフィリップを見た。ギデオンはきざなしゃれ男のふりをしているが、着飾った外見の裏に恐ろしく回転の速い頭脳を隠し持っている。その観察眼の鋭さが、今のフィリップには厄介に感じられた。

「どうしたんだい、フィリップ？　放蕩貴公子と名高いきみが、今シーズンにデビューしたばかりのかわい子ちゃんたちを品定めしたくないなんて」

不本意ながら、ギデオンの言葉は的を射ている。いつものフィリップなら、すでに正面階段を上っているはずだ。ミセス・グラッドウェルは社交シーズンに先駆けた最初の盛大な舞踏会に毎年大勢を招待し、その夜会に招かれることはある種の勲章のようにみなされている。当然ながら今年学業を終えたばかりのうら若き令嬢たちがずらりと顔をそろえているわけだが、フィリップはまったく興味を覚えなかった。花婿探しに余念がない母親たちは、避けるべき男の見本としてフィリップの名を挙げて娘たちをいましめるのだが、実際、避けているのはフィリップのほうだった。うぶで純心な、若い娘は苦手なのだ。それよりも、夫が外国に滞在中の洗練された人妻や、交友関係を広げたいと思っている未亡人など、魅力的な女性はほかにもたくさんいる。運がよければフランス人女性がいて、イギリスの社交界の堅苦しさを一緒に笑いあえるかもしれない。

そういうさまざまな出会いが、ミセス・グラッドウェルの有名な金箔《きんぱく》張りの舞踏室のなかで待っており、新たな愛人のひとりやふたりならすぐに見つかる可能性に充ち満ちている。広くて贅沢な屋敷でこれから出会う相手と情熱の一夜を過ごすのもよし、今後数週間は熱い逢瀬《おうせ》を楽しめるかもしれない。願わくはその女性が冒険心にあふれた奔放な美女で、ともに寝室での新しい楽しみ方を探求できればなおうれしい。それはひょっとして、向こうのほうに小柄なブロンドの友人と一緒にいる、琥珀《こはく》色のドレスをまとった長身の見事な曲線美の女性かもしれない。

しかし楽しい可能性の数々をいくら想像してみても、舞踏会場へ向かうフィリップの気分は少しも浮き立たなかった。グラッドウェル家恒例のシーズン初めの大舞踏会に際してのこの気持ちは、恐れとも違う。恐れならまだましだ。煌々《こうこう》と明かりの灯《とも》った窓を見上げるフィリップの心にたれこめているのは、倦怠《けんたい》感にほかならなかった。

ギデオンのお抱え御者が馬車のドアを開け、脇へ寄った。「じゃあ、行かないのかい？」ギデオンがじれったそうにたずねる。「もしも本当に放蕩貴公子と一夜をともにしたい美女たちに言い寄られるのがいやなら、うちの御者に馬車をクロックバーンへまわすように言うよ。あとからぼくも行く」

一瞬、それが最良の解決策に思えた。不本意ながら、最近はなぜだか憂鬱の虫に取りつかれ、舞踏会よりも酒を飲んでギャンブルに興じているほうが気が紛れるのだった。どうやらこのあいだのユージニアとの別れの一幕が、思いのほか胸にこたえているらしい。

そう思うと、フィリップの負けず嫌いのプライドがにわかに顔をもたげた。ユージニアの芝居じみた別れの演出なんかにふりまわされて、社交シーズンのはじまりを台無しにされるなんて、まっぴらだ。父はよく言っていた。〝本物の男は、別れた女のことはきれいさっぱり忘れて、つねにつぎを追うものだ〟

フィリップは倦怠のため息を深々とついた。だからといって、急に気分が盛りあがるわけでもない。「まあ、いいさ。せっかく来たんだから、どんな顔ぶれがそろっているか見てみよう」

ギデオンが返した笑みは、フィリップの虚勢などお見通しであることを物語っていたが、どちらもそのことには一切触れなかった。

「ミスター・フィッツシモンズ！　ミスター・モンカーム！」フィリップとギデオンが舞踏会の広間に足を踏み入れたとたん、ミセス・グラッドウェルが優雅な物腰で近づいてきた。貫禄《かんろく》たっぷりの夫人はあいかわらずこれでもかとばかりに豪奢に着飾っている。ターバンに挿した色鮮やかなダチョウの羽根をふさふさと揺らしながら、夫人はお辞儀を受けるべくフィリップに手をさしだした。「あなたがたったら、本当にひどいわ！　どうしていらっしゃることを教えてくださらなかったの？　わたくし、それはもうがっかりして、あきらめていたところですのよ。ほかの大勢のご婦人がたもね」

「無作法なのがぼくの魅力でもありまして」フィリップは夫人のエメラルド色の手袋をした手に唇を寄せて微笑み返した。「でも、あなたやほかのご婦人方を困らせてしまったのなら、心からおわびします」

ミセス・グラッドウェルはフィリップの気のきいた謝罪の言葉に、睫毛《まつげ》をぱちぱちさせて媚《こ》びを含んだ笑みで応じた。「しかたないわね、ゆるしてあげてもよくってよ。わたくしの特別なお願いを聞いて、ミス・ラングレーとワルツを踊ってくださるならね」

「ぼくはあなたのしもべです、なんなりとお申しつけを」横であざけるようににやにや笑いを浮かべているギデオンを無視して、フィリップは答えた。ミセス・グラッドウェルはただ笑って応じた。

「それは素敵だこと。でもあなたを信用しすぎないように気をつけなくてはね」夫人はたたんだ扇子でフィリップの肩を軽やかに叩いた。「さあ、もう解放してあげるわ。ミス・ラングレーのことを忘れないでちょうだいね」

「わかっていますとも。おまかせください」

「ミス・ラングレーだって？」ギデオンはひしめく招待客たちをかき分けながらつぶやいた。

「まあ、いいさ」フィリップは肩をすくめてみせた。「夫人の顔を立てないとな。それに面倒な相手を押しつけられるより、ミス・ラングレーなら話が楽しいからありがたい」

ギデオンはまたもや見透かすような一瞥《いちべつ》をくれた。「まあ、がんばってくれ。向こうにハーディーがいるから、ちょっと話してくる」一瞬、言葉を切ってからつづけた。「きみの探しているものが見つかるのを祈るよ、フィリップ」

フィリップが言葉を返す間もなく、混みあった広間に親友をひとり残して、ギデオンは人波をすり抜けて行ってしまった。

ほどなくして、フィリップの気分はまた低空飛行をはじめた。派手な装飾の広間は客でごった返しており、暑苦しく、ひどい騒がしさだ。ミセス・グラッドウェルが雇った超一流の楽団の演奏もほとんど聞こえず、床にチョークで描かれた凝った絵も大勢の足に踏まれてぼやけてしまっている。どこかべつの場所へ行きたい、とフィリップは切実に願った。それがどこかはわからないけれど。裕福で自由な身分の若い男が、社交シーズンの幕開けの時期に、舞踏会以外のどこへ行くというのか？

いったいぼくはどうしてしまったんだろう？　フィリップはいらだちを覚えた。新しい愛人を見つけるのはさておき、社交界には大勢の友人知人がいて、遊びたいと思えばいつでも娯楽室に行けるというのに。

じつのところ、本当の問題はなんなのか、本心ではわかっている。だが誰にも言うわけにはいかなかった。やはりさっき、ギデオンの馬車でクロックバーンに送ってもらえばよかった。しかしそれでは、悪友から鋭い質問を浴びせられるはめになる。そのうえミス・ラングレーと踊るという約束を、ミセス・グラッドウェルにしてしまった。その約束を破るわけにはいかない。

メレディス・ラングレーは人ごみのなかでも見つけやすい女性だ。平均より背が高く、洗練されているとは言いがたいふくよかな体形で、舞踏会場の壁際の、化粧室とおしゃべり好きの婦人たちが集まる休憩場所とのあいだが彼女の定位置となっている。ミス・ラングレーのシンプルな淡い黄色のドレスは、今度のシーズンのために特別に仕立てたものに違いなく、グレーの瞳は眼鏡に隠れてよく見えないが、フィリップに対する態度は気さくで飾り気がなかった。

「まあ、ミスター・モンカーム、うれしいですわ」ミス・ラングレーはフィリップのお辞儀に応えて身をかがめてあいさつした。彼女の笑顔もあいさつも、時と場所と双方の身分を完璧にわきまえて計算されたものであり、愛想よくひかえめで、恋愛感情とおぼしきものはみじんも感じさせない。「今夜、お会いできたらと思っていたんです」

「本当に？　それはうれしいな、ミス・ラングレー」フィリップはとっておきの魅力的な笑みを浮かべて、小さくお辞儀をした。「そんなふうに思ってもらえるとは、ぼくはなにかいいことでもしたのかな？」

ミス・ラングレーはにっこりと微笑んだ。フィリップがミス・ラングレーを気に入っている理由の一つは、互いに気心が知れていて、ややこしい恋愛感情を持たれる心配がまったくないことだ。「じつは、ご存じかもしれないけれど、レディ・プレストンがこの週末にシニョール・マリツェッティの慈善コンサートをご自宅で催されるの」

「それならぼくも聞いています」実際、社交界はその話題で持ちきりだった。シニョール・マリツェッティが昨年、プライベートで歌を披露したのはたった一度、皇太子の前でだけだったのだ。

「母の友人がチケットを欲しがっているのだけど、うちでいただいた分には先約があるし、もうどこでも手に入らないらしいの」ミス・ラングレーは途方にくれた表情でフィリップを見上げた。「あなたはレディ・プレストンに気に入られているから、チケットを余分にいただけるようお願いしてみてくださらないかしら?」

メレディス・ラングレーは社交界ではいわゆる〝便利な女性〟とみなされている。彼女のような女性たちはたいてい零落した名家の出身で、選ばれた人々しか招かれない催しごとの招待状など、ふつうでは手に入らないものを取り寄せられるコネがあり、社交界の婦人たちからは大いに歓迎されており、新聞屋の欲しがる社交界のゴシップを小出しに提供したりすることもある。プレストン家のコンサートの前評判がこれほど高まっているのも、ミス・ラングレーとその母親が陰であおっているせいかもしれない。

「あなたの頼みとあらば、きいてみましょう」フィリップは答えた。「もしも」

ミス・ラングレーは眉を上げた。「もしも、なんですの? ミスター・モンカーム」

「つぎのワルツをぼくと踊っていただけるなら」

ミス・ラングレーは手をさしだす代わりに、金縁の眼鏡越しにしげしげとフィリップを見つめた。ほかの近眼の女性たちと違い、彼女は人前で眼鏡をかけることをまるで気にしない。きざな伊達《だて》男たちはそんな彼女を野暮ったいと敬遠している。わざとそう思わせるために彼女は眼鏡をかけているのではないか、とフィリップは思うことがある。

「お誘いくださってありがとう」ミス・ラングレーは言った。「でも今夜は踊らないことにするわ」

「それは残念だな。楽しみにしていたのに。なにか気にさわるようなことを言いましたか?」

ミス・ラングレーは小さく笑った。「ミスター・モンカーム、あなたが失礼なことを言うなんて考えられないわ。とっても紳士だもの。ただ、今日は……くたびれているから」彼女は靴先を見下ろして言った。女主人に命じられてダンスに誘いに来たことを見抜かれているのでは、とフィリップはいたたまれない気持ちになった。

「わかりますよ。ぼくも今夜はなんだか、くたびれてしまって。一緒に休みませんか?」

フィリップは奇跡的に空いているヴェルヴェット張りのソファを手で示して言った。

ミス・ラングレーの顔に巧みな計算高い表情が浮かんだ。「ええ、少しなら」そう言いつつ、グレーの瞳で目ざとく広間を見渡している。フィリップは妬《ねた》ましいような気分になった。

どんな境遇であれ、ミス・ラングレーはしっかりとした目的を持って行動しているのだ。

「話をしたい知りあいが何人かいるので」

「きみといい、ギデオンといい、忙しそうでけっこうだね！」フィリップが大げさにため息をつくと、今度もミス・ラングレーの涼しげな笑みが返ってきた。「みんな話したい相手がいるのに、ぼくだけ蚊帳の外だ！」

「まあ、とんでもない！　まわりじゅう、あなたと一言でも言葉を交わしたい女性たちであふれ返っているじゃない」ミス・ラングレーは扇子で広間を示した。「わたし、ものすごい羨望《せんぼう》のまなざしを浴びて顔が真っ赤よ」

ミス・ラングレーの言い方は大げさだが、あながち的外れでもなかった。さりげなく広間を見渡すと、女性たちの瞳がいっせいに輝くのが見て取れた。恥ずかしそうに、ひかえめに、あるいは大胆に、あからさまな欲望をこめて。

そのとき、琥珀色のシルクのドレスを着たひとりの女性の姿が目に留まった。

フィリップは彼女の姿に釘《くぎ》づけになった。さっき、馬車のなかに見かけた女性に違いない。表の暗がりのなかでは、魅力的な曲線美の、長身で黒っぽい髪をした女性だとしかわからなかった。今、こうしてミセス・グラッドウェルご自慢の煌々と輝く三つのシャンデリアのもとで見ると、目をみはるほど類いまれな美女だった。肌は今どき流行の青白さとは違って健康的に輝き、つややかな栗色の髪とよく合っている。ギリシアの女神のように真珠のヘアバンドに純白の花を一輪だけ飾っているのも好ましい。ターバンや派手に染めた羽根飾りの女性たちの群れのなかで、ひときわ生き生きとした初夏のさわやかさが感じられる。見事な琥珀色のシルクのドレスは、やや流行遅れのデザインではあるが、彼女の完璧な曲線美を最大限に引き立てている。なかでもフィリップが惹《ひ》きつけられたのは瞳だ。高い頬骨《ほおぼね》の上に大きくて深い色あいの猫の目のような切れ長の瞳。どんな色をしているのか、フィリップは知りたくてたまらなくなった。男が近づいたら、あの瞳を恥じらうように伏せるのか、それとも大胆に見つめ返してくるのだろうか。

「あれはどなただろうか、ミス・ラングレー?」フィリップはかすれ声でたずねた。口のなかがからからに乾いている。

ミス・ラングレーは首をのばして、どの女性かと目をこらした。「ミス・フィオナ・レイバーンのこと? あなた好みの女性とは思えないけれど。それに彼女はもう男爵のご子息のミスター・ジェームズ・ウェストブルックとご婚約されているのよ」

フィリップは琥珀色のドレスの女性にすっかり目を奪われていて、その右隣にいる小柄で色白の女性にはまったく気づいていなかった。「いや、違う、その横の女性ですよ。栗色の髪の、琥珀色のドレスの人だ」

ミス・ラングレーはよく見ようとさらに首をのばした。しかしその瞬間、金髪の小柄な娘が琥珀色のレディの腕を取って広間の向こう端に連れていき、金箔張りの柱の陰に隠れて見えなくなってしまった。ははあ、なるほど。フィリップは苦笑いを浮かべた。琥珀色のレディの友人――フィオナ・レイバーンだったか？――が、ぼくの視線に気づき、放蕩貴公子の露骨なまなざしから彼女を守ろうとしているんだな。

けれども琥珀色のレディのほうは怯《おび》える気配もなく、むしろ好奇心を抱いているらしかった。わざとらしい用心深さで金色の柱の陰から離れると、そっとこちらをふり向いた。だがまっすぐに見ようとはせず、あたかも知りあいを探すかのように、それとなくにぎやかな人の群れに視線をさまよわせている。やがてゆっくりと彼女がこちらを向き、互いの視線が絡みあった。

ああ、なんて美しい人だろう。彼女の大きな瞳を見つめていると、フィリップは思春期の少年みたいに憧れとぎこちなさで身じろぎもできなくなった。ふっくらとした妖艶《ようえん》な唇にたまらなくそそられる。ギデオンのようなファッションにうるさい輩は、彼女の繊細な顔立ちにあの肉感的な唇は大きすぎると言うかもしれないが、フィリップにはとても魅力的に思えた。あのふっくらした唇に、戯れたり奪ったり、いろいろな愉《たの》しみ方を教えたら、どんなに素晴らしい心地だろうか。

しかも魅力的なのは唇や瞳ばかりではない。どういう女性なのかは知らないが、まだうら若いのにあの妖艶な身のこなしはまさしく天性のものだ。ウエスト位置の高い琥珀色のドレスは、大胆なほど襟ぐりが開いていて、豊かな丸みやくびれをぞんぶんに際立たせている。

あれほどまでに見事な曲線美は、いくら堪能しても飽きることはないだろう。

「わたしは存じあげない方だわ」たずねたフィリップのほうがとっくにそのことを忘れてしまっている問いに、ミス・ラングレーが答えて言った。「でもミスター・バンブリッジはご存じみたいね」くだんの女性のほうへ人波をかき分けて歩いていく細身のシルクの背広を着た男を、扇子でこっそりと指しながら、ミス・ラングレーは言った。

フィリップは顔をしかめた。ルイス・バンブリッジとは顔見知りだが、一緒にいて楽しいと思うような知りあいではない。バンブリッジはギデオン・フィッツシモンズに匹敵する伊達男だが、ギデオンが自立して自分流のスタイルを貫いているいっぽうで、バンブリッジはいまだに親のすねをかじっており、父親に頭が上がらない。父親の老バンブリッジは、息子がおしゃれに金をかけることが気に食わず、財布の紐《ひも》がきわめて固いため、息子であるバンブリッジはフィリップを含めた社交界のあらゆる人々に借金してまわっている。

バンブリッジが人の群れをくぐり抜けて琥珀色のレディに近づき、あいさつするのをフィリップは熱心に目で追っていた。あの女性はどう応えるのだろう？　バンブリッジの親戚《しんせき》なのだろうか。それともただの知りあい？　友人？　それ以上の関係なのか？　フィリップの頭のなかでさまざまな考えがめまぐるしく駆けめぐった。

幸いにも琥珀色のレディは、バンブリッジに話しかけられても冷ややかな表情のままで、フィリップは安堵《あんど》した。彼女がバンブリッジになんと答えているのかは聞こえないが、唇の動きから、ごく簡単な受け答えしかしていないのが見て取れた。実際のところ、ミス・レイバーンが会話のほとんどを引き受け、琥珀色のレディのほうは心ここにあらずの様子で人々の群れに視線をさまよわせている。

そしてふたたび、フィリップと目が合った。彼女の頬が心なしか上気したように見えるのは、ぼくの思い過ごしだろうか？　ここからでは離れすぎていてわからない。ああ、彼女のそばでじかにこの目で確かめたい。フィリップは彼女の視線をとらえて離すまいとした。見つめあううちに、新たな感情——胸の奥底からの深い憧れとも言うべきものが、琥珀色のレディの魅惑的な顔に浮かぶのがわかった。その強烈さ、そこにこめられた問いかけが、距離を超えて伝わってきた。〝あなたがそうなの？〟彼女のまなざしが問いかけてくる。〝あなたが、わたしの求めるものを与えてくれる人なの？〟

バンブリッジはまだぺらぺらと話しかけている。琥珀色のレディは扇子で魅力的な口元を隠し、小柄な友人のほうに顔を向けた。そのため、訴えかけるような瞳を見ることはできなくなったが、金色に輝く美しい肩のラインを堪能できた。フィリップはシルクのブリーチズ（全体にゆったりとしていて裾で絞った形の膝下丈のズボン）がふいにきつくなるのを感じた。部屋の向こう端とこちら側で、たった一度目が合っただけなのにこれほど欲望を感じたのは、いったいいつ以来だろう。いや、果たしてそんな経験があっただろうか？

ミス・レイバーンはほかの友人たちにあいさつするふりをして、友人をルイス・バンブリッジから引き離そうとしている。フィリップは小柄で愛らしい令嬢に親近感を覚えた。琥珀色のレディは、社交辞令以外のなにものでもない礼儀正しさでバンブリッジにお辞儀をして離れた。歩きながら彼女はまだしきりに視線をさまよわせている。フィリップはいぶかしく感じた。心なしか、彼女が怯えているように見えるのはなぜだろう?

そのとき、彼女がこちらを見た。フィリップはたちまち笑顔になった。そうだよ、謎《なぞ》のレディ、ぼくはまだここにいるよ。彼女に向けて心でささやく。きみを待っているよ。きみが求めるものを、もちろん与えてあげるとも。

今度ははっきりと、彼女が頬を赤らめるのがわかった。彼女が誰なのか、なんとしても探りだしてみせるぞ。ここへ来たときのフィリップは、最近取りつかれた奇妙な憂鬱感に沈んでいた。けれど今は、新鮮で甘い空気を胸いっぱいに吸いこんだような心地がする。あの謎めいたレディと言葉を交わさないうちに、立ち去られてしまったら大変だ。

フィリップはメレディス・ラングレーに言った。「失礼してよろしいですか、ミス・ラングレー?」ひどい無礼をはたらいているのに、少しも心が痛まなかった。ミス・ラングレーはいくぶん悲しげに微笑み返したが、そこに怒りはなかった。「ええ、喜んで解放してあげますわ、ミスター・モンカーム」かすかに計算高い響きのこもった声で言う。「もし……」

「いいですとも、レディ・プレストンにコンサートのチケットをいただけるかきいてみます」フィリップは優雅にお辞儀をした。それに応えるミス・ラングレーのグレーの瞳には、からかうような輝きがあった。ほかのときなら、憤慨するふりをしてふざけてみせるのだが、今はそんな悠長なことをしているひまはない。

まずは琥珀色のレディの名前と身辺について知る必要がある。フランスに結婚したばかりの夫を残して、遊びに来ている人妻かもしれないのだから。うれしくない考えだが、そこはしっかりと確かめたほうがいい。彼女が自由の身――自由の身に違いない――だとわかったら、人づてに紹介してもらう。そのあとは……まあ、そのあとは、お互いに恋の駆け引きとダンスをはじめるのだ。フィリップは自分でも頬がゆるむのがわかった。琥珀色のレディはさぞかし美しく踊ることだろう。

だがあいにく、必要な情報を握っている知人で思いつくのは、あのルイス・バンブリッジしかいない。フィリップはわざと退屈そうな表情で、広間を歩いていった。幸い、バンブリッジはひとりでぼんやりと突っ立っていた。

「やあ、バンブリッジ」フィリップは気だるい態度で声をかけた。

バンブリッジははっとしてふり向き、フィリップの気のないあいさつに応えた。「やあ、モンカーム。ひどい混みようだね。ミセス・ウォーリックは一緒じゃないのかい?」気取り屋のバンブリッジの声には、かすかな驚きと疑念が感じられた。

フィリップは気だるく無関心な態度を装って答えた。「見てのとおりさ。今夜は一緒じゃない」――今後もずっと。

バンブリッジは眉をつり上げた。「まさか放蕩貴公子がついにふられたんじゃあるまいね？」

「お互いの理解のもとに円満に関係を終わらせたとだけ言っておこうか」こんなやつに別れの詳細を話してたまるものか。「ところで、さっきはすごい美人と話していたじゃないか」

「うん、まあな」バンブリッジはもごもごと答えた。「ここで会うとは予想外だったから驚いたよ」

「ふうん」フィリップはわざと無関心そうにつぶやいた。「彼女はどういう人なんだい？ロンドンでは見かけた覚えがないが」

「レディ・キャロライン・デラメアだ」バンブリッジは答えてから、ふと思い出したようにフィリップを見た。自分が今話している男の社交界での評判に気づいたのだろう。バンブリッジは明らかに疑《うたぐ》り深そうな口調になって言った。「キーンズフォード伯爵の妹君だ」

「キーンズフォード伯爵の？」フィリップは琥珀色のレディから目を離さずに、バンブリッジに言った。謎めいたレディ・キャロラインを見失っては困る。彼女は今、ミセス・グラッドウェルの取り巻きのなかにいる。あいかわらず小柄な友達と一緒だ。ミセス・クラークスウェルとやせて顔色の悪い三人娘たちが、レディ・キャロラインとその友人を長話で引き止めている。「キーンズフォード伯爵の名前には聞き覚えがあるが、一度もお会いしたことがないな」

「まあ、そうだろうね。めったにロンドンへは来ないから。ぼくはたまたま地元の狩猟クラブでつきあいがあって、向こうに帰っているときはディナーに招んでもらうのでね」

しょっちゅう押しかけているに違いない。フィリップは不愉快な気分になった。バンブリッジは頻繁に父親の田舎屋敷へ帰っている。その巡礼の旅の目的が、父親に金を無心するためと、ほうぼうにこしらえた借金の取り立てから逃れるためであることは周知の事実だ。

「どうして彼女は今まで田舎にいたんだい?」フィリップはたずねた。「ロンドン社交界に完璧になじんでいるように見えるが」クラークスウェル家の姉妹たちからようやく解放され、レディ・キャロラインとその友人は休憩室のほうへそぞろ歩いている。彼女の気品あふれる優美な物腰に、フィリップはあらためて感嘆した。まるでサギの群れのなかに一羽だけ白鳥がいるように、ほかの若い娘たちのなかでもひときわ美しく目立っている。

「昔、ちょっとしたスキャンダルがあってね」バンブリッジは言った。「先代のキーンズフォード伯爵は、年の離れた若くて奔放な美女に夢中になり結婚したんだ。ところが彼女はあることで伯爵の逆鱗《げきりん》に触れ、伯爵は妻を永久に幽閉したそうだ」

「それはひどい仕打ちだな」

「多少の誇張もまじっているだろうけれどね。真相はぼくもよく知らないんだ。今のキーンズフォード伯爵は貝より口が堅いから」

ふだんのフィリップは社交界のゴシップにはなんの関心も示さないのだが、バンブリッジの話を聞いて、謎めいたレディ・キャロラインへの好奇心がいっそうふくらんだ。ジュディス伯母さんにきいてみよう。過去五十年のあいだに社交界で起きたスキャンダルで、ジュディス伯母さんが知らない出来事はないはずだから。

「そして、娘も母親と同じ扱いを受けていたようだ」バンブリッジは話をつづけた。「少なくとも、先代の伯爵が生きているあいだはね。ところが、母親がひとり娘にサプライズ・プレゼントを遺していたことがわかったのさ」

「へえ？」

バンブリッジは得意げにうなずいた。「母親は、レディ・キャロラインに信託財産を遺していたんだ。ロンドンのドブソン・スクエアの不動産所有権をね」バンブリッジはグローブナー・スクエアの南側に位置する高級住宅街の名前を挙げた。「彼女の懐《ふところ》には年間一万ポンドもの地代が入ってくるそうだよ」バンブリッジはうっとりと金額を口にしたものの、自分がひとりではなく、話し相手がいることを思い出して肩をすくめた。「あくまでも噂にすぎないがね」

「そういうことなら話は違ってくるな」フィリップはバンブリッジの不愉快な発言など気にも留めない様子でつぶやいた。レディ・キャロラインから一瞬たりとも目を離さない。彼女と友人は広間をそぞろ歩いていたかと思うと、また立ち止まり、今度はランズダウン侯爵夫人と言葉を交わしている。

ほかの夜、ほかの女性の話であれば、フィリップはバンブリッジの健闘を祈ってやっただろう。多額の財産を相続した田舎暮らしの箱入り娘など、誘惑してもなんの面白みもないし、つきあっても楽しいとは思えない。それに金目当てのバンブリッジが恋敵というのも、意欲がそがれる。垣間《かいま》見た妖艶な唇はたしかに誘惑的だが、この広間にはほかにも魅力的な笑顔の女性があふれている。そのなかにはいくらでも、彼の意のままにできるレディたちがいる。

けれどもレディ・キャロラインがその姿を大胆に見せつけたあの瞬間、彼女の瞳には美しさを超えたなにかが感じられた。挑戦とも違う、単純な欲望とも違うなにか。もっと胸の奥底からの、名づけようのない憧れのようなもの。それはフィリップの血潮を熱くさせるのにじゅうぶんな威力を持っていた。

単なる思い過ごしさ、とフィリップは自分に言い聞かせようとした。興奮した下半身が、妄想を抱かせているにすぎないんだ。人波のなかで一瞬、目が合っただけで、どうして彼女の本心がわかる？　けれどもあまたの冒険好きな美女や大胆不敵な未亡人たちと遊びまわってきたフィリップは、鋭い勘がはたらくようになっていた。レディ・キャロラインの向こう見ずな瞳には、なにかがある。彼女と言葉を交わし、外へ連れだして、あの切望のまなざしのわけを探りだしたい。

そして男として、その渇望を満たしてあげたい。

4

「ねえ、キャロライン？」フィオナ・レイバーンは言った。「どんな気持ち？」

「想像していたとおりだわ」キャロラインはため息まじりに答えた。

ミセス・グラッドウェルが催す盛大な舞踏会の広間に初めて足を踏み入れたとき、キャロラインは熱気と騒がしさ、光と色に包まれた。三つもある大きくて立派なシャンデリアのまばゆい明かりが、四方に配置された鏡や、明るく照らされた庭園に臨むアーチ形の窓に反射してきらめいている。ロンドンの人口の半分がこの広間に集まり、残りの半分はなんとかここに入ろうとつめかけているように思えた。田舎から来たばかりのほかの若い娘ならすっかりまごついてしまうだろうが、ごく幼い頃から華やかな舞踏会の話を母から聞かされて育ったキャロラインは、水を得た魚のような心地がした。これほど熱気で暑苦しく、蜜蠟《みつろう》のキャンドルの燃える匂《にお》いと香水や汗がまざって、こんなに強烈な匂いがするとは知らなかったけれど、おおむね想像どおりだった。

「ミス・レイバーン！」エメラルド色のシルクとサファイア色のレースを組みあわせた派手

なドレスを着た豊満な女性が、フィオナに近づいてきた。「いらしてくれてうれしいわ！お友達も連れてきてくれたのね」

フィオナは膝《ひざ》を折ってお辞儀をし、キャロラインのほうを向いた。「ミセス・グラッドウェル、レディ・キャロライン・デラメアをご紹介いたしますわ」

「ロンドンへようこそ、レディ・キャロライン。ようやくお目にかかれてうれしいわ！こちらはレディ・マイケルズ、ストークリー伯爵夫人よ」ミセス・グラッドウェルは一歩下がって、ラベンダー色と白のドレスを着て、黒く染めた髪に糊《のり》の利いた未亡人のキャップをかぶった女性を紹介した。「あなたがいらしていると聞いて、とても会いたがっていらっしゃったの」

「初めまして、レディ・マイケルズ」キャロラインは言った。

「まあ、まあ、よくいらしたわ、レディ・キャロライン。これからはしょっちゅうお会いできるわね、シーズンははじまったばかりですもの。息子のジェラルド卿を紹介させていただきたかったんですけど、どこかへ行ってしまって。たぶんカード・ルームだわ。まったく、殿方というものはああいうふうですからね」

女性たちはそろってお上品に笑い、女主人と伯爵夫人は離れていった。キャロラインはフィオナの腕を取り、広間の人波を縫って歩きながらつぶやいた。

「ちっともわからないわ、フィオナ。殿方はああいうふうって、どういうこと？」

「キャロ！　なんてことをきくのよ。わたしが不品行な男性たちの今年の流行について、勉強してきたとでも思う？」

「その質問に対するわたしの答えを、あなたは知りたくないでしょうね」キャロラインの気のきいた皮肉に、フィオナはあどけなく愛らしい表情を引っこめたが、的を射た発言であることを認めたしるしに、扇子を軽くふった。初めてロンドンへ来て以来、フィオナからキャロラインに宛てた手紙はいつも男性たち、とくに危険だと噂されている男性にまつわる出来事で埋めつくされていた。

「わたしに言わせれば、今夜は危険な伊達男たちが見事にそろっているわ」フィオナはオランダ製のレースの扇子越しに広間を見渡した。「ミセス・グラッドウェルは上品な集まりよりも、ゴシップの種になるいろいろなお客様を招くのが好きなの。あそこにいる赤い上着の男性は、ピアソン・クウィンネルよ」フィオナは、おしゃれに決めた紳士たちのなかにいる細身の若い男性のほうにうなずいてみせた。目にも鮮やかな緋色《ひいろ》の上着を着て、女性の羨望の的であるに違いない黄色の巻き毛をしている。「噂では、賭け金が百ギニーより少ないと、カードのテーブルにはつかないそうよ。それにつねに愛人が三人以上いるらしいわ。今はレディ・ジャージーの大のお気に入りだから、選りすぐりのお宅の催しのすべてに招待してもらえるんですって。あっちのヤシの鉢植えのそばにいるのは、イヴンロッド卿よ」フィオナは、たっぷりとした生姜《しょうが》色のもみあげを生やし、紋章やら印章やらがたくさんぶら下がった金時計の鎖をもてあそんでいる男性を示してうなずいた。「カールトン・ハウス（ロンドンにある摂政皇太子の贅を尽くした邸宅）の常連で、ミセス・ホールディングとの派手な情事が終わりを告げたばかりだそうよ。夫人は……」

しかしキャロラインはミセス・ホールディングがなにをしたのか、まるで聞いていなかった。人波をへだてて真正面に立っているひとりの男性に目が釘づけになっていた。

その男性のなににそれほどまでに惹きつけられるのか、誰かにたずねられたとしても、キャロラインには答えられなかっただろう。すらりと背が高いことだけが理由ではない。実際、隣にいる眼鏡をかけた女性は彼の肩までも届かないくらいだが。つややかに輝くダーク・ブロンドの髪や、上質な深緑の上着に包まれた広い肩も魅力の一つだが、なにより彼は純然たる強さと優美さが合わさった雰囲気を漂わせている。退屈そうに立っているが、それは見せかけにすぎないとキャロラインにはわかっていた。抑圧されたエネルギーが全身にみなぎっているのが感じられる。まるで狩人のよう。でもいったいなにを狩ろうとしているの？　あるいは誰を？

彼が狙《ねら》っている獲物がわたしだったらいいのに。キャロラインはそんな自分の考えにどぎまぎして、息苦しくなった。

「まあ、大変、キャロ」フィオナがキャロラインの腕をつかみ、金箔張りの巨大な柱の陰に引っ張りこんだ。「フィリップ・モンカームだけはだめよ」

「どういう意味、フィオナ？」キャロラインは扇子で口元を隠すマナーをかろうじて思い出しながら言った。「まさかあの人が、あなたの言う例の放蕩貴公子なの？」キーンズフォード館に婚約の知らせを伝えに来た日以来、フィオナは放蕩貴公子について口にすることはなかったが、キャロラインはなかなかその人物のことを頭からふり払えずにいた。社交界の貴婦人たちをそれほどまでに怯えさせている人物を、一目でいいから見てみたいと思っていたのだ。

「わたしの忠告を信じて、キャロライン」フィオナは真剣な口調で言った。「どんな遊び人を選んでもいいけれど、彼だけはやめたほうがいいわ」

親友を心配させないように、キャロラインは問題の人物に背中を向けた。けれども好奇心は抑えがたかった。ほんの少しだけ柱の陰から出て、そっと肩越しにふり返ってみる。フィリップ・モンカームはまだそこにいた。これだけ離れていて、大勢の人がいるのだから気づかれる心配はないと思い、キャロラインは彼の逞《たくま》しく魅力的な全身を上から下までじっくりと観察した。

放蕩貴公子はおよそ伊達男とは言えなかった。上着はごくシンプルな仕立てで、肩の詰め物もないし、流行の最先端とされているウエストを細くした形でもない。ごくふつうの装いにシルクのブリーチズを穿《は》き、見た目はスポーツ好きで金持ちの遊び人といった感じだが、その類いの高慢で尊大な人種とは違い、彼には気さくでくつろいだ雰囲気がある。

もう一度、あの彫りの深い顔を盗み見ようと顔を上げると、当のフィリップ・モンカームとまともに目が合ってしまった。

キャロラインは驚きで全身麻痺《まひ》したようになった。彼のまなざしに釘づけにされ、パニックに陥った。人波をへだてて広間の向こう側にいても、わたしが頬を赤らめ、驚きに目をみはるのが彼にも見えたに違いない。キャンドルの炎や人いきれのせいではない熱気で、身体が火照《ほて》るのを感じた。胸が熱くなり、呼吸が乱れる。あまりにも熱くて、手袋をはずしてしまいたい――そうするところを彼に見せたい。そんな破廉恥な考えが浮かんで、キャロラインは自分にショックを受けた。

「ちょっと大変よ、キャロ!」フィオナがあわててささやいた。「フィリップ・モンカームどころじゃないトラブルが現れたわ」

キャロラインはフィオナの視線の先を追って、うめき声を押し殺した。ルイス・バンブリッジが人波をかき分けて、こちらへ向かってくる。うっかりほかの男性に見とれていたせいで、逃げるチャンスを失ってしまった。

「レディ・キャロライン、ミス・レイバーン」バンブリッジはいつものもったいぶった口調であいさつした。「お会いできて光栄です。それと、婚約なさったそうで、おめでとうございます、ミス・レイバーン」互いに形ばかりのお辞儀を交わす。

「ありがとうございます、ミスター・バンブリッジ」フィオナは身を起こして言った。「お気にかけてくださり、感謝します」

「レディ・キャロライン、ここでお会いするとは、じつに驚きました。ジャレットと同じで、あなたもロンドンはお嫌いなのだと思っていましたよ」

キャロラインはあらかじめ答えを用意していた。いきなりロンドンに来たことについて、あたりさわりのない説明を考え、ミセス・フェリデイに髪を整えてもらいながら、鏡の前で練習してきたのだ。「まあ、ロンドンが嫌いだなんて、とんでもない。ただ領地の管理などでいろいろと忙しくて、来られなかっただけですわ」

「キャロラインはわたしの結婚式で、花嫁付添人を務めてくれるんですのよ」フィオナがバンブリッジの話の矛先をそらすために割りこんでくれた。「今週末のレディ・プレストンのお宅のコンサートにはいらっしゃいますの、ミスター・バンブリッジ？　めったにない機会だともっぱらの評判ですわね」

「ええ、ぜひ行きたいものですな」バンブリッジはフィオナのほうを見もしないで言った。キャロラインから一瞬たりとも視線をはずそうとしない。「兄上はお元気ですか、レディ・キャロライン？　このあいだのディナーを取りやめになさったので、しばらくお目にかかっておりませんが。あれはいつだったか、三カ月ほど前になりますか」

「大変元気にしておりますわ、ありがとうございます」キャロラインは冷ややかに答えた。実際は、母の遺産を巡って口論したあの日以来、兄とはほとんど言葉を交わしていない。

キャロラインはすぐさま伯爵家代々の屋敷を飛びだすべく、無我夢中で準備に取りかかった。しかしジャレットがなんの断りもなく、使用人たちにひまを取らせてしまったので、その支度は大幅に遅れた。ジャレットの事務弁護士のミスター・ペニーが毎日のように屋敷を訪れ、兄とふたりで書斎に閉じこもって相談していた。生殺しにされるような日々がじりじりと過ぎていった。受け継いだばかりの大切な母の遺産を奪う方法を、ミスター・ペニーとジャレットが見つけだし、また屋敷に幽閉されることになるのでは、と生きた心地もしなかった。あの底なしの冷たい恐怖が、キャロラインの胸によみがえってきた。これ以上よけいな詮《せん》索《さく》をされないうちに、バンブリッジから逃れなくては。

ありがたいことに、フィオナが助け船を出してくれた。「あちらにミセス・クラークスウェルがいらっしゃるわ」フィオナは申しわけなさそうな顔で言った。「失礼してよろしいかしら、ミスター・バンブリッジ？　キャロラインを夫人に紹介すると約束しているので」

バンブリッジにお辞儀をすると、フィオナはキャロラインの腕を取って歩きだした。キャロラインはフィオナの腕をぎゅっとつかみ、無言で感謝を伝えた。しかしぶり返した恐怖はなかなかふり払えなかった。大広間の片隅に、ミスター・ペニーやジャレットが潜んでいるのではないかと、不安げに辺りを見まわす。

すると、フィリップ・モンカームを見つけた。まだ先ほどの黄色いドレスの若い女性と一緒で、女性のほうは面白がるような表情で彼を見上げている。キャロラインはその様子を見てほっとしたが、なぜなのかはわからなかった。そのとき、フィリップ・モンカームに微笑みかけられて、まともに考えられなくなってしまった。ゆったりと浮かべた明るい笑みとまなざしは、広間の向こう側から、キャロラインになにかを約束するかのようだった。すべてを。より素晴らしいなにかを。今まで感じたことのない熱いものが、胸から身体の奥へと広がっていく気がした。ふいに手の力が抜けてしまい、やっとの思いで真珠貝の扇子を持ちあげ、彼の魅惑的なまなざしから顔を隠そうとした。けれども遅かった。フィリップ・モンカームはまさしく狩りをしていたのであり、キャロラインはとらえられてしまったのだ。

フィオナのほうに身を寄せて、扇子で顔を隠しながらキャロラインは言った。「ミスター・バンブリッジは首尾よくかわしたから、ミスター・モンカームのことをもう少し教えてくれない？」冗談っぽく言ったものの、うまくごまかせたかどうかは自信がない。ミスター・モンカームのまぶしい微笑みに心をかき乱され、ちっとも頭がはたらかない。「あの人のどこがそんなに危険なの？　借金地獄にはまっているとか？　保守党員なの？　それとも」キャロラインは声をひそめて耳打ちした。「フランス人だとか？」

「そんな生易しいものじゃないわ」フィオナは青い瞳をきらめかせた。「フィリップ・モンカームはサソリのような男なのよ」

キャロラインは、友人が婚外子を指す俗語を口にしたかのように、わざとびっくりして身を引いた。

「インスブルック侯爵の次男なんだけど」フィオナは忌まわしい秘密をささやくように扇子を持つ手をさらに上げた。「ものすごい女たらしなんですって！」ある種の女性に対して〝尻軽《しりがる》〟と呼ぶときの軽蔑《けいべつ》を含んだ口調で言う。「今までに彼の誘いを断ることのできた女性はひとりもいないそうよ」

「本当に？」キャロラインはつぶやいた。そこでやめておくつもりが、ついいたずら心に負けて、さらにつづけた。「それでもう一度きくけれど、どうして彼を見つめてはいけないの？」

フィオナの顔から楽しげな笑みが消えた。彼女はキャロラインの問いかけを無視し、危険きわまりないミスター・モンカームから少しでも距離を置こうと、上品な足取りを速めた。キャロラインは親友についていかざるを得なかったが、心のなかで〝いくら離れても無駄よ〟とつぶやいていた。今もフィリップ・モンカームの視線を肌に感じる。彼の視線はシルクのドレスも素肌も貫き、身体の奥底に眠る魅惑的な熱い炎を呼び覚ます。約束を誓うようなまなざしで、あのとき彼はわたしのなかになにを見ていたのだろうか？　なにを思っていたのだろうか？

わたしになにを求めているのだろうか？

無節操な考えに心を占領されて、とがった顔つきの三人娘とその母親に紹介されたとき、キャロラインはかろうじてお辞儀をするのを思い出し、頭を下げた。

「わたしの大事な親友のキャロライン」ミセス・クラークスウェルとその娘たち――花婿争いのライバルとしては、キャロラインがやや年増であると知って明らかにほっとしていた――から離れると、フィオナは言った。「フィリップ・モンカームはありきたりのプレイボーイとは違うというわたしの言葉を、どうか信じてちょうだい。彼はとにかく悪名高いのよ」

「悪名高いってことは、逆に言えば、それだけ女性にもてるということよね?」

「悪名高いっていうのはね」フィオナは語気を強めてささやいた。「こと女性に関しては、とことん放埓《ほうらつ》で、限度を知らないっていう意味よ」

「大げさに噂されているだけだと思うわ」喉元《のどもと》の息苦しさがまた戻ってきて、さりげなく言うのが難しかった。悪名高いフィリップ・モンカームの視線を、もう一度浴びたい。あの力がみなぎる全身をくまなく観察したい。けれども扇子越しに彼がいるほうをのぞき見たりはしなかった。もしまた目が合ったら、見つめあったまま釘づけになってしまい、呼吸が乱れて、体じゅうが熱く火照ってしまうのがわかっていたから。

「キャロ、ちゃんと聞いて。フィリップ・モンカームは深海と同じなの。一度溺《おぼ》れてしまったら、二度と浮かびあがれないのよ」フィオナはキャロラインの手を握った。「男性とおつきあいしたいのなら、ハリーが――」

「フィオナ、わたしは適齢期を過ぎているし、あなたが何年も前から、お兄さんのハリーとわたしをくっつけようとしているのは知っているわ。わたしと姉妹になりたいと思ってくれるのはとてもうれしいけど、ハリーに対して恋愛感情は持てないの」ハリー・レイバーンは優しくて素敵な男性だ、家庭を取りしきり、子供たちをきちんと養育してくれる誠実な妻が必要だ。生まれ育った家を檻としか見られないような反抗的で手に負えない女と結婚させたりしたら、それこそ犯罪になってしまう。

もう一度だけ、あの人を見つめたい。思いきってそちらを見たとたん、キャロラインは深く後悔した。フィリップ・モンカームの横にめかしこんだ鼻持ちならないルイス・バンブリッジがいたのだ。あのふたりは友人なのかしら？　なにを話しているの？　わたしのこと？　わたしに近づかないように、バンブリッジが警告しているの？

「歩いて、フィー」キャロラインはそっと耳打ちした。フィオナは言われたとおりにしながら、肩越しにふり返り、キャロラインの警戒のわけを知った。フィオナが驚きに目を丸くする。

「キャロ、まさか本気でミスター・バンブリッジのことを恐れているの？　たしかにあの男は財産狙いだけど……」

「そこが問題なのよ、フィー。わたしがただの伯爵令嬢で、ジャレットのお情けで暮らさせてもらっているうちは、まだよかったの。でも今は身分だけでなく、じゅうぶんに狙う価値のある財産も持っているから面倒なのよ」キャロラインはため息をついて、うんざりしたように扇子をひらひらさせた。「生まれて初めての舞踏会なのに、こんなにすぐルイス・バンブリッジと出くわすなんて、ついていないわ」

「よりによってフィリップ・モンカームに悩まされているときにね」フィオナがちょっぴり皮肉っぽく応じた。

フィオナが警告するのには、なにかよほどのわけがあるのだろう、とキャロラインは思った。ミスター・モンカームは見た目も雰囲気も裕福そうで、侯爵の子息であれば、たとえ次男でも、有望な花婿候補として引っ張りだこのはず。それなのに独身のままでいるのは、結婚するつもりがないのだろう。

かりにキャロラインが結婚を考えていたとしたら、フィオナが警告するような、しかも結婚する気のない男性は、真っ先に候補から外すだろう。

「キャロ、わたしの言ったこと、ちゃんと聞いていたの？」フィオナがたずねた。

「一言ももらさずに聞いていますとも」キャロラインは親友の手をぎゅっと握った。「でもね、フィー、わたしはこれからは自分の人生を自由に生きることにしたの」心配そうな親友の目を見つめる。「今後、あなたのフィアンセが、あなたとわたしが親しくするのを喜ばないとしても、理解できるつもりよ」

「ジェームズはそんな頭の固い人じゃないわ」フィオナはきっぱりと言った。「それに、もし彼が、あなたと彼のどちらかを選べなんて言ったら、猛烈な口論になるでしょうね。大げんかになっちゃうかも」

キャロラインはため息をついた。よけいな願望は捨てたほうがよさそうだ。フィオナに迷惑をかけることだけはしたくない。それにもし、ミスター・モンカームがバンブリッジから、わたしのことを聞いたのなら、いい話であるはずがない。ルイス・バンブリッジが、ライバルと正々堂々と勝負することなどありえないのだから。

そう考えたとたん、キャロラインはふたたび自由への意志を強くした。ルイス・バンブリッジは好きなようにすればいい。わたしは誰のものでもないし、これからも誰の所有物にもならない。ミスター・モンカームとふたりきりで会って、話したい、そして……。

キャロラインの表情の変化をそばで見ていたフィオナは、親友が口を開くのをさえぎるように、目をくるりとまわした。「わかったわ、キャロ。そこまで思い定めているのなら、しかたないわね。それに彼も明らかにあなたに関心を持っているようだし。今後の段取りについて、姉妹同様の立場としてアドバイスしてあげる」

フィオナが身を寄せて耳打ちしはじめると、キャロラインは今度こそ一言ももらさずに耳を傾けた。

5

混雑した舞踏会には慣れっこのフィリップだったが、さすがにミセス・グラッドウェルの大舞踏会の人ごみには苦戦し、うっかり子爵のコルセットをした脇腹に肘鉄《ひじてつ》を食らわしてしまった。さんざん苦労して、やっとのことで女主人のもとへたどり着いた。

「ミセス・グラッドウェル」フィリップは大胆なまなざしで夫人の目を見つめ、秘密めいて聞こえるようにわざと声を低めて話しかけた。「ちょっとしたお願いがあって、戻ってまいりました」

「あら、まあ！」ミセス・グラッドウェルはうれしそうな声をあげて、扇子を胸元に押しあてた。「かの有名な放蕩貴公子様が、わたくしにどんな頼みごと？」

「ぼくをレディ・キャロライン・デラメアに紹介していただけないでしょうか？」

「まあ！　早速、新しくいらした女相続人に目をつけたのね」フィリップはゆったりした笑みを崩さず、わずかに肩をすくめた。「わかっていますとも、ロンドンじゅうのハンサムな遊び人たちが今夜ここに集まっているのは、レディ・キャロラインがわたくしの招待を受けてくださったからなのよ」ミセス・グラッドウェルは嘆かわしそうにため息をついた。「さっきから、あの方に紹介してほしいという殿方が押しかけてきて、それは大変なの。でもほかならぬあなたのためだから、できるだけのことはさせていただくわ」ミセス・グラッドウェルは首をのばして、押しあいへしあいしている人波を見まわした。「問題のレディはどこにいらっしゃるのかしら?」

フィリップも大勢の人々を見渡した。楽団がカドリールの演奏をはじめ、広間の中央に男女が組になって集まってきた。しかしうるわしい琥珀色のレディはどこにもいなかった。舞踊会場にも、アーチ形のアルコーヴや柱の陰にも、彼女の姿はない。食堂やトランプ遊戯室、温室や小さめのダンスフロアなどへつづく戸口にもいない。

「まあ、どうしましょう、ミスター・モンカーム! レディ・キャロラインが消えてしまったわ」

「いやいや、ごあいさつするのが遅れたぼくが悪いんですよ」軽い口調で言いながらも、フィリップは落胆を隠しきれなかった。バンブリッジなんかと話していたのがまずかった。きっと彼女はそれを見て、仲間だと思ったに違いない。あんなやつと同類と見られるなんて、腹立たしく、厄介このうえない。女性を追い求めるときに、こんな失態を演じたことなど久しくないというのに。

「あの方を見かけたら、必ずあなたにお知らせするわ」ミセス・グラッドウェルは思わせぶりに睫毛を瞬《しばたた》き、扇子をひらひらさせた。そしてフィリップににこやかに笑いかけると、背中を向けてエイデンデリー侯爵未亡人と話しはじめた。

フィリップは女主人のもとを離れても、きらびやかに着飾った人の群れのなかに、彼女の姿を探しつづけた。二回目のカドリールがはじまっている。踊る人々をよけてダンスフロアの端をこそこそ歩いているなんて、いつもの自分らしくない。レディ・キャロラインのことはもう忘れろ、とフィリップは自分に言い聞かせた。あの挑発的なまなざしも、官能的な体つきもすべて。運がよければまた会えるかもしれないし、今夜はもう会わないかもしれない。気に病むことはない。ミセス・グラッドウェルの夜会に来たということは、これからまたいくらでも舞踏会などで顔を合わせるだろう。今は向こうで踊る人々を眺めているミセス・フォーサイスに話しかけようか。彼女はいつも楽しい話し相手だ。それに、あちらにはつい最近未亡人になったばかりの美しいレディ・クリフトンがいる。やっと喪が明けて、誘惑的な緋色のドレスを着ている。彼女とお近づきになるのに、今夜は絶好のチャンスだ。どちらも逃したとしても、トランプ遊戯室の戸口にギデオンがいて、大あくびをしている。用件をすませて、そろそろクロックバーンへ寄ろうと考えているのだろう。

しかしフィリップは、有望な愛人候補のほうへも、悪友のほうへも足を向けなかった。彼の全神経はレディ・キャロラインの大胆な瞳をしたうるわしい顔と、微笑みを浮かべた紅色の唇に集中していた。そしてあの官能的な肢体に……。

レディ・キャロラインをより深く知りたいと切望しているのは、フィリップの心ばかりではなかった。

「失礼いたします、ミスター・モンカームでいらっしゃいますね?」男の声がした。フィリップがふり向くと、ミセス・グラッドウェルの従僕のひとりが立っていた。「お言付けがございます」

従僕がさしだした銀の盆には、きれいに折りたたんだ紙片が載せられていた。一輪の白百合が添えてある。フィリップは驚きに目をみはった。これはレディ・キャロライン・デラメアのつややかな栗色の髪に飾られていた花に違いない。

フィリップは心をそそられる品を手に取ると、礼を言って、従僕がいなくなるのを待ってから、慎重に紙を広げた。上品な美しい文字がしたためられていた。


新鮮な空気を吸いたいと思いませんか? C

フィリップは白百合のほのかな香りを胸に吸いこんだ。琥珀色のシルクの揺らめきが視界の隅に映った。レディ・キャロラインが、着飾った人々でひしめく煌々と明かりの灯った広間から庭園へ出ていくところだった。彼女はそのまま、ふり向きもせずに階段を下り、涼しい春の夜のなかへ消えていった。

見も知らぬ男に誘いの手紙をよこすとは、なんとも大胆な人だ。しかも彼女はぼくが気づくのを待って、思わせぶりに出ていった。個性的な自分流の演出を、彼女自身楽しんでいるようだ。フィリップは笑みを浮かべた。そういう情熱的な美しい女性を楽しませる方法はたくさんある。誘惑したりじらしたり、さまざまな場面やゲームを仕掛ける方法を心得ている。だがその前に、どの程度まで火遊びを楽しむつもりなのかを、確かめておかなければ。

フィリップは紙片をポケットにしまい、百合の花を胸ボタンの穴に挿した。それからさりげない足取りで、レディ・キャロラインのあとを追った。

キャロラインは、フィリップ・モンカームがゆるやかにカーブしたテラスの階段を下りてくるのを見ていた。ミセス・グラッドウェルの屋敷は広大で、建物の端から端までテラスがつづいている。その下側の壁には、きらびやかな広間と同じように装飾的なアルコーヴが配置されている。しかしここではヤシの鉢植えとソファの代わりに、壺《つぼ》や大理石の像が飾られていた。キャロラインは水差しを持った石の女神の陰に隠れて、じっと様子をうかがっていた。

六月初旬の夜は涼しく、空は曇っていた。じきに雨になりそうだ。それでも何人かの客が庭園に出て楽しんでいる。風に揺らめく心もとないトーチランプの明かりの下でも、今階段を下りてきたのはミスター・モンカームに違いないと、キャロラインは断言できた。あの広い肩と引き締まった腰とすらりとした脚は、見間違えようがない。あんなに魅力的なスタイルの男性は、舞踏会場にはほかにひとりもいなかった。ただ立って、庭園を見まわしているだけなのに、全身にみなぎる力強さが感じられる。彼が自分を捜していると思うと、キャロラインの鼓動は速まった。こっちを向いてくれないかしら。まだ見つけられたくはないけれど、あのハンサムな顔とまぶしい笑みに慣れておかなくては。姿を現すときに、どぎまぎしていては困る。落ち着き払った態度で接しなくては。彼がルイス・バンブリッジと話していたのを忘れてはならない。冷静かつさりげなく、フィリップ・モンカームがどんな話を聞かされたか、それについてどう思ったかを聞きだすのだ。たとえ愛人を選ぶときでも、本物のレディは落ち着いて理性的でいるべきだ。そう、とりわけ愛人を選ぶときは。

けれども心の一部はどうにも静まってくれない。広間に戻って、もう帰りましょうとフィオナに言いたくてたまらない。かの放蕩貴公子に花と手紙を届けさせたことを、忘れてしまいたがっている。

いっぽうで、心のべつの一部は今すぐにもミスター・モンカームの前へ出ていきたいと願っている。レディとしての落ち着きも品格もかなぐり捨てて。キャロラインのその奔放な一面は、フィリップ・モンカームの手を取り、この暗がりでふたりきりになって、その先になにが起こるかを知りたがっている。

「ぼくを呼びだしておきながら、待ちぼうけを食わせて楽しんでいるのかい？」

ためらう心を見透かすような問いかけに、キャロラインは思わずはっと息をのんだ。ミスター・モンカームはそのかすかな気配を聞きつけたらしく、ほんの少しだけ彼女のほうに顔を向けた。片方のきらめく瞳とからかうようにつり上げた眉が見える程度に。

「こんばんは」彼は逞しく引き締まった外見によく似合う、深みのある力強い声をしていた。

キャロラインはまたもやどぎまぎしてきた。

胸のボタンの穴にキャロラインがメッセージに添えた百合の花を挿している。

見つかってしまったからにはしかたがない。キャロラインはアルコーヴの暗がりから明かりの下へ歩みでた。まるで衣服を脱ぎ捨て、フィリップ・モンカームの強烈なまなざしに裸身をさらけだすような気がした。

「こんばんは」キャロラインは言った。「こんなにすぐ見つかってしまうなんて、のろまな獲物ですわね」

彼がこれほど近くにいることに対して、まだ心の準備ができておらず、落ち着いた態度も、冷静な話し方もできなかった。それでも彼に近づきたい、すぐそばで彼をじっくりと見てみたい、そして自分も見てほしいという衝動には抗《あらが》えなかった。

「本当に隠れていたいなら、もっと地味なドレスにするべきだったね」フィリップ・モンカームが答えた。「そうだったらものすごく残念だけど」彼は手をのばしたが、キャロラインの袖《そで》に触れるか触れないかのところで指先を止めた。ぎりぎりで礼儀を守っている。「このドレスはきみにとてもよく似合っているから」

キャロラインは頬が赤くなるのを感じ、そっけない調子で言葉を返そうと焦った。

そのとき、庭園の暗がりで女性の悲鳴があがった。

顔から一気に血の気が引き、キャロラインはフィリップ・モンカームと目を見交わした。暗黙のうちにうなずきあい、ふたりで叫び声のしたほうへ走った。足の長いミスター・モンカームが、易々と前を行く。しかしキャロラインもドレスの裾《すそ》をたくしあげ、田舎暮らしで鍛えた脚力で負けじと彼のあとを追った。

ミセス・グラッドウェルの丁寧に刈りこまれた薔薇園にたどり着くと、茂みのあいだからさっきよりさらに大きな悲鳴が聞こえた。ずんぐりした男が痛みと驚きに叫びながら、薔薇の茂みから飛びだしてきた。フィリップがすかさずキャロラインを抱き寄せなかったら、彼女は男とまともに衝突していただろう。

「失礼！」男はあえぐように言い、走り過ぎようとした。しかし腿《もも》まで下ろしたブリーチズを引きあげながらなので、思うように走れない。

「人でなし！　けだもの！」もうひとり、薔薇のあいだから人影が出てきた。今度は小柄でふくよかな女性で、ドレスとシュミーズが腰まではだけ、豊かな胸を夜気にさらけだしている。半裸の復讐《ふくしゅう》の女神は、両手に木の枝を握りしめていた。彼女は下半身むきだしの男に襲いかかり、怒りにゆがんだ顔で枝の武器をふりかざした。「野蛮人！　怪物！」

「やめろ！　ジョージアナ！　やめてくれ！」逃げようとする男の腕を、フィリップはいともたやすくつかまえた。騒ぎを聞きつけて人だかりができはじめ、何人かの紳士がフィリップに手を貸そうとそばへ来た。

「止まりなさい！　この、この人でなしの、け、けだもの……」ミス・ジョージアナは怒りのあまり言葉を失っているのか、もともと語彙《ごい》が豊富ではないのかもしれないが、やみくもに枝をふりまわしている。キャロラインは考えるより先に手をのばし、男性の頭にふりおろされようとしていた即席のこん棒を押さえつけた。

「なにがあったの？　この人に傷つけられたの？」キャロラインは女性の顔から下を見ないようにして言った。

「傷つけられたどころか！」ミス・ジョージアナはむきだしの乳房を揺らして、キャロラインが押さえている枝をふり放そうともがいた。男性陣の多くは、彼女のこの姿が目当てで集まっているに違いない、とキャロラインは驚くほど客観的に考えていた。「もっとひどいわ！」

「そんな……」キャロラインのユーモアまじりの客観的な気分は吹き飛んだ。フィリップに腕をつかまれて、もがいている男をじっと見る。

「二万ポンド（約六億円）の財産を相続するって言っていたくせに！」ミス・ジョージアナは震える指を男に突きつけた。「ふたを開けてみたら、この人はロンドンじゅうの金貸しから借金しているうえに、年五百ポンドの持参金を目当てにわたしと結婚しようとしていたのよ！」

「ねえ、きみ」不幸な男は懇願するように片手をさしのべた。フィリップはミス・ジョージアナの元恋人に同情したらしく、つかまえていた腕を放した。「ぼくの考えでは……」

「あなたじゃなくて、脚のあいだにぶら下がっているそのつまらない代物が考えたんでしょう！」ジョージアナはついにキャロラインの手から枝をもぎ取り、侮辱の対象となっている下腹部の一物に向けてふりおろした。男は後ろへ飛びのき、大事な部分を両手で守ったためにブリーチズがまた膝までずり落ちてしまった。「わたしをだまして……この……けだものの、人でなしの、金の亡者め！」

ミス・ジョージアナはキャロラインの横をすり抜けて、男に向かって枝を剣のようにふりまわした。男は恐怖の悲鳴をあげて、ブリーチズをつかんで走りだした。尻丸出しでがにまたのわりには、驚くべき走りっぷりだった。レパートリーの乏しいののしり言葉を浴びせながら、ミス・ジョージアナが追いかける。脇へ飛びのいたキャロラインを、フィリップ・モンカームががっしりした胸で受け止めた。

人だかりのなかで笑い声があがった。拍手をする者もいた。やがて嘲笑《ちょうしょう》と喝采《かっさい》が巻き起こった。しかしフィリップ・モンカームだけは騒ぎに加わらず、その場で静かにキャロラインの肩を優しくつかまえていた。手袋をした彼の手が触れている素肌がうずうずして、キャロラインは息苦しくなった。胸が激しく高鳴りだす。先ほどミスター・モンカームに見つめられて、身体の奥に焚《た》きつけられた火種が、またゆっくりと燃えあがりはじめた。キャロラインは、気を失うふりをして彼に優しく抱き止められるところを想像した。

そうしてみたい気もするけれど、まわりには人だかりができていて、ここでさらに見せ物になるなんてまっぴらだ。もっとも誰もミスター・モンカームやキャロラインには注目していない。たった今、目撃した喜劇について、さかんにしゃべり立てている。年配の婦人や若い娘たちは大げさに呆れたり怖がったりするのに夢中で、紳士たちはあとでクラブの仲間に聞かせようと、話をふくらませるのに忙しい。

フィリップ・モンカームがキャロラインの肩をぎゅっとつかんだ。さりげないが、親密なしぐさだ。キャロラインが見上げると、彼のいたずらっぽい笑顔があった。間近にいるのに、庭が暗すぎて、彼の瞳が何色なのかわからない。キャロラインはがっかりした。フィリップ・モンカームは装飾的に刈りこまれた小道のほうへうなずきかけた。キャロラインがうなずくと、彼はお辞儀をして腕をさしだした。

今さっきのとんでもない破廉恥な一幕について、人々が笑いあいながら散っていくなかで、フィリップ・モンカームはキャロラインの手に自分の手を重ねた。キャロラインはいかにも気さくに並んで歩く放蕩貴公子とともに、庭園の奥へと入っていった。

6

ミセス・グラッドウェルの広々とした庭園は、屋敷と同様に、ふんだんに金をかけた造りで、派手派手しく凝った装飾が施されていた。いかにも自然の風景らしく見えるように古い大木のまわりに花々やシダの植えこみが広がっているが、あまりにもきちんとして小綺麗《こぎれい》すぎる。直線的に刈りこまれた四角や円錐《えんすい》形の生け垣もひどく無機質だ。

さまざまな装飾品に加えて、庭園のところどころにヴェルサイユ宮殿から取り寄せたと言われる大理石と鋳鉄製のベンチが置かれていた。もちろん、革命が鎮まってからのことだろうが。そのベンチの一つが小道のはずれのポプラのアーチの木陰にあり、ミスター・モンカームはそこへキャロラインを誘った。

キャロラインは今さっきの大乱闘のせいで、まだ頭がくらくらしていた。見知らぬ人同士の痴話げんかに割って入るなんて、わたしはいったいなにを考えていたの？　いくら目の前で起きていようと、他人のけんかに仲裁に入るなんて、はしたないことだ。ほかの淑女たちのように、遠巻きにして怯えるふりをしているべきだった。ミスター・モンカームにどう思われただろう？

なにを思ったにせよ、フィリップ・モンカームは穏やかな笑みを浮かべて、キャロラインの手を取ってベンチに座らせた。キャロラインは説明しようと口を開いたが、なんと言えばいいかわからなかった。フィリップ・モンカームは黙っているように手で合図し、すぐに彼女の隣には腰かけずに、木々の後ろを念入りにうかがった。

「誰もいないようだ」彼はそう言うとベンチに腰をおろし、背もたれに長い腕をゆったりとかけた。「さっきの騒ぎを考えると、よく確かめておいたほうがいいと思いませんか？」

「そうですね」キャロラインはけんめいに彼と同じなにげない口調を心がけた。「年五百ポンドのために、あんなに騒ぎ立てる必要があったのかしら？」

「あるいは年五千ポンドなら……」フィリップ・モンカームは手をひらひらさせて言った。

「それとも爵位が目当てとか？」キャロラインは言い添えた。

「爵位はとりわけ重要だろうね」

キャロラインはフィリップ・モンカームのまじめな表情を見て、目を瞬《またた》いた。それから声をあげて笑いだした。なんてばかげた騒ぎだったことか。初めての誘惑を仕掛けようと慎重に計算していたつもりだったのに。テラスで夜気に震えながら、彼がわたしの手紙と髪に挿していた花を受け取るのを待っているあいだも、完璧な出会いにする自信があった。フィオナとふたりで、屋根裏部屋でお芝居の真似ごとをしていたときのように、あるいは母とおもてなしごっこをしていたときのように。けれども練りあげた筋書きは、薔薇の茂みからものすごい剣幕で飛びだしてきた、嘘つきの婚約者とその恋人のせいで、すっかり吹き飛んでしまった。これが笑わずにいられるだろうか?

フィリップ・モンカームもつられて笑いだし、キャロラインは安堵した。屈託のない、腹の底からの笑い声だった。目元にチャーミングなしわができて、間近で見ると、その笑顔は本当に素敵だった。キャロラインは笑いすぎてにじんだ涙を拭き取ろうと、袖口に挟んでいた小さなレースのハンカチを手探りした。

するとフィリップ・モンカームがその手をつかまえて、大ぶりの実用的なハンカチをてのひらに載せた。布越しに手が触れあう感触に、キャロラインの笑いの衝動はすっかりひっこんだ。彼も笑いやみ、妙にきまじめな表情になった。

「自己紹介がまだでしたね?」彼は重ねた手を離さずに言った。そのままハンカチをキャロラインの目元へ持っていく。「フィリップ・モンカームです、どうぞお見知りおきを」

遠くで揺らめくトーチランプの明かりが、フィリップの顔に魅惑的な影を作りだしている。キャロラインは、ようやく彼の瞳の色を知ることができた。鮮烈な深いブルーの瞳は、夜の闇《やみ》のなかでミステリアスな輝きを放っていた。彼はなにも言わずに一緒にハンカチを持ってキャロラインの目に押しあて、つぎに頬にこぼれた涙をそっとぬぐった。

「レディ・キャロライン・デラメアです」キャロラインは自分の名前を思い出せたことに内

心で驚きつつ、ささやくように答えた。大胆に手を握られ、彼の魔法にかけられてしまったようで身じろぎもできない。見つめあったまま、ミスター・モンカームがキャロラインの目の下の柔らかな肌にそっと布をすべらせる。その感触と、これほどまでに接近しているという実感に、キャロラインはめまいを覚えた。彼に触れてみたい、という願望が芽生えた。彼の広い胸や、逞しい肩に手を這《は》わせてみたい。その温かい身体に身を寄せて、シンプルに結ばれたクラヴァットからのぞく首筋に唇を押しあててみたい。激しく、情熱的なキスをしたい。今すぐに。

「さあ」ミスター・モンカームはキャロラインの手を優しく膝に戻し、ハンカチをポケットにしまった。「これでいいかな?」

時間と呼吸が一度に戻ってきた。涙のあとに夜風がひんやりと感じられる。フィリップ・モンカームの親密な奉仕と、衝動的な欲望のせいで、頬が燃えるように熱い。

「ええ、ありがとう、ミスター・モンカーム」キャロラインは言った。「おかげですっきりしました」

「よかった」どうして彼の笑顔はこんなに魅力的なのだろう。その笑みを見ていると、礼儀もたしなみも忘れて、彼の胸に身を投げだしてしまいたくなる。全身に触れて、男性的で逞しい身体の隅々まで知りたくなる。

「せっかくこんなに珍しい出会い方をしたんだから」フィリップ・モンカームはつづけた。

「ぼくのことはどうかフィリップと呼んでください」そう言って、ボタンの穴から百合の花を抜いて、キャロラインにさしだす。だがあいにく、恭しくさしだされた百合の繊細な花びらは、先ほどフィリップが彼女を抱きとめたときにつぶれてしまっていた。

「こんなにしおれていては、もう髪には挿せないわ、フィリップ」キャロラインは花を手に取って言った。初めて会ったばかりの男性を、ファースト・ネームで呼ぶのは、わくわくするような大胆な気分だった。彫りの深い彼の顔に、満足げな表情が浮かぶ。

「代わりの花をさしあげなくてはいけませんね、キャロライン」フィリップ・モンカームは花を取り戻して言った。キャロラインは彼が花びらにキスをするかと思ったが、目の前の人物がそんな月並みなことをするはずがなく、彼はハンカチをしまったのと同じポケットに、しおれた花を押しこんだ。そしてベンチの背に片腕をかけ、脚をゆったりと前にのばした。

キャロラインはその長い脚に思わず見とれずにはいられなかった。真っ白なストッキングがふくらはぎを包み、逞しい腿のラインに沿って薄青いシルクのブリーチズが光沢《こうたく》を放っている。男性をこんな目で見るのは初めてだ。キャロラインはレディらしい慎みを必死に保とうとした。思い描いていた筋書きどおりにはいかなかったけれど、だからといってこの男性の胸に今すぐにも飛びこんでいい、というわけではない。

そんなとんでもない自分の考えに気づいて、キャロラインははっとした。

幸いにも、フィリップはキャロラインの無作法な視線にもまったく動じる気配はなかった。

むしろ、引き締まった身体にほれぼれと見とれる彼女の視線を喜んでいるようだ。彼は熱のこもった声で言った。

「ぶしつけなことをきくようですが、なぜぼくを呼びだしたんですか、キャロライン？」

その質問にキャロラインはうろたえた。髪に挿していた百合を添えた言付け、暗闇のなかにこうして彼とふたりきりでいること、どちらも意図は明白だ。それを言葉で言わせるつもりなのかしら？　でも彼は明らかにわたしの返事を待っている。

「わたしは……あの……」

フィリップはもの問いたげに片方の眉をつり上げた。まぶしい笑みを浮かべていなければ、このしぐさはひどく冷ややかで貴族的に見えただろう。彼がすぐ間近にいるせいで頭に霞がかかったようにぼうっとしていたキャロラインは、その高慢な表情のおかげでふとわれに返り、少なからず困惑した。この人はわたしを試している。わたしがなんて答えるか知りたがっているのだわ。うまく言葉を返せればの話だけれど。

ふいにキャロラインは、目を見交わすだけで気持ちが通じた先ほどの瞬間のことを思い出した。あのとき、ふたりのあいだに言葉はいらなかった。互いの目を見て、叫び声があがった方向へ、瞬時に駆けだしたのだ。彼はここで待っていろなどとは言わなかった。キャロラインが仲裁に飛びだしたときも、止めようとはしなかった。わたしの決断と能力を信頼してくれた。わたしは彼を信頼して、正直に答えられるだろうか？

キャロラインは確かめてみることにした。

「あなたを誘惑するつもりでした」良識が頭の奥で叫んでいる。やめなさい、軽はずみすぎるわ。いくら暗闇で大胆な気分になっていようと、レディがそんなあけすけなもの言いをしてはいけない。

「ぼくのどこが気に入って、きみの誘惑の対象に選んでもらえたのだろう?」フィリップは穏やかにたずねた。

キャロラインの頭のなかで、またしても良識がわめきだした。今の下品でふしだらな発言を撤回するのよ。彼の身体をそんなふうにじろじろ見てはだめ。明かりに照らされた庭園でも、壮麗なお屋敷でも、曇った空でも、なんでもいいから、長い脚にぴったりしたシルクのブリーチズを穿いたフィリップ・モンカーム以外のものに視線を向けなさい。

「キャロライン?」フィリップが身をかがめてたずねてきた。今度はまったく手を触れようとせず、キャロラインはひどくがっかりした。「教えてくれないか?」

相手の男性的な美点を並べ立てて、あたりさわりのないお世辞で返すべきだと、キャロラインはじゅうぶんにわかっていた。そして放蕩三昧《ざんまい》な男という彼の噂に恥じらいをこめて言及すればいい。しかし洗練された戯れの言葉は、一つも頭に浮かばない。やはり今度も、本当のことを告げたときのフィリップの反応が見たくてしかたなかった。

「今夜初めてあなたに見つめられたとき、息が止まるような心地がしたのです」

なんて不器用で野暮なことを言ってしまったのだろう。愚かな女だと軽蔑されてもしかたないと、キャロラインはフィリップから顔をそむけた。知的で自立した女はどんな状況にあっても感情をしっかりと抑制すべきだと、つねに自分に命じてきた。おしゃれな小説に出てくるようなわれを忘れるほどの恋など、愚かで自分の意志を持たない小娘が思い描く幻想にすぎないと。大人の女性は情熱にまかせた言動は慎み、きちんと自制をはたらかせるべきだ。さもないと世間の目がゆるさない。けれども今まで誰ひとり、少女時代から秘密を共有してきたフィオナでさえ、一言も教えてくれなかった。彼にほんの少し触れられただけで、激しく胸が高鳴り、妄想が止めようもなく広がり、自らの感情にふりまわされてしまうことを。

「だが今のきみは、ぼくから離れようとしている」フィリップはつぶやくように言った。「ぼくを誘惑したいという気持ちはもう失せてしまったのかい？」

キャロラインはフィリップのほうに向き直った。同じベンチに座っているので、フィリップのダーク・ブルーの瞳がすぐそばにあった。濃い眉の下の両目はやや離れ気味で、鼻筋がまっすぐに通っている。くっきりとした眉と、笑みを浮かべた口と、大きく立派な鼻が絶妙なバランスで配置されている。キャロラインの頭は、ふたたび欲望と妄想で満たされた。想像のなかでは手袋をはずし、指でじかに彼に触れていた。彼の手首、角張った顎。スカートに触れあう位置にあるその膝。逞しい腿をてのひらでたどり、そして……。

「もっと簡単だと思っていたのに」キャロラインはつぶやいた。

「たいていの人は誘惑なんて簡単だと思っているが、いろいろな芸術と同じで、熟練が必要なんだよ」

「でも紳士は誘惑に弱いと聞いていたのだけど」

「われわれ男が誘惑に弱いのはたしかだね。またそんな思いつめた顔をして。ほら、ここに小さなしわができているよ」フィリップは指先でキャロラインの眉間《みけん》に触れた。

キャロラインはむきになって言い返した。「そんなことないわ。わたしに触れる口実でしょう」

「ご明察だよ、キャロライン。ぼくに触れられるのはいやかい?」

傲慢《ごうまん》な態度に対して、きつい言葉がいくつも頭に浮かんだ。ほかの場合であれば、ためらわずに口にしていただろう。父や兄はキャロラインを男から遠ざけようとしてきたが、自分のことを第二のカサノヴァだと勘違いしている無礼な紳士たちをあしらった経験は彼女にもある。けれどもフィリップに見つめられたり、触れられたりしたときの気持ちは、そういう男性の狡猾《こうかつ》な色目使いや、薄っぺらなお世辞の言葉から受ける、遠くへ逃げだしたいような不快感とは大きく異なっていた。フィリップに大胆なまなざしで見つめられると、ますます強く惹きつけられる。

「いいえ」キャロラインはささやくように答えた。「このままつづけてほしいわ」

「ではそうしよう」フィリップはキャロラインの額から顎の下の柔らかな部分にかけて指先でなぞった。「どういうふうにぼくを誘惑するつもりだったのか、教えてくれないか。ミス・ジョージアナと哀れな恋人にじゃまされなかったら、きみはどうしていた？」

「よく覚えていないわ。自分がどうするつもりだったかなんて」それどころか、キャロラインは呼吸をすることさえ忘れそうだった。フィリップの指先は喉を伝い、むきだしの肩をたどって、シルクの袖にたどり着いた。彼はそこで手の動きを止めて、大胆に開いたドレスのふっくらとした胸元を見つめた。

「では思い出せるように手助けしよう」フィリップは言った。「きみはぼくに手紙を届けさせ、ぼくが受け取るのを確かめたあとで、庭へ下りた。ぼくがあとを追いかけたのは知っていた？」

「ええ」

「そのとき、どんな気分だった？」フィリップの指先が袖を伝い下りていく。流行の新しいデザインで、生地をふんだんに使ったその袖を、キャロラインは自慢に思っていた。この袖のおかげで、古いドレスが生まれ変わったように素敵になったのだ。でも今は袖がじゃまに思えた。じかに素肌に触れてほしいのに。

「怯えていたかい？」フィリップはからかいをこめて問いかけたのかもしれないが、表情は真剣そのものだった。

「いいえ」キャロラインは答えた。フィリップの指先は肘の辺りまで来て、長手袋の端にたどり着いた。頭が混乱して、なんと答えていいかわからない。わたしも彼に触れるべきかしら？ どこに？ どんなふうに？ こんな展開は予想もしていなかったので、まともに考えることさえできない。彼の指が触れた場所の感覚のみが意識されて、意志の力がまるで働かない。「わたし……わたしは……」

「教えてくれ」フィリップはキャロラインの長手袋に縫いつけられた真珠のボタンをいじりながら、これがいったいなんの役に立つのか、はずすのにどれくらい手間がかかるのか、考えているようだった。なにしろ恐ろしくたくさんついているのだ。

「あなたがすぐ後ろにいるような気がして、ふり返りたいけれど、そうする勇気がなかった。わたしはあなたに……」

「ぼくに、なんだい？」

「すぐそばに来てほしかった。手をつないで、一緒に歩きたかった」

「庭園の暗がりを？」

「ええ」キャロラインはうなずいた。彼にもう一度微笑みかけてもらえるなら、なにを言われてもうなずいただろう。

「それから？」

「あなたのほうを向いて、抱きしめられるの」キャロラインはフィリップの腕のなかにごく自然に包まれるさまを思い描いた。ぴったりと身体を押しつけるように強く抱き寄せられることを想像して、思わず身を震わせた。

「きみはぼくに触れるのかな?」

「ええ、そうね」キャロラインはささやくように答えた。あなたに触れて、キスをするわ。あなたの腕や胸、顔や腿に。あなたの身体にきつく腕をまわして抱き寄せ、何度もキスをするの……。

「今、ぼくに触りたいかい?」

キャロラインの理性が活動停止に陥った。ちゃんと考えるのよ! ああ、心臓が止まりそう。フィリップとは会ったばかりで、ダンスを踊ったことさえない。彼に対してどんな気持ちを抱いているにせよ、見ず知らずの他人だ。いくら自由の身になれたからといって、よく知らない他人と親密に触れあうのは、いくらなんでも大胆すぎないだろうか。頭をはっきりさせて考えなくては。フィリップがこれからなにをするにしても、わたしがゆるしを与えたからであり、この瞬間は二度と後戻りできないものなのだ。

「ええ」キャロラインは言った。「あなたに触れたいわ。とても」

「それなら触ってごらん、キャロライン。さあ」

ささやき声で人を従わせられるなんて思いもしなかったが、フィリップにはその力があった。キャロラインは彼のほうへのばしかけた手を止めた。フィリップがからかうように眉を持ちあげる。その傲慢なしぐさは、彼のくせのようなものなのだと、キャロラインはわかってきた。無言の挑発に、キャロラインは応じなかった。えさに食いつくつもりも、焦るつもりもない。この瞬間はわたしにとって天からの贈り物だ。わたしがここにいることは、誰も知らない。これからすることを知っているのは、わたしたちふたりだけ。本当に貴重な秘密の隠れ場所。でも、ふつうに人と親密になるのとは、まったく逆の手順ではないかしら？　たしかにそうだ。それでも今さらこの流れを止める気はない。

キャロラインはフィリップの目を見つめながら、長手袋の真珠のボタンをはずしはじめた。フィリップはゆっくりと息を吸いこみ、さらにゆっくりと吐きだした。迷いが生じているのだろうか。それとも、わたしが親密な触れあいにこれほど本気になっているのを、不思議に思っているのだろうか。キャロラインにはわからなかった。

「お手伝いしましょうか、お嬢さん？」フィリップが穏やかにたずねた。

キャロラインは一瞬ためらったものの、すぐに応じた。「ええ、お願いするわ」

フィリップのほうへ腕をのばすと、彼が茶目っ気と期待の入りまじった表情を浮かべ、キャロラインの胸の鼓動はまた速まりだした。彼はボタンに手をかけ、一つずつはずしながら、柔らかな素肌の腕が夜気にさらけだされていくのをじっと見つめた。フィリップの力強い指が優美に動くさまを見ていると、キャロラインの胸は興奮と好奇心、そして欲望で満たされていった。ボタンをはずして彼女の腕をむきだしにする単純作業に彼は集中している。

キャロラインは彼の指が、ドレスのホックや紐をはずしていくところを想像した。長手袋をはずすのと同じように、優しく器用にドレスを脱がしてしまうのだろう。早く手袋をはずしてほしい反面、永遠に時間をかけてもらいたい気持ちもある。彼の指が肌をかすめる刺激的な感触を、ずっと味わっていられるように。

フィリップは最後のボタンをはずし終えると、顔を上げてキャロラインの目を見つめながら、そっと手を離した。そのままじっと待っている。キャロラインは、つぎのステップに進むようにうながされているのだと理解した。でもどうすればいいのかわからない。おかしな真似をしてしまったらどうしようと恐れるいっぽうで、この瞬間をぞんぶんに楽しんでいる自分がいる。繊細な肌にシルクの生地が優しくこすれるのを感じながら、キャロラインは手袋をはずした。そのまま自分の膝に置くつもりだったが、ふいに気が変わり、フィリップの腿に脱いだ手袋をかけた。

フィリップは身じろぎして座り直した。なにか言うのかと思い、キャロラインは黙っていてほしいというしるしに彼の唇に指をあてた。じかに触れるフィリップの口は想像していたように温かく、とても柔らかで、ぞくぞくするほど刺激的だった。興奮と緊張で手が震えたが、キャロラインは探索をつづけた。頭で考えたり、恐れたりしてはだめ。無心で行動するのよ。手の甲《こう》でそっと顎の脇を撫でてみる。ざらざらする感触が心地よかった。崩して結ばれたクラヴァットの上の温かな喉も触り心地がいい。ほどこうとするかのように、リネン地をもてあそんでから、上着に包まれた肩へと手を這わせる。キャロラインは身体の奥がぎゅっと収縮し、さらに興奮と緊張がつのった。逞しい肉体の感触は、たまらなく魅惑的だった。

フィリップも平静ではいられず、慎重にゆっくりと深い呼吸をして、けんめいに自制している。そんなふうに抑えなければならないほど、自分の指が彼を興奮させているのだとわかり、キャロラインは口元に笑みを浮かべた。ささやかな成功にさらにインスピレーションを得て、今度は彼の上着の襟をつかみ、生地を確かめるように撫でてから襟の下に手を滑りこませて、胸から逞しい腰の曲線へ、さらには太腿へと撫で下ろしていく。そこでしばらく留まり、温かな肌と筋肉をぴったりと包むすべすべしたブリーチズの手触りを愉しんだ。

脱いだ手袋はまだフィリップの腿にかかっている。キャロラインがそれを持ちあげようとした瞬間、彼に手首をつかまれた。痛くはないが、しっかりと押さえつけられている。

「ああ、お願いだ」フィリップは自由なほうの手で、無抵抗のキャロラインの指から手袋を抜き取った。シルクが肌にこすれる感触を彼は知っていて、わざと刺激を与えているに違いなかった。「まだやめないでくれ。素晴らしい心地をもっと味わっていたい」

フィリップはいきなり素早く長手袋をキャロラインの手首に巻きつけると、片端をしっかりと握りしめて、自分につなぎ止めた。キャロラインは彼につながれた自分の手首を見て、喉元が激しく脈打つのを感じた。

「シルクがだめになってしまうわ」キャロラインはうわの空でつぶやいた。これはゲームだ。わたしが本気で抵抗すれば、彼はすぐに放してくれるだろう。ほんの戯れ、悪ふざけなのだ。キャロラインは新たな欲望が身内に芽生えるのを感じた。

「ここでやめられたら、ぼくのほうこそだめになってしまうよ、キャロライン」

「それは……」キャロラインは喉の渇きを覚え、唇を舌で湿した。「わたしの誘惑がうまくいったということ？」

「そうだね。うまくいったら、今度はどうしたい？」

頭のなかにおぼろげなイメージが生まれ、キャロラインは身体が火照るのを感じた。それらのイメージが、フィリップの指先の感触とシルクが手首を締めつける感触とあいまって、妖しくゆらめいた。その名状しがたいイメージがもたらす熱い興奮が、フィリップの瞳にも映っていた。わたしの感じている欲望がどういうものなのか、彼は心得ているのだ。おぼろげなイメージのちゃんとした形を、狂おしい衝動を、知りつくしているに違いない。その秘密をこれから一つずつ明かしてくれるのだろう。

キャロラインは身を乗りだして、フィリップにキスをした。指で触れた彼の唇も素敵だったけれど、唇を触れあわせたときの感触とは比べものにならない。甘くてスパイシーなリキュールのような味がする。生まれてからずっとこの口づけを待っていたような気がした。フィリップが大きなてのひらで彼女の頭の後ろを包み、優しく容赦なく、縛りつけた手首を引き寄せる。彼の舌がキャロラインの唇の合わせ目をなぞる。彼女が好奇心から唇を開くと、舌が滑りこんできた。彼はキャロラインを仰向かせ、より深く舌を探り入れてきた。執拗《しつよう》でぶしつけなその舌を、彼女は喜んで受け入れた。時の経《た》つのも忘れ、理性はどこかへ吹き飛んだ。ただめくるめくようなキスと、抱き止めているフィリップの手の感触だけが、キャロラインの望むものだった。

ところがいきなりフィリップが顔を離した。怒りの表情で横を向いている。キャロラインは恐怖と屈辱に胸を締めつけられた。なにかいけないことをしてしまったの？

だがフィリップがにらみつけているのは、ふたりがいる木陰のベンチに背中を向けて立っている男性の人影であることに気づいた。人影は片手を口にあてて、大きく咳払《せきばら》いした。

7

その瞬間、フィリップは本気で殺意を覚えた。キャロラインとふたりきりで、目もくらむような熱く強烈なファースト・キスを愉しんでいたのに、腹立たしくもゆるしがたいことに、ギデオン・フィッツシモンズのやつにじゃまされたのだ。

キャロラインの魅惑的な瞳に燃え立つ欲情の炎はすでに消えかけている。きっとすぐに自責の念に取って代わるだろう。そんな彼女の瞳を見るのは耐えられない。たとえあとでギデオンの死体を、ミセス・グラッドウェルの庭園にこっそり埋めることになろうとも。いったいなんの用事で来たのか突き止めたら、さっさと追い払おう。

キャロラインに怒りのにじむ声で話しかけてはいけない。今の彼女は心がとてももろくなっている状態で、情熱的な睦《むつ》みあいも生まれて初めての経験であり、ふたりの立場はひどく微妙だ。細心の注意を払って優しく扱わないと、このまま後悔に苛《さいな》まれてしまうだろう。

フィリップは彼女のむきだしの温かな手首にそっと触れ、ここで待っていてほしいと告げた。それから大股《おおまた》で木陰をあとにし、庭園の小道へと出ていった。そこにいたギデオンの腕をつかんで、キャロラインから見えない場所まで引っ張っていく。ここなら見えないだろうという位置に来ると、仰天している友人を向き直らせた。

「いったいなんの用だ？」フィリップは声をひそめて問いただした。

ギデオンは驚くほどの腕力でつかまれていた腕をふりほどいた。親友が驚いているばかりか、かんかんに怒っているのを見て、フィリップはふいを突かれた。「新しい愛人を連れておまえが表通りへ出ていく前に、今の愛人が正面口で待っていることを知らせに来てやったんだぞ」ギデオンは冷ややかに告げた。フィリップは親友が冗談を言っているのではないかと、その顔をうかがった。

「今の愛人って誰だ？」

「ユージニア・ウォーリック」

フィリップは頭から血の気が引く思いがした。いくつか腑《ふ》に落ちる点があった。なんとも不愉快だ。「ギデオン、ミセス・グラッドウェルの舞踏会に寄ったのは、ぼくを連れてくるように彼女に頼まれたからなのか？」

ギデオンはフィリップの表情をまじまじと見て、困惑の色を浮かべた。「ミセス・ウォーリックはもうおまえの愛人じゃないのか？」

「そのとおりだ」

ギデオンは急に首元がきつく感じられたかのように、指輪をした手でクラヴァットをゆるめようとした。だが、親友は感心なことに責任逃れはしなかった。「彼女は、おまえと軽い口論になったと言っていたが」

「口論か」フィリップは苦々しげに言った。「彼女は最低の侮辱的なやり方で、一週間前にぼくらの関係を終わらせたんだ」

ギデオンは苦しげにため息をついた。「それならそうと教えてくれればよかったのに」親友の言うこともっともだとわかっていたが、フィリップは腹立たしくて素直に認められなかった。「まあ、今ここでそんなことを言ってもしかたない」ギデオンは言った。「ぼくの失態だから、ぼくが行って、彼女に帰ってもらうよ」

フィリップは怒りをのみこもうと努力した。親友は責任を感じているが、実際は彼のせいではない。ユージニア・ウォーリックと別れたことは、ごく親しい友人たちにも黙っていた。おまけにユージニアは、男の目を見て平気ですらすらと嘘をつける女なのだ。しかし向こうから別れを告げておいて、なぜ今さら会いたがるんだ？　その疑問が解けないかぎり、残念だがレディ・キャロラインとの甘美な誘惑ゲームには戻れそうもない。

「いいや」フィリップはギデオンに言った。「これはぼくの責任だ。ぼくが行こう」

「あっちのほうは……」

「それもぼくの責任だ」

もっともだとうなずくギデオンを捨て置いて、フィリップはレディ・キャロラインを待たせている場所へ急いで取って返した。彼女は待っていてくれるだろうか？　それとも良識を取り戻して、立ち去ってしまっただろうか？　フィリップは夢中で駆けださないよう、必死に自制しながら急いだ。

　ああ、よかった。例の木陰にたどり着くと、キャロラインはまだそこに座っていた。フィリップが手首に巻きつけた長手袋をはずし、両手で握りしめながら、ぼんやりと遠くを見つめている。その美しい顔には、心の底から湧《わ》きあがるような切ない憧れの表情が浮かんでいた。フィリップはあまりの切なさに深く胸を打たれた。この瞬間のキャロライン・デラメアの表情ほど衝撃を受けたものはかつてなかった。

　フィリップは自分が来たことを彼女に知らせるために、わざと砂利を踏み鳴らして歩いた。キャロラインは瞬時にわれに返り、慎み深い表情に戻った。彼女が逃げだしてしまいそうな気がして、フィリップは慎重に近づいた。キャロラインは青ざめた頬をして、じっと座ったまま、待たせた彼を責めたりなじったりすることもなかった。黙って彼が目の前まで来るのを見守っていた。

　フィリップ・モンカームが女性を前にして言葉につまることなど、これまでの人生でめったにないことだった。

「ぼくは行かなければならない」フィリップはかすれ声で言った。

　キャロラインはなにも言わなかったが、ゆらめくトーチランプの明かりに照らされ、なぜという問いかけが瞳に浮かぶのが見えた。

フィリップは両手を広げた。「本当に申しわけない。詳しい説明はできないんだが、どうしてもはずせない急用ができて、行かなければならないんだ。信じてくれ、キャロライン」

キャロラインが返事をするまでに永遠にも近い間があった。「あなたを信じるわ」

フィリップはキャロラインに待っていてもらうことも考えたが、渋々その案はあきらめた。ユージニアの望みがなんなのかわからない以上、五分ですむかもしれないし、五十分かかるかもしれないのだ。キャロラインを不安な気持ちのまま、暗がりで待たせておくことはできない。

「エスコート役を呼んできて、屋敷内まで送らせようか?」

キャロラインはうつむいて、手袋を握りしめている両手を見つめた。頬が赤らんでいる。それが屈辱感のためであるのを知って、フィリップは胸をえぐられた。

それにもかかわらず、キャロラインの口調は静かな威厳に満ちていた。「いいえ、けっこうです。ひとりで戻れますわ」

フィリップは前へ進みでた。彼女を解放してあげるべきだ。信じられないほどひどい結末を迎えた誘惑のゲームをあきらめて、それぞれにべつの道を行くべきだ。しかし彼はそうしなかった。できなかった。

フィリップはキャロラインの顎に人さし指を添えた。彼女は抗わなかった。それからそっと上を向かせて、瞳をのぞこうとした。これにも彼女は抵抗しなかった。

「こんなことをお願いする資格などないのは、じゅうぶんにわかっている。すべきではないことも。でもそれも承知のうえで、ききたい。あなたに会いにうかがってもいいだろうか？」

キャロラインは言葉を口にする代わりに、優雅にベンチから立ちあがった。フィリップが彼女の顎から手を引くと同時に、今度は彼女のほうがまだ手袋をしていない指先で、さっき初めてそうしたように、フィリップの唇に触れた。彼の唇の形がお気に召したらしい。キャロラインの瞳が大きく見開かれるさまを見ていると、下腹部が痛いほど張りつめてきた。今すぐ彼女に触れ、キスをしなければ、死んでしまいそうだ。フィリップは自分を叱咤《しった》した。それが本当なら、ここで耐えて死ぬがいい。今はキャロラインの甘美な手探りによって悶死《もんし》するよりも、もっと悪い運命が待っているかもしれないのだ。

キャロラインが申し出を断ろうとしているのは明らかだ。当然のことだし、理解してあげなくてはいけないだろう。自分が愚かすぎて情けない。よりによってこんなタイミングで、会いに行きたいなどと口にするとは。なにも言わずに別れれば、いずれダメージを修復して、ふたたび情熱のときを楽しめたかもしれないのに。まだ社交シーズンははじまったばかりで、これからいくらでも親しくなれる機会はあるのだから。

厚かましく申しでたせいで、甘美な出会いをはじまる前から台無しにしてしまった。

「いいわ」やがてキャロラインは言った。「どうぞいらしてください」

フィリップは深々と息をつくと、壊れやすいガラス細工を扱うように優しくキャロラインの手を取り、そっと口づけた。フィリップが目を上げると、ついさっきまで心もとなさと興奮に見開かれていた彼女の瞳は、うっとりと半ば閉じていた。この情熱の炎を消したくないと思っているのは、ぼくだけじゃないんだ。

〝ああ、キャロライン。これはほんのはじまりだ。これからもっと素晴らしい体験をたくさん味わわせてあげるよ〟

「お友達のミス・レイバーンのお宅に滞在しているんだね？」フィリップはたずねた。

「いいえ」キャロラインの声は欲望に低くかすれていて、フィリップはその蜂蜜《はちみつ》のように甘い声に笑みを浮かべそうになるのを、舌をかんでこらえた。ばかにしていると思われたら大変だ。「自分の家を借りています。アンドーヴァー・ストリート十二番地です」

「では明日の夜はどうだろう？」フィリップはベンチに無造作に置かれていた手袋を拾って、たった今口づけたばかりの彼女の手に載せた。キャロラインがうなずくと、彼は手袋ごとその手を握りしめた。そして身をかがめ、彼女の耳元でささやいた。「では十時にうかがおう。決してあなたをがっかりさせないと約束するよ、キャロライン」

そう言うと、フィリップは封印していた笑みを一瞬だけ見せ、悠々と立ち去った。実際は、すぐにでも彼女のそばから離れなければ、自制のたがが外れてしまいそうだったからだ。

本当だろうか？　キャロラインのもとを離れながら、フィリップの頭に疑念がこだました。明日の夜、本当に彼女はその場所にいるのだろうか？　ぼくが行ったら、ドアを開けてくれるだろうか？　それとも心変わりしている？　そうだとしてもまったく不思議は……。

フィリップは足取りを速めた。下腹部の痛いほどのこわばりが拳《こぶし》をあてられているように感じられる。一刻でも早く彼女から遠ざからなければ。歩きつづけろ。ふり返ってはいけない。

しかしその誓いは守れなかった。庭園の暗がりで、肩越しにキャロラインのほうをふり返ってしまった。

キャロラインはベンチから動いていなかった。トーチランプのゆらめく明かりが、手袋にそっと口づける彼女の女王のように気高い姿を照らしだしている。これ以上、下腹部が昂ることなどありえないと思っていたが、考えが甘かったようだ。

フィリップは無理に視線を正面に戻し、歩きつづけた。

ああ、彼女はなんて麗しい人だろう！　手袋をしていない指先で触れられたとき、頭がくらくらして、股間《こかん》が石のように張りつめた。なんという驚き。今夜、女性たちのドレスからこぼれそうな豊満な胸を見ても、なにも感じなかったのに、キャロラインに手袋の真珠のボタンをはずす手伝いを頼まれたときは、火がついたように全身が昂った。ゆっくりとことを進めるには、渾身《こんしん》の集中力が必要だった。彼女の息遣いの一つ一つを、心ゆくまで満喫するつもりだった。しかし洗練された大人の男を装いつつ、内心では思春期の少年が暴れもがき、彼女の琥珀色のシルクのドレスをまくりあげ、ひと息に奪ってしまえと叫んでいた。世界じゅうが見ている前で、彼女と激しく交わり、絶頂のなかで自分の名前を叫ばせたいと願っていた。

フィリップは妄想のなかで、キャロラインの一糸まとわぬ姿と、両手からこぼれんばかりの瑞々しい乳房と、きつく絡みついてくる両脚の感触を堪能した。

夜気はしだいに冷えてきて、フィリップはむしろそれがありがたかった。よけいな妄想と、昂ぶった下半身の疼《うず》きを冷ましてくれる。彼女に猶予を与えすぎてしまっただろうか。さっきのささやかな行為を後悔し、手紙をよこすかもしれない。いいや、彼女には住所を教えていないし、上品なレディは放蕩貴公子がどこに住んでいるかなど、知りあいにきけるはずもない。しかし明日の夜、彼女の家をたずねたとき、明かりもなくドアに錠が下りている可能性は高い。

だが不思議と、フィリップのなかにキャロラインを信じる気持ちがあった。経験豊富な放蕩者としての自負もあるが、こちらの唇を興味深げに指でなぞり、驚きと喜びがないまぜになった瞳でうなずいたときの彼女の表情のせいかもしれない。

〝キャロライン、あのときのきみの承諾の言葉が、ぼくにとっていかに貴重なものであったか、今度会ったらはっきりと教えてあげるよ〟

そのときは、断じて自分のなかの発情期の少年に屈したりはしない。キャロラインは大人の男が時間をかけて細やかに愛おしむべき女性だ。彼女がドアを開けてくれるなら、その夜、ぼくは完全に彼女のものだ。そして可能なら朝までも。それほど時間をかけるに値する女性というだけでなく、キャロライン自身は理解していないだろうが、その必要があるのだ。大人びていて魅惑的で大胆な女性ではあるが、明らかに彼女は未経験だ。男をまったく知らないがゆえに、ぼくを信頼しきって愛撫《あいぶ》に身をゆだねてくるだろう。

そう考えると、身が引き締まる心地がする。理性を酔わせる彼女の存在から離れてみると、フィリップのなかで良識が諭す声がする。性的な欲望が警戒心を忘れさせてしまうことをキャロラインは知らない。熱情に流されて口にした言葉を、朝には後悔するだろう。恋人に望んでいたのは、ひとときの快楽以上のものだったはずだと。そのときになって疑いと後悔に苛まれても、取り消しようがないのだ。

そんな危険を、本当に冒す気があるのか？　彼女も？　キャロラインにはほかの誰とも違うなにかがある。フィリップの本能がそう告げていた。未経験のぎこちない大胆さや積極性だけではない。悲鳴を聞いた瞬間、無言のうちに心を通わせ、危険も顧みずにともに走った。そして滑稽《こっけい》きわまりない顛末《てんまつ》を心から笑いあった。女性とそんな経験をするのは、初めてだった。キャロラインという人の、魅力的で奥深い内面を垣間見たような気がした。

そんなことを思いあぐねているうちに、ミセス・グラッドウェルの屋敷のテラスにたどり着いた。きらびやかな舞踏会場に戻らなくてすんだことに不思議とほっとしながら、フィリップは屋敷の外をまわって、門のほうへ急いだ。心は悶々として昂っている。いったいキャロラインとは、どういう人物なのだろう？ ルイス・バンブリッジから聞きかじったゴシップだけではなにもわからない。裕福な伯爵家の令嬢なのだから、何年も前に結婚していてもおかしくないのに、いまだ未婚で、危ない火遊びを楽しむ気でいる。ふつうの淑女がたどるべき道ではない。どんなに奔放な未亡人でも、夜会などで数回顔を合わせてから、あるいは何週間もかけて親密になってからでないと、真夜中の逢い引きなど承諾しないものだ。キャロラインはそういう世間的なしきたりを無視するどころか、覆してしまった。ふたりきりで、あの暗い木陰でほんのわずかな熱いひとときを過ごしただけで。ぼくが来るのを知っていて、生まれてこの方ずっと待っていたかのように。

バイロンの感傷的な詩のような考えに、フィリップは気まずくなって顔をしかめた。今までベッドをともにしたどんな女性にも、心を奪われたためしはなかった。自分の享楽的な生き方が気に入っていた。次男なので、後継ぎをもうける責任もない。父はいくらでも好きなだけ金をくれる。気の向くまま、好き放題に暮らせた。唯一の役目は、ときどき侯爵家の荘園屋敷に戻り、父の言葉で言うところの〝墓場に命を吹きこむ〟こと。ごく簡単な務めだ。退屈な兄のオーウェンと夕食をともにしなければならないが。オーウェンは社交的なことにまったく関心がなく、フィリップが戻ってきているときも、本の山に埋もれているか、荘園管理の仕事で忙しくしている。フィリップは最近のロンドンでの放蕩三昧の日々を、父におもしろおかしく語って楽しませ、また半年ほど遊興に耽《ふけ》るべくロンドンに戻る。懐はたっぷりと潤い、好きなだけ遊んで暮らせる。男としてこんな羨《うらや》ましい生活があるだろうか？

だが、それにもかかわらず、最近は退屈で気分が乗らない夜が多い。朝早く目が覚めて、街の通りを商売人の夫婦が連れ立って歩いていくのをぼんやりと眺め、あの夫婦はなにをするためにどこへ行くのだろう、などと考えていたりする。クロックバーンで紳士のたしなみとしてカード・ゲームをしていても、まるでスリルを感じない。先ほどは世渡り上手のミス・ラングレーを羨ましく思ったのではあるまいか？　ロンドン社交界からしばらく遠ざかろうかと考えたことも一度や二度ではない。

あるいは、キャロラインの瞳の奥に隠された秘密を探るべきか。なぜためらったりするんだ？　彼女は承諾したのだ。どうして考え直す猶予を一日も与えたりした？　朝を迎え、キャロラインがぼくの与える悦《よろこ》び以上のものを欲したとしても、それは彼女自身の過ちだ。

フィリップは自分の冷酷な考えにショックを受けた。自分が遊び人なのはじゅうぶん承知している。しかし同時に、思いやり深い恋人でもあると自負していた。相手の女性にはつねに礼節をもって接し、厚かましい真似は決してしない。女性には寛大で気前がよく、若すぎる子や生娘には手を出さない。むろん、今まではという話だが。

まいったな。

キャロラインを追いかけるのはやめたほうが賢明だろう。ちょっとしたプレゼントに断りの手紙を添えればいい。好意を寄せてもらえてうれしかったし、きみは美しい人だけれど、今回はほかに用事ができて、とかなんとか。それでキャロラインが怒って、つぎに舞踏会で会ったときにこちらを無視するなら、それまでのこと。どちらにとっても、そのほうがいいのかもしれない。

だが約束を破れば、彼女を傷つけることもわかっていた。うぬぼれからそう思うのではない。彼女は冒険を求めていた。あなたを誘惑するつもりでしたと、ぼくを信頼して打ち明けてくれた。無防備に本心をさらけだしてくれたのだ。もし明日の夜にぼくが行かなかったら、彼女は傷つくだろう。どうしてなのかといぶかり、自分がなにか失態を犯したのではないか、と思い悩むかもしれない。

最近、自分の気持ちをもてあまし気味のフィリップだが、ともかくキャロラインを悲しませることだけはするまい、と心に決めた。

今日は社交シーズンがはじまった最初の週の水曜の晩だ。オペラや芝居やコンサートに加えて、〈オールマックス〉での舞踏会も開かれる。そのおかげでロンドンのおしゃれな界隈《かいわい》は馬車で大混雑し、ミセス・グラッドウェルの屋敷の前も例外ではなかった。しかし招待客たちのざわめきや馬車の車輪、馬の蹄《ひづめ》の音などの喧騒《けんそう》のなかでも、ユージニアの声ははっきりと聞き分けることができた。

「こんばんは、フィリップ」

ユージニア・ウォーリックが門のそばの暗がりからゆっくりと現れた。彼女を探してここまで来たのでなければ、フィリップは気がつかずに通りすぎてしまっただろう。ユージニアは黒いヴェルヴェットのマントのフードを脱いで、色白のハート形の顔を現した。目は大きく、唇は完璧な弓形をしている。

「ユージニア」フィリップはこみあげる怒りをこらえて、そっけなくお辞儀をした。「きみと今夜ここで会うとは思いもしなかったよ」

「そうね」ユージニア・ウォーリックはフィリップのほうへ歩みでた。いくぶんためらいがちではあるが、身につけた優雅さは少しも損なわれていない。「ギデオン・フィッツシモンズにお願いしたの、あなたをここに来させてもらうようにって」

「そのようだね」フィリップは辛抱強く相づちを打った。早くユージニアに用件を話させれば、早くこの場を切りあげられる。

「舞踏会場で会えると思っていたのだけれど、あなたはすぐに出ていってしまったから」

ユージニアは世間慣れした経験豊富な未亡人に似合わない、うろたえた様子で言った。

「なぜぼくを探していたんだ？」フィリップは困惑の表情でたずねた。なにかまずい事態が起きたのだろうか？　しかしユージニアのつぎの言葉で、その心配は吹き飛んだ。

「それはね、フィリップ、そろそろ機嫌を直して、わたしのもとへ戻ってくれてもいい頃だと思ったからよ」

「機嫌を直す？　ユージニア、きみはぼくたちふたりの寝室で、ほかの男といるところを見せつけたんだぞ」

ユージニアが近づいてきた。風に運ばれて彼女の香水の香りがした。スパイスと花々が絶妙にブレンドされた香りは、ふたりで過ごした夜を思い出させた。温もりのあるなめらかな彼女の肌の感触がてのひらによみがえる。ユージニアが身を弓なりにして絶頂に達するときの興奮も。「わたしはあなたの所有物ではないことをわかってほしかったの。でもあなたと離れてみて、あなたこそ本物の男だと気づいたわ」

フィリップの関心を引きつけたとわかり、ユージニアは自信に満ちた態度を取り戻した。色っぽく小首をかしげて、妖艶に微笑み、フィリップの手に手を重ねる。「わかっているでしょう、あなたが求めるものを与えられるのは、わたししかいないって。お互いに望みをはっきりさせたところで、そろそろわたしのもとに戻っていらっしゃいな」

フィリップは重ねられた手をふり払い、愕然《がくぜん》とする彼女の表情を見つめた。なんの同情も湧かない。自分なら人目に立つ大通りでこういう話は絶対にしないが、彼女が選んだのだからしかたがない。「ユージニア、前にも言ったはずだが、ぼくのいないときにきみがなにをしようが、ぼくはまったくかまわない。だが愚弄《ぐろう》されるのはまっぴらごめんだ」

顔を上げたユージニアの瞳には、案の定、涙が浮かんでいた。その手はもう食わないぞ。こんな嘘泣きに今まで我慢してつきあってきた自分が信じられない。

「フィリップ」ユージニアが小声で言う。「過ちを犯したことは認めるわ。だからわたしのもとに戻ってきて。心から申しわけなく思っていることを態度で示させて。なんでも言うとおりにするわ」

ユージニアはさぞいろいろと、反省を示す行為を心得ていることだろう。それを想像して、フィリップの下腹部が反応した。かつてのユージニアは、彼のものを両手で包み、どんなにその感触を愛しているかささやいたものだ。全裸で彼の前にひざまずき、キスしたり舌でなめたりして、彼をほめたたえ、奪ってほしいと懇願するのだ。

べつの夜であれば、肉体の欲望に抗えず、プライドを捨てて彼女のもとへ行っていたかもしれない。そして愉悦に浸りながら、乱暴な要求をしただろう。しかし今の彼の妄想のなかで、目の前にひざまずき、欲望に頬を紅潮させ、嬉々として従順な奉仕をする女性はユージニアではなく、白い手袋をつけ、髪に白百合を挿した、謎めいた女性だった。

「ユージニア、すまないが」フィリップは言った。「ほかに約束があるんだ」

ユージニアは大きな目を瞬かせた。「もうべつの人と？　そんなの嘘よ。あなたはわたしとゲームを楽しむのよ」

彼女が言うと、意味深長に聞こえる。「ユージニア、この前最後に会ったとき、きみはほくに飽きたとはっきり意思表示したじゃないか。あなたはお払い箱だと言われたから、好きにすることにしたんだよ」フィリップはお辞儀をして、背中を向けた。

　だが三歩も歩かないうちに、ユージニアが肘をつかんで追いすがった。「本気じゃなかったのよ、わかっているくせに！」

「じゃあ、なぜあんなことを？」

「あなたをいじめてみたかったの」ユージニアはすり寄って、フィリップの腕に胸を押しつけた。あでやかな笑みを浮かべているが、その瞳の冷たい光までは隠しきれていない。「レディをいじめるのが好きなくせに、いじめられると気に食わないの？」

　フィリップの喉元が不快にひきつった。「ああ、そうさ。それにきみのあれは冗談の域を超えていた。今、ぼくが知りたいのは、なぜ急に気が変わったのかということだ」

「もとから気が変わったわけじゃなかったのよ、フィリップ。わたしの気持ちは以前と同じよ」ユージニアはダイヤモンドのように燦然《さんぜん》と輝く笑みを浮かべながら、瞳は笑っていなかった。「あなたを嫉妬《しっと》させて、わたしを必要としていることを思い知らせたかったの」彼女はフィリップの腕に絡みついて、身体を押しつけた。「でもあのやり方は間違っていたわ。反省しているの。わたしの家に行きましょうよ」耳元でささやく。「わたしのベッドへ戻ってきてちょうだい。どんなに反省しているか、見せてあげるから」

　フィリップはほんの一瞬ためらった。ユージニアの家に行けば、熱烈なもてなしを受けるのは間違いない。キャロラインとの秘密の約束と、それにまつわる気まずい迷いを脇に置いて、いつもの放蕩三昧に戻り、キャロラインの抱えている謎に頭を悩ませるのはやめておこうか。

フィリップは優しくきっぱりと、ユージニアの手をふりほどいた。「申しわけないが、失礼するよ。約束している人を待たせては悪いので」

フィリップはお辞儀をして通りを歩きだした。背後からユージニアが叫ぶのが聞こえた。

「認めないわ、フィリップ、あなたを手放したりするものですか」

8

「キャロ！ よかった、家にいてくれて」フィオナはミセス・フェリデイの横を風のように通りすぎ、キャロラインを抱きしめた。

キャロラインは屋敷の奥にあるこぢんまりとした居間で、朝食をとっているところだった。白と緑で装飾された居心地のいい部屋で、張り出し窓から裏庭の景色を楽しむことができ、大通りの喧騒もここまでは届かない。

「おはよう、フィー」キャロラインは親友の抱擁に応えて言った。「今朝の調子はどう？」

「絶好調よ」フィオナは麦わらのボンネットとダーク・ブルーのマントを脱いでミセス・フェリデイに渡し、家政婦が出ていくと、椅子《いす》を引き寄せて、キャロラインの手を握った。

「それであなたは？ 大丈夫なの？」

その質問も、フィオナがこんな朝早くからたずねてきたことも、キャロラインにとっては意外でもなんでもなかった。昨夜、舞踏会の広間に戻ってから、フィオナとはほとんど話せなかった。頭痛がすると嘘をついて、ミセス・グラッドウェルの屋敷を辞していたからだ。

幸いにもキャロラインは自分の馬車で来ており、フィオナは知りあいが大勢いるので、帰りの手段を心配する必要はなかった。フィオナの関心をはぐらかして最後までいるつもりだったのだが、熱気のこもった騒がしい広間に戻ったとたん、フィリップ以外の男性とダンスをしたり、にこやかに意味のないおしゃべりをしたりするなど、とうてい無理に思えた。心はフィリップ・モンカームのイメージでいっぱいで、彼に触れられた肌はまだ熱く火照っていた。

それに、会いに行ってもいいかと彼にきかれて、いいと答えてしまった。とんでもない常識はずれの破廉恥な行いであり、どんなに恋にうつつを抜かした娘でも、こんなに軽はずみではないだろう。

キャロラインは大きく息を吸い、ゆっくりと吐きだした。フィオナの問いをうまくそらすことなどできない。それとも、できるだろうか？

「ええ、元気よ、フィー」キャロラインは親友の手をぎゅっと握った。「本当に」

「たしかに元気そうね。心配していたのよ、昨日、フィリップ・モンカームと……なにかあったんじゃないかって」

ありがたいことに、頰を赤らめるだけの上品さはキャロラインにも残っていた。初めて会った男性と逢い引きの約束をするなんて、常識や慎みの観念を一切なくしてしまったと思っていたのだ。たしかに自由に生きようと誓ったけれど、かの有名な放蕩貴公子を自宅に迎え入れることになろうとは、想像もしていなかった。

今は考えてはいけない。キャロラインは自分に命じた。フィオナになら、なんでも話せると思っていたが、このことは黙っていたほうがいい。少なくとも今は。明るい朝日のなかで考えてみると、フィリップ・モンカームもどこか離れた場所にいる今、昨夜の性急な約束を実行に移すべきかどうか、確信が持てなくなってきた。

キャロラインはフィオナのカップにコーヒーを注ぎ、彼女の好みに合わせてミルクをたっぷりと入れ、料理人が焼いたマフィンを盛ったバスケットと一緒にすすめた。

フィオナはどちらも無視してさらに言った。「本気で心配しているのよ、キャロ」

「フィー、ごめんなさい。べつになにもなかったのよ」熱いキスと身体の奥から燃え立つような繊細な愛撫のほかは。フィリップはただ、シルクの長手袋でわたしの手首をつなぎとめて、今夜彼のためにドアを開けるよう約束させただけ。

キャロラインは頬が赤くなるのを意識し、フィオナがそれに気づいているのもわかっていた。いつもの機転を利かせ、フィオナはさりげなくマフィンを一つ取り、半分に割って、銀の小皿から新鮮なバターをたっぷり取って塗りつけた。

「また彼に会うつもり？」フィオナが静かにたずねた。

なんと答えるべき？　キャロラインは寒くもないのに、コーヒー・カップを両手で包むように持った。ええ。いいえ。どっちが本当？　全身が今でもフィリップの唇と手の感触を恋しがっている。でも頭のなかでは、危険だと叫ぶ声が響き渡っていた。今度会ったらどうなるのだろう。この狂おしく燃える気持ちはどこまで激しくなるのかしら。

「わからないわ」

フィオナはしばし無言で、その返事の意味を考えているらしかった。それからコーヒーを一口飲んでカップを置き、きっぱりとした表情で言った。「彼にもう一度会おうと言われたのね、そうでしょう？」

キャロラインはうなずいた。

「会いたいの？」フィオナは、今度はゆっくりとたずねた。

「ええ、とても」キャロラインは小声で認めた。かなり危うい発言だけれど、フィオナに嘘はつけない。たとえ親友の彼女が呆れて、顔をそむけたとしても。

「あんまり思いつめないほうがいいわよ」

「わかってる。でも、フィオナ、あなたは自分の望むものを手に入れ、それはあなたの家族の望みでもあったわけよね。わたしの場合、自分の幸せは、自分のためだけに手に入れなきゃいけないの」

「崖《がけ》から身投げしても幸せは見つからないわよ、キャロ」

「それがわたしのしていることだとあなたが思うなら、なぜ彼と会えるように手伝ってくれたの？」

「自分でもよくわからないのよ」フィオナはバターナイフをマフィンに押しつけ、柔らかな生地が崩れるのを見つめた。「白状すると、昨日はよっぽど追いかけていって、あなたを止めようかと迷ったわ。だけどあなたがずっとつらい年月を過ごしてきたことを知っているから、人生を楽しんでいる姿を見られてうれしくもあったの」ナイフを置いて言った。「わたしが思うに、庭園で彼に甘い言葉をささやかれて、その気にさせられてしまったわけでしょう」

「わたしの身の破滅を後押ししたのではないかと気にしているの？」キャロラインは罪悪感のにじむ声で言った。わたしが無謀な真似をしたせいで、心から大切に想う数少ない人々を傷つけてしまうことになるのだろうか？　悪意に満ちたゴシップが、身近にいる彼女たちにも飛び火してしまうのは、避けられないかもしれない。

「あなたが言うと、芝居じみて聞こえるわ」フィオナはマフィンのかけらをコーヒーに浸して食べた。

「お芝居みたいなものよ、フィー」キャロラインは思いのほか力をこめて言った。「でも誓って言うけれど、ロンドンのお屋敷で毎日起こっているようなこと以外は、なにもなかったから」まあ、多少の例外はあったかもしれない。フィリップに言われて、自分から彼の身体に触れたことや、一緒に笑いあったことや、てのひらに軽くキスをされてたまらなく興奮したことなど。「彼はわたしが望むものを提示してくれたの。しがらみのない、その場かぎりの関係を」

「彼がそう言ったの？」よくもそんな無礼なことを、と言いたげな口調でフィオナが言った。

「いいえ。だけど、放蕩貴公子として知られている人にほかになにが期待できる？」

「その場かぎりのつもりでも、好きになってしまったらどうするの？」

「好きになったりしないから大丈夫よ」キャロラインはにっこりと微笑んで言ったが、フィオナは心配そうな表情でマフィンを皿に置き、キャロラインの目をじっとのぞきこんだ。

「キャロ、あなたのお父様もお母様も、どちらもロンドンの社交界を現実的な目で見ていなかったと思ったことはない？」

「どういう意味？」

「あなたのお父様は、ロンドンを悪徳の巣窟《そうくつ》だとみなし、女性はその魔力に抗えないと考えていた。お母様は、ロンドンは光り輝く妖精《ようせい》の国で、自分はそこから残酷に引き離されたと思いこんでいた。そのおかげで、あなたはすべてか無か、厳格で質素な生活かスキャンダルまみれの堕落した人生か、二者択一しかない考え方を刷りこまれてしまったのよ」フィオナはキャロラインの手を取って言った。「でも実際はそうじゃない。ロンドンにはきざったらしい遊び人だけではなく、優しくていい人たちもいるわ。わたしもこちらで、誠実で親切な友人がたくさんできたし、わたしを愛し、尊敬してくれる男性と結婚の約束もしている。社交界シーズンを満喫しているけれど、そのために将来を犠牲にしているわけではないわ」

「フィオナ、何度言ったらわかるの？　わたしは絶対に結婚しないと決めているのよ」

「気持ちはよくわかるわ。でもゆっくり時間をかければ、いつか心から愛しあえる人に出会って……」

キャロラインの胸に疑念がふつふつと湧いてきた。「ハリーがなにか言っていたの？」

フィオナは昔から、兄のハロルドがキャロラインと結婚してくれるのを願う気持ちを隠そうとはしなかった。

「いいえ、ハリーはなにも言っていないわ。なにか言ってくれればいいのに。だけど、昨夜あなたが帰ってしまってから、紹介してほしいという男性がたくさん現れたのよ」

「でしょうね。わたしの遺産相続の話はすでに広まっているようだったから」キャロラインは思いのほか棘《とげ》のある口調で言ってしまい、フィオナの表情が純粋な怒りに変わった。

「わたしがあなたを、財産目当ての男たちのえじきにしようとするなんて、本気で思っているの、キャロライン？」

「ごめんなさい、フィー。そんなつもりで言ったんじゃないのよ。ルイス・バンブリッジのような男と結婚させたいなんて、あなたが思うはずがないのはわかっているわ」ロンドンから遠く離れた田舎に隔離されていれば、無垢で世間知らずのままでいると考えられがちだが、田舎屋敷のパーティーでも上流社会の陰険さや貪欲《どんよく》さはぞんぶんに発揮されているのを、フィオナはすっかり忘れてしまっている。地方の貴族や資産家たちとつきあうなかで、キャロラインはゴシップやスキャンダルを聴き集めるのが得意になった。それは体調のいいときでもめったに外へ出ない母を楽しませるためもあったが、自分のためでもあった。いつの日か自由になったら、社交界の事情になるべく通じていられるように。

「あたりまえでしょう!」フィオナは憤然として言ったが、口調をやわらげて言い添えた。「でもね、ルイスは少なくとも結婚を前提としているわ。その点で、フィリップ・モンカームは信用できると言えるかしら?」

キャロラインは親友の目をまっすぐに見つめた。「ええ、フィオナ。フィリップは……ミスター・モンカームは放蕩者だけれど、少なくともそのことをおおっぴらにしているわ。ルイスはたしかに結婚を前提としているけれど、調子のいいお世辞ばかり言って、本音は隠している。結婚してわたしの財産を手に入れたら、本性を現すのでしょう。わたしがばかな真似をするんじゃないかと、あなたは心配しているけれど、これだけは約束するわ。わたしは嘘をつくような男とつきあって、一瞬たりとも時間を無駄にするつもりはないの」キャロラインは決然とした口調で言った。「わたしは嘘をつかないし、嘘をつかれたくない。相手が誰だろうと、もう二度と」今までずっと、父や兄から欺かれつづけてきたのだ。そのうえ求婚に来た兄の友人たち、とりわけルイス・バンブリッジにも欺かれていた。彼らがこぞって求婚したがったのは、キャロラインの信託財産の相続権を無効にしたら、ロンドンの地所の賃貸料の何割かを夫となる人物の懐に入るようはからうと、兄が約束していたせいだろう。

だまされるのは、もうこりごり。わたしが男性に望むのは正直さだけ。

キャロラインはフィオナが反論するのを待った。ところが驚いたことに、フィオナはただ微笑んだだけだった。「知ってる、キャロ？　あなたみたいに強くなれたらって、昔から羨ましかったのよ」

「わたしはあなたみたいに明るくて優しくて、おしゃれのセンスがあったらなあって、いつも憧れているわ」キャロラインは親友を抱きしめ、しばらくそうして抱きあっていた。キャロラインは深く安堵した。フィオナの友情を失うほどつらいことはない。

「さてと」キャロラインは名残惜しげに抱擁をとくと、すぐに言った。「大事な相談があるんだけど」

「どんな話？　なんでも言ってくれてかまわないのよ」フィオナは心配そうにキャロラインの手を握った。

「前に約束したわよね？　きっと……あの……」キャロラインは握りあった両手を見下ろし、言いにくそうに口をへの字にした。

「まあ、わたし、どんな約束を？」

「ショッピングに連れていってくれるって。厚意に甘えて、ぜひお願いしたいんだけど」

9

フィオナはすでに何カ月も婚礼の準備で山ほど買い物をしていたが、ショッピングへの情熱は少しも色あせていないようだった。キャロラインは、ドレスはパリに行ってから新調するつもりだったが、短期間でもロンドンで過ごすのなら、今すぐにでも新しいドレスを二、三着そろえる必要があるとフィオナは言い張った。キャロラインは、自分の持っているドレスが田舎風の地味なものか、かなり流行遅れのものしかないのを、認めないわけにいかなかった。ロンドンで最もおしゃれな婦人服店とも懇意になっておくべきだ、とフィオナは主張した。そうすれば、パリの最新流行のデザインをいろいろと教えてもらえるからと。

キャロラインはなるほどと納得せざるを得なかった。そこでフィオナと一緒に、さまざまな婦人服店や婦人帽子店の接客室で午後を過ごした。デザインの型紙にざっと目を通し、リボンはサテンかヴェルヴェット、どちらがよりいいか、レースはアンティークと最新のものと、どう違うか、活発に意見を交わした。ドレスを新調すれば、当然ながら新しい手袋、扇子、靴などもそろえる必要があり、ボンド・ストリートに並ぶ服飾店をひととおり巡ることになった。

キャロラインは、今の自分の野暮ったい服装では、ロンドンの最先端の服飾店で相手にされないのではないかと不安だったが、裕福で洗練された得意客であるフィオナ・レイバーンが一緒なので、どこへ行っても大歓迎された。あまりの歓待ぶりに、どうやらキャロライン自身の金払いのよさも影響しているらしいと、遅ればせながら気づいた。

陽気なフィオナとあちこちの店を飛びまわっていると、キャロラインは気が紛れてありがたかった。おかげで夕方までの時間をあれこれ悩まずに過ごすことができた。今夜の十時に、フィリップは会いに来ると約束した。でもいまだに決心がつかない。自分がどうしたいかはわかっている。そうするための正当な理由はいくつも思いつくけれど、やはり気持ちはまだ揺れていた。

とうとうキャロラインの乗った馬車が家に着き、買いこんだ山ほどの包みが、ミセス・フェリデイと新しく雇った住み込みのメイドのナンシーによって、運び出された。キャロラインは馬車を降り、親友に別れを告げた。

フィオナはキャロラインの手をぎゅっと握って言った。「キャロライン、フィリップ・モンカームのことであなたがどういう決断をしようと、その結果がどうなろうと、わたしはずっとあなたの親友よ」

「一瞬たりともそれを疑ったことはないわ、フィー」キャロラインは答えた。お互いの気持ちにみじんも嘘はなかった。しかしフィオナが本心では、フィリップ・モンカームのことはあきらめて、今夜もその先の夜も彼とは会わないでいてほしいと強く願っていることも、キャロラインにはじゅうぶんわかっていた。

親友の懸念と自分自身の迷いに揺れながら、キャロラインはミセス・フェリデイに手伝ってもらって外出用のドレスから室内用のシンプルな緑と白のドレスに着替え、隙間《すきま》風よけに金色の肩掛けをはおった。料理人が腕によりをかけたヤマウズラのローストのレーズン詰めと新ジャガイモのディナーを漫然と食べながらも、まだ心は揺れていた。

九時になり、ミセス・フェリデイに今夜はもう用はないので先に休むように告げたときも、まだ迷っていた。

「本当によろしいのですか、お嬢様？」ミセス・フェリデイはたずねた。

キャロラインが答えようとした瞬間、約束を交わしたときのフィリップの笑顔が脳裏に浮かんだ。キスしたときの甘い疼きと、彼の舌が唇を割って入ってきたときの息をのむほどの衝撃が胸によみがえる。長手袋で手首をつながれ、力強い身体に引き寄せられ、彼にうながされるままに顔や身体に触れたときの、全身を駆け抜ける熱い興奮を思い出した。

「ええ」キャロラインは答えた。「大丈夫よ」

だが今、窓辺でフィリップが来るのを待っていると、疑いと迷いが猛烈な勢いで戻ってきた。本当に自分がいやになる。どうして決心がつかないの？　恋の戯れや情熱や興奮を味わってみたいと願っていたはずよ。父の館に囚《とら》われていた長い月日に禁じられてきた体験を。それならば、自立した女性としてイギリスの紳士と情事を楽しむのは、手はじめにはちょうどいい。フィオナの結婚式がすんだら、わたしは大陸へ渡る。向こうの男性たちは何倍も官能的で、洗練された恋の手管に長《た》けていると聞く。そのような男性たちと出会う前に、いくらか経験を積んで自分の情熱をコントロールできるようになっておくのは、賢明なことだ。

けれども心の奥では、この悩みの本質をよくわかっていた。フィリップ・モンカームが会ったばかりの他人であることや、有名な遊び人であることは一切関係ない。また、真夜中にフィリップの訪問を受けたことを、フィオナ以外の人間に知られたら、完全に身の破滅になるのが怖いわけでもなかった。自分の情熱をコントロールできなくなりそうで、それが一番不安なのだ。

男性との親密な触れあいは楽しいものだと想像していた。強烈かもしれないとは予想していたが、こんなふうだとは思いもしなかった。フィリップ・モンカームによってかきたてられた感情は、とても魅惑的で圧倒されるような驚きに満ちていた。彼のそばにいるだけで、身体が言うことを聞かなくなり、思考が麻痺してしまう。彼の愛撫やキスは、自制心を完全に吹き飛ばしてしまう。

そしてさらに困ったことに、フィリップは抗いがたいほど魅力的で、そっとささやきかけるだけで、キャロラインを官能的な命令に従わせられるのだ。なんの経験もないながら、それがきわめて危険な組み合わせであることは、直感的にわかる。どんな男性にも、二度と支配されるのはまっぴらだ。自分の肉体的な欲求をコントロールできないようでは、新しい自由な人生の舵取《かじと》りなどできないでしょう？　本当にフィリップ・モンカームの誘惑の虜《とりこ》にならずにいられるの？

そんなことを思い悩みながら、キャロラインはのろのろと過ぎていく夜の時間を、静まり返った自室と予備の寝室を行ったり来たりして過ごした。今も冷たい窓ガラスにてのひらを押しあて、まだ迷っている。こんなふうなのに自立だなんて、お笑いぐさね。キャロラインは情けない気持ちで考えた。雨粒がガラスに叩きつけ、ほかの家々の明かりを白くにじませている。行き交う馬車はほとんどなくなった。男性が幾人か、コートの前をしっかりとかきあわせて、うつむき加減で石畳の道を急いでいる。

そもそも彼は来るのかしら？　名も知らぬ通行人を眺めながら、キャロラインは思った。もし来なかったらどうしよう？

もし来たらどうする？

ロマンスにふさわしい夜ではなかった。

いつ終わるともしれない長い一日がのそのそと過ぎていき、ディナーの時刻に降りはじめた雨は、いっこうにやむ気配がなかった。フィリップは濡《ぬ》れそぼった帽子を目深にかぶり直し、最後の数ブロックを歩くことにした自分の判断を呪った。キャロラインの家の前に自分の馬車が停《と》まるところを見られる危険を冒したくなかったのだ。しかし降りしきる雨はブーツのなかにまで染みこみ、全身がびしょ濡れで気分は最悪だ。

　そもそも彼女は家にいるのだろうか？　心変わりして出かけてしまったか、最初から家に迎え入れる気などなかったのかもしれない。放蕩貴公子と熱いひとときを過ごしたことを日記に書いたり、女友達に自慢したかっただけなのかもしれない。

　フィリップは自分の皮肉っぽい考えと、そんなつまらない考えを起こさせる雨に悪態をついた。キャロラインがドアを開けないとしたら、そんな浅はかで身勝手な理由からではないに決まっている。彼女の深い色あいの瞳、気取らない笑い声、正直さをフィリップは想った。どんな決断にせよ、あの誠実な心に照らして彼女が決めることをぼくは尊重しよう。

　またもや水たまりに足を踏み入れ、フィリップは毒づいた。目を細めて番地を確かめる。雨のせいで見えにくいうえ、たいていの家の召使いは倹約して玄関口のランプを消している。あれは十番地か、それとも十一番地？　まるで見分けがつかない。そもそもこの道で合っているのだろうか？

　そのとき、頭上で明かりが揺らめくのが見えた。目の前の家の二階からのようだ。揺らめく明かりに照らされて、カーテンを寄せて通りを見下ろす女性のシルエットが見えた。

　彼女だ。

彼だわ。窓を見上げた男性の顔を見て、キャロラインは思わず息をのんだ。表情ははっきりとは見えないけれど、その男性は片手を胸にあててお辞儀をした。

間違いなくフィリップだ。いんぎんなしぐさに、笑みがこぼれる。胸を締めつけていた疑いや不安がほんの少しやわらいだ。フィリップは悠然とした足取りで、裏庭へつづく門のほうに歩いていく。やがて素早く左右をうかがい、長い脚で少年のようにひらりと門を跳び越えた。

通りから見えないように、勝手口から入るつもりなのだろう。キャロラインはその気遣いをありがたく思った。しかし考えてみれば、彼はそういうことを何十回とやってきたのだろう。あるいは何百回かもしれない。

そんなばかな。キャロラインはランプを手に取った。いくらなんでも何百回だなんて。けれど階段を下りていきながら、大勢の美女たちに囲まれたフィリップの姿を思い描かずにはいられなかった。手をのばして触れたり撫でたりしようとする美女の群れのなかを、彼は軽やかにすり抜けて、キャロラインのほうへ手をさしのべる。わたしだけに。そんな自分の想像に胸を昂ぶらせながら、冷えきった暗い厨房《ちゆうぼう》につづくドアを開けた。

ところが勝手口を開けようとして、また迷いが生じた。キャロラインは思いつくかぎりの悪態で自らを叱咤したが、迷いはなかなか消えてくれない。このドアを開けた瞬間、わたしはフィリップ・モンカームの威力の前に身をさらけだすことになる。彼が軽はずみに一言でももらせば、かろうじて保たれているわたしの評判は簡単にずたずたになるだろう。

それでも今を逃せば、彼とこうして会うチャンスはもうないに違いない。フィリップは二度と来ない。彼を拒んだわたしを追いかけることはないだろう。直感的にそう確信できた。フィリップ・モンカームがさしだしてくれる情熱の体験を味わいたいのなら、このドアを開けるしかない。それは愚かな行為だと思うなら、情熱的な体験を味わうのはあきらめてでも自由な身でいたいのなら、このドアを開けなければいい。

キャロラインは震える手をドアの掛け金にのばした。指先に触れるかんぬきはひんやりと冷たい。ゆっくりとかんぬきをはずし、ドアを開けた。

フィリップがいた。ランプの明かりに照らされた金色の髪と、彫りの深い顔に浮かぶ優しい微笑みを見て、欲望の火花がキャロラインの肌を熱くさせた。後ろに下がり、フィリップが入ってくると、夜風が一緒に吹きこみ、キャロラインはショールをきつく巻きつけた。フィリップのマントから雨の滴が流れ落ちる。彼は水の滴る帽子を脱いで、お辞儀をした。

キャロラインはあいさつをしようと口を開いた。ミセス・フェリデイを先に休ませてから、このときのためにさりげないやりとりを頭のなかで練習していた。ところがフィリップは人さし指をキャロラインの唇にあてて黙らせた。彼の手袋は夜気のせいで冷たかった。キャロラインは革と雨の匂いを吸いこんだ。いきなり唇に触れられて早鐘を打つように鼓動が速まり、ただ口を閉じることしかできなかった。本当は彼の指に唇を押しつけて、そのわずかな刺激によってさえ激しくかきたてられる興奮を味わいたかった。もっとも、今は静かにしているほうが賢明なのだとキャロラインは気づいた。料理人と下働きの娘は厨房のそばの部屋で寝ており、勝手口から忍びこむのに慣れているフィリップはその配置をよく心得ているのだ。そう考えて、熱く昂る心がほんの少しだけ冷めるのを感じながら、キャロラインは黙ってうなずいた。フィリップは指をはずし、そのまま唇のラインをそっとなぞって、賞賛の笑みを見せた。

キャロラインはさしだされたフィリップの手を取り、しっかりと包みこむ力強い感触の甘美さを味わった。彼が問いかけるように暗い厨房に目を向けると、キャロラインは赤面した。そうだわ、わたしが案内するのを彼は待っているのに。

ここから先はもう後戻りはできない。無謀な真似をやめて、フィリップを帰すとしたら今しかない。フィーの言葉は正しかったわ。幸せと自由を楽しむために、なにも今すぐこの崖から身投げする必要はないのだ。

キャロラインはフィリップの手を引いて、屋敷内に導き入れた。

このままロンドンで暮らすつもりなら、キャロラインはひとり住まいの屋敷を借りたりなどしなかっただろう。一般には行き遅れとみなされる年頃だけれど、お金を持っていれば人々の見る目も変わり、付き添いの婦人の必要もそれほどなくなる。ミセス・フェリデイの存在がかろうじてその役を果たしてくれている。キャロラインの生活スタイルを社交界の古株の貴婦人たちは決してよく思わないだろう、というフィオナの予想はあたっていた。けれどもフィオナの結婚式がすんだらすぐにロンドンを離れるつもりなので、思いきっておしゃれな中心地から少し離れた場所にこぢんまりとした屋敷を借りたのだ。

厨房の狭い階段を上がると、緑色の布張りのドアがある。重厚なヘシアン・ブーツを履いているにもかかわらず、フィリップは音もなく敷居をまたいで、タイル張りの玄関広間に入った。期待、好奇心、不安、疑念、興奮。あらゆる感情が胸に渦巻くのを感じながら、キャロラインは優雅な中央階段のほうへ向かった。

「待ってくれ」フィリップが小声で言った。

キャロラインはふり返った。いつの間に雨がやんだのか、玄関扉の明かり取りの窓から月光が射しこみ、彩色ガラスを通した光によって、フィリップの姿が昔話に出てくる精霊のように見えた。月明かりの下で男性とふたりきりになるような軽はずみで愚かな娘を誘惑しに来た美貌《びぼう》の悪魔のようだ。

フィリップはぼうっとしているキャロラインの手からランプを取って、近くの棚付きのテーブルに置き、つづいてステッキと帽子と手袋も置いた。キャロラインは身じろぎもせず、その様子を見つめていた。彼の動作の一つ一つに魅了された。やがてフィリップはふり向くと、肌の熱が感じられるほどすぐそばに来た。

男性的な温かいてのひらで、キャロラインの耳元のほつれ髪を撫でつけ、その顎をそっと包んだ。「寒いのかい?」

「いいえ。寒くはないわ」喉がからからに渇き、キャロラインは唇を舌で湿した。彼の言うとおりだ。身体が震えている。けれどそれは彼の微笑みと軽やかな愛撫のせいで、甘美な震えはどうすることもできなかった。

「怖い?」フィリップはたずねた。「きみを怖がらせたくないんだ」

キャロラインは小さく笑った。「今にも気を失いそうな気分よ。そんなふうに見つめられたら、息が苦しくて」

「気絶されたら困るから、見つめるのにべつの方法を考えなきゃいけないな」

フィリップはキャロラインに口づけた。甘くて熱い彼の唇は、庭園での初めてのキスを思い出させた。いや、それよりもっと素敵だ。キャロラインは今度は人目を気にせず、彼にぴったりと寄り添うことができた。頑丈な胸板に乳房が押しつぶされ、敏感な乳首が硬くなった。下腹部に隆起した彼のものが押しあてられる。キャロラインがもっとキスを深めるよう顔を上向けると、フィリップはそれに応えた。試みが成功して大胆になったキャロラインは、彼の身体に腕をまわして身をすり寄せた。とてもみだらで、素晴らしい心地がした。フィリップの喉から低いうなり声がもれるのを聞いてうれしくなった彼女は、もう一度、大胆に身体をこすりつけた。

やがてふたりとも息つぎの必要を思い出し、フィリップがほんの少し身を引いた。彼はキャロラインの背中を撫でまわし、お尻の丸みをつかんだ。ものすごく奇妙な感じがして、キャロラインは興奮すると同時に、声を立てて笑った。下腹部の奥と太腿のあいだがぎゅっと締まるような感覚がした。

「きみはとても美しいってもう言ったかな、キャロライン?」

「いいえ」興奮にわななく唇にキャロラインはどうにか笑みを浮かべた。「言ってもらった覚えはないわ」

「ぼくはとんでもなく気がきかないまぬけだな。この償いは必ずさせてもらうよ」フィリップはそう言いつつ、恐れおののいているようにはちっとも見えなかった。「きみがあまりにも美しいから、つい気がはやってしまって、きみをびしょ濡れにしてしまった」

たしかに彼のずぶ濡れのコートが、キャロラインの肩掛けやドレスを濡らしていた。フィリップはキャロラインの胸や腰、腿にかけてを、自分のものだと言いたげに愛《いと》おしそうに撫でまわした。

「平気よ」フィリップの眉に金色の髪がひと房落ちかかっている。キャロラインはその髪に指をさし入れて、後ろへ撫でつけた。彼の髪は気持ちのいい手触りだった。量が豊かでこしがある。恥じらいも忘れて身体を押しつけながら、こうして彼の髪を撫でるのはとても素敵な心地だった。

「でもきみに風邪を引かせるわけにはいかないよ。上へ行こう」

あっと驚く間もなく、フィリップはキャロラインを抱きあげていた。反射的にキャロラインは彼の首にしがみついた。彼女が抵抗して叫び声をもらすより早く、フィリップはその口をキスでふさいだ。舌が分け入ってきて奥深く探ったかと思うと、からかうように唇の端をなぞった。優しいキスはキャロラインを興奮させると同時になだめる効果もあった。逞しい腕にしっかりと抱きかかえられていると、とても安心する。キャロラインはすっかり気をゆるし、上を向いてフィリップにキスをした。彼の髪に手をさし入れて顔を引き寄せ、より深いキスを求める。フィリップのマントはまだ濡れていて、シルクやモスリンのドレスの生地を通して肌にまで染み渡り、キャロラインは思わず彼の腕のなかで身震いした。

フィリップはなんの重みも感じないかのようにキャロラインを軽々と抱いて階段を上がっていく。キャロラインはしがみついたまま、彼の首筋や肩のラインを撫でる楽しみを自分にゆるした。ウールやリネンの生地にへだてられて、物足りなくはあったけれど。

「どの部屋だい？」二階に着くと、フィリップがたずねた。いくぶん息遣いが荒く、キャロラインの身体が胸のふくらみを押しつぶすようにぴったりと抱きかかえられている。「今夜のためにきみが選んだ部屋は？」

「左よ」キャロラインはちょうど自分の口がフィリップの襟元と同じ位置にあるのに気づいた。喉にキスをしたらどんな感じかしら？　口づけてみると、彼の肌は温かくてちょっぴり粗い感触だった。唇に彼の脈動が伝わってくる。フィリップが息をのみ、キャロラインはそれがおもしろくて、もう一度口づけた。

予備の寝室のドアは少し開けておいた。フィリップは背中でドアを押して、なかへ入った。

キャロラインの借りた屋敷は、家具類もすべて家主の夫人の好みでそろえられており、落ち着いた趣味のいい内装になっていた。この客用の寝室は、男性向けにしつらえられている。調度は重厚かつシンプルで、座り心地のよさそうな肘掛け椅子と広いベッドがあり、深紅のヴェルヴェットのカーテンがかかっている。棚付きのテーブルにはワインやウイスキーのデカンターが並び、わざわざ厨房に言わなくても熱い飲み物がすぐに飲めるようにやかんとお茶のセットが整のえられている。

暖炉は大きく、フィリップを待つあいだに彼女が火を熾《おこ》しておいたので、室内は暖かく快適だった。

フィリップはキャロラインを床に下ろし、マントを脱いだ。ランプの灯りで、彼が見事な仕立ての青い上着と、金のチェーンのついた銀色のベストを身につけ、引き締まった長い脚をぴったりと包む鹿革《しかがわ》のブリーチズを穿いているのがわかった。ヘシアン・ブーツはおそらく出かけるときは磨き立ての光沢を放っていたのだろうが、今は泥がはねて汚れてしまっている。それでもふくらはぎを覆うラインは型くずれもなく完璧だった。

キャロラインは片手を口にあてた。

「どうしたんだい?」フィリップがたずねた。

「あなたって」キャロラインは指の隙間からささやくように言った。「あなたって、とっても……」

「ぼくがなんだって?」フィリップはキャロラインの口元から手をどけさせて、にっこりと微笑みながらてのひらにキスをした。「言ってごらん」

そう言いつつ、フィリップはキャロラインの答えを待たずに彼女の人さし指を口に含み、舌先でくるくるとなめた。キャロラインはくすぐったくて、声を立てて笑った。だが指をなめまわされるうちにその笑いは熱い吐息へと変わり、今まで感じたことのない興奮をかきたてられた。フィリップはいたずらっぽい笑みを浮かべながら、彼女の指先を優しく吸った。

「そんなふうにされたら、なんて言おうとしたのかわからなくなってしまうわ」キャロラインはフィリップをたしなめたが、なんの効力もなかった。

「言いわけはゆるさないぞ」フィリップはキャロラインをふたたび抱き寄せ、眉に額に口元にキスを降らせた。「ぼくがなんだって、キャロライン?」彼女の喉に口づけて、いたずら好きのずる賢い舌を這わせ、ごく優しく歯を立てた。キャロラインは驚いて子猫のような声をもらし、フィリップにしがみついた。

「あなた……あなたは……」

「ほら、言って」フィリップが甘く命令する。もう一度、喉元にそっと歯を立てて、同じ場所に巧みな舌を這わせた。「ぼくがなんだって？」

「意地悪」キャロラインは息をあえがせた。「ものすごく意地悪よ」

「ふむ」フィリップはキャロラインの肩に唇をこすりつけた。「そんなふうに侮辱されて、ぼくは怒るべきなのかな」彼女の肩掛けとゆったりしたドレスの襟元を押し下げて、むきだしになった素肌に吸いつく。

「それじゃあ、やめて……それを」キャロラインは目を閉じて、フィリップが唇を這わせている肩だけに意識を向けようとした。

「やめてほしいのかい？　本当に？」

「いいえ」

けれどその返事には満足しなかったと見え、フィリップはキャロラインの顎に手を添えて上向かせ、自分の目を見つめさせた。

「ちゃんと確かめておきたいんだ」フィリップの声にも態度にもふざけた調子はみじんもなかった。「キャロライン、きみが欲しい。今まで求めたほかのどんな女性よりも、きみが欲しい。正直に言うが、きみにいたずらしてからかうのは悦ばせるのと同じくらい快感なんだ。きみが笑う声を聞くと、たまらなくうれしくなる。でも絶対に無理強いはしたくない。やめろと言われれば、すぐにやめるよ。たとえなにをしていても。わかってくれるかい？」

「ええ……ありがとう」

「どうかぼくを信じてくれ。きみのその官能的な美しい身体が求める欲望に自由に従ってほしい」胸のふくらみを指先でなぞられて、キャロラインは鋭く息を吸いこんだ。「ぼくはきみの感じる衝動のままにきみを悦ばせたい。だがいくら快感でも、きみに嫌われてしまったら、なんの意味もない」

キャロラインは喉の塊をのみこんだ。なんて答えればいいのだろう？「わたしもあなたが欲しい」正直に本心を伝えた。「あなたのすべてが見たいわ。今すぐに」

「今すぐ？」フィリップのきまじめな口調は消え去った。「もう少し待たないか？ ワインの一杯でも飲んで、くつろいでからにしたほうがいいんじゃないのかな？」

フィリップがまた冗談めかした調子に戻ったので、キャロラインは彼を叩きたいという子供じみた衝動に抗いきれず、腕を叩いた。「もう、またふざけて！」

フィリップは大げさに哀れみを請うような目をして、深々とため息をついた。「わがレディのご用命とあらば、仰せのままにいたしましょう」

10

フィリップはふたたびキャロラインにキスをし、器用な手つきで彼女のカールした髪をまさぐり、残っているピンをはずしていった。一本、また一本とピンがはずされ、豊かな髪が滝のように背中に広がる。悦びに息もつけず、今にも気を失いそうなキャロラインに、意地悪なフィリップは今度は唇から喉元にキスの雨を降らせた。彼のキスは官能的で心地よく、唇や舌で今まで存在するとは知らなかった首筋の繊細な部分をなぶられると、たまらなく快感を覚えた。けれどもそれだけでは、身体の奥で疼く欲求は満たされなかった。もっともっと欲しい。肌と肌をじかに触れあわせたい。なににもへだてられずに、彼の全身をこの身に感じてみたい。

キャロラインはフィリップの上着の下に手を滑りこませて、肩から脱がせようとした。フィリップが顔を上げた。「レディはなにをお望みかな?」身体を離して、問いかけるようにキャロラインを見下ろす。

彼女は笑いたいのか叫びたいのか、わからなかった。フィリップはとことんわたしをいたぶるつもりだ。どうすればいいかわからないので、彼のおふざけにつきあうしかない。

「その上着を」キャロラインは精一杯、高慢な口調で言った。

フィリップは袖に目をやった。「なかなかの上等品だろう？　ぼくのお抱えの仕立屋は最高の――」

「脱いで！」キャロラインはもどかしげに足を踏み鳴らした。「今すぐ！」

フィリップはキャロラインの子供じみたかんしゃくに目をみはった。「本当に？　じゃあ仕立屋にはあとできみが気に入らなかったと言っておこう」彼は上着を脱ぐと、近くの肘掛け椅子にかけて、キャロラインの前に立った。「つぎはなにをお望みでしょう？」

わたしの望み？　キャロラインは獅子《しし》を思わせる金色の髪からブーツのつま先まで、フィリップの全身を眺めまわした。男性の肉体とその器官については、多少の知識がある。少女の頃、フィオナが兄の部屋にあった驚くほど詳細な図解つきの本を、何冊か持ってきたのだ。ブリーチズに覆われた硬いふくらみは、フィリップがわたしに欲情しているあかしに違いない。それなのに彼は、離れたところに立って、先をじらしてばかり……。

「クラヴァットを」キャロラインは命令した。「ベストとシャツも」

「これがどうかしたのかい？」フィリップがたずねる。「ちゃんと教えてくれないとわからないよ」

まさかわたしに脱がせてくれと言っているの？　本気かしら？　キャロラインは喉が渇き、

太腿のあいだに熱い興奮が広がるのを感じた。手をのばして、フィリップのクラヴァットのきわめて複雑な結び目をほどきにかかった。もどかしさに頬が熱くなる。少女時代に、男性とのふたりきりの場面をいろいろと想像してみたものだ。フィオナが持ってきた本で多少の知識は得られたものの、服を脱ぐ場面までは考えが及ばなかった。ちゃんと学んでおけば、こんなに不器用なところを見せずにすんだのに。結び目をほどこうと夢中になるあまり、疼く胸が彼の胸にこすれて、甘く狂おしい感覚が走った。ようやく結び目がほどけると、糊の利いたリネンの布を彼の首から取り去った。フィリップは眉を上げてキャロラインを見下ろし、うなずくと、いきなり両手で彼女のお尻をつかんでつま先立つほど引き寄せ、自分の腰に押しつけた。

わざと荒々しく腰をまわしながらこすりつける。キャロラインは悦びに包まれ、うめき声をもらしてフィリップに身を預け、破れんばかりにシャツを握りしめた。

「ほかには?」彼がささやく。「キャロライン、ぼくになにをさせたい?」

キャロラインの手にフィリップの付け襟が触れ、彼女はそれもはずして投げ捨てた。彼は腰をこすりつける動きをやめようとしない。快感がふくれあがり、下腹部から四肢にまで広がった。フィリップの円を描くような容赦のない腰の動きと、茶目っ気のある熱いまなざしが、快感をいっそうつのらせる。彼は自分のしていることを正確に心得ている。これもまたフィリップ独特の悪ふざけなのだ。彼はわたしをとまどわせ、うめき声をあげさせようとしている。キャロラインは歯を食いしばり、彼のベストの銀色のボタンをはずすことに集中した。フィリップがされるがままなので、キャロラインはベストを脱がせ、彼の背後に落とした。

「今度はどうする？」フィリップがたずねる。

耐えがたいほど欲情し、キャロラインはもどかしくてたまらなかった。この滑稽なゲームを早く終わらせてほしい。ゲームの終わりがなにを意味するとしても。ブリーチズのウエストに手を入れ、すらりと引き締まったその腰に触れる。彼はなにも手を貸そうとしないので、シャツの裾をくしゃくしゃに引っ張りだした。そこでフィリップはからかいの笑みを浮かべるという過ちを犯した。欲情のあまり頭がどうにかなりそうだった彼女は激高した。彼はおとなしく自分でシャツを脱ぎはじめた。さんざんじらされたキャロラインは、今までは知らなかった奔放な魔物が自分のなかで目覚めるのを感じた。

フィリップが腕を前にして身をかがめたので、彼女はシャツを頭から引っ張って脱がせ、ベストの上に放り投げた。

そして目をみはった。

フィリップ・モンカームがブリーチズとブーツだけの姿で目の前に立っている。こんなに美しい男性を今まで見たことがあっただろうか？　いいえ、わたしをあの手この手で悦ばせ、笑いといらだちに身もだえさせるこの人が初めてだ。本当になんて見事な肉体なのだろう。広い胸板に逞しい筋肉がつき、肌は小麦色をしている。ランプの明かりにきらめく金色の胸毛に覆われた褐色の乳首は硬くなっている。腹部は平らに引き締まり、ブリーチズの前に彼の秘密の部分の輪郭がくっきりと浮きだしているのが見えた。

「わがレディが楽しみたがっているゲームがわかってきたぞ」フィリップはさりげない口調で言ったが、声には危険な欲望がにじんでいた。キャロラインは愛撫をされたときのようにぞくりとした。「今度はぼくの番だ」

キャロラインがクラヴァットをほどくのにあれほど苦労したというのに、フィリップはいとも簡単にドレスのサッシュをほどいてしまった。「これはあとで使おう」そう言うと、彼はシルクの紐を彼女の腰から抜き取り、ベッドの上に置こうとして、はっと口をつぐんだ。キャロラインはそこに昨夜の長手袋を置いていたのだ。彼が微笑むと、その熱い欲望のまなざしに肌が火照るのをキャロラインは感じた。フィリップは飾り帯を長手袋の横に置き、彼女のショールを脱がせて足元に落とした。

ドレスは緑色のモスリンでクリーム色のレース飾りのついた、胴部分をリボンで締める清《せい》楚《そ》でひかえめなデザインだった。それにもかかわらず、フィリップに見つめられると、キャロラインは裸になったような気がした。彼のマントの滴で湿ったドレスの生地が胸に張りつき、形をくっきりと浮き立たせている。フィリップはあからさまにそれを見つめた。

「美しい」ささやくように言う。「美しいキャロライン」

気がつくと、キャロラインは彼に抱きすくめられていた。彼女はフィリップに教えられたとおりの貪《むさぼ》るような熱いキスをした。彼の舌を探りあて、とても美味な唇を隅々まで堪能する。欲情して重たく張った乳房をフィリップの裸の胸にこすりつけ、引き締まった背中を撫でまわした。彼のなにもかもが刺激的で、キャロラインは好奇心のおもむくままに、腰から尻へ、太腿へ、両手を這わせた。

フィリップは大きな片手でキャロラインのお尻を包み、もう片方の手を首筋から肩、胸へと滑らせ、乳房をぎゅっとつかんだ。キャロラインは彼の口のなかにあえぎをもらし、力尽きてくずおれそうになった。フィリップはその身体をしっかりと腕に抱きとめ、今度はそっともてあそぶようにまろやかな乳房を愛撫した。優しく触れられているだけなのに、なぜこんなに狂おしく昂ってしまうのだろう？　キャロラインは身を弓なりにして、彼の手に乳房を押しつけた。フィリップは笑ってキスをしながら、指先で乳首をもてあそんだ。キャロラインは快感のあまり死んでしまいそうな気がした。さらに身をそらすと、彼は首筋から肩へとキスを浴びせ、今度はさらに下へと下りていき、熱い肌を包む雨に湿ったドレスの生地の上から胸に口づけて、唇で刺激した。乳房を持ちあげるようにして乳首を口に含み、舌先でなめまわす。

「ああ、フィリップ！」

フィリップはなにも答えず、無心でなめたり吸ったりしている。キャロラインの全身に熱い快感の波が広がった。硬く力強い手で胸を撫でまわされ、強く吸われて、キャロラインはたまらなくなって彼の肩にしがみついた。夢中になるあまり、フィリップに抱きあげられてベッドに寝かされたことにもほとんど気がつかなかった。彼はもう片方の胸も包み、指先で両方の乳首を転がした。火花のように純粋な衝撃に貫かれ、キャロラインはうめき声をもらした。フィリップの腕や肩を撫でようとしたが、弱々しく手をさまよわせることしかできなかった。スカートのなかで両脚が自然に開いて、そこに彼が身体を入れてきた。

胴着の紐を探りあてたフィリップは、ドレスとシュミーズの締めつけをゆるめて一気に押し下げ、胸をあらわにした。これでどちらとも上半身は裸になった。内側は燃えるように熱いにもかかわらず、湿った肌に空気が冷たく感じられて、キャロラインは身震いした。その震えが寒さのせいなのか、むきだしの胸を見つめるフィリップの夜の嵐《あらし》を思わせる情熱的な瞳のせいなのかはわからなかった。彼が身を乗りだすと、キャロラインは指先で彼の乳首に触れた。硬くとがった乳首は、ごく小さな部分なのに、とても繊細な形をしている。キャロラインは硬い突起を指先で転がし、彼がしたことを真似てみた。

「その遊びは危険だよ……お嬢さん」フィリップが荒い息遣いで、キャロラインの二つの乳房を乱暴に揉《も》みしだいた。「すごく危険だ」

「残りの服を」キャロラインはフィリップの腰を撫で下ろし、大胆にもブリーチズの前のふくらみに手を触れた。フィリップがあえぎ、彼女は好奇心と欲望に駆られて、さらに触った。彼にかきたてられた目もくらむような興奮と欲情をもっともっと味わいたい。「あなたのすべてが見たいの」

「見せてあげるさ。でもその前に仰向けになって」フィリップは両手でキャロラインの肩を押して、上掛けの上に寝かせた。「目を閉じて」

「どうして目をつむらなきゃいけないの？」彼女が唇をとがらせると、フィリップはその下唇をそっとかんで吸った。キャロラインは背中を弓なりにして、彼の胸に乳房を押しつけた。素肌にこすれる胸毛の感触が新たな快感をもたらした。

「それはね」フィリップが、キャロラインの忘れかけていた質問にかすれ声で応えて言った。「男がブーツを脱ぐ姿はみっともないから、きみに見られて魔法のようなこの時間を台無しにしたくないんだ」

キャロラインは声をあげて笑った。こんなに興奮して緊張しているのに笑えるのが不思議だった。彼女は笑いながらぱたんと仰向けになると、大げさに両手で目隠しをした。

フィリップはまだわたしの裸身を見つめているに違いない。彼が興奮して息をのむのが聞こえた。

「ぼくときみなら、すごく楽しい遊びができそうだよ」フィリップがささやく。

彼が腰かけると、マットレスが重みで沈んだ。それにつづいて、ごそごそ、ごとんと音がした。キャロラインが指の隙間からのぞいてみると、かがんでもう片方のブーツを脱ぐフィリップの逞しい背中と、ブリーチズに包まれた尻が見えた。彼女は唇をかみしめてため息がこぼれそうになるのをこらえた。

フィリップが肩越しにふり返ると、キャロラインはいたずらを見つけられた子供のように目をぎゅっとつぶった。

「悪い子だ」マットレスが傾き、フィリップが両腿でしっかりとキャロラインを挟んでのしかかってきた。彼女の手首をつかみ、顔からどけさせる。「のぞき見していたな！」

フィリップはそのままキャロラインの両手首をマットレスに押しつけ、両腿で彼女を締めつけた。スカートの上からでも、彼の身体の熱が伝わってくる。フィリップの重みは心地よく、驚いたことに、きつく押さえつけられるのも快感だった。キャロラインはその新たな感覚に、腿をこすりあわせた。

「ちょっと見ただけよ」彼女は言った。

フィリップは覆いかぶさり、舌を深くさし入れて激しいキスをした。キャロラインはその性急さに驚き、一瞬身をこわばらせた。彼の胸で乳房がこすられ、キャロラインはこの感触をもっと味わいたくて、彼の下で身体をしならせた。脚を開こうとして、腰をすりつけるように身をよじりながら、激しいキスに応えた。しかしフィリップの力は強く、しっかりとキャロラインを押さえつけて、キスしか与えてくれず、彼女はもどかしくて叫び声をあげそうになった。

するとフィリップはキャロラインを両腕で抱きしめ、くるりと反転した。気がつくと、キャロラインは彼の上にいて、太腿を大きく開いてその腰にまたがっていた。フィリップは片手でキャロラインの背中を押さえ、もう片方の手でお尻をつかんで、巧みな動きで腰をまわしながら、彼女の貪欲《どんよく》な唇に濃厚なキスで応えた。

「きみはいけない子だ」スカートをまくりあげ、ストッキングを穿いた脚とむきだしのお尻をあらわにし、そのふくらみを揉みしだきながら、フィリップはいっそう腰に引き寄せた。想像していたような痛みはなく、キャロラインはさらに強く腰を押しつけてみた。それでもまだ物足りない。フィリップのすべてが心地よかった。乳房や乳首にこすれる粗い胸毛の感触も、脚のあいだを彼の腿がなめらかに滑るえも言われぬ甘美な快感も。「目上の人を敬いなさいと教えられたはずだよ」

「あなたは目上の人なの？」

「ぼくはきみの恋人であり、今はきみの先生でもある」

「先生なんていらないわ」キャロラインは太腿でフィリップを締めつけるようにして、馬乗りの姿勢のままで言った。彼の身体は硬く引き締まり、幅も広いので、脚を大きく広げてまたがらなければいけなかったが、それさえも快感だった。彼となら、触れあうどんな場所も心地よかった。

「きみにはちゃんと教えてやらなければいけないようだ」フィリップはまくり上げたスカートの束の下に片手を滑りこませた。キャロラインは乳首をつままれたときのように、太腿をつねられるのかと思った。しかし彼は悪賢く巧みな指で彼女の秘密のひだをかき分けて、熱く湿った花芽を探りあてた。

その瞬間、純粋な快感に貫かれ、世界が静止した。

「ほらね。レッスンのはじまりだよ」フィリップは二本の指で小さな粒を優しく挟んだ。「ここを使ってなにができるか、今から教えてあげようか?」彼は指をゆっくり前後に滑らせた。

「ああ!」キャロラインは息をあえがせた。「ああ……」

「ちゃんと返事が聞こえなかったよ。教えてあげようかとたずねたんだが」フィリップはもう片方の手でキャロラインのお尻を押さえつけて、彼女の敏感な部分を熟練した指に密着させた。また指で前後に撫でられて、全身にまばゆい快感の波が広がるのを彼女は感じた。

「はい」キャロラインはかろうじて答えた。

「はい、先生、だ」フィリップが円を描くように粒を撫でると、快感が倍増すると同時に欲求もつのった。もっと欲しい。もっともっと。そのためなら、彼の言うことになんでも従おう。懇願してもかまわない。

「はい、先生……。お願いします」

「よろしい」フィリップはキャロラインのお尻を前へずらし、彼の手の上に座らせるようにした。「これでもっとよくなっただろう?」

「はい、先生」キャロラインは小さくうめき声をもらし、背筋を弓なりにして、彼にふたたび愛撫してもらえるように全身で懇願した。フィリップはそれに応えて、一定した容赦のないリズムで愛撫をはじめた。キャロラインは太腿で彼をいっそう締めつけた。熱く濡れた部分がフィリップのブリーチズの生地にこすれる刺激が、ますます快感をつのらせる。愛撫されるたびに身体の奥で悦びが張りつめていく。

「もっと速く」キャロラインはあえいだ。「お願いです、先生」

「ああ、いいとも、ぼくのレディ。そんなに可愛《かわい》く頼まれたら、応えないわけにいかないよ」フィリップはキャロラインのお尻をきつく押さえつけて、指の動きを強く速くした。快感が燃え広がり、彼女は身をこわばらせた。うめき声をあげて彼の手の上で身もだえしたが、いっそうきつく押さえつけられた。もっともっと、すべてが欲しい。

「フィリップ……」

キャロラインのなかで悦びが弾け、純粋で真っ白な快感が全身に広がり、身体が消えてなくなるような感覚に陥った。その甘美な一瞬、身軽になって舞いあがり、やがて肉体に戻ると、フィリップの両手と腿のあいだでつぎつぎと襲ってくる余波に身を震わせた。彼はキャロラインの名を呼び、上半身を引きあげてぴったりと身体を重ね、悦びの余韻をともに味わった。

11

「よしよし、いい子だ」フィリップはキャロラインを抱いて横向きになり、快楽の余韻に震える彼女に優しくキスをした。「ぼくに寄り添って、キャロライン。抱きしめさせてくれ」

「でもわたしたち……あなたはまだ……」キャロラインはうまく言葉にできず、ブリーチズの前を撫でた。よりいっそう盛りあがって見える。快楽の余韻で身体はぐったりしていたけれど、手に触れるその輪郭に、淑女にあるまじき好奇心をかきたてられた。

だが、フィリップはキャロラインのいたずらな手をつかまえて言った。「それはあとでしかるべき手順を踏むから。今はきみが感じている感覚を愉しんでごらん」

キャロラインは火照った肌の下で脈打つ鼓動や、お尻や脚に触れる糊の利いたシーツの感触を味わってみた。なかでも素晴らしいのは、肩と胸をフィリップの温かな胸に包まれ、背中から腰を優しく撫でられているこの感じ。まぶたが重くなり、このまま眠ってしまいそうだけれど、まだ寝たくはない。フィリップと一緒の時間を手放したはくないのだ。

「さあ、これを脱いでしまおう」フィリップがキャロラインのすっかりしわくちゃになったドレスを引っ張った。「そうしたらもっと寝心地がよくなる。起きてごらん」

キャロラインは言われたとおりにした。フィリップはドレスを頭から脱がせて、脇へ放った。それから枕《まくら》にもたれ、彼女を見つめた。そのまなざしは優しさに満ちていて、ふざけた様子も欲望もまったく感じられなかった。彼のあけっぴろげな視線に、キャロラインは自分がストッキングだけを身につけたありのままの姿でいるのを意識したが、それほど恥ずかしさは感じなかった。

「あの……わたし……」

「もちろんさ」フィリップはキャロラインの腕を指先でなぞり、肩までくると下へ下りて、左胸の先端に触れた。「それでいい」優しく触れながら、彼女の肌にささやくように言う。

「今度はあなたの番よ」キャロラインはフィリップの太腿にてのひらを押しあてた。

彼は笑って言った。「あきらめないつもりだね？」

「だって、あなたもこれを着たままでは、寝心地がよくないでしょう」キャロラインはフィリップのウエスト部分を引っ張った。「それに、あなたを見たいんですもの」彼のすべてを見たいという欲求で、胸が高鳴りはじめた。

「それがわがレディのお望みならば、従わないわけにはいきますまい。つづきはきみがどうぞ」

「わたしが？」キャロラインは驚いて身を引いた。

「残りを脱がせてくれ」フィリップは腹立たしいほど満足げな笑みを浮かべて言った。「きみの望みなんだろう」逞しい胸と引き締まった腹を見せつけるように、頭の後ろで腕を組み、ゆったりとかまえる。キャロラインはむきだしの胸と下腹部の湿った茂みを見つめる彼の視線を痛いほど意識した。見つめられていると、さっきまでの指の愛撫や舌の感触をありありと思い出し、乳首が硬くなる。それを見て、フィリップの笑みがいっそう広がった。

「あなたは悪い人ね」キャロラインは言った。「それにとっても意地悪だわ」

「そうだね。否定はしないよ」フィリップは惚《ほ》れ惚《ぼ》れするほど美しく逞しい肩をすくめた。「でもしかたないだろう？　きみが笑うと、ものすごく可愛いんだから」

「ほめていただいてうれしいわ」キャロラインはフィリップの胸に手をあてた。彼に触れたい気持ちを抑えられない。もうこれなしではいられない。

「本当のことだよ、キャロライン」フィリップはキャロラインの手に自分の手を重ねた。

キャロラインは彼の言葉に喉がつまった。しかし穏やかな雰囲気はすぐに消えて、フィリップは彼女の手をぐっと握りしめた。「さあ、ぼくのブリーチズを脱がしてくれる気があるのかな？　それとも叱らないとわからないのかい？」フィリップはわざと怖い顔を作り、眉根を寄せて彼女をにらんだ。

キャロラインは唇を結び、ブリーチズの前ボタンに手をかけた。平らで大きなボタンはなかなかはずしにくいため、身をかがめて、顔を近づけなければならなかった。その姿勢でいると乳房が揺れ、とても変な感じがして恥ずかしかった。フィリップの息遣いが荒くなったような気がする。指が腹部や腰をかすめると、彼の筋肉がこわばるのがわかった。

とうとう最後のボタンがはずれた。キャロラインはブリーチズの前を開き、下着とともに押し下げて、ついにフィリップのすべてをあらわにした。

なんておかしな形をしているのかしら、とキャロラインは思った。腿の部分の肌とは違って、色は黒っぽく、手触りもほかの場所と違うようだ。

「それで？」フィリップがたずねる。「気に入ってくれたかい？」

「ええ」実際、見れば見るほど、キャロラインはそれが好きになってきた。男性の神秘であるその部分には精力がみなぎり、早く探求してみたくてたまらない。「想像していたより……大きいのね」

フィリップは鋭く息を吸った。「きみもお世辞が上手だね、キャロライン。さあ、手伝って」フィリップは腰を持ちあげた。ふたりで一緒にブリーチズと下着を下ろし、彼は生まれたままの見事な肉体をシーツの上に横たえた。キャロラインは身体の奥がぎゅっと緊張し、抑えがたい欲望がこみあげてくるのを感じて、無意識にフィリップの胸に手をのばした。乳首に触れ、粗い胸毛を指ですく。彼の男性のあかしに触れてみたくてたまらなかったが、そこまでの勇気はなかった。今さら恥ずかしがるなんて、おかしなことだとわかっている。

フィリップが堂々と裸身をさらけだしてくれたおかげで、心に生じたこの新たな感情について彼に相談したいと思うのも、やはりおかしいのかもしれない。それでも事実そうなのだ。「思ってもみなかったわ……」キャロラインは言葉につまった。「まったく知らなかった、こんな……」

「まったく？」フィリップがキャロラインの手を取り、指の一本ずつにキスをした。キスしながらキャロラインの目を見つめるので、その熱いまなざしと指を口に含まれる感触があいまって、キャロラインの体の奥でさらに切迫感が広がった。「夜にひとりきりでいるときも？　きみはその小さな手を、柔らかな太腿のあいだに滑りこませたことはないのかい？ほら、こんなふうに」

彼はキャロラインの手を彼女自身の脚のあいだに持っていき、自分の手を重ねて、青いリボンのついたガーターベルトのちょうど上辺りで前後に動かした。

「ここを一度も自分で触ったことはないのかい？」

そのままキャロラインの手をさらに上へ導く。先ほど味わった愉悦の余韻にしびれていたキャロラインの体にふたたび火がついた。

「それともここはどうかな？」フィリップがなにをしようとしているかわかって、キャロラインの喉から子猫の鳴き声のような声がこぼれた。彼はキャロラインの手を湿った茂みにいざない、敏感なひだに押しあてさせた。「ここをさすって、気持ちよくなったことは？」

「あなたの言うことは刺激的すぎるわ」そう言いながらも、キャロラインは無意識に腰を動かして親指の付け根にその部分をこすりつけていた。

「そうかい？」フィリップは優しく言い、起きあがると、彼女の両手首をつかまえた。キャロラインは秘密のひだから手を離されてとまどった。「今度はその愛らしい胸を自分で触ってごらん」フィリップは彼女の手を胸へ持っていき、ふくらみを包ませて愛撫させた。すごく気持ちがいい。「恋人に触られている気分になるかい？　そして、恋人がすぐそばにいたら、きみは彼を手で包むだろう。こんなふうに」彼はキャロラインの右手を取って、彼のものを握らせた。

フィリップの最もプライベートな部分に触れたときの感触は衝撃的だった。皮膚はヴェルヴェットのように柔らかで、熱とエネルギーを帯びたそれは、触れただけで火傷《やけど》しそうだった。フィリップはうめき声をもらし、キャロラインの手を包んで握る力を強めさせた。同時に彼女が片方の手で胸のふくらみを揉むと、いっそう快感が胸に広がった。

「男性は握られると気持ちいいなんて、ちっとも知らなかったわ」キャロラインは生意気ぶって言おうとしたが、弱々しいささやきにしかならなかった。

「そうだろうね」フィリップはなぜ、こんなことをしているのに冷静にしゃべれるんだろう、とキャロラインは不思議だったが、どうやらそれは見せかけのようだ。その証拠に彼の息遣いは荒く、キャロラインが握る力を強めると、甘い苦悶のうめきがもれた。

「きみはまだ男の扱いを知らない」フィリップは彼女の腰に腕をまわして寝転がり、ふたりは並んで横たわった。「男は手に負えない生き物だからね、レディは厳しく接しなければいけないんだ」

「たしかに手に負えないわ」キャロラインは両手でフィリップのものを握った。彼は握られる感触を堪能するかのように目を閉じた。皮膚は張りつめていて、うっとりするような手触りだ。裏側に筋があり、それを親指でなぞるとうめき声がして、キャロラインは笑みを浮かべた。欲望と好奇心に駆られて、手を上下に動かしてみる。「意地悪で、いたずら好きで、誘惑上手で」キャロライン自身の息遣いも乱れていた。胸が張って疼いたため、自分で触ってなぐさめたかったが、フィリップのものを手放したくはない。フィリップをあえがせ、うめかせ、手のなかに自身を突き立てさせることに、みだらな悦びを覚えた。

「ああ、そうだ、すごくいいよ」フィリップが息を乱して言う。「その調子だ、キャロライン、うまいぞ。今度はぼくがきみの小さなここを可愛がってあげるよ」彼がキャロラインの脚のあいだに手をさし入れると、彼女はみずから腰を押しつけて、彼の指がひだを分けてなかに滑りこみやすいようにした。フィリップがどんなに素晴らしい快感を与えてくれるか、すでにわかっていたので、もっと欲しくてたまらなかった。彼は繊細な愛撫で彼女の悦びをかきたてた。キャロラインは甘くうめいて、彼のものを握りしめた。その行為は正解だったようで、彼女の熱く昂る部分を前後に愛撫するフィリップの指の動きが深く速くなった。もう

互いの太腿が触れあい、キャロラインは裸で彼に脚を巻きつけるところを想像した。

一度馬乗りになって、腰を揺らしてみたい。きっとすごく気持ちがいいに違いない。だけど彼はさっき、なにか気になることを言ったような。なにかとても大事な……。

「わたしのは……あの……小さいの？」

フィリップは片目を細く開けてキャロラインを見た。「気になるかい？　ふつうは男がそういうことを気にするんだが」

「でもあなたは……これを……」キャロラインは彼のものをひと撫でして、大きさを測るように握りしめた。「わたしには大きすぎるわ」

「ふむ……ちょっと見てみようか」フィリップに敏感なひだを探られ、キャロラインはなにも考えられなくなった。彼に人さし指で入り口のまわりをなぞられると、お腹の筋肉がぎゅっと収縮し、キャロラインは思わず小さくあえいだ。「なにも問題はなさそうだが」

フィリップはつぶやいた。「でも確かめておくに越したことはない」そう言って、優しく円を描くように、ときに軽く力を入れ、愛撫しはじめた。キャロラインはフィリップの身体を愛《め》でるのも忘れ、きつく目を閉じて、その指の動きを感じた。撫でたり押したりしながら、指がゆっくりとなかに入ってくる。ああ、素敵。あまりの快感に、キャロラインの内側の筋肉が彼の指を逃すまいとして引き締まる。

「力が強いな。それにとても熱心な教え子だ」フィリップに笑われようと、キャロラインは怒るどころではなかった。彼が指を出し入れしはじめたのだ。ゆっくりとした執拗な指の動きは、彼女の身体の奥に甘い戦慄《せんりつ》をもたらした。「まったく不都合はなさそうだよ」「よかった」キャロラインはフィリップの肩にせわしなく頬をすり寄せながら、与えられる愛撫に無意識に腰を揺らした。

「これがいいのかい？　もっと欲しいかな？」フィリップの熱い吐息が彼女の肌にかかる。彼は肘をついて上半身を起こし、キャロラインの唇にキスをした。「もっと深く？」言いながら、彼女に答える隙を与えず、さらにキスをする。キャロラインは彼の肩にしがみついて、彼の口のなかに舌をさし入れた。フィリップは笑ってその舌を迎え入れ、積極的なキスを彼女の承諾と受けとめて、指をさらに深くまで滑りこませた。初めて味わう奇妙な感覚だったが、ものすごく気持ちよく、キャロラインはさらに欲しくなった。

「じゃあ、もっとあげよう」返事もできずにいるキャロラインに、フィリップはささやいた。彼が指を引き抜くと、キャロラインはいかにも不満げなうめき声をもらした。フィリップは満面の笑みを浮かべて彼女を仰向けにすると、覆いかぶさった。互いの視線が絡みあう。両腕で上体を支えているフィリップの顔や微笑んでいる口元に、キャロラインは手をのばして触れた。唇の輪郭をたどり、身体の重みを支えているために筋肉が張りつめている腕を撫でる。

「ちょっと痛いかもしれないよ。やむを得ないんだ」フィリップは言った。

「それでもいいわ」キャロラインは答えた。「あなたが欲しい」

フィリップの微笑みにキャロラインは胸が甘く締めつけられた。「じゃあ、脚を開いて」彼は言った。「ぼくをきみのなかに受け入れてくれ」

「ええ」キャロラインは両手でフィリップの顔を挟んだ。「お願い、フィリップ」

フィリップが目を閉じたのは、安堵したからに違いなかった。彼は両腕と膝で体重を支えながら、ゆっくりと身を沈めてきた。丸い先端がとば口にあたり、キャロラインは腰を浮かせた。全身で彼を欲している。少しだけ入ってきて、フィリップが動きを止めた。キャロラインは不満げな声をもらし、彼のすべてを受け入れようと腰を突きだした。

「あわてない、あわてない」フィリップは歌うように言った。「欲しいだけ全部あげるから。約束だよ、約束」

フィリップのものが、さっき指でそうしたようにキャロラインの入り口を広げ、ゆっくり、ごくゆっくりと押し進んでくる。強烈な快感にキャロラインの喉から甘いうめき声がしぼりだされた。フィリップがあやすように、懇願するようにささやきかけているが、なにを言っているのかわからなかった。じりじりと少しずつ入ってくるものの感触に完全に圧倒されていた。フィリップは必死に自制しようとしている。キャロラインはもどかしくなり、彼の肩をつかまえて抱き寄せ、もっと深く迎え入れようとしたが、男の力にはかなわなかった。

フィリップはあいかわらず腹立たしいほどゆっくりとしか入ってきてくれない。

ふいに焼けつくような刺激が走り、キャロラインはあえいだ。フィリップがぴたりと動きを止め、ぱっと目を開けた。しばらく見つめあいながら、痛みと快感のバランスを取る。「あせらないで、キャロライン」フィリップは苦しげに言った。「ゆっくりだよ。傷ついてしまうからね」

「いやよ！　今すぐに来て！」キャロラインはフィリップの脚にふくらはぎを押しつけた。ゆっくりなんていや。やめてほしくない。絶対にいやよ。身体が慣れる前に彼が引き抜いてしまったら、死んでしまう。

キャロラインは歯を食いしばり、あらんかぎりの力をふりしぼって腰を突きあげ、フィリップを深々と受け入れた。フィリップは大きくあえいで身震いした。キャロラインの内側が彼をしっかりと包みこみ、けんめいにその大きさに慣れようとしている。フィリップはうめいたが、それ以上はなにも言わず、肘で上体を支え、さらに奥へと前進した。

「そうよ！」キャロラインが腰を揺らすと、痛みは少しずつ快感に変わっていった。「これが欲しかったの」

「わがレディの仰せのままに」フィリップは荒い息をつきながら、腰を動かしはじめた。

ゆっくりとした動きだった。キャロラインはフィリップの気遣いを感じたが、そんな遠慮はしてほしくなかった。彼の動きに合わせて自分も腰をゆすった。えも言われぬ感覚が広がり、とても言葉では表現できなかった。このままつづけてほしい。彼を内側で包みこむ感触、乳房をこする彼の厚い胸板、乳首が彼の肌とこすれあう摩擦感。彼がこのままやめないでくれたら、またさっきのようにわたしは舞いあがり、頂へと昇っていける。

そしてキャロラインは極みに達した。いまいちど、時間を忘れて純然たる悦びに包まれ、夏の太陽のように燦然と輝きわたる存在になった。わが身に舞い戻ってみると、同じく強烈な悦楽の境地にあるフィリップが、頬を紅潮させて見つめていた。

彼は低くうめいて自らを引き抜くと、キャロラインの腰に押しつけて、激しく身震いしながら言葉にならない叫びをあげた。フィリップもクライマックスに達したのだとわかった。キャロラインは彼に抱きついて身体をすり寄せ、お互いに快感の震えが静まり、満ち足りて力尽きるまで、そうして抱きあっていた。

12

長い時間が過ぎたあとでフィリップは身体を離し、上掛けを引っ張りあげてキャロラインと自分をすっぽりとくるみこんだ。彼女はフィリップに心地よく腕枕されて、まぶたが重たくなってきた。

「少し寝るといいよ」フィリップはささやいた。「可愛いキャロライン。ゆっくりお休み」

寝てくれないと、ぼくもへとへとだよ、とフィリップは心のなかでつけ加えた。

彼女はぼくが与えるすべてを、情熱の最後のひとしずくまで吸いつくした。しかも初めての夜に。フィリップは枕に頭を預け、感嘆すると同時に、少々そら恐ろしくもあった。キャロラインが寝るのを拒んでまた馬乗りになり、情熱的に挑んできたらどうしようか？

しかしキャロラインの息遣いはゆっくりと深くなり、寄り添う身体から力が抜けていくのがわかった。フィリップは彼女をさらに引き寄せて、柔らかな裸身をただ抱きしめる喜びを堪能した。上掛けが彼女の肩までしっかりと覆うようくるみ直す。暖炉の火はすでに消えかけていて、室内が冷えてきはじめている。けれどキャロラインを起こしたくはなかった。

思いのほか荒々しくしてしまったことを、フィリップは後悔していた。キャロラインにとって初めての体験を、楽で気持ちのいいものにしてあげたかったのだが。ところが楽にすませるというのは、彼女の気質に合わないのだとわかった。彼女が腰を突きあげてぼくのものをすべてのみこんだときは、驚いてどうすることもできなかった。そしてそのあとは……。欲望と快感にわれを忘れてしまった。フィリップはキャロラインの栗色の髪をひと房、指に巻きつけた。ランプのほのかな明かりに照らされ、深みのある栗色に金や赤の輝きがまざっているのが見える。さまざまな色あいを含むその豊かな髪はシルクのように柔らかで、レモンとジャスミンの香りがした。こんなに美しい髪は生まれて初めて見る。

キャロラインのすべてが、ぼくに理性を失わせるごとく計算して作られたかのようだ。なめらかな肌、強靭さを秘めた女らしい曲線の身体、感じやすく、豊満な美しい胸。かたわらで寝ているのはただの好奇心旺盛な娘ではない。キャロライン・デラメアは限りなく情熱的で、官能的な女性だ。彼女を満足させられないほかの男たちのていたらくを呪うべきか、社交界のすべての男たちに酒をおごって、この驚嘆すべき女性をひとり占めにするべきか、フィリップにはわからなかった。キャロラインはぼくを熱く包みこみ、全部を受け入れようと必死だった。全身でもっと深く突いてくれとせがまれ、もはや抵抗できなかった。その時点で、紳士としての自制心は完全に消えてしまった。

キャロラインが腕のなかで身じろぎし、脇腹に魅力的な乳房を押しつけてきた。すると、フィリップの分身がなんと頭をもたげはじめた。彼は驚いて、忍び笑いをもらした。

「きみはいったいぼくになにをしたんだい？」フィリップはささやいた。キャロラインが夢を見ているのかまた身じろぎし、彼の胸をまさぐった。フィリップは彼女の背中を抱いていた手を下へ這わせ、お尻を包んだ。美しい丸みは彼に愛撫されるためにあるかのようだ。キャロラインがため息をもらして、フィリップにすり寄り、湿った太腿を押しつけてきた。彼はお尻を撫でながら、自分を迎える彼女の貪欲さを思い出して悦に入った。いっぽうで我慢するように自らに命じる。積極的な反応や恋人同士のゲームにすすんで乗ってきてくれたのを考えると、キャロラインはまた夜の逢い引きに応じてくれるかもしれない。彼女に情事の手ほどきをするとなれば、濃密で悦びに満ちた数週間を楽しめることだろう。あるいは数カ月はつづくかもしれない。フィリップは笑みを浮かべた。すでに彼女には服従の基本を教えてある。次回は、もっと本格的にゲームの楽しみ方を教えよう。

ミセス・グラッドウェルの舞踏会を訪れたあの晩、社交シーズンのはじまりが憂鬱でしかたがなかった。だが今は、情熱的なキャロラインと過ごす夏が楽しみでたまらない。彼女の麗しい瞳、妖艶な肢体、鋭い利発さ、弾けるような笑い声。楽しい夏からやがてかぐわしい秋風が吹く頃になっても、キャロラインはぼくの情熱をかきたて、新たな発想を生む源でありつづけるだろう。

二度目はキャロラインを満足させられないのではないか、というフィリップの先ほどの不安は消え去った。今すぐ彼女を起こし、からかって笑わせ、キスをしたら、たちまち石のように硬くなるに違いない。あとはただ、その愛らしい胸をもてあそび、湿った茂みに指を滑りこませて、あの素晴らしく敏感な場所を可愛がるだけでいい。欲望に目覚めた彼女は薔薇色に頬を紅潮させ、愛らしく積極的な唇を開いて、ぼくの舌を……。

フィリップは歯を食いしばって自分を叱りつけ、慎重に枕に頭を戻した。ヴェルヴェットの天蓋《てんがい》を見上げながら、わが身に言い聞かせる。キャロラインは初めての体験を終えたばかりなんだぞ、しかもいささか激しく。痛みが残っているだろうし、恥じらいもあるだろう。しかしそうとわかっていても、もし今彼女が目覚めたら、フィリップはその誘惑に抵抗できるかどうかわからなかった。

湧きあがる欲望のなかに、ふと不安がよぎった。目覚めたキャロラインは、自分の行いを後悔するだろうか？　その瞳に最初に浮かぶのが、欲望ではなく、悔恨の念だったら？　そういう朝を、幾度か迎えたことがある。ほとんどはまだ都会に来たばかりの、青二才だった頃の経験だが。当時は、父親からふんだんに小遣いをもらい、血気盛んで体力がありあまっていた。それでも女性を後悔させた後味の悪い経験は、今でも心に焼きついている。その苦い経験から学び、朝になって後悔しそうな若い娘や女性は避けてきた。それからまた、簡単に身体をゆるしておきながら、あとでさんざん愁嘆場を演じ、結婚を迫るような女性も。

まあ、もともと、自分はほかの男たちより気楽な身分ではあるが。ぼくは最低の放蕩者で、次男であるために爵位を継ぐこともない。少なくとも兄のオーウェンが生きているうちは。そしてその兄は、屋根裏部屋で万年本に埋もれて過ごしている。あの調子だとこのまま百歳まで生きるだろう。父親もとうぶん世を去る気配はなさそうだ。車椅子生活ではあるけれど、インスブルック侯爵は毒舌も健在であると同時に、いたって頑健そのものなのだから。

もっともキャロラインが結婚を迫るつもりで近づいたとは、つゆほども思っていない。判断するかぎり——彼女に理性を吹き飛ばされる前のことだが——キャロラインはぼくと同じで、楽しむことだけを目的としているようだった。でもどうして？　彼女のような女性はとっくに結婚して、三、四人の子供に囲まれていてもおかしくないのでは？　彼女に結婚をためらわせたものは、いったいなんだったのだろう？

それにいったいなぜ自分は、キャロラインがほかの男と結婚する場面を想像したりしているのだろう？

フィリップはその疑問について思いを巡らせるうちに、いつしかまどろんでいた。

13

キャロラインは、カーテンの隙間から射しこむ夜明けの薄明かりで目を覚ました。ベッドにひとりきりで、ななめに大の字になって寝ていた。パニックになり、シーツをはねのけて、がばっと起きあがった。

「落ち着いて、キャロライン」フィリップの声がした。「ぼくはここだよ」

キャロラインが目にかかった髪を払いのけて見まわすと、フィリップは暖炉のそばの肘掛け椅子に座っていた。下着だけ身につけている。火を熾してくれたらしく、暖炉の炎が勢いよく燃えていた。やかんに湯が沸かしてあり、テーブルにお茶の用意がしてある。

「砂糖は入れるかい？」フィリップはカップにお茶を注ぎながらきいた。

キャロラインは髪をかきあげて言った。「あなたが淹《い》れてくれたの？」

「じつはそうなんだ。おいしくないかもしれないが、熱くて温まるよ。砂糖は入れるかい？」

「ええ、お願い」完全に目覚めているが、キャロラインは目の前の出来事についていけずにいた。自分が今、客用の寝室にいて、情熱的な一夜を過ごしたことは覚えている。けれども奔放な夜をともにしたあのフィリップ・モンカームが、かの有名な放蕩貴公子が、いかにも家庭的にお茶を淹れてくれているのが、どうにも信じられなかった。

フィリップはほとんど空の容器から砂糖の塊をつまみだして、キャロラインのカップに入れた。「ビスケットも見つけたよ」丸い缶を見せて彼は言った。「いつからここにあったのか知らないけど、なにもないよりはましだろう」彼はビスケットを一口食べて、顔をしかめた。

「なんとか食える」

フィリップはビスケットとスプーンを受け皿に添えて、ベッドまで持ってきた。「おはよう、キャロライン」お茶をさしだしてお辞儀をすると、都合のいいことにキスができるほど顔が近づいたので、キャロラインはキスに応えた。

「おはよう、フィリップ」そう言ってカップを受け取った。彼のキスは気さくで温かかった。なんの下心もない、朝のあいさつだ。おかげでキャロラインは元気をもらい、混乱もおさまってきた。

フィリップは自分にもお茶を注ぎ、キャロラインが見ていると、砂糖を三つも入れた。背中を向けているので、下着姿を眺めることができた。初めて目にする、心乱れる光景だ。鼓動が速まり、昨夜さんざん心臓を酷使したのを思い出した……激しい運動で。

フィリップがベッドに戻ってきてキャロラインの隣に座り、枕にもたれて、長い脚をシーツの上でのばした。

「きみの健康を祝して」フィリップはカップを掲げて言った。

キャロラインは真っ赤になって、自分のカップを掲げた。カップの縁を触れあわせて乾杯すると、喉が渇いていた彼女はごくりと飲んだ。フィリップの言うとおり、濃すぎて苦く、おいしいとは言えない。でも熱いので身体が温まり、元気が出てくる。フィリップはカップの縁越しに紅茶を飲むキャロラインを見つめた。

「気分はどうだい？」彼はたずねた。

キャロラインは慎重にもう一口お茶を飲んだ。口では言えない場所にひりひりする痛みがある。慣れない夜の運動で、あちこちの筋肉が悲鳴をあげている。

でもつらい運動ではなかった。とても刺激的で、興奮をかきたてられ、心ゆくまで満たされた。フィリップは今まで想像すらしたことのない悦びを教えてくれた。今朝はちょっぴり気まずくて、彼を見つめるたびに太腿から喉元までうずうずするような心地よい感覚が広がるけれど。そのせいでキャロラインは落ち着かず、この感覚が長引けば、昨夜、フィリップが満たしてくれたあの甘美な疼きと切望が再燃するに違いないとわかっていた。

でも今は、彼を見ているだけで満足だ。淡い朝の光がフィリップの髪に降り注ぎ、腕や胸にかすかな影を落としている。しわくちゃのシーツに包まれた腰から下につい視線がいってしまう。こういったことは初めてのキャロラインにも、フィリップの分身が元気に目覚めているのはよくわかる。彼女は笑みを浮かべた。昨夜の行為を後悔する気持ちがどこかにあったとしても、今の微笑みが消し去ってくれた。

「大丈夫よ」キャロラインは答えた。「にべもない言い方だけど――」

「そんなことはないさ」フィリップはキャロラインの肩にかかる髪を払いのけながら言った。「正しい答え方だ」

「あの……あなたはどう？」

「これ以上ないくらい満たされた気分だよ」フィリップは言った。「ともかく今はね」

フィリップがしゃべりながら、彼女の肩や腕、シーツに包まれた胸元に視線をさまよわせているのに気づいて、キャロラインは頬が熱くなった。たくさんの約束と刺激的な挑発がこめられた大胆なまなざし。互いに身体をぴったりと重ねあう感触がどんなに素晴らしかったか、フィリップの巧みな愛撫を彼女がどれほど堪能したか、言葉にしなくても彼のその目が伝えてくる。

昨夜のことを思い出して赤面するのを観察され、キャロラインは逃げ場がなかった。彼はカップをサイドテーブルに置くと、キャロラインにキスをした。紅茶と秘密の約束で彼の唇は熱かった。キャロラインはため息をもらして、キスに応えた。フィリップのキスが今ではごく自然なことに感じられ、互いの唇が触れあう感触が快かった。欲望に駆られた激しいキスではない、楽しむための優しいキスのおかげで、お茶では温められない部分まで温もりが広がっていく。

だがフィリップは甘いキスをふいにやめてしまった。彼はキャロラインの頭の後ろを手で支え、彼女の瞳をのぞきこんだ。彼の目のなかに、昨夜は気づかなかった、あるいは彼が隠していた感情をキャロラインは読み取った。切望と倦怠、そしてまだ三十歳にもならない若者にしてはひどく老成した感情を。

「きみを駆り立てるものはいったいなんだろう、キャロライン？」フィリップはささやいた。「なぜきみはぼくとこうしてここにいるのかな？」

「わたしがなにかに駆り立てられていると思うの？」

「ああ。しかも強烈にね」フィリップは自分の言葉が信じられないかのように、とまどいがちにキャロラインの額に触れた。「きみの目がそう伝えている」

「そんなにじろじろ見つめないで」キャロラインはいらだたしげに言ってから、唇をかんだ。「ごめんなさい。失礼な言い方だったわ」

「いいんだよ」フィリップはべつの考えを追い払うかのように、笑みを浮かべた。まるで仮面をつけるみたいに。キャロラインの胸に不安の塊が生じた。「ところで、そろそろ使用人たちが起きだす頃じゃないのかな」フィリップはキャロラインの髪を指ですいて、背中に広げた。「ぼくはもう行くよ」

だめ。キャロラインの胸の底で叫ぶ声がした。お願い、まだ行かないで。

「大丈夫よ」キャロラインはフィリップの手を取り、自分の肩にあてた。彼に触れていてほしかった。まだ行かせたくない。「家政婦のミセス・フェリデイは知っているの。だからあなたがここにいても驚かないわ」

「そうか、しかしぼくがきみの屋敷の玄関から出ていったら、世間は驚くだろう」フィリップはキャロラインの手から自分の手を引き抜いた。「社交界では、富と身分のある者同士の情事は黙認されている。きみやぼくのようにね。だが……」彼は言葉を挟もうとしたキャロラインの唇に人さし指をあてて言った。「人目に立たないことが条件だ。きみの評判がかかっているんだよ」

「評判なんて」キャロラインは自分のすねた口調にわれながら驚いた。「そんなもの、どうでもいいわ」

「でもきみの友達の評判はどうだ？　彼女を傷つけたくないだろう？」

キャロラインは顔をそむけた。「そうね、気づくべきだったわ。もちろん、彼女を傷つけたくはない」わたしはいったいどうしてしまったのかしら？　髪をかきあげながら、キャロラインはいぶかった。なぜこんなに分別をなくしてしまったの？　昨夜、フィリップに常識をはるかに超えたところへ誘われ、現実に戻ってくるにはまだ時間がかかるようだ。

「ぼくはなにかまずいことを言ったかい？」フィリップがたずねた。

「いいえ」キャロラインは彼の顔を見ずに、首をふった。「あなたの言うとおりだわ。わたしは身勝手だった。ただ……こんなにすぐに終わりにしたくなくて」

フィリップの温かな手が肩に置かれるのをキャロラインは感じた。背後でマットレスが軋む。後ろから抱き寄せられて、彼の身体の熱と吐息を背中に感じた。

「終わりだなんて、どうしてそんなことを考えたんだい、キャロライン？」フィリップに後ろから両腕を押さえつけるように抱きすくめられ、自分をたちまち無力にしてしまう力を彼が持っていること、そして心の底ではそうされたいと望んでいることを、キャロラインは悔しいほど思い出させられた。彼の肩に頭をもたせかけ、眉に、唇に、キスを受ける。「ぼくとしては、まだはじめたばかりのつもりなんだが」

切望の思いがこみあげて、キャロラインはフィリップの腕のなかでふり返り、すぐそばに彼の唇を見つけてぞくぞくした。ゆっくりと時間をかけて彼を味わい、覚えたての知識を活《い》かして唇の端に舌を這わせた。彼が身じろぎすると、キャロラインはさらにきつく抱きついた。

「そんな誘惑をして、いけない子だ」フィリップがキャロラインの口にささやく。「ぼくはきみを自由にさせすぎたようだな。今度会うときは、もっとお行儀よくさせないと」

「はい、お願いします」彼女がささやくと、フィリップは笑った。その笑い声はどんな言葉よりもキャロラインを安心させる効果があり、彼女はようやく彼を手放すことができた。

フィリップは最後に軽くキスをすると、立ちあがって散らばった服を拾いはじめた。

キャロラインは長枕にもたれて、彼が服を着るのを見ていた。「あなたの服、すっかりだめになってしまったわね」フィリップがブリーチズをふってしわを伸ばそうとしているのを見て言った。「ひどい格好」

フィリップはくすりと笑った。「男の場合はレディほど深刻じゃないからね。まったく平気だよ」

朝のこの時間に、よれよれの服装でフィリップが通りを歩いていても、今さら評判に傷はつかないということなのだろう。キャロラインは胸がちくりと痛んだが、そんな考えは押しこめて、フィリップがブリーチズを穿き、しわになったシャツを着るのを見つめていた。彼の女遊びは周知の事実だからこそ、放蕩貴公子とあだなされたのであって、自分もその理由からフィリップ・モンカームを相手に選んだのだから、嫉妬するなんて筋違いというものだ。

キャロラインは、そう無理やり納得し、べつのどうしても答えを知りたい質問を切りだした。

「どうしてわたしを？」

フィリップはシャツを頭からかぶって、きき返した。「なんだって？」

「なぜわたしにしたの？　あの晩、いくらでもほかの女性を選べたのに」おそらく今までもそうだったのだろう。

「誘ってくれたのがきみだけだったからかな」

「そんな言いわけはまったく信じられないわ」キャロラインは膝を抱え、片頬を載せた。

「ロンドンじゅうの未亡人や教養ある人妻たちと浮き名を流している有名な放蕩者のくせに」

フィリップは無言でベストをはおり、ポケットの時計のねじがちゃんと巻かれているかどうかを確かめた。「きみもわかっているだろうが、それは答えにくい質問だ。男に〝この帽子は好きか〟とたずねるようなものだよ」

「それでもわたしは知りたいし、あなたが答えてくれなかったらものすごくがっかりするわ」

「きみをがっかりさせるのはぼくとしても忍びないから、答えないわけにはいかないな」

フィリップはベッドのキャロラインの足元に腰かけた。「きみを見た瞬間に、ぼくの心は決まっていた。その魅惑的な瞳、それにこの挑発的な唇」親指で下唇を撫でられて、キャロラインの全身に熱い興奮が走った。「でもそれははじまりにすぎなかった。すると、きみから誘惑的なメッセージが届き、たまらなく好奇心をそそられた」フィリップはキャロラインの髪に手をさし入れて、優しくたぐり寄せた。「だが完全に心を決めたのは、半裸で怒り狂った女性が、未来の恋人に殴りかかろうとしたら、きみが落ち着き払った顔で止めに入ったときだ。今まで出会ったことのない新鮮さを感じさせる女性だと思ったよ。それできみに誘われるままについていこうと思ったんだ」

「わたしについてくる?」

「そうだよ、キャロライン。きみがそれを許してくれるかぎりはね」フィリップはきまじめな口調になって言った。キャロラインは胸がざわめくのを感じた。ふたりの情事に関して、主導権はわたしにあると、彼は認めているのだ。喜ぶべきなのかもしれない。長年ずっと、持ち主しだいでどうにでもできる財産の一部のように扱われてきたのだから。けれども主導権がわたしにあるのなら、この冒険をいつ終わらせるかもわたしが決めることになる。そう遠くない日に、わたしはこの人に別れを告げるだろう。

そのことを考えると、どうしてこんなに寒々とした気持ちになるのかしら。わたしはロンドンを離れなければならない。ジャレットがわたしをキーンズフォード館に連れ戻す算段をしている以上、この街に居つづけるのは危険だ。ロンドンに滞在しているのは、ひとえにフィオナの結婚式のためなのだ。

「今度はきみが答える番だよ」フィリップに瞳をのぞきこまれ、キャロラインは無意識にうつむいた。「どうしてぼくは、きみに選ばれる光栄に浴したのかな？　きみはあの夜、いくらでも広間にいるほかの男たちを選べたはずだ」

キャロラインは羞恥心《しゅうち》で頬が熱くなるのを感じ、なにを今さらとわれながら驚いた。「それは大げさよ」

「いいや、本当さ。美しい琥珀色のシルクのドレスを着た、大胆な瞳の麗しい女性の登場で、男たちはどうやって彼女を射止めようかとやきもきしていたよ」

「それと財産もね」ルイス・バンブリッジの愛想のいい顔を思い浮かべて、キャロラインは言った。

「女性も同じことをするのに、男だけを責められないだろう？」

「そうね、わたしたちは生まれ落ちたときから、そのための訓練を積まされるのだもの。財産、家柄、身分が最優先で、本当の気持ちは後まわしか、まったく無視される」キャロラインの苦々しい口調に、フィリップは少しも動じるふうはなかった。

「たしかにきみの言うとおりだ。それで、もう一度きくけど、なぜぼくなんだい？」

キャロラインは顔をそむけて、ベッドの天蓋や乱れたシーツのなかに、冗談めかした返答の言葉を探した。しかしなにも見つからない。「理由を聞いたら、いい気持ちはしないと思うし、これがすべて本心だとは思ってほしくないのだけど」

「そうなのかい？」フィリップは大げさに驚いた顔をしてみせた。キャロラインは無理に微笑んだ。「そこまで答えてくれたのなら、ぜひ最後まで聞きたいな。理由はなんだい？もちろん、ぼくの上着がおしゃれだったからではないよね？」フィリップは椅子の肘掛けから上着を拾いあげ、従者の真似をして、ぱっとひとふりしてしわを伸ばした。

そのしぐさがおかしくて、キャロラインは吹きだし、緊張がゆるんだ。彼は服を着て、こちらは裸で、これから彼は出ていき、わたしは取り残される。それでも笑わせてくれるなんて、彼は本当にユーモアのセンスのある人だ。「たしかに素敵な上着ね」キャロラインは認めた。「でも理由はそれではないわ。あなたも知っていると思うけど、わたしはロンドンに留まるつもりはないの」

フィリップはほんの一瞬、言葉につまった様子だった。「いいや、知らなかったよ」さりげない口調で言い、上着を着る。「それで？」

「わたしがロンドンに滞在しているのは、フィオナの、友人のミス・レイバーンの結婚式に出るためなの」キャロラインは口ごもりながら、どうにかつづけた。「その後はヨーロッパ大陸に旅行するつもりよ。いつ戻ってくるかはわからない。だから、突然いなくなって、親しくなった人を悲しませたくないの」

フィリップはふり向いた。「それで、放蕩貴公子を選んだというわけか。下品な言葉で申しわけないが、女の尻を追いかけまわすので有名な男を？」

「これがすべて本心だとは思ってもらいたくないと言ったでしょう」キャロラインはシーツを握りしめている両手に向かって言った。

フィリップが近づいてくる足音がした。彼の手がキャロラインの手を包みこむ。

「長くつきあえないとわかっているから、深い関係にならないように気をつけているなんて、ぼくはむしろきみの心根を尊敬するよ」

キャロラインは目を上げた。フィリップの顔にはみじんも軽蔑の色はなく、胸を締めつけられた。

「もう少し、いてもらえない？」気がつくと、言葉がキャロラインの口をついて出ていた。そこには切望がこめられていた。昨夜の燃えるような欲望とは違う、切実な願いが。あと数分でもかまわない、この人と一緒にいたい。

フィリップは優しく微笑み、キャロラインの甲に口づけた。「本当に申しわけないが、どうしても行かなきゃいけないんだ」

「でもわたしたちはまだ……あの……」キャロラインは夜のあいだに床に落ちてしまっていた長手袋とサッシュを手で示した。

フィリップの表情にいたずらっぽさが戻った。危険であると同時に陽気な輝きが瞳に宿る。その矛盾した輝きは、昨夜の巧みで官能的な愛撫の数々を、キャロラインに思い出させた。首筋へのキスから、最も敏感な秘密の場所に触れられたことまで。フィリップは手袋を拾いあげ、指先からボタンまで、しげしげと観察した。それからサッシュを拾い、謎めいた目的のためにじゅうぶんな重量があるかどうか吟味した。思惑ありげな視線を向けられて、キャロラインの内側の筋肉がぎゅっと緊張した。

フィリップはサッシュと手袋をひとまとめにして、彼女に預けた。

「取っておいてくれ」キャロラインの手を上から包んで言う。「このつぎはこれを使って愉しいことをしよう」

「このつぎ」キャロラインは繰り返した。フィリップの口元から目が離せなかった。あの口に昨夜どんなことをされたか、思い出さずにはいられない。先ほどまでの胸がそわそわする心地よい期待感が、はっきりとした疼きに変わった。

フィリップが優しく官能的にキスをする。キャロラインは身を預けてキスに応え、彼が顔を離すと、不満げなため息をもらした。

「明日はどこへ行く予定だい、キャロライン?」

「レディ・プレストンの慈善コンサートに招待されているの。あさってはどうかしら?」落ち着いたさりげない口調を心がけたつもりなのに、おずおずとした小声しか出なかった。けれども、フィリップのまぶしい笑顔でキャロラインの不安はぬぐい去られた。

「では、あさってにしよう。おとなしく待っていて、ぼくの命じるとおりにするんだよ」

希望と純粋な欲望が身体の奥に熱くこみあげるのを感じながら、キャロラインは努めて冷静なそぶりでフィリップを見つめ返した。

「あなたの命じるとおり? わたしがお願いしているにもかかわらず、行ってしまうくせに、あなたに命令する権利があるとでも?」

「ぼくのレディにお願いをされると、はなはだ弱いんだが、今度会うときは、ほとんどお願いされることはないんじゃないかな」フィリップはキャロラインを見下ろして言った。いたずらっぽい表情はかき消えて、思案げな言葉が出た。「その代わりに少し待ちたいと思うかもしれない」

「待つ？」

「数日はかかるだろう……新しい状況に慣れるまで」

「それはあの……いつもそうなの？」

フィリップは情けないような表情で苦笑した。「わからない」

フィリップ・モンカームの口からそんなあいまいな言葉が出てくるとは、キャロラインは思ってもみなかった。「わからないって、どうして？　そんなに経験豊富なのに」

「初体験の女性の相手を務めたのは初めてなんだ」

いやよ。キャロラインの全身が叫びをあげた。待つなんて。すぐにもまた会いたいのに。

しかし、奔放な一夜をともにしたあとでも、そこまであけすけにせがむことはできなかった。もっと自制心をはたらかせなくてはいけない。自分のなかに目覚めてしまった情熱を、しっかりと制御しておかなくては。

「そうなの」

「おそらくきみはあまり性急に進めたくないと思うだろう」フィリップは考え深げに言いつつ、キャロラインと目を合わせないようにしている。今朝は、時計のねじがちゃんと巻かれているか、やけに気になるらしい。

キャロラインは固唾《かたず》をのんで言った。「あなたは待ちたいの？　慣れるために？」

フィリップは時計をベストのポケットにしまいこんだ。彼が待ちたい、と残念そうに答えるのを、キャロラインは身を硬くして待った。それはすなわち、もう会わないという意味に違いない。胸の奥がねじれるように痛み、舌をかんで平静な表情を装った。

するとフィリップはふたたび正面からキャロラインを見つめた。「いいや」彼は言った。

「待ちたくない」

「それなら」キャロラインはようやくフィリップの目を見て、答えることができた。ごく自然に笑みが浮かんだ。大胆で、喜びに満ちた温もりが胸にあふれた。「わたしも待たないわ」

14

帰宅したフィリップは身体を洗い、朝食をすませ、新しい服に着替えた。この時刻に主人が乱れた服装で帰宅するのは、使用人たちにとって珍しくもなんともないことなので、入浴の支度も着替えも食事も、すぐに用意できるようになっている。

フィリップはベッドに入って、もう少し朝寝するつもりだったが、なんだか今朝は外へ散歩に出かけたい衝動に駆られた。昨夜の雨でロンドンは煤《すす》けむりが洗われ、さわやかで新鮮な空気が満ちている。こんな気持ちのいい朝にベッドでごろごろしているのは、罪にも等しい。とりわけ、共寝の相手もいないとあっては。

まあ、キャロラインとはただごろごろしていたわけではないが。軽快な足取りで階段を下りながら、フィリップは笑みをもらした。まったくなんという女性だろう！　誇り高く、情熱的。彼女のような女性と、今まで出会ったことがあるだろうか？

誘いに乗ってきそうな女性を見つけると、ふつうはフィリップのほうがいろいろとお膳立《ぜんだ》てをして、芝居の演出家のように指示を出す。女性はただそれに従えばいい。多くの女性がその状態に満足していた。彼女たちにとっては、そうした関係はちょうどいい気晴らしなのだ。かつてつきあったある未亡人は、そう言っていた。〝なにごとも完璧を求められるから、大変なのよ。ドレスや物腰だけではなくて、家政や家計のことや、使用人の監督に加えて、夫や子供たちや両親、頼ってくる親類の世話まで。そのうえ、お客様をお招きしたり、いろいろなつきあいや慈善活動にも顔を出したりしなくてはならないし。誰かがすべてを決めてくれて、わたしはそれに従うだけで、ただ愉しめばいい関係って、本当に素敵〟おかげでフィリップも、面倒くさいしがらみがなく、割りきった情事を愉しめてありがたかった。

ところがキャロラインはどこまでも奔放で情熱的で、誰かに主導権を握ってもらいたいなどとはみじんも思っていない。彼女には、服従して心ゆくまでセックスをしてもらう、という図式が成り立たない。キャロラインにご主人様と呼ばせるためには、彼女がみずから喜んで服従するように導き、こちらがそうする価値のある男だということを繰り返し証明しなければならないだろう。彼女には経験を積ませ、徹底的に悦びを味わわせる必要がある。そうすれば、ああ、きっと、妖艶に乱れて、ぼくを天にも昇る心地にさせてくれるに違いない。

人気《ひとけ》のない早朝の道を、ステッキをふって歩きながら、フィリップはひとり笑みを浮かべた。あの情熱的なキャロラインには、いつものやり方は通用しないことをもっと心配すべきだろうか。しかしそのおかげでより素晴らしい体験を味わえるのかもしれない。とにかく、彼女とつぎに会う日が待ち遠しくてたまらない。あさってなどと、よくもそんな悠長な約束をしたものだ。それまでどう時間をつぶせばいいんだ？　クラブへ行き、誰かと食事をして、新聞を読み……フィリップは苦笑した。キャロラインとの逢い引きに比べたら、なにもかもくだらないことばかりだ。彼女に会うまでの空白の一日が、本来なら自由を満喫できるはずなのに、退屈でたまらない。

「気をつけろよ、モンカーム」フィリップは自らをいましめた。「彼女は危険だ」

そう自分につぶやいてから、ふとわれに返った。キャロラインがぼくの自由な身分を脅《おびや》かす存在だなどとは思いたくない。ミセス・グラッドウエルの屋敷で、帰り際にユージニア・ウォーリックと不愉快な口論をしたのを思い出した。キャロラインはユージニアのような女とはまったく違う。彼女がぼくの自由を脅かすことはありえないし、この心を傷つけられることもない。数週間もすれば彼女はロンドンを離れるのだから。

つらつらと考えごとをしていたフィリップは、完璧に同じ灰色の二頭の馬が引く馬車が通りかかり、呼びかけられるまで気がつかなかった。

「やあ、フィリップ！　今朝は早いな」ギデオンだった。

「やあ、ギデオン！」フィリップもあいさつを返した。「おまえこそ、早起きだな」遊び人仲間のギデオンも、午後三時より前はめったに外出することがないので、きわめて珍しいことだった。

「まあね、いろいろと用事があって」ギデオンはため息をついた。「まったく芸術家ときたら。二、三話したいことがあったんだが、夕方まで会えないと言われたよ。光がもったいないんだとさ」

ギデオンは芸術にことのほか情熱を注いでいる。服飾品に使う以外の金は、新進の芸術家を見いだして育てることに費やし、個展を開いたりしてやっている。ギデオンは上流階級に顔が広いので、彼が育てている画家たちの作品はけっこうな値段で売れる。ギデオンがその副業でかなりの手数料を得ているのは有名な話だが、品のいい友人たちはあえてそのことには触れないようにしている。

「そんなわがままな天才たちのパトロンなんかやめてしまえよ」

「まったく疲れるやつらだよ、芸術家っていうのは」

「ジュディス伯母さんも作家たちについて同じことをぼやいているよ」ジュディス・モンカームはロンドンで最先端の女性向け新聞を発行する出版社を経営し、そのため一族とは絶縁状態になっている。

「まあ、画家も作家も同じ人種なのかもしれないな」ギデオンは馬車のドアを開けた。「どこかに行くなら、送ろうか?」

「クラブへ行こうかと思っていたんだ」

「ぼくも同じ方向だから、乗っていけよ」

フィリップが乗りこむと、ギデオンは御者に合図をして馬車を出させた。

「この前のミセス・グラッドウェルの夜会のあとで、きみがクロックバーンに来なかったんで、バンブリッジのやつが不満そうにしていたぞ」色塗りの四輪馬車や山積みの荷車で混雑した朝の町並みを走り抜けながら、ギデオンは言った。「昨夜も来なかったな」

「いや、まあ、ちょっとほかに約束があってね」

「ぼくもそう言ったんだ。それについても不服そうだったよ」

「いずれにしてもバンブリッジは落胆するはめになるだろうさ」フィリップは言った。「あのレディはあいつなんかにはもったいない」

「やけに自信たっぷりだな。あいつはなかなかの伊達男だし、彼女の一族とは知りあいなんだろう？」キャロラインの名前を出さなくとも、フィリップが昨夜どこにいたかはとっくに知れ渡っていることを、ギデオンは遠まわしに伝えた。

「バンブリッジは金しか頭にない、財産狙いの野郎だ」フィリップの口調の激しさに、ギデオンは眉をつり上げた。「断言してもいいが、あいつの仕掛けた罠に彼女がはまるわけがないさ。たとえあいつが一族全員と知りあいだろうとね」フィリップはキャロラインの妖艶な瞳を思い出して口元をほころばせた。柔らかな腹部や太腿をぼくに愛撫されて、欲望に陰ったあの美しい瞳を半ば閉じていたっけ。バンブリッジがキャロラインに与えられるものはなにもない。彼女に必要なのは、金目当てでちやほやするようなやつではなく、女性の肉体を知りつくし、欲望に応えられる男なのだ。

ギデオンはしげしげとフィリップを見て言った。「そんなに熱くなるなんて、いつものきみらしくないな。まさかこのまま彼女を愛人にするつもりじゃないだろうね？」

「なんでそんなことを言うんだ？」フィリップは思いのほかきつい口調できき返した。

「いや、べつに。そんなに怒るなよ」

しばらくふたりとも無言だった。フィリップはギデオンから顔をそむけ、通りすぎる馬車を漫然と眺めていた。なぜ親友の些細《ささい》な言葉に、あんなに腹が立ったのだろう？　ギデオンにも世間にも、思いたいように思わせておけばいい。お互いが望むかぎり、ぼくはキャロラインとこの関係を愉しむのだ。いずれは彼女がもっといい相手を見つけるか、ぼくのほうがそうなるかはわからないが。本物の男というのは、そういう情事の愉しみ方をするものだ。

「じつはきみに会いたいと思っていたんだよ」ギデオンは言った。「友人として警告しておきたくてね」

「どういうことだ？」

「きみの新しいお相手に関して、いらだっているのはバンブリッジだけじゃないんだ」

「ミセス・ウォーリックのことだな？」

「まあ、そうだ」

「おまえがそれを持ちだすとは驚きだよ。あの晩は彼女に頼まれて、ミセス・グラッドウェルの夜会にぼくが行くよう仕向けたそうだな。ぼくらの関係が終わったことは、彼女から聞いたかい？　それとも最近は仲人役を務めるようになったのか？」

ギデオンは申しわけなさそうな顔をした。「いいや、彼女はなにも言っていなかった。彼女の様子から、てっきりまだつきあっているものと思っていたよ」

フィリップはひとしきり毒舌を吐いた。「もう別れたよ。彼女が新しい男を連れてきて、別れたいと言ってきたんだ。それなのに、ミセス・グラッドウェルの屋敷の外で、ぼくを待ち伏せしていた」

ギデオンの表情がいつになく暗く陰った。ほとんどの人々はギデオン・フィッツシモンズを過小評価している。自堕落なしゃれ者の外見にだまされて、誰も彼の明るい緑色の瞳の奥に鋭い知性が潜んでいることに気づかない。ギデオンはそのことを利用して、カード・ゲームでもオークションでもいろいろと得をしている。

「申しわけなかった、フィリップ」ギデオンは言った。「彼女にもっと詳しく事情をきいてみるべきだったよ。ぼくたちみたいな気楽な生き方をする者はそういうことに首を突っこむ柄ではないんだが、なにかできることがあれば……」

「警告してくれたじゃないか、ギデオン。しかし彼女はいったいなにを企《たくら》んでいるのやら」

ギデオンは一瞬ためらってから言った。「もしや……困ったことになっていたら」

「いや、そっちの心配は無用だ。予防措置は講じている」フィリップはいつも達する前に抜くか、薬局で買った避妊具を使うことにしている。愛人をはらませて恥をかかせるようなことは、断じてするまいと決めていた。フィリップ・モンカームが子供をこしらえるとしたら、嫡出子しかありえない。つまり、絶対に子供は作らないということだ。

また薬局で避妊具をたっぷり買って、キャロラインのところにも置いておこう。間違いなく必要だろうから。

「ともかく」ギデオンはため息まじりに言った。「ミセス・ウォーリックと会って、ちゃんと片をつけたほうがいい。さもないと、きみの今の相手を突き止められて、厄介なことになるぞ」

フィリップは冷たい石を投げつけられたような気がした。「厄介ごとなんか、起こすはずがないさ」

「ぼくにはそうは思えないが」

フィリップはギデオンが呆れるほど汚い言葉でひとしきり毒づいた。「おい、落ち着け。うちの御者が怯えてるじゃないか。彼はとても気が小さいんだ。悪い未亡人を引きあててしまったものだな」

「よけいなお世話だ」フィリップは不機嫌そうに言った。

「天下の放蕩貴公子も、人間的な過ちを犯すのか？」ギデオンは皮肉った。「今までにもいろいろと新聞にきみの記事が書き立てられてきたよな」

「なにが言いたい？」

「自堕落な放蕩三昧をつづけていたら、トラブルの一つや二つはしかたないってことさ。きみがまた怒りだす前に、謝っておくよ」

フィリップはむっとして黙りこんだ。からかうギデオンと、からかわれるようなことをした自分に同時に腹が立った。フィリップの放蕩ぶりをギデオンが冷やかすのは、これが初めてではない。けれど、ギデオンの個人的な性癖をよく知るフィリップとしては、おまえが言えた義理か、という気分だった。自堕落と言われても、べつだん腹は立たないが。ユージニアが困った事態になっている可能性はあるだろうか。

いいや、それはありえない。若い恋人を見せつけて、ぼくを愚弄したのは彼女なのだから、困った事態になったとしてもそれは彼女の責任だ。あとはいつものギデオンの戯れ言《ざれごと》。生きと生きと情熱的なキャロラインと過ごしたひとときに比べ、自分の部屋が狭苦しく、日常の行為が無性にくだらなく思えたことや、ふだんの自分とは違って、今朝、彼女のもとを離れるのがひどく心残りだったことにも、べつだんたいした意味はない。たまたまそういう気分になっただけのこと。それだけさ。

15

フィオナと買い物に出かけたおかげで、手持ちのシンプルなカフェ・オレ色のサテンのドレスを、深紅のヴェルヴェットのリボンと白い薔薇飾りでアレンジしてもらい、レディ・プレストン主催の慈善コンサートに着ていくことができた。手には金の柄のついたベルギー製のレースの扇子を持ち、ドレスのリボンと凝った刺繡《ししゅう》入りの靴に合わせて、深紅のシルクの長手袋をはめている。髪は今夜もまたギリシア風に結い、うなじに細いカールがたれるようにした。ヴェルヴェットのリボンと真珠のピンをいくつか使うだけでいいので、楽であると同時に、おしゃれに見せることができる便利な髪型だ。最後の仕上げとして、ミセス・フェリデイに頼んで、コヴェント・ガーデンの花屋で百合を一輪買ってきてもらった。フィリップはこのコンサートに来るとは言っていなかったから、ほかの洗練された集まりに出かけているのかもしれない。それでもあえて百合を髪に飾ることにしたのは、彼のことを考えていたかったからだ。フィリップの声、巧みな愛撫、刺激的で意地悪な命令。フィオナの婚約者ジェームズ・ウェストブルックにエスコートされて、レディ・プレストンの応接間に入っていきながらも、キャロラインの心は秘密の熱いひとときで満たされていた。フィオナはジェームズの右側にいる。今夜は、フィオナだけで参加していた。兄のハリーにはべつの用事があり、ミセス・レイバーンは、熱を出して寝ているミスター・レイバーンの看病のため自宅に残っている。

「まあ、フィオナ、来てくれたのね！」レディ・プレストンの長女のデアドラが、客を迎える列を離れて、あいさつに来た。「とっても素敵よ。ミスター・ウェストブルック、こんなに生き生きと美しい彼女を見るのは初めてですわ。みんなあなたのおかげなのでしょうね」

「その反対ですよ、レディ・デアドラ」ジェームズはデアドラの手を取ってお辞儀した。

「フィオナが輝いているのは、もともとおおらかな気性のおかげです」ジェームズはそう言いながら、優しさと情熱のこもったまなざしをフィオナに向けた。キャロラインは羨ましさで一瞬、胸がちくりと痛んだ。そんな思いをすぐさまふり払う。フィオナが幸せで、わたしも心からうれしいのだもの。今回、婚約者のミスター・ジェームズ・ウェストブルックに会ってみて、親友にふさわしい誠実な男性だとわかった。背はそれほど高くないが、引き締まった体つきで、砂色の髪をして、ハンサムな細面にきらきらした緑の瞳が印象的だった。とても気さくで、自信にあふれ、言葉にも嘘がない。彼なら必ずフィオナを幸せにしてくれるに違いない。わたしは安心してロンドンを発《た》つことができそうだ。

「そのへんで勘弁してくださいな。うらやましくて嫉妬してしまいそう」デアドラはジェームズの甲を扇子で軽くはたいた。「そんなふうに手放しで婚約者をほめられる男性など、社交界にはめったにいませんわ。ごきげんよう、キャロライン！」デアドラはキャロラインに頬をすり寄せた。地元のレイバーン家で何度か顔を合わせたことがあり、親友とまではいかないが、そこそこ親しくしていたのだ。「やっとあなたがロンドンに来られて、本当にうれしいわ。あなたにぜひ会いたいという方がいらしているのよ」

フィリップ！　彼の名前がすぐに浮かんだ。やっぱり来ることにしたのね。

デアドラはキャロラインの腕を取り、フィオナとジェームズから離れながら、人波をかき分けつつしゃべりつづけているが、キャロラインはまるで聞いていなかった。目を伏せてつま先を見つめながら、どぎまぎする胸を必死に静めようとしていた。

「こちらにいらしたわ！」デアドラが立ち止まる。「彼女、素敵でしょう？」

「レディ・キャロライン、お目にかかれて光栄です」

さっと目を上げると、そこにいたのはフィリップ・モンカームではなかった。

「ミスター・バンブリッジ」

「こんばんは、レディ・キャロライン」ルイス・バンブリッジはショックで固まったキャロラインに笑いかけ、彼女がさしだしてもいないのに、その手を取ってお辞儀をした。「こんなにすぐにまたお会いできるとは、うれしいかぎりです。ミセス・グラッドウェルの夜会では、ほとんどお話しできませんでしたから」

ルイス・バンブリッジに対するキャロラインの否定的な反応にデアドラが気づいていたとしても、彼女はおくびにも出さなかった。デアドラはにっこり微笑んで、キャロラインの腕に触れた。「ごめんなさいね。向こうで母が呼んでいるわ。きっとシニョール・マリツェッティのことよ。有名な歌手って、気むずかしくて大変なのよ!」デアドラは急いで離れていった。キャロラインはどうにか気を取り直し、礼儀正しい笑みを顔に張りつけてルイス・バンブリッジのほうを向いた。

「飲み物はいかがですか?」バンブリッジは瓶を載せた盆を持って歩きまわっている従者にうなずきかけた。「今夜は、最高級のシャンペンがふるまわれていますよ」

「けっこうですわ」

気まずい沈黙が下りたが、バンブリッジはなにも感じていない様子だった。あいかわらず流行の服でめかしこんでいる。ぴんと立てた襟先は目の位置まであり、複雑な結び方の黒いクラヴァットはエメラルドのピンで留めてある。ダーク・ブルーの上着はいくぶんひかえめだが、なかに着ているベストはどぎつい紫と赤に金糸の格子柄だ。

馬車のランタンが消えても、この金ぴかの服が帰り道を照らしてくれそうだわ。キャロラインは会話に集中すべきだとわかっていながら、そんなことをぼんやり考えていた。しかし今は、一刻も早く社交辞令を述べて、彼から離れなくては。

「ロンドンにはしばらく前からいらしてるんですか?」バンブリッジがたずねた。

「二週間ほど前からです。ミス・レイバーンの結婚式に出るために」キャロラインは室内に視線を巡らせつつ答えた。都会だろうと田舎だろうと、社交の場では共通の〝あなたとの会話には興味がない〟というサインなのだが、バンブリッジはやはり気づかぬふりだ。

「そうですか、結婚式にね。わたしからもおめでとうと伝えてください。両者にとって申し分のない満足のいく縁組みでしたね」

「ふたりは深く愛しあっていますから」キャロラインはそっけなく答えた。「お互いの家族も喜んでいますし。それが一番大事なことでしょう」

「もちろんそうですとも」バンブリッジはうなずきつつ、からかうような笑みを浮かべて言った。「愛情を第一に考えるならば」

「結婚においてそれ以外になにを重視するんですの？」

「レディ・キャロライン、ご存じのとおり」バンブリッジは澄ました顔で言った。「わたしは古い人間ですから。結婚とは実際的な条件にもとづいた取り決めだと考えています。両家にとって利益が見こめる、という意味でね」

「利益？　財産ということ？」

「財産、姻戚《いんせき》関係、爵位、出世」バンブリッジは指輪をいくつもはめた手をふって言った。

「そのどれか、もしくはすべてですな」

「ミスター・バンブリッジ」キャロラインは堅苦しい笑みを返して言った。「あなたがなぜまくできなかった。「そういうことは自然と機会が巡ってくるものなんです。慎重にチャンスをうかがってさえいれば」

バンブリッジはフランス流に肩をすくめようとしたが、襟先が目に刺さりそうになってう

まだ独身でいらっしゃるか、わかるような気がしますわ」

キャロラインは扇子で顔をあおいだ。すぐにも逃げだしたいのだが、玄関広間はものすごい混雑で、ジェームズとフィオナの姿はどこにも見えない。化粧室に行くと言いわけしてこの場を離れようと考えていると、バンブリッジが顔を近づけてたずねてきた。

「兄上はどんなご様子ですか、レディ・キャロライン？」

ジャレットのことを問われて背筋に冷たいものが走るのを、キャロラインは必死にこらえた。「わたしが出かけるときは、とても元気にしておりました」

「あなたがロンドンに来ることを、よく兄上がおゆるしになりましたね。伯爵はわたしに輪をかけて古い考えの持ち主だから」バンブリッジは棘のある声で笑った。キャロラインは弱々しく微笑み返すのが精一杯だった。「伯爵もご友人の結婚式には出席なさるんですか？」

「いいえ、ジャレットはロンドンが好きではないので」その答えはキーンズフォード館を出るときに、すでに考えてあった。ロンドンで地元の知りあいに会うことは避けられないので、なるべく詮索されないようにしたかった。

「ロンドンが好きではない？」バンブリッジは皮肉っぽく笑った。「わたしにはどうしても

理解できないな。極上のブランデーを美味《おい》しくないと言うようなものですよ」

「よくわかりませんが」

「わたしが教えてさしあげましょう。なんにせよ最高級のものは、人生を豊かに満たしてくれますからね」バンブリッジがベストの金鎖をいじりながら言う。

「古い人間だとおっしゃるわりに、最新流行のものがお好きなんですね」

「とんでもない、レディ・キャロライン。こと女性に関しては、きわめて古い考えでして」

あからさまに値踏みするような目つきで、キャロラインのドレスを眺めまわした。ほかの男性であれば欲望のまなざしと受け取れるが、バンブリッジはドレスや新しい飾りにいくらかけたかを計算しているに違いないと、彼女は確信していた。「レイバーン家に滞在しているんですよね？」

「いいえ。親戚と一緒にいます」

「本当ですか？ ロンドンにご親戚がいらしたとは、知りませんでした」

あなたには関係ないでしょ！ キャロラインは内心で憤然としたが、もちろん口には出さなかった。あくまで上品に、笑顔を保って答える。「母方の親戚がおります」

「ともかくここでお会いできてよかった」バンブリッジはいかにも誠実そうに言ったが、キャロラインのドレスや真珠のピンを値踏みする目つきで下心が見え見えだった。「田舎では、あなたはいつもフィオナ・レイバーンと一緒なので、なかなかふたりきりでお話しする機会が持てませんでしたが、こちらではもっと自由にお会いしたりできそうですね」

キャロラインは毅然と顔を上げた。「ときどきはお目にかかるかもしれません」

「素晴らしい。話しあいましょう……実際的な事柄について」

キャロラインは青ざめた。バンブリッジもそれに気づいたに違いないが、今度はいかにもうれしそうな笑みを浮かべた。剣士が敵を討ち取ったときのような勝ち誇った笑みを。

そのとき、開演のベルが鳴り、従者たちが音楽室の扉を開けた。バンブリッジが腕をさしだす。「エスコートさせていただけますか、レディ・キャロライン?」

キャロラインは唇をかんだ。レディがひとりでほかの部屋へ移動するのはマナー違反だが、ルイス・バンブリッジと連れ立って歩くのは絶対にいやだ。もしエスコートをゆるしたら、今夜はずっとつきまとわれることになるだろう。

「キャロライン、ここにいたのか」

キャロラインがふり向くと、ジェームズ・ウェストブルックが人ごみをかき分けてこちらに来るところだった。

「ミスター・ウェストブルック」キャロラインは安堵が声に表れないように気をつけた。

「ミスター・バンブリッジをご存じ?」

「バンブリッジ」ジェームズはあいさつのしるしにうなずいた。彼のほうが背が低いにもかかわらず、バンブリッジを見下ろすような雰囲気を醸しだしている。「話の途中ですまないんだが、フィオナにきみを連れてくるように頼まれてね。花のことだかなんだか、大事な話があるそうなんだ。悪いが失礼するよ」ジェームズは如才なく、バンブリッジの腕を取るべきかためらっていたキャロラインの手を取り、自分の腕につかまらせた。そしてカントリー・ダンスを踊るように軽やかにキャロラインを連れ去ってくれた。

「どうやったらそんなに上手に人をあしらえるのか、今度教えていただきたいわ」人ごみに紛れこみながら、キャロラインはジェームズに小声で言った。

「シーズンのあいだじゅう、フィオナを狼《おおかみ》の群れから遠ざけてきたたまものさ」ジェームズがささやき返す。「どうか、ジェームズと呼んでくれたまえ。きみを本当の姉妹のように大事に扱わないなら、婚約は取りやめだとフィオナから言われているんだ」

「それじゃあ、あなたのことをたっぷりとほめておくわ。危機一髪で救いだしてくれたって」

「お礼を言うなら、べつの人物にしたほうがいいよ」ジェームズはウインクした。

「え？　誰なの？」

ジェームズが答える必要はなかった。ミニチュアのオレンジの木で飾られた音楽室の入り口から、人ごみを見渡すと、キャロラインにはまるで気づかないそぶりで、フィリップ・モンカームが立っていた。

16

ぼくはいったいきみをどうすればいいんだ、キャロライン？　フィリップはレディ・プレストンの風通しのよい音楽室の最後列の席で、イタリア人のテノール歌手の哀切な歌声などまるで耳に入らずにいた。全身の神経は、前から六番目、後ろから十番目の列に座っているキャロラインに向けられていた。栗色のカールした後れ毛が優美なうなじにかかる美しい後ろ姿は、ピアノのそばで朗々と声を響かせる歌手の歌声よりも、はるかにフィリップを引きつける魅力を持っている。

今夜、ここに来るつもりはなかった。ギデオンの馬車を降りてクラブへ入ったときは、そこで退屈な一日の大半を過ごし、公園で散歩をし、最後は賭博場にしけこむつもりだった。

しかし日が暮れるにつれて、クロックバーンにしろ、ほかの賭博場にしろ、まったく行く気が失せてしまい、頭に浮かぶのはキャロラインのことばかりだった。彼女の美しい笑顔、官能的な身体、そして嵐のように激しい愛の交わりが、鮮やかに脳裏によみがえる。熱い記憶にすっかり頭を占領されてしまい、紳士連中とカード・ゲームなどしているのがばからしくなってきた。キャロラインと一緒にいたい。下腹部の分身がその気持ちを痛切に代弁している。

ちょっとだけレディ・プレストンの屋敷に立ち寄ってみよう。キャロラインと目が合うかもしれない。このつぎに会うまでの期待感がいっそう高まることだろう。ところがレディ・プレストンの屋敷の混雑した玄関広間でキャロラインを見つけたとき、彼女はあのいまいましいルイス・バンブリッジにしつこくつきまとわれていた。

フィリップはめまいがするほど激しい怒りにとらわれた。このまま突進していって、バンブリッジの気取った顔を殴ってやりたい。ぼくはいったいどうしたというんだ？　バンブリッジはただキャロラインに話しかけているだけで、彼女のほうはよそ見をしている様子から退屈しきっているのは明らかではないか。それでも、赤く生々しい原始的な怒りに胸が燃え立つようだった。

すると幸運なことに、ミス・レイバーンの婚約者のジェームズ・ウェストブルックを見つけた。ジェームズとは知りあいだ。そこでこの自分のことは秘密にして、キャロラインを救いだしてほしいと頼んだのだ。

しかし本心では、世間体などかなぐり捨てて、自分で彼女を救いに駆けつけたかった。キャロラインをわが腕につかまらせ、彼女に笑顔で見上げてほしかった。あの大きな瞳を見つめ、〝きみを連れ帰って、裸にして、力尽きるまで激しく奪いたい〟とまなざしで訴えたかった。

フィリップはもはや、彼女を遠くから見ているだけでは我慢できなかった。キャロラインをもう一度、この腕に抱きたい。すでに下腹部の分身は目覚め、熱く甘美な彼女の味わいを求めていきり立っている。キャロラインがミス・レイバーンになにか耳打ちするのが見えた。なにをささやいたのだろう？　彼女の隣で耳を傾けているのが自分だったらどんなにいいか。面白いことをささやいて、彼女を笑わせたり、からかったりできたら。今夜はダンスもあるだろう。キャロラインと踊るワルツは、至福の心地に違いない。

今すぐここを出るべきだ、とフィリップは自分をいましめた。おまえはあの女性に夢中になりすぎている。たしかに妖艶で、情熱的で、個性的な女性だが、ほかの女性たちとそれほど変わりはないはずだ。

けれどそれが真実でないことを、フィリップはよくわかっていた。キャロラインには、ほかの女性にはない特別な魅力がある。その違いをつぶさに探求したくないと言ったら、真っ赤な嘘になる。一目惚れという言葉はもちろん聞いたことがあるが、自分にかぎってはありえない。思春期の少年や、兄みたいな田舎の純朴な若者でもあるまいし。一目で恋に落ちるとか、そういう類いのものは恋愛小説のなかだけのことで、現実のロンドン社交界で起こるはずがないのだ。この気持ちがなんであるにせよ、一目惚れであるはずがない。

では、この気持ちはいったいなんなのか。

フィリップはふと誰かの強い視線を感じた。さりげなく左右をうかがうと、うんざりすることに、こちらを見つめるバンブリッジと目が合った。バンブリッジはすぐに顔をそむけたが、その険悪な表情をフィリップは見逃さなかった。

ふたたび怒りがこみあげてきた。キャロラインを本気で手に入れるつもりなのだろうか？見こみはないに等しいが。財産狙いの男のうわべだけの魅力や美辞麗句に、頭のいいキャロラインがひっかかるはずはない。しかしフィリップは内心焦った。キャロラインと踊り、パンチを取ってきたり、楽しげに会話したり笑わせたりするバンブリッジの姿が脳裏に浮かんだ。

そんなことはさせるものか。およそ理性的な反応とは思えなかったが、どうしてもゆずるわけにはいかない。バンブリッジの庇護を受ける必要などまったくないことを、キャロラインにはっきりとわからせなくては。

フィリップは音楽室をこっそりと抜けだした。いくつか、下準備しなければならないことがある。

キャロラインは音楽がまるで耳に入らなかった。フィリップ・モンカームがどこか近くにいるという考えで頭がいっぱいだった。彼はわたしを見ていた。そしてルイス・バンブリッジから救いだしてくれた。なんとかしてお礼が言いたい。そのためには、彼のそばへ行かなくては。

なぜだかわからないが、キャロラインは直感的にフィリップが音楽室から出ていくのがわかった。プレストン家のどこかで、わたしを待っている。そう確信できた。どうしてなのかはわからないけれど、絶対そうに違いない。

キャロライン自身はほとんど聴いていなかった歌声にうっとりしている聴衆から離れ、彼を捜しに行かなくては。そしてさっきは助けてくれてありがとう、と伝えよう。庭園で、寝室でそうしたように、あの情熱的で荒々しい青い瞳を見つめたい。彼はわたしの手を取り、微笑むだろう。ふたりで分かちあった情熱を、彼の引き締まった裸身と下腹部の硬直した分身を貪るように見つめるわたしのまなざしを、彼は思い出すに違いない。彼に馬乗りになって、深く突き立てられるときの快感をわたしが思い出すのが、彼にはわかるだろう。

キャロラインは扇子を広げてさかんにあおいだが、頰の赤みがそんなもので治まるわけがないとわかっていた。室内の熱気とは関係がないのだから。フィオナが不審そうにキャロラインをうかがい見た。キャロラインはけんめいに、シニョール・マリツェッティの崇高な歌声に耳を傾けようとした。彼はドイツ語で薔薇をほめたたえる歌を歌っている。朝露、春、乙女の薔薇色の頰などという単語が、ところどころで聞き取れた。貞操、世間的に認められる清純な恋心。そんなもの、自分には関係がない。

キャロラインはフィオナの足をつついて、化粧室へ行きたいと横目で訴えた。フィオナはうなずいたが、それが単なる口実であるのを見抜いているのはその鋭い目つきからも明らかだった。この親友にはなにも隠せない。フィオナは今夜はまだフィリップを見ていないはずだが、ジェームズから聞いたのかもしれない。もうどうでもいいわ。フィリップのことを想うと、胸が熱くなる。もう一度、彼に会いたい。

シニョール・マリツェッティが、声を震わせてドイツ語で歌いあげ、お辞儀をすると、拍手喝采が起きた。何人かの女性がやはり化粧室へ行くために立ちあがり、キャロラインのちょうどいいカモフラージュになってくれた。

玄関広間は音楽室よりはいくぶん涼しく、ひと息ついて考えを整理することができた。何人かの客が脚をのばしがてら、ずらりと壁に飾られたプレストン家代々の絵画を眺めている。そのなかにフィリップがいた。ジョージ一世時代のフリルやかつらで着飾ったプレストン家の先祖たちの、等身大の肖像画の前にいる。彼はわたしを待っていたのだ。きっとそうに違いない。

ありったけの自制心をはたらかせて、キャロラインはそちらへゆっくりと近づいていった。ときどき足を止めて、壁の絵画を鑑賞するふりをする。オランダの風景画、フランスの静物画、イタリアの広場、そしてついに、等身大の先祖たちの肖像画のそばまで来た。

「ミスター・モンカーム」キャロラインは絵に向かって言った。

「レディ・キャロライン」フィリップも先祖の肖像画から目をそらさずに返事をした。

何千フィートもの深淵《しんえん》にへだてられている気がしたが、それでもキャロラインは彼の熱や力強さを感じることができた。腕に抱きしめてもらうことは叶わないけれど、彼の温もりに包まれる心地がした。

「今夜、ここに来るとは言ってなかったのに」キャロラインは一歩下がって、中世のプレストン家の少女の信じがたいドレスに見入った。

「招待状はもらっていたが、来るつもりはなかった」

「どうして気が変わったの？」こんな幼い少女が、パニエ（十八世紀頃にスカートの腰の部分をふくらませるために使った長円形の枠）でふくらませたごてごてしたドレスを着させられては、動くこともままならないでしょうに。

「きみのことが頭を離れなくて」フィリップはさりげない口調で言った。「それとぼくたちのことが」

「ともかく、お礼を言わせて。ミスター・バンブリッジから救いだしてくれてありがとう」

フィリップはほんのかすかに微笑んだだけだったが、キャロラインはキスされたかのような衝撃を受けた。「ぼくはあなた様の忠実なしもべですから」

「あなたが言うと、なんだかいけない雰囲気がするわ」

「そうかな？」フィリップがキャロラインのすぐ後ろを通った拍子に、サテンのドレスの裾が揺れて、彼女のくるぶしをかすめた。彼は隣の絵の前に立ち、イタリアのルネッサンス期の長衣をまとい、ヴェルヴェットの帽子をかぶった人物を眺めている。ふたりの距離は三十センチもない。

「ええ、すごくいけない感じ」

そう言ったとたん、キャロラインは自分が深刻な過ちを犯したことに気づいた。あのたまらなく欲望をかきたてると同時に恐ろしくもある、官能的で意地悪な彼の一面を引きだしてしまったのだ。

「たぶん」フィリップはゆっくりと言った。「きみがぼくのしもべになるほうがいいかもしれないな」

返事をしてはいけない。ここで終わりにしなければ。キャロラインの身体はすでにフィリップが欲しくて疼いている。ここにいればいるほど、疼きはひどくなるいっぽうだ。

「そんなことができるものなら」キャロラインはささやくように言った。「でもどうやって……」

「ぼくが心得ているさ」フィリップはいたって無表情に絵を眺めながら言った。「きみもぼくたちのことを考えていたんだね。ベッドをともにし、キスしたり触れあったり、ぼくの手がきみの――」

「やめて。人に聞こえるわ」

フィリップは周囲を見まわして確かめることさえしなかった。「誰もいないよ。思い出して身体が火照ってきたかい、なんてぼくがたずねたとしても」

キャロラインは黙っているべきだとわかっていたが、答えずにはいられなかった。彼が自分にどんな影響を与えたか、知ってほしかった。「ええ、火照っているわ」実際、熱が出てきたような気分で、彼の愛撫の記憶に身体が反応するのを、どうすることもできなかった。

「お願い、もうやめて」

「どうして？」フィリップは身を乗りだして、目の前の陰気な肖像画の筆遣いをしげしげと観察した。

「あなたが欲しくて、おかしくなりそうだから」

「そうなのかい？　じゃあ、なんとかしないといけないな」

ああ、どうしたらいいの？　レディとしてのたしなみはどこに置き忘れてしまったのだろう。頭にあるのは、ただフィリップに抱きついて、懇願したいということだけ。わたしに触って、キスをして、この疼きを満たしてほしい。人に見られようと、かまわないわ。たとえ公衆の面前だろうと。

「もう行かなくては」キャロラインは自分の優柔不断さを呪った。自由に生きるためにロンドンに来たんじゃないの？　それなのに、世間体ばかり気にして。本心では、そんなものは軽蔑しているけれど、フィオナに迷惑をかけるわけにはいかない。ルイス・バンブリッジが目を光らせているだろうし、彼は敵側の人間だ。

フィリップがまたかすかに笑みを浮かべ、レディ・プレストンが作らせたプログラムをポケットから取りだした。「これを見てごらん。最後のアリアまで、三十分ほど猶予がある」プログラムをさしだして言う。「それまでに戻れば、誰も気づかないよ。左の廊下のつきあたりに、ドアの閉まった部屋がある。婦人用の化粧室からドアを三つ過ぎたところだ」

キャロラインはおそるおそるプログラムを受け取った。フィリップは計画を立てていたのだ。屋敷内を見てまわり、ちょうどいい場所をみつくろって、待っていたのだ。わたしが誘惑に耐えきれなくなって、会いに来るのを。自信家にもほどがあるわ！　だがキャロラインはプライドを傷つけられるどころか、欲求がつのるばかりだった。わたしを悦ばせようと、ふたりで悦びを分かちあいたいと、フィリップは考えてくれたのだ。わたしと同じように、物足りない気分を味わっていたのだ。

「無理よ」キャロラインはプログラムに向かってつぶやいた。

「大丈夫さ」フィリップがたたみかける。「きみが困るような目には遭わせないから。ともかく待っているよ」

フィリップはそう言い置いて、きびすを返し、悠然と歩いていった。

17

そんなこと、できるわけがないわ。

フィリップとのあいだに神秘的なエネルギーのつながりがあるように感じたのはたしかだが、彼という人についてはほとんどなにも知らないのだ。それにもかかわらず、誰もいない廊下をもっと早く歩け、フィリップが指示したドアを開けて、誰にも見られないうちになかに入れ、と全身の神経がキャロラインをせき立てた。

シンプルな装飾を施された客間に入ると、キャンドルを灯した大理石のテーブルのそばにフィリップが優しく微笑みながら立っていた。キャロラインは思わず息をのんだ。心臓をどきどきさせているとフィリップがキャンドルを吹き消し、彼女は暗闇に包まれた。

「フィリップ、どこなの？」小声で呼びかける。必死に真っ暗闇に目をこらし、耳を澄ませながら、その場で立ちつくす。

「ここにいるよ」彼の声があまりに近くでしたので、キャロラインはきゃっと驚いた。フィリップが忍び笑いするのが聞こえた。真後ろにいる。どうやってこんなに素早く、足音もさせずに近づいたのだろう？

キャロラインの驚きを察したかのように、フィリップはまた笑った。後ろで動く気配がして、鍵《かぎ》のかかる低い音が響いた。

「さあ、これでどこへも逃げられないよ」フィリップが言った。「暗闇にぼくとふたりきりだ。きみは完全にぼくの手中にある。自由になりたければ、ぼくに従うしかない」

「レディに対する紳士の行いとは思えないわ」キャロラインは言った。背後で慎重に自制しているフィリップの熱気が感じられる。キャロラインは後ろに下がって、彼に抱きつこうかと考えた。でもそんなことをしたら、なにをされるだろう。そう思うと、とろけるような快感が身体の奥に広がっていく。

「でもほかにどうすればいい？　わがままで、逃げ足の早いきみをつかまえておくには、こうするしかないんだ」フィリップは答えた。「きみが欲しくて、待ちきれなかった」

フィリップの言葉もゲームの一部なのだとキャロラインにはわかっていた。熱のこもった彼の低い声に、全身が悦びで甘く震えた。〝きみが欲しくて、待ちきれなかった〟そんなふうに想われているのが、たまらなくうれしかった。

「壁に向かって」優しさと厳しさのまざった声で、フィリップが命じた。「両手をつくんだ」

「だけど壁はどこにあるの？」キャロラインはつんとして答えた。「なにも見えないわ」

「きみは思い違いをしているようだが、これはぼくのゲームなんだよ、お嬢さん」フィリップはキャロラインの両手首をつかむと、頭の上に上げさせた。彼の吐息が頬にかかり、背中に身体の熱が伝わってくる。強く手首をつかまれることに、禁断のスリルを感じた。フィリップは荒い息遣いでキャロラインの両腕を広げ、手袋をした手を壁に押しつけさせた。

「そのままじっとしているんだよ」フィリップは彼女の腕を官能的に撫でた。

「せめてとらえられた理由を教えて」キャロラインはおずおずと言いながら、内心では従順になるどころか、全身の神経が熱く目覚め、かすかに触れられるだけでも興奮した。

「きみがいけない子で、ぼくを誘惑するからだ」フィリップはキャロラインの耳に口づけてささやいた。「悪い子だ」

そうして彼女の肩から背中にかけて撫でまわし、両脇から胸を包みこんだ。キャロラインは小さくうめいて、彼の両手に胸を押しつけた。その手はどこを愛撫し、どこをつまめば鋭い快感を与えられるか、熟知している。

「そう」キャロラインはあえいだ。「そうよ」

「こういうときは、なんて言うんだったた?」シルク地の上から、フィリップの指が乳首をとらえた。つまんで転がされると、キャロラインは膝から力が抜けた。しかし壁につかまっているおかげで倒れずにすんだ。

「そうです、先生」

「悪い子だと認めるんだね？」

「はい」キャロラインはほかに答えようがなかった。素直に認めれば、彼はわたしのドレスを脱がせてくれるに違いない。今すぐ彼と肌と肌を触れあわせないと、欲しくてどうにかなってしまいそう。「はい、わたしは悪い子です」

「答えるんだ」フィリップの手が背中にまわり、忍耐強く器用に紐やホックをはずしていくのがわかる。ああ、そうよ。お願い、急いで。「自分が悪い子だと最初に気づいたのは、いつのことだい？」

キャロラインは内心でうめいた。フィリップはまだゲームをつづけるつもりなの？　ゲームなんかより、わたしは彼が欲しいのに。身体を重ねて、なかに入ってきてほしいのに。するとまたしても、彼は手を止めた。

「言うとおりにしなさい」フィリップは思い出させた。「そうすれば、望みを叶えてあげるよ」

キャロラインはもどかしくてたまらず、後ろを向いて、フィリップに抱きつくなり殴りかかるなりして、欲求に応えてもらいたかった。すると彼は優しくドレスの後ろを開いた。ひんやりとした空気が素肌を撫でる。なめらかなサテン地が肩を滑るのを感じた。悦びを与える力が自分にあることを知らしめるかのように、彼が巧みに愛撫の手を這わせる。

「十五歳のとき」キャロラインはうめくように言った。「領地内の森を散歩していたら、男の子たちの笑い声と、水飛沫《しぶき》の音が聞こえてきたの。彼らが湖で泳いでいるのだとわかり、引き返さなきゃと思ったわ」

「どうして？」

「だって、きっと裸だから」フィリップにお尻のすぐ上辺りを撫でられて、キャロラインはため息まじりに答えた。「お行儀のいい女の子は、男の人の裸を見てはいけないから」

「でも引き返さなかったんだね？」フィリップはレースの下着をゆるめながらきいた。

「ええ、木の陰やシダの茂みに隠れながら、見つからないように近づいたわ」

「少年たちを見たのかい？」

「三人いたわ。干し草積みを手伝いに来ている季節労働者の息子たちだった。湖で楽しそうに水をはねかけて、遊んでいた。誰もわたしに気づかず、水から上がって草地に寝転んだ。三人とも裸で」

「そしてきみは盗み見ていたんだね？　裸の少年たちを」

「ええ。陽射しを浴びて、とっても美しかった。見ないではいられなかったの」

フィリップに袖を下ろされながら、キャロラインは安心しきって彼のしたいようにまかせ、かすかな手の感触にも快感に震えた。

「それからどうした？」フィリップはかがみ、キャロラインの片脚を持ちあげてドレスから抜き、もう片方の脚も同じようにした。

「男の子たちは服を着て、いなくなったわ」キャロラインは答えた。「わたしはとっても暑くて、水は冷たくて気持ちがよさそうだったし、どうしても……」

衣ずれの音がして、フィリップの温もりが一瞬なくなり、また背後に戻ってきた。彼がゆっくりと、シュミーズの裾をめくっていく。

「どうしても、なんだい？　悪い子のきみは、どうしたいと思ったんだ？」キャロラインの太腿がむきだしにされ、フィリップの両手がお尻のふくらみを包む。「ぼくはこれが大好きなんだ」耳元でささやきながら、こねるように揉みしだく。キャロラインは冷たい壁に胸を押しつけられた。硬く隆起した彼のものがお尻にあたるのを感じた。やっとだわ！　彼が執拗なリズムで腰をまわし、こすりつけてくる。

「服を脱いだわ」キャロラインはお尻を突きだして、もっと彼を感じようとした。フィリップは彼女の肉体と告白を愉しみながら、円を描くように腰をこすりつけてくる。「そして水に飛びこんだ。冷たくて、息が止まりそうだった」

「でも気持ちよかったんだろう？」フィリップの手が前へと滑ってきた。キャロラインは固唾をのんで、じっとしていた。少しでも動いたら、彼は手を止めてしまうかもしれない。彼の手が、湿り気を帯びた茂みを優しくかき分ける。キャロラインの喉からすすり泣きがこぼれた。「冷たい水が肌や脚のあいだを滑るのが、気持ちよかったんだね？　とりわけ脚のあいだが」

フィリップは片方の手でキャロラインの秘めやかな部分を包み、もう片方の手を太腿のあいだにさし入れて、脚を広げさせた。

「ええ。湖に仰向けに浮かんで、陽射しを肌に浴びて、そして水が……」

フィリップは指でひだを開き、愛撫をしながら、後ろから入り口に彼自身を押しあてた。キャロラインはうめき声をもらして、彼を受け入れようと身をよじった。フィリップはそれに応えて、ひと突きで入ってきた。いっぱいに満たされて、キャロラインは唇をかんで悦びの叫びを押し殺した。

「自分で触ったんだろう？」フィリップはキャロラインを壁に押しつけて、片手で秘所を、もう片方の手で乳房をもてあそんだ。彼女のなかに身を沈め、抑えが効かなくなったかのように荒々しい手つきで撫でまわす。けれどもキャロラインの身体は、この激しい突きや乱暴な愛撫をむしろ歓迎した。

「ええ、自分で触ったわ」両手を壁について、円を描くように腰をまわしながらフィリップが激しく突いてくるのに耐える。重たく張った乳房が薄い下着にこすれる快感に溺れそうになる。フィリップは容赦のない突きで彼女を駆り立て、じらし、追いこんだ。行き着く先はもうわかっている。「自分でこすったの、強く、強く！」

フィリップはそれでもなかなかいかせてくれない。いきたくて、どうにかなりそうなのに、まだゆるしてくれない。いかせてもらうには、みだらな告白をつづけるしかないのだ。

「そしていったんだね？」腰の突きと同じリズムで、秘所と胸を刺激されて、キャロラインの内側がぎゅっと収縮した。すさまじい快感にもう耐えられないと思ったが、それでもゆるしてもらえなかった。「きみはいったんだろう、あっという間に激しく。叫び声をあげながら！」

「そうよ！」

残酷なほどいきなり、フィリップが自らを引き抜いて、キャロラインを自分のほうにふり向かせて壁に押しつけた。彼のシャツで乳房が押しつぶされる。彼は脈打つ分身を彼女の下腹部に押しあて、激しく唇を奪った。

その瞬間、キャロラインは頂に達し、悦びに身を震わせながら、フィリップの口のなかに叫んだ。激しく腰をふりながら、フィリップもうめき声をもらして、クライマックスを迎えた。

やがて絶頂の波はゆっくりと引いていき、ふたりとも壁伝いに崩れ落ちて、ぐったりと倒れこんだ。

熱い余韻のひととき、しばらくはふたりとも身動き一つできなかった。やがてフィリップは、キャロラインを抱きかかえて立ちあがった。キャロラインは彼の力強さに驚嘆した。

フィリップは彼女をソファに座らせ、自分も隣に腰かけると、ふたたび抱き寄せた。火の気のない室内にもかかわらず、彼の温もりでキャロラインは寒さを感じなかった。なにも見えない暗闇のなかで、ただフィリップの優しさと温もりを感じていた。

「ああ、可愛い人《マイ・ディア》」フィリップがささやきかける。「ぼくの可愛い人」

「こんなこと、するべきではなかったわ」

「そうかもしれないね」彼が肩をすくめるのがわかった。「反省はあとでゆっくりするよ」

「わたしのことでしたらどうぞご心配なく」キャロラインはつぶやいた。

「どうしても自分を抑えられなかったんだ」フィリップは自分のものだと言いたげにキャロラインの腰を抱いた。「きみに近づいて、自らをさらけださずにいられなかった」

そのどぎついジョークに、キャロラインは思わず吹きだした。本当に、この人といると、自分がまるで別人のように思えてくる。わたしがこんなに恥知らずで、淫奔《いんぽん》な女であるはずがない。それでも、後悔はみじんもしていなかった。

「あなたが来てくれてうれしいわ」キャロラインはわれ知らず、声に出して言っていた。

「ぼくもだよ」フィリップはキャロラインの手を口元へ近づけ、優しくキスをした。「きみと同郷の恋人はさぞ怒るだろうけど」

「誰のこと？　まさかミスター・バンブリッジ？　あの男は最低の大ばかよ」

フィリップが立ちあがる気配がした。彼はなにかつぶやいたようだが、よく聞こえなかった。〝よかった〟と言ったようだが。

「フィリップ」キャロラインは言った。「嫉妬しているの？」

「放蕩貴公子なんて言われているくせに、おかしいだろう？」フィリップは外から見えない程度に、ほんの少しだけカーテンを寄せた。銀色の月明かりが部屋に射しこむ。「だが、あいつがきみといるのを見たとき、なんとかして引き離さなくては、ということしか考えられなかった」

キャロラインはしばし無言だった。

「なにを考えているんだい？」フィリップがたずねた。

「本当に不思議だなと思って」キャロラインは膝を抱えて言った。「今日の午後、あなたに手紙を書いていたの」

「手紙なんてもらっていないよ」

「送らなかったもの。あなたにききたいことが……でも、もういいわ」キャロラインはそれについては、話すのも考えるのもやめようと思った。フィリップが今もほかの女性とつきあっていようと、わたしには関係のないことだし、説明を求める権利もない。

ルイス・バンブリッジを追い払ってくれたのも、一時の気まぐれにすぎないかもしれない。

フィリップはため息をついた。「わかったよ。この話はまたあらためてしよう」彼は言った。「不審に思われないうちにコンサートに戻るなら、ドレスを着て、髪を整えないと」

キャロラインの乱れたカールを手に取る。「たぶんくしゃくしゃにしてしまっただろう」

キャロラインはフィリップに手を引かれて立ちあがった。夢のなかのように、男らしく美しいシルエットがそびえ立っている。でも彼は現実にちゃんと存在する。心乱れるほど素敵な本物の男性だ。

「わたしが疑り深い人間だったら」脱ぎ捨てたドレスを、フィリップに頭からかぶせてもらいながら、キャロラインは言った。「話のつづきを口実に、また逢い引きをするつもりだと思うでしょうね」

フィリップは背後にまわって、ドレスの紐を結びながら、忍び笑いをもらした。「もしそうだったら?」彼はわざとゆっくり着せているに違いなかった。けれどキャロラインは怒る気にはならなかった。彼の手が肌をかすめるたびに、今しがたの行為を思い出すのだから。

「きみは迷惑かい?」

キャロラインは冗談めかして答えようとしたが、言葉が出なかった。絶頂を迎えたあとの温かな余韻にふたたび火がつこうとしていた。「いいえ」キャロラインは答えた。「ちっとも迷惑なんかじゃないわ」

礼儀正しい言葉遣いだが、その声の響きにフィリップの笑みが感じられた。「約束は明日でよろしいでしょうか?」

キャロラインはわざとらしくため息をついてふり返ると、スカートを払って整えた。彼がからかうつもりなら、こっちだって。「困ったわ、フィリップ。明日はレイバーン家の皆さんと、オペラを観《み》に行く約束をしてしまったのよ」

「ふむ。それは困ったな」フィリップがあまりにも深刻そうなので、キャロラインは一瞬、やりすぎたかしら、と心配になった。本当は誘われたけれど、行くと返事をしたわけではない。あとで断るつもりだった。するとフィリップはキャロラインの手を取り、考えこむようにして言った。「そのあとでは？」

「そのあとは、家に帰っていると思うわ」

フィリップは顔を下げて、キャロラインの唇にそっと口づけ、淡い焼き印を残した。今度は彼のささやく言葉がはっきりと聞こえた。

「よかった」

18

「ハリー！」キャロラインは、セント・ジェームズ・スクエアにあるレイバーン家の玄関広間に入るなり、うれしそうに声をあげた。

「キャロライン！」フィオナの兄はキャロラインの両手を取って愛情深く握手をし、甲に音を立ててキスをした。「また会えてうれしいよ！」

ハリー・レイバーンに唯一の欠点があるとすれば、それは頬ひげに対する飽くなき献身と愛情だろう。ふさふさの濃い頬ひげは顎のラインにまで達している。けれどもそれをべつにすれば、ハリーは心から信頼できる誠実な友人であり、キャロラインはひげのことも大目に見てあげようと、近頃は思うようになった。

「キャロライン、よく来てくれたわ！」ミセス・レイバーンが、優しそうな丸顔に満面の笑みを浮かべて、いそいそと現れた。

「またお目にかかれて光栄です、ミセス・レイバーン」キャロラインは夫人に温かく抱きしめられながら言った。「ミスター・レイバーンがお元気になられて、本当によかったです」

ミセス・レイバーンはキャロラインを客間に通しながら、心配そうに深いため息をついた。「ハリーにもう少し仕事をまかせてくれれば、過労で倒れたりしないのに。お医者様がおっしゃるには——」

「ほらほら、奥方どの、今夜は医者の話はもうやめてくれたまえよ！」暖炉のそばで、フィオナとジェームズと一緒にいたミスター・レイバーンが話をさえぎった。大柄でがっしりとした体格のミスター・レイバーンは、若い頃はかなりの遊び人だったと、周囲は口をそろえて言う。ところがミセス・レイバーンに一目惚れして以来、すっかり心を入れ替え、明敏で先見の明に優れた輸入商として、おもに穀物や織物の貿易で成功を収めている。フィオナが未来の男爵と結婚すれば、貴族社会から〝商人の娘〟としてばかにされることもあるに違いない。それでも親友はそんな皮肉も毅然とかわしていくことだろう、とキャロラインは思っている。

「ロンドンへようこそ、レディ・キャロライン！」ミスター・レイバーンは、娘に父親がするようにキャロラインの頬にキスをして、にっこりと笑った。とても元気そうに見えるが、顔色が少し冴《さ》えないようで、炉棚に置いてあるグラスにはいつものウイスキーではなく、赤ワインが入っているのにキャロラインは気づいた。「とても元気そうだね！」

キャロラインは感謝の気持ちで、ミスター・レイバーンの手を握った。真珠色のサテンで縁取りをした、空色の波紋のあるシルクのドレスは、今朝仕立屋から届いたばかりのもので、早速、オペラ観劇のために着ていくことにしたのだ。

「遅くなって申しわけありません」キャロラインは言った。「道が混んでいて」大通りで馬車の転倒事故があり、裏通りから遠まわりしなければならなかったのだ。

「とんでもない、ちょうどいい時間よ」ミセス・レイバーンが急いで取りなした。「ほら、食事のベルが鳴ったわ。ダイニング・ルームに行きましょう。野暮ったいと思われるでしょうけど、なんにも食べないで劇場へ行って、よく最後までお腹が持つものだといつも不思議でしょうがないのよ」

キャロラインはハリーの腕につかまり、フィオナとジェームズのあとについてダイニング・ルームに入った。広々とした大きな屋敷だが、ミセス・レイバーンの好みで調度類はシンプルにまとめてあり、壁紙は淡い水色。快適な暖炉がしつらえられていて、窓が多いので外光もよく入るし、風通しも抜群だ。ミスター・レイバーンは煙突や窓の手入れに金がかかるとぼやきながらも、妻のしたいようにさせている。「きみの好きにするといいさ、ミセス・レイバーン」彼はいつもそう言う。そして誰彼かまわず、その場にいる人にこう言うのだ。「彼女にまかせておけば間違いない。妻は趣味もセンスも抜群でね。感性がいいんだろうな」

キャロラインの家族の冷たい関係について、レイバーン家の人々はなにも言わない。その代わり、キャロラインが地元の上流社会になじめるように、なにくれとなく気を配ってくれる。レイバーン家の人々がいなかったら、ハウス・パーティーやピクニックや行楽にキャロラインが参加することはなかっただろう。伯爵である父や兄は、ミスター・レイバーンを商人だと見下しているが、ミスター・レイバーンはそれを不快に思っているとしても、決して表には出さなかった。ミセス・レイバーンはキャロラインを誘ってくれるとき、ことさら大げさに〝若い娘たちに礼儀作法をしっかりと守らせるために、わたくしが厳しく目を光らせておきますのでご安心を〟と強調する。伯爵夫妻の生活ぶりについてはなにも言わないけれど、じゅうぶんに察していることの表れに違いなかった。

「ロンドンではどんなふうに過ごしているの？」キャロラインはハリーにたずねた。

「たいして代わり映えのしない毎日さ」ハリーは苦笑しながら答えた。「書店で本を買ったり、フィーのお伴で出かけたり。この前は、英国学士院に行って、南米のオウムについての興味深い講演を聴いたよ。モンカームっていう――」

「モンカーム？」キャロラインは思わず大きな声できき返した。

「そう、オーウェン・モンカーム」幸い、ハリーは料理を食べるのに夢中で、キャロラインの赤面には気づいていない。「アマゾンへの調査旅行に出資してもらえるよう、英国学士院に申し入れているそうだ。ものすごく珍しい鳥だよ、そのオウムって」ハリーがキャロラインのほうを向いたとき、彼女はまだ驚きの表情をぬぐいきれていなかった。「きみも彼の研究について知っているのかい？」

「いいえ、知らないわ」キャロラインはフィオナの視線をさけるために、魚のコロッケを小さく切りわけるのに忙しいふりをした。「同じ名前の人に、最近会ったものだから。そのオーウェン・モンカーム氏の親戚かしら」

「弟じゃないといいけどね」ハリーが忍び笑いをもらした。「女性たちのあいだで評判の放蕩者だから」

レディとしてつねに平静を保つよう諭してくれた母に、今ほど感謝したことはない。そのおかげで冷静な口調で答えることができた。「ありがとう、ハリー。気をつけるわ」

「そういう輩に言い寄られそうになったら、とにかく叫ぶんだ。そうしたらぼくらが助けに駆けつけるからね。そうだろう、ウェストブルック？」ハリーはジェームズに向かってグラスをかかげた。

「もちろんだとも」フィオナの婚約者はうなずき、レイバーン家の人々は満足そうに目を見交わした。キャロラインはうつむいて、ばらばらになったコロッケを見つめた。放蕩貴公子に対するハリーの発言が、男同士のあいだに誤解を生むだろうことは、容易に想像できる。温厚で気の優しいハリーが、情熱家のフィリップ・モンカームに決闘を申しこむところを想像し、キャロラインは面白がっていいやら、心配するべきやら、よくわからなかった。

どうしてハリーに恋をしなかったのだろう、とキャロラインはときどき思う。たぶん、子供の頃から一緒に育ったせいだ。泥だらけの顔で、カエルがいっぱい入った網を持ち、そのうちの一匹を妹のベッドに放《ほう》りこむつもりでいるわんぱく少年。あるいは、ハウス・パーティーで隅っこをうろつきながら、自意識過剰気味にオックスフォードで覚えたてのラテン語を引用する、ひょろ長いにきび面の青年。そんな彼を知っていながら、未来の夫の候補として考えるのは難しい。

けれどもその少年は、知性とユーモアを兼ね備えた立派な男性に成長した。レイバーン家の金髪と深みのあるブルーの瞳を受け継いだハンサムな紳士だ。それでもキャロラインにとって、彼はフィオナの優しい兄であり、友情以外にはなにも感じない。

もしも母の遺産のことを知らないままだったら、幽閉生活から逃れたい一心で、ハリーと結婚していたかもしれない。ハリー・レイバーンとの結婚生活は、ジャレットが選んだルイス・バンブリッジを含む花婿候補との生活より、はるかに楽しいだろうから。

テーブルの向かいで、フィオナが、もうじき田舎から来る招待客たちの宿泊先をどうするべきかという、結婚式の準備に話題を転じた。キャロラインは安堵した。愛について深く考えたくはない。フィリップと過ごした親密な時間を、つい思い出してしまう。わたしにはしょせん縁のないものだ。キャロラインは、わが子同然に接してくれるレイバーン家の愛情深い人々を見まわした。フィリップがミスター・レイバーンの席にいて、ハムを切りわけながら、みんなのグラスにもっとワインを注ぐように給仕に命じる場面を想像してみた。なんだかおかしくて笑ってしまう。すると今度は、ミスター・レイバーンが二十五年間連れ添った妻に向ける温かく優しいまなざしで、フィリップが見つめてくる場面が思い浮かんだ。あんなまなざしで誰かに見つめられたことなど、生まれてから一度もない。そう思うと、胸がえぐられるように痛んだ。わたしは愛のあふれる家庭など欲しくない。たとえ幸せな結婚でも、それはある意味では拘束であり、いつ自由を奪われてしまうかわからないからだ。レイバーン家を訪れるのは、外国を訪れるようなものだ。自分とは縁のない国だと思えば、友人が幸せそうにしているのを楽しく眺めることができる。

急に涙がこみあげてきたのは、スープに胡椒《こしょう》がききすぎていたせいに違いない。

その後、キャロラインはハリーと玄関広間にいて、ディナーのときはなんであんなに落ちこんでしまったのだろう、と考えていた。フィオナはミセス・レイバーンと二階にいる。手袋が破れてしまったのだが、代わりのお気に入りが見つからないのだそうだ。ミスター・レイバーンとジェームズは外で、馬車の故障のぐあいを確かめている

「フィオナの婚約者をどう思う？」キャロラインは話題に窮して、ハリーにたずねた。

「素晴らしいやつだ」ハリーは即座に言った。「もちろん、妹のあの小さな手にしっかり手綱を握られているけどね」ふたりとも笑った。

「わたしもうれしいわ」キャロラインは言った。「フィーには幸せになってほしいもの」

「きみはどうなんだい、キャロ？」ハリーが穏やかにたずねた。「幸せかい？」

「ハリー・レイバーン、なんておかしなことをきくの？」ハリーにまじまじと見つめられて、

キャロラインは気まずくてしかたがなかった。「やっと自立できたんだもの、幸せに決まっているでしょう」

「きみがそう言うなら、本当にそうなんだろうな」

「どうして本当じゃないと思うの？」

「きみがまだひとりだから」

「へえ」キャロラインはいらだって、皮肉たっぷりに答えた。「結婚して夫に尽くすのが女性の幸せだって、学校で習ったわけ？」

「おい、よせよ、キャロ。そんなことを言いたいんじゃないって、わかってるだろう。でも誰にとっても愛は必要だ。必ずしも男女の愛というわけじゃないよ」ハリーはふいにはにかみ屋の少年に戻ったように目をそらした。「家族への愛、故郷への愛、仕事への愛、そういう愛でもいいのさ。誰にとっても、なにかしら気持ちを傾けるもの、ほかと結びつけるもの、そういうつながりは必要だ。生きがいとも言える。それがなかったら、ぼくらはただの根無し草になってしまう」

キャロラインは辛口のジョークを返そうとしたが、なにも言えなかった。ハリーの言うとおりだ。愛は不可欠なもの。愛がなくなるとどうなるか、この目で見て育った。飢えた人が食べ物を求めるように、母は愛に飢え、必死に求めていた。

だが人によって必要とする愛は違うというのもあたっている。たとえば人生を愛し、自分の意志で選択できる自由を愛すること。そういう愛でも、精神の糧となるだろう。フィリップの生き方は、それを体現しているのでは？　彼は自信にあふれ、自分の好きなことをして、人生を大いに楽しんでいる。行きたいところへ行き、気分しだいで恋人を選び、独立独歩で誰とも深くかかわらない。わたしも同じように生きればいい。

けれどもそう考えるそばから、奇妙な一場面が脳裏によみがえった。それは情熱と官能に彩られたひとときではなく、フィリップと見つめあったときの記憶だ。無防備なその一瞬、放蕩貴公子は消えて、人生に倦《う》み疲れたひとりの男性がいた。

わたしの目のなかにも、同じ光景が見えるのだろうか？

　華々しくきらびやかな歌劇のおかげで、キャロラインはハリーとの気まずい会話を頭の片隅に追いやることができた。ジェームズは当然、フィオナのエスコート役なので、ハリーがキャロラインのエスコートを引き受け、愛情と自信たっぷりにその役を務めてくれた。ジェームズの家族は二段のボックス席を予約していたので、レイバーン家も同席することになった。男爵一家が、商人階級と姻戚関係になるのをみじんも気にする様子がないのを見て、キャロラインはうれしかった。両家は和気あいあいとして、音楽は素晴らしく、フィオナは水を得た魚のように、観客席を指さしては、誰それはこんなスキャンダルを起こした、あの人はこうだと、ゴシップの花を咲かせている。もうじきフィオナの義妹になるエマ・ウェストブルックも、持ち前のユーモアで楽しげに噂話に興じていて、キャロラインはオペラの演目と同じくらい、ふたりのおしゃべりを聞いているのが面白かった。

幕間《まくあい》になると、ハリーとジェームズはレディたちを飲み物のあるラウンジへ案内し、年配者たちはボックス席に残った。キャロラインはドレスの選択を誤ったと後悔した。会場内はすごい熱気だが、外に出るとむきだしの肩がひどく寒い。今からでもボンド・ストリートに行って、このまえ断ったあのカシミアのショールを買ってこようかと思った。フィオナにそう言いかけたとき、彼女が後ろのほうを顎で示して、肘をこづいてきた。

キャロラインがふり向くと、フィリップがジェームズに近づいてくるところだった。

「失礼、ミスター・ウェストブルック？」

キャロラインは頬から血の気が引き、今度は一気に熱くなるのを感じた。フィリップは上等な身なりをしているが、正装ではない。今夜は水色の上着に、シンプルなズボンを穿いている。シルクのブリーチズほどではないが、長くて逞しい脚の線がくっきりとわかる仕立てになっている。

「モンカーム！」ジェームズはフィリップと握手を交わした。「ここで会うとは意外だな。元気かい？ぼくの婚約者のミス・レイバーンを紹介するよ」

「ご婚約おめでとうございます、ミス・レイバーン」フィリップは非の打ち所のない礼儀正しさでフィオナの手を取り、お辞儀をした。「どうぞお幸せに」

「こちらはフィオナの友人で、花嫁付添人のレディ・キャロライン・デラメアだ」

「レディ・キャロライン」フィリップに手を取られながら、キャロラインは自分の頬が周囲のダマスク織りの壁紙よりも真っ赤になっているのを意識した。けれどもフィリップはフィオナに対してしたのと同じように、ただ礼儀正しくお辞儀をしただけだった。彼が顔を上げると、キャロラインは〝いったいどういうつもり？〟と目で問いつめた。しかしフィリップは社交辞令上の微笑みを返すだけだった。

「ミスター・モンカームとは以前に一度、お会いしていますわ」キャロラインはさりげない口調を装って言った。

「本当かい？」ハリーが疑わしげに言った。

「ミセス・グラッドウェルの夜会で。前に話したはずよ、ハリー」フィオナが割って入った。

「いつもちっともわたしの話を聞いていないんだから」

「ひどいな、いつもじゃないだろう、フィー。ハリー・レイバーンです」ハリーはフィリップに自己紹介し、紳士ふたりは互いにお辞儀をした。

「オペラは満喫されていらっしゃいますか、ミスター・モンカーム？」気まずい沈黙が広がる前に、フィオナが言った。

「大いに楽しんでいますよ、ミス・レイバーン。今夜のプリマドンナの歌声は格別に素晴らしい」

信じられない。フィリップは魔法でも使えるのかしら、とキャロラインはいぶかった。たまらなく刺激的にわたしを奪いつくして、消えてしまったかと思えば、ふいに現れてわたしの親友や知りあいたちと、オペラについてのんびりと歓談している。完璧にくつろいだ態度と、申し分のないマナーと、抜群のユーモアで、ハリーさえも警戒心をゆるめている。

「本当に音楽を聴いていらっしゃるのかしら、ミスター・モンカーム?」エマ・ウェストブルックが言った。「紳士がオペラに来るのは、女性のお伴でしかたなく、という場合がほとんどだそうですけれど」

「それは違います」フィリップはそつなく答えた。「美しい踊り子たちを見るのが目当ての場合もありますよ」

エマははしゃいだ声で笑った。「ショッキングなことを!」

「申しわけありません。ですが、先ほどのご質問にお答えすると、男としての関心ももちろん否定できませんが、本当に音楽を楽しんでいるんですよ。あなたはいかがですか、レディ・キャロライン?」

キャロラインははっとして言葉につまった。「楽しむ……?」

「音楽です。音楽を満喫されていますか?」

「ええ、素晴らしかったわ」キャロラインは答えた。「でも、あなたがいらっしゃるとは、意外でした」

フィリップは片方の肩をすくめた。「ロンドンでは毎日、なにかしら予定があります。でも今夜はここ以外に来たいと思う場所はなかった」

とりわけきみと。フィリップが口に出して言ったかのように、キャロラインには理解できた。いったいなんて答えればいいの？　キャロラインは怒りがこみあげてきた。あとを追いまわされていると怯えるべき？　フィオナの評判を傷つけたくないだろう、と脅しておきながら、なぜ彼は今、この場にいるの？

同時に、さみしさが胸の底に広がりつつあった。わたしと、礼儀正しい公の顔をしたフィリップ・モンカームとのあいだには、深い溝がある。ふつうの恋人同士のように、彼と腕を組んだり、親しく話したりすることはゆるされない。フィオナとジェームズのように、愛情と欲望のまなざしで熱く見つめあうこともできない。フィリップの男らしく見事な身体に見とれないように、キャロラインは必死に目をそむけていた。彼を欲する思いが顔に表れてしまったら、どう説明すればいいかわからないから。

大勢の人々のなかで、すぐそばにフィリップがいながら、キャロラインは孤独だった。いっそ目の前からいなくなってくれればいいのに。触れることも、自由に話しかけることもできず、ただ見ているだけなんて、つらすぎる。

けれどもフィリップと目が合った瞬間、キャロラインはショックを受けた。彼女の孤独が彼にはわかるのだ。そのまなざしにあるのは同情の思いだけではなかった。フィリップもまた孤独なのだ。礼儀正しくふさわしい距離を保っているが、彼ももどかしい思いをかみしめている。そう悟って、キャロラインははっとした。

それでも礼儀を守ってあくまでも上品に、彼女はハリーに話しかけて会話を盛り立てようとした。そのとき人波のなかで動きがあり、キャロラインは言葉をのみこんだ。ルイス・バンブリッジが人々をかき分けて、こちらへ近づいてくる。バンブリッジと腕を組んでいるエレガントな女性を見て、フィリップが顔色を失った。

「ユージニア」彼はしぼりだすようにつぶやいた。

19

「やあ、モンカーム、ここにいたのか!」バンブリッジが愛想はいいが心のこもらない口調で言った。フィリップは無理に笑みを返した。「そちらは……レディ・キャロラインではありませんか」

「ミスター・バンブリッジ」キャロラインは冷ややかに応じた。フィリップと同様、キャロラインも、獲物を狙う肉食獣のうなり声をバンブリッジの口調に聞き取ったに違いない。

「お元気ですか?」

「とても元気です、ありがとう」バンブリッジは見せかけの甘い視線をユージニアに向けて言った。ユージニアはそれを無視した。完全にフィリップだけに意識が向いている。フィリップは眉をつり上げて、冷ややかに彼女を見下ろした。ユージニアはまったく怯まない。

「せっかくロンドンにいらしたのに、同郷のわたしをちっとも誘ってくれませんね」バンブリッジがキャロラインにたたみかける。「いろいろな催しでお会いしているのに、あなたのほうからは一言も話しかけてくれない」

バンブリッジはにこやかに笑ったが、レイバーン家もウェストブルック家も加わろうとはしなかった。フィオナとハリーは警戒して目を見交わしている。

キャロラインは微笑んだだけでなにも言わず、問いかけるようにユージニアのほうを見た。

「失礼しました」バンブリッジはなめらかに言った。「わたしとしたことが。レディ・キャロライン、こちらはミセス・ウォーリックです。ミスター・モンカームとは、もうお知りあいのようですね」バンブリッジは向きを変え、横にいるユージニアがフィリップと対面するようにした。

「ええ、もちろん」ユージニアは甘い声で言った。「わたしたち、ずっとあなたを探していたのよ、フィリップ」

ユージニアは最高級の装いをしていた。ドレスはクリーム色のシルクに銀糸で精緻《せいち》な刺繍が施されている。繊細に結いあげられたバター色の髪に薄青い瞳の彼女は、まるで可憐な空気の精のようだ。襟元が大きく開いていて、最新流行のフランス製のコルセットをつけていても、エレガントな印象は変わらない。白い胸元を飾るサファイアとダイヤモンドのネックレスが、大きく開いたその部分にことさら男性の目を引きつける。

フィリップは、こうした手管を知りつくしている美しい機知に富んだ女性を見ても、なんの感情も湧かなかった。

「こんばんは、ミセス・ウォーリック」フィリップは彼女の手を取ってお辞儀をした。「ぼくをお探しとは気づかず、申しわけありません」

「そこがまたあなたの魅力なのだけど」ユージニアはあからさまにフィリップの身体を眺めまわした。「放蕩貴公子が誰にでもすぐつかまるようではがっかりだもの」キャロラインをまっすぐに見つめて言う。

「さて、ハリー」ジェームズ・ウェストブルックが、持っていたグラスを給仕に渡して言った。「レディたちをそろそろボックス席へお連れしたほうがいいんじゃないか？」

「こちらもちょうどそう言おうとしたところです」バンブリッジが言った。「一緒に来ないか、モンカーム？　きみの席も取ってあるよ」

フィリップは驚きを隠すのに苦心した。ユージニアはいったいなにを企んでいるんだ？　バンブリッジひとりの考えではあるまい。フィリップの疑いを裏づけるように、ユージニアはあでやかな笑みを浮かべた。ぼくを取り戻すために、バンブリッジを利用したんだな。断るとなると、レイバーン家とウェストブルック家の目の前で愁嘆場を演じるはめになる。

キャロラインはこちらを見ようともしない。

「今日、ここにいらっしゃると聞いて、とってもうれしかったわ」ユージニアは言った。「ゆっくり会うのは久しぶりだもの、以前はあんなにいいお友達だったのに」

フィリップはユージニアに一瞥もくれなかった。全神経がキャロラインのほうに向いている。彼女が必死に無関心を装おうとしているのが手に取るごとくわかり、胸がねじれるように痛んだ。

するとミス・レイバーンが言葉を挟んだ。「まあ、ミセス・ウォーリックとお約束なさっていたんですの、ミスター・モンカーム？」大きな青い瞳を無邪気にぱちくりさせて言う。「そうとは知らず、わたしたちの席にご招待してしまって、申しわけありません！」

フィオナがジェームズの足を踏んで警告するのが、フィリップの視界の隅に映った。ジェームズは鈍い男ではないので、すぐに察した。「さっきも言ったが、きみがぼくたちのところへ来てくれたらうれしいよ、モンカーム。だが、先約があるなら……」あいまいに語尾をぼかす。

フィリップはユージニアと立ち去るべきだとわかっていた。キャロラインを困らせている。ミス・ウェストブルックは、なにごとかと目を細めてやりとりをうかがっている。ユージニアは、刺すような憎悪のまなざしでキャロラインをにらんでいる。彼女の嫉妬はいかにも見苦しく、芝居がかっていた。だが同時に危険でもある。その気になればユージニアは、キャロラインのロンドンでの日々を地獄に変えることもできる。ここは自分が自制して、この場から立ち去るべきだろう。

そのとき、キャロラインが温かな明るい茶色の瞳でフィリップを見た。その瞬間、彼女がこの場に残ってほしいと切実に望んでいるのがわかった。それなら迷うことはない。

「申しわけない、バンブリッジ、ミセス・ウォーリック」フィリップは言った。「見てのとおり、今夜はこちらの方々の招待を受けてしまったんだ」

「まあ、残念」ユージニアはすねたように下唇を突きだした。「それならどうぞ新しいお友達と楽しんで」

幸い、幕間の終了を告げるベルが鳴り、人々がぞろぞろとひしめきあいながらドアのほうへ移動しはじめた。ハリー・レイバーンがキャロラインに腕をさしだし、フィリップはバンブリッジとユージニアにお辞儀をして、一同に合流した。

ユージニア・ウォーリックは沸き立つような怒りをこらえて、フィリップの後ろ姿を見送った。

彼はふり返りもしなかった。あの野暮ったい田舎娘と、脇目もふらずに行ってしまった。よくもこんなひどい目に遭わせたわね。大勢が見ている前で、かつての愛人を自分から捨てたように思わせるなんて。別れるかどうかを決めるのはこのわたしだというのに。

「やっぱりだな」ルイス・バンブリッジはユージニアを自分たちの席へ連れていこうとして言った。

ユージニアはおとなしく従うような気分ではなかった。「やっぱりってなによ！　レディ・キャロラインって何者なの？　靴に田舎の泥をくっつけてきて、誰でも好きな男を選べるつもりでいるの？」

ユージニアは内心で、フィリップ・モンカームの扱いを間違えたのではないかと後悔していた。誰にもできないことを成し遂げたと思っていた。あの放蕩貴公子をついに飼い慣らしたと。彼独特のゲームに応じて服従し、性的な支配欲を満たしてやり、熱烈に彼女を愛するようになるまで、持てる手管のかぎりを尽くしてきた。

そして友人たちに大々的に自慢する前に、仕上がりを試してみようと思ったのだ。そこで若いツバメと一緒にいるところをフィリップに見せつけ、ちょっと傷つけて、焼き餅を焼かせるつもりだった。二、三日悲しませておいて、またベッドに迎え入れてやり、ほかの誰と寝ようと、わたしはあなただけのものだとわからせてやるつもりだったのだ。

ところが、そうはいかなかった。フィリップは冷酷に、ふたりの部屋から自分の荷物を引き払うと告げた。そして大通りで、公然と彼女をはねつけた。その翌日、よりによってルイス・バンブリッジから、田舎出の垢抜《あかぬ》けない財産持ちの伯爵令嬢にフィリップが目をつけている、と聞かされたのだ。

「さあ、ほら、ユージニア」バンブリッジは自分の腕にかけたユージニアの手をいなすように軽く叩き、さらに彼女をいらだたせた。「傷ついたところを見せて、あいつを満足させたくないだろう。ともかくここを離れよう」

「ばかなこと言わないでよ」ユージニアはかみつくように言ったが、バンブリッジとオペラに来る約束をした理由は一つだけではなかったのを思い出した。

「家族と知りあいなの？」ユージニアはレディ・キャロラインのほうを顎で示して言った。レディですって！　ふん、なによ。キャロライン・デラメアが伯爵の娘だかなんだか知らないけど、台所女中にも劣る野暮ったさじゃないの。誰が見たってそう思うわ。

「それほど親しいというわけではないが」バンブリッジは答えた。「先代の伯爵は大の社交嫌いで、奥方を外に出さないようにしていたんだ。でもわたしは彼女の兄とたまたま知りあいでね。地元の狩猟クラブで一緒なんだ」

「ずいぶん昔にスキャンダルがあったそうね」バンブリッジに伴われてボックス席へ向かいながら、ユージニアは言った。通路はすでに人気がなくなり、オーケストラがつぎの演目のために音あわせをしているのが聞こえる。「伯爵夫人には、ほかに恋人がいたとか」

「わたしもそんなに詳しくは知らないんだ。ともかくなにがあったにせよ、何年も昔に完全に揉み消されている」いかにも残念そうにバンブリッジが言い、ユージニアはこの男の知らない一面を見た気がした。もしかして、借金まみれのこの男は、過去のスキャンダルをネタに脅迫して、無理やり結婚しようと企んでいたのではないか。

「驚きなのは、兄のジャレットが妹をひとりでロンドンに来させたことだ」バンブリッジはつづけた。「父親と同じぐらい保守的で世間嫌いの男なのに」

「本当にゆるしを得ているのかしら？」ユージニアは考えながら言った。「勝手に飛びだしてきたのだとしたら？」

「彼女なら、それぐらい大胆なこともやりそうだ」バンブリッジは高い襟のあいだからユージニアをのぞくようにして言った。「ミセス・ウォーリック、なにか考えがありそうだね？」

そう、いいことを思いついたわ。素晴らしく無慈悲なアイディアを。フィリップもレディ・キャロラインも、これでわたしを侮辱したことを後悔するでしょう。「ルイス、伯爵に妹がロンドンで最も評判の悪い男と遊び歩いていると手紙を書くのはどう？」

バンブリッジはマニキュアをした手を見下ろした。いつもより指輪の数が少ないことにユージニアは気づいた。あれほど自慢していたエメラルドのピンもなくなっている。「猛烈に怒り狂って、彼女を田舎に連れ戻すだろうね。もちろん、ぼくの知ったことじゃないが」

「きっとそうなるわ」ユージニアは狡猾で誘惑的な笑みをバンブリッジに向けた。「あなたがお兄さんのために役立つことをすれば、花婿の最有力候補になり、その結果として財産も手に入る」

「彼女はロンドンを離れざるを得なくなり、きみはモンカームとよりを戻す」

「そのとおり」ユージニアは気だるく瞬きした。「ルイス、あなたは聡明で洞察力のある人だと前から思っていたわ」

ところがバンブリッジはさらに驚くようなことを言いだした。「考えたんだが、手紙では不十分かもしれない。ジャレットは、人前で騒ぎ立てるのをものすごく嫌っているんだ。よほどのことがないと、ロンドンには来ないと思う。やはり、妹を連れ戻すよう、じかに説得するべきだ。誰かが行って、妹が危険な状況にあるのを、直接伝えるのがいいんじゃないかな」

ルイス・バンブリッジが努力するのが大嫌いなことを知っているので、ユージニアは思わせぶりにため息をついて、胸を彼の腕に押しつけた。「でも、行ってくれるんでしょ、ルイス？　わたしのために」ユージニアは色っぽく瞬きした。

バンブリッジは喜んでいるしるしに、口元をゆるませた。「きみのために正義の騎士になりたいのはやまやまなんだが、急な旅行となると、先立つものが必要だ。でもあいにく……懐ぐあいがちょっと厳しくてね」

まったく厚かましい男！　このわたしを利用する気だなんて。今夜わたしを呼んだのは、フィリップと若い愛人に会わせるためではなく、わたしから謝礼金をせしめるつもりだったのだ。ユージニアは感心すべきか腹を立てるべきか、わからなかった。

でもまあ、今は話を合わせておいて、あとでつけを払わせてやろう。今まで手を貸してくれた人々、貸してくれなかった人々の名を、きちんと帳面につけているのだ。それにルイス・バンブリッジだけが最後の切り札というわけではない。

「単刀直入に話しましょう、ルイス。あなたの懐は、ちょっと厳しいどころではないはず。債権者たちが、返済を待ちくたびれているってもっぱらの噂よ。ロンドンから二、三日いなくなれば、あなたにとっても都合がいいんじゃなくて？」

「でもいずれ戻ってこなければならない」バンブリッジは不平がましく言った。

「兄の伯爵から、遺産相続人の妹との結婚を正式に認めてもらって戻ってくれれば、債権者た

ちもひと安心じゃない？　信用貸しでもっとお金を貸してくれるかもしれないわよ」

「きみは素晴らしく賢いね、ユージニア」お互いに目を見交わし、完璧に利害が一致したこ

とを確認した。「いいだろう。引き受けるよ」ふと考えてからつづける。「モンカームにばか

り夢中なのはもったいない。きみとわたしなら、もっとうまくいくと思うんだが」

ユージニアは笑みを張りつけて答えた。「彼に飽きたら、あなたのもとへ行くかもしれな

いわ」

バンブリッジはユージニアの手にまんざら下手でもないキスをした。「そうしてくれ、

ユージニア」彼はささやいた。「期待しているよ」

20

ジェームズがボックス席につづくドアを開け、ハリーが一歩下がって女性たちをなかに通した。「フィオナ」キャロラインは親友にささやいた。「どういうつもり?」

「手助けしているの」フィオナは、フィリップのほうをちらりと見て、小声で言った。

「さっきの件について、確かめるなら今がチャンスよ」

「なんのこと?」

「あの女」その一言ですべての説明がつくと言いたげにフィオナは言った。「彼女についてたずねてみるのよ。彼がどう答えるかで、本当の人となりがわかるでしょう」肩越しに微笑んで言う。「こちらへおかけになって、ミスター・モンカーム」金で縁取りされたヴェルヴェットの椅子を示す。「ここからだと舞台が一番よく見えますわ」

その席は、キャロラインがさっきまで座っていた席の右隣だった。フィリップはお辞儀をして、キャロラインが先に座るのを待った。フィオナは無言でハリーに、キャロラインの隣ではなく、自分とエマのあいだに座るよう促している。

「今回は、きみがぼくをミスター・バンブリッジから救いだしてくれたね」フィリップはキャロラインにささやいた。

「なんだかあなたにあとをつけられているみたいな気がするわ、ミスター・モンカーム」隣に腰かけたフィリップにキャロラインはささやき返した。「この前はレディ・プレストンのお宅、今日はここ。不安に思うべきかしら？」

「不安にさせたとしたら、本当に申しわけない。きみの友達に言ったことは本当だ。オペラが好きなんだよ」

「感傷的なタイプには見えないけれど」

「ほかの大勢もきみと同意見だろうね。だから踊り子たちを見るのが楽しみだって、ごまかしたのさ。そのほうが面倒くさくないだろう？」

キャロラインはなにも言わず、扇子をいじっていた。眼下ではオーケストラが再入場し、観客たちが皆席につきはじめている。「失礼なことを言ってごめんなさい」キャロラインが言う。「あなたのこと、もう少しわかっていてもよさそうなものなのに」

「そうかな？」フィリップは前かがみになって膝に肘をつき、指先を唇にあてた。「出会ったばかりなのに？」

「ええ。あなたはふつうの人とは違うし、ただの放蕩者でもないわ」

彼は指揮者が現れて指揮棒をかざすのをじっと見つめたまま、しばらく無言だった。「それじゃあきみは、ぼくをどういう人間だと思っているのかな?」

「それは」キャロラインは静かに答えた。「これから理解しようとしているところ」

音楽がはじまったが、フィリップはそちらには注意を払わず、キャロラインのほうを見た。キャロラインは頬が赤くなるのがわかった。それはフィリップの瞳に、見慣れた欲望や暗黙の約束がこめられていたからではなく、どう解釈していいかわからない無言の問いかけが浮かんでいたせいだ。

フィオナが、ミセス・ウォーリックのことをきいたか、と目で促してくる。キャロラインは親友に向かって、〝まだよ〟と肩をすくめてみせた。

フィリップはもちろんそれを見逃さなかった。

幕が上がり、盛大な拍手に迎えられて、プリマドンナがしずしずと舞台に登場した。「きみにはちゃんと説明しなきゃいけないな」フィリップが言った。

「説明なんてべつにいらないわ」彼女は強情に答えたが、その強情さはフィオナに向けたものなのか、自分のなかの未知の感情に対するものなのか、よくわからなかった。

「でもぼくはきちんと説明したい」フィリップは言った。「今夜、聞いてくれるかい?」

キャロラインはためらいがちに唇をかみしめ、うなずいた。

「ありがとう」フィリップは低くささやき、満足そうな笑顔になった。「さて、リラックスして、オペラを楽しもうか」

「でもわたしは……」キャロラインは言いかけた。

「しーっ」フィリップは口に指をあてて言った。「リラックスして、レディ・キャロライン。音楽に身をまかせよう」

フィリップにお得意のいたずらっぽいウインクを投げかけられて、キャロラインの全身に温もりが広がった。気がつくと、椅子にゆったりと身を預けていた。フィリップがそばにいると、いつも五感が全開になる。やがてキャロラインは音楽の波に包まれた。その調べは本当に美しく、いつしかリラックスして身をゆだねていた。


フィリップも楽しんでいた。音楽はもともと好きだが、今夜の演技はとりわけ素晴らしい。なかなかそれに気づかなかったのは、レディ・キャロラインの隣に座っているせいだ。彼はキャロラインに悟られないよう、横目でそっと彼女をうかがった。やがて彼女が音楽に没頭するのがわかった。歌声に耳を澄ませ、舞台や衣装の華々しさにうっとりと見入っている。彼女とあとで感想を話しあい、ほかの舞台と比較してどうだったかきいてみよう。そんなささやかなことが、ふいにとても大事なことに思えて、楽しみでたまらなくなってきた。キャロラインと一緒に、この先いろいろなことを楽しみたい。それなのに、なぜ彼女は頑なにロンドンを離れるつもりでいるのだろう。単に旅行をしたいという理由ではないのは明らかだ。なにかから逃げている？　フィリップは眉をひそめた。ルイス・バンブリッジという名の脅威から？

そう考えて、怒りがこみあげてきた。バンブリッジがキャロラインに対して、企みごとをしているのは間違いない。そうでなければ、ユージニアを連れて現れるはずがない。キャロラインにぼくの評判を思い出させ、嫉妬させようとしたのだろう。この放蕩貴公子から簡単に女性を盗み取れると思っているのなら、あの伊達男は考えをあらためたほうがいい。金目当てのバンブリッジなどに、絶対にキャロラインを渡すものか。

しかしぼくも、いつかは彼女と別れるだろう。あるいは彼女のほうから離れていくかもしれない。それはしかたのないことだ。遅かれ早かれ、キャロラインはぼくの恋人ではなくなり、もう守ってあげられなくなる。そのときは、べつの男が彼女をパリへ連れていったり、一緒にオペラを観に出かけたりするのだろう。ぼくは笑ってお辞儀をし、ほかの女性と腕を組んでべつの道を行く。

折よく悲劇のアリアが最高潮に達したのは幸いだった。おかげで目頭が熱く痛むのは歌に感動したせいだと思いこむことができた。

拍手喝采とともに舞台はフィナーレを迎え、「ブラヴォー！」と歓声が飛び交った。プリマドンナと相手役の男性歌手がふたたび舞台に出てきて、花束を受け取った。そのあとはお決まりの光景で、客たちはコートや手袋や扇子を探し、誰が誰をエスコートするかを決めるのに忙しい。フィリップが迷っていると、キャロラインの腕を取ったのはハリー・レイバーンだった。彼の態度はこれみよがしで、キャロラインの残念そうなまなざしを、フィリップは見逃さなかった。あとで彼女をからかってやろう。フィリップは内心で笑みを浮かべた。ふたりでこのあと、ほかにもいろいろなことができそうだ。

楽しい空想を巡らせながらも、フィリップは人波に目をこらしてユージニアとバンブリッジを探した。幸い、ふたりの姿は見えない。ドアを開けて一同を通し、自分もあとからオペラハウスの階段を下りた。

「お会いできて楽しかったですわ、ミスター・モンカーム」ミス・レイバーンが手をさしだして言った。フィリップはその手を取ってお辞儀しながら、彼女がキャロラインと自分のあいだに如才なく割りこんだことに舌を巻いていた。ミス・レイバーンには用心したほうがいいな。彼女はキャロラインの守護者を自認している。

そして、守護者を自認するのは彼女だけではなかった。

「これからクラブで一杯飲もうと思うんだが」ハリー・レイバーンが聞こえよがしに言った。「一緒に来ないか、モンカーム?」

フィリップはハリー・レイバーンの目を見たが、友好的な誘い以外の意図は感じられなかった。すぐにもキャロラインの家へ行きたい気持ちでいっぱいだ。彼女に伝えたいことが山ほどある。隣に座っていながら、手を触れることもできず、どんなにもどかしかったか。

ひたすら我慢していた埋め合わせをするのだ。

しかし誘いを断ってレイバーンの心証を悪くすれば、この先キャロラインとつきあいづらくなるだろう。

「ありがとう、レイバーン。行かせてもらうよ。では、ご婦人方」フィリップはレイバーン家とウェストブルック家の女性たちにとっておきの笑顔を見せて、深々とお辞儀をした。キャロラインの心配そうなまなざしに出合い、フィリップは〝大丈夫〟と目で伝えた。彼女の眉間のしわが消えるのを見て、彼は安堵した。

レイバーンの行きつけのクラブはフィリップがふだん行くのとは違って、こぢんまりとしていたが、はるかに快適だった。革のソファはちょうどよくくたびれていて座り心地がよく、男性たちは皆気さくにくつろいでいる。給仕がいるのはダイニング・ルームだけで、こちらでは各自が自分でサイドボードに並んだデカンターから酒を注ぐようになっている。レイバーンはふたりのグラスにたっぷりとポートワインを注いで、フィリップを静かな隅の席へ案内した。ソファに腰かけ、ポートワインを飲むと、じつに美味《うま》かった。商人が集うクラブだけに、最高の酒を手に入れるルートを心得ているのだろう。

フィリップはハリー・レイバーンに先制攻撃をさせまいとして、最初に口火を切った。

「これは社交儀礼上、レディ・キャロラインを傷つけたらただではすまさないと、脅される場面だね」

ハリー・レイバーンは思わず笑みを浮かべて答えた。「レディ・キャロラインに関しては、社交儀礼などとは別問題だ」

フィリップは忍び笑いをもらした。レイバーンは、なかなかいいやつらしい。「彼女とは長いつきあいのようだね」

「子供の頃から一緒に育った。もうひとりの妹みたいな存在だ」

「それはよかった」

レイバーンはフィリップの言葉を聞いて、意外そうに首をかしげた。「ふつうは故郷の幼なじみがいたら、嫉妬するんじゃないのか？」

「キャロラインに信頼できる兄同然の男がいてうれしいよ」

「最善を尽くしているよ。さもないと、フィオナに殺されてしまうからね」ふたりとも笑った。レイバーンはしばし黙りこみ、フィリップをじっと見た。キャロラインに会いたくてはやる気持ちを、彼はぐっとこらえ、レイバーンの値踏みのまなざしにひたすら耐えた。

「きみを知ることができてよかったよ、モンカーム」レイバーンはようやく言った。

今度はフィリップが意表を突かれる番だった。「まさか遊び方を教えてくれっていうわけじゃないだろうね？」

「違うよ！　まったくぼくの柄じゃない。でもきみについてもっと知りたいな」

「それはいわゆる――」

「商人階級独特の社交辞令かって？」レイバーンが代わりに言う。「ぼくの仕事について説明させてくれ、モンカーム。父は貿易商で、わが家は貨物用の倉庫を二つ持っている。こっちのほうはぼくの担当だ」レイバーンはグラスで胸を叩いた。「当然、いやでもたちの悪い連中とやりあわざるを得ない。強盗や密輸人、それに詐欺師。あるブランデーを積んだ貨物の受け入れを拒んだら、ナイフで刺されたこともあった。フィーには言うなよ」フィリップはグラスを揺らして、秘密は守ると伝えた。「そうするうちに、一目で相手がどういうやつか、見抜けるようになった。ぼくの直観では、傍目には派手な遊び人に見せかけているが、きみにはもっといろいろな面があると思う。今度、ディナーに招待するから来てくれよ。堅苦しい集まりじゃなくて、家族と二、三人の友人だけだから」

「ありがとう。楽しみだよ」フィリップは即答した。われながら驚くことに、本心からそう思っていた。しかもそれは、レイバーン家に気に入られておこうという下心からではなく、この一家が、とくにレイバーンが気に入ったからだった。このレイバーンという男はなかなかの強者《つわもの》で、キャロラインのことを心から気にかけている。そこが一番気に入った。

フィリップはポートワインをもう一口飲んだ。「ところで、キーンズフォード伯爵はどんな人物なんだい？　誰にきいても知らないようなんだが」

ハリー・レイバーンの人のよさそうな顔に、嫌悪の表情が浮かんだ。「ジャレットは父親にそっくりで、ロンドンを毛嫌いし、自分の領地に閉じこもっているよ」

「それだけじゃないだろう。キャロ……レディ・キャロラインは、伯爵に連れ戻されるのをひどく心配しているようだが」

しかしレイバーンはただ首をふるだけだった。「彼女がなにも言わないなら、ぼくが彼女の家族のことを話すわけにはいかないよ」

「もちろん、そうだな。すまなかった。もう夜も遅いし、酔っていたせいにしてくれ」自分の言葉を強調するように、フィリップはポートワインをあおった。

「まだ二時だぞ」レイバーンは懐中時計を見て言った。「きみのような連中にとっては、宵の口じゃないのか？」

フィリップは肩をすくめた。「年を取ったのかな」

「たしかにきみのほうが年長だ」レイバーンは冗談を返しつつも、妙にあらたまった表情で、空のグラスを置いた。「一つだけ、友人として忠告させてくれ、モンカーム。ルイス・バンブリッジを甘く見るな」

「バンブリッジ？」フィリップは眉をつり上げた。「何年も前から知っているが、あいつは無害なやつだよ」

「ロンドンでの顔と、田舎での顔は全然違うんだ。あいつはずっと前からキャロラインに目をつけていた。ぼくはなるべくやつをキャロラインに近づけないようにしてきたが、やつがジャレットと、キーンズフォード伯爵と親しくなってからは、それも難しくなった。あいつは伯爵にいろいろと吹きこんでいるんだ。家名を守らねばとか、ひどい恥さらしな過ちを犯す前に、妹を嫁がせるべきだとか。キャロラインでさえ、あいつがどれほど伯爵に気に入られているか、わかっていないと思う。もともときまじめなキーンズフォード伯爵は、父親が亡くなって途方に暮れていたようだ。なんでも父親の命令どおりにして生きてきたから。そこにバンブリッジはつけ入って、今では伯爵が心を許す数少ない相談相手のひとりになっている」

フィリップはうなずいた。「忠告をありがとう。背後に気をつけるよ」

レイバーンはふたたび、まっすぐにフィリップを見つめた。「むしろ、彼女の身辺に気をつけてやってほしい」

レイバーンのような男が受け入れる返事はただ一つと決まっている。フィリップは請けあった。「了解した」

ふたりは握手を交わし、レイバーンは立ちあがった。「ぼくはこれからほかで約束があるんだが、察するに、きみもそのようだな」

フィリップは相手の率直な目を見つめ返した。「では今夜はこれで」フィリップも立ちあがり、帽子と手袋を取った。

「ところで、モンカーム？」レイバーンが後ろから静かに声をかけた。

「うん？」フィリップはふり返った。

「もしレディ・キャロラインを傷つけたら、夜明けの決闘を申しこむからな」

レイバーンの口調は真剣そのもので、フィリップは彼が密輸人と格闘してナイフで刺された話をこともなげにしていたのを思い出し、さすがに笑みを返すことができなかった。

21

キャロラインがオペラハウスからようやく戻ると、すでに午前一時をまわっていた。ミセス・フェリデイは起きて待っていてくれた。キャロラインが居間に落ち着くと、やはり寝ないで待っていた新しく雇った料理人が、軽い夕食を運んできてくれた。ポテトと緑の野菜を添えた兎《うさぎ》の煮こみ料理に、甘く味つけしたオムレツに、コーヒーだ。

キャロラインは自分の食欲に驚いた。真夜中にもかかわらず、出された料理をほとんど平らげてしまった。フィリップと過ごす夜のために、栄養を蓄えておく必要があるのを身体が知っているかのようだった。

ハリーはフィリップにどんな話をしているのだろう。紳士同士でどういう話をするのか、さっぱりわからない。兄や父はもっぱら領地の話をするが、ハリーもフィリップも自分の領地は所有していない。狩猟の話でもするのかしら？　ああ、わからないのはもどかしい。わたしのことを話しているのではないかと、つい考えてしまう。キャロラインは心配してもしかたがないと自分に言い聞かせた。ハリーはいい友達だ。フィリップがわたしに近づくのを禁じるとか、そんなことを言うはずがない。

じりじりと時間が過ぎていく。最初にフィリップを待っていた晩より、もっと苦しい。その先の愉しみをすでに知っているから。時計の秒針の音や、通り過ぎていく馬車の音がいちいち耳につく。アンドーヴァー・ストリートのおしゃれな住人たちが、オペラやコンサートや舞踏会、あるいは秘密の逢い引きからそれぞれ戻ってきたのだろう。

これが愛人になるということなのかしら？　毎晩、彼はたずねてきてくれるだろうかと、不安な気持ちで待ちわびることが。

通り過ぎる馬車のどれにフィリップが乗っているかわからない。彼が来たらどうしよう。どんなふうにふるまえばいいの？　感情が振り子のように揺れ動く。今晩のことを考えれば考えるほど、ルイス・バンブリッジとミセス・ウォーリックのことが気になってくる。バンブリッジは明らかにわたしを観察していた。彼はジャレットに手紙を書いたかもしれない。今この瞬間にも兄がバンブリッジに、わたしを見張るよう、返事を書いているかもしれない。ジャレットが都会を嫌っているのと、まだ信託財産の相続権を無効にする方法が見つからないおかげで、どうにか連れ戻されずにすんでいる。でも、わたしが醜聞騒ぎを起こしたとなれば、どちらも兄を押しとどめる役には立たないだろう。

いっぽうで、キャロラインのベッドに見事な裸身を堂々と横たえるフィリップの姿が脳裏にちらついた。壁に押しつけられて、後ろから突き入れられ、もっと欲しいと懇願したときの記憶が、身体にしっかりと刻まれている。彼とふたたび抱きあい、あの悦びのうめき声を聞きたくてたまらない。

けれどもユージニア・ウォーリックの貪欲な怒りの表情を思い出して、キャロラインの心は急速に冷たくなった。あの人のかつての恋人はフィリップ・モンカームなのだ。少なくとも、彼女はわたしにそう信じさせようとしていた。バンブリッジは、ミセス・ウォーリックにどういう協力をしているのだろう？　わたしに紹介するため？　違う気がする。ひょっとして、バンブリッジのほうがミセス・ウォーリックを利用している？

キャロラインは唇をかみしめた。バンブリッジがわたしとフィリップの関係をじゃましたくてひとりで画策しているうちは、なにも心配はいらない。でもジャレットと手を組むとしたら、とんでもなく恐ろしいことになる。

フィオナの結婚式まで、あとたったの二週間じゃない。怠け者のバンブリッジが、二週間でなにか行動を起こせるとは思えないわ。

キャロラインは夕食をすませると、ミセス・フェリデイを寝室へ行かせようとした。しかし家政婦は下がろうとせず、キャロラインもあれこれ心配事が多すぎて、それ以上の押し問答をする気になれなかった。そのまま居間で、キャロラインはお茶を飲み、ミセス・フェリデイは繕い物をして過ごした。深夜にもかかわらず、ミセス・フェリデイはちっとも疲れた様子がなく、さまざまな招待について楽しげにしゃべっている。キャロラインの書き物机の上には、すでに招待状やカードの山ができていた。けれども時間が過ぎていくにつれて、キャロラインはミセス・フェリデイのおしゃべりに、うわの空で生返事をしはじめた。そのうち目下正式に資産管理をまかせているミスター・アプトンに、手紙を書こうと思い立ち、都合のよいときに来てくれるようにと伝える文面をしたためた。いろいろな店でつけで買い物をしたことを知らせておきたいし、ドブソン・スクエアの賃貸料や信託財産についても、もっと詳しく知っておきたい。その後は招待状やカードに目を通し、訪問帳に書き記した。

それだけ忙しくしていても、つい時計を見ないではいられなかった。フィリップが来なかったら？　ハリーになにか言われて、心変わりしてしまっていたら？　わたしみたいに面倒くさい女とつきあうのはやめて、ミセス・ウォーリックのもとに戻ることにしたら？

キャロラインは苦しまぎれにバスケットからやりかけの刺繍を取りだして、薔薇の花びらを縫いはじめた。彼が来なかったら？　どうすればいいの？　この苦しい気持ちのまま、ひとりで夜を過ごすのだろうか。フィリップ・モンカームに心を奪われることなどありえないと、フィオナに断言したけれど、あれは嘘だったの？

玄関広間の時計が三時を打つのが聞こえた。その鐘の音が鳴りやまないうちに、玄関のベルが鳴った。

フィリップ！　キャロラインはめちゃくちゃな仕上がりの刺繍から目を上げた。彼が来た。約束を守ってくれた。誰からもじゃまされなかったのだ。

ミセス・フェリデイが繕い物を置いて、応対に出た。少しして戻ってくると、家政婦は言った。「ミスター・モンカームがお会いしたいとおっしゃっていますが、どうなさいますか?」

キャロラインの心臓が跳びはねた。一瞬、断ろうかと思った。こんな情事をつづけるのは間違っている。いずれはゴシップの的にされ、バンブリッジがジャレットに手紙で知らせるに違いない。

それでもキャロラインの心を占めるのは、フィリップの瞳と笑い声、優しく抱きしめる腕と意地悪で刺激的な命令の数々だった。彼に脚を巻きつけて、いっぱいに満たされる場面を想像した。隣に座り、話をして、笑いあう場面を想像した。

「ミスター・モンカームを客間にお通しして、ミセス・フェリデイ」キャロラインは言った。「そのあとは……今夜はもう休んでもらってけっこうよ」

「承知いたしました、お嬢様」ミセス・フェリデイは軽く膝を曲げてお辞儀をすると、玄関に向かおうとした。その態度にキャロラインはずっと抱いていた疑念を強めた。年配の家政婦は、フィリップが来なかった場合を考えて、キャロラインがひとりで不安な夜を過ごさずにすむよう、付き添ってくれていたのだ。

「ミセス・フェリデイ?」キャロラインは小声で呼びかけた。

ミセス・フェリデイは熟練した家政婦の落ち着き払った顔で、ゆっくりとキャロラインをふり返った。「はい、お嬢様？」

「あの……あなたにショックを与えてしまったかしら？」

ミセス・フェリデイがためらう様子を見て、キャロラインはやっぱり、と落ちこんだ。すると彼女は近づいてきて、キャロラインの手をぎゅっと握った。「お嬢様が好きなように生きてはいけない理由など、一つもございません」きっぱりと言う。「わたしが全力でお嬢様をお支えしますから」

キャロラインは勇気づけられ、ミセス・フェリデイの手を握り返した。「ありがとう」

ミセス・フェリデイはふたたび冷静沈着な家政婦に戻り、部屋を出ていった。キャロラインは刺繍道具をわざとゆっくり片づけた。フィリップが待っている。彼のそばに行きたい。はやる気持ちでバスケットのふたを閉める手が震えた。けれども自制心を忘れてはならない。わたしは自立した女なのだ。欲望や恐怖にふりまわされてはいけない。

キャロラインはしっかりと心を落ち着かせて、暗い廊下を歩いていった。深呼吸をして、肩をいからせ、右側のドアを開ける。

家の正面側の客間は、日常の来客向けで、ひかえめだが最高級の調度類がそろい、マホガニーの重厚な羽目板にクリーム色の壁紙の取り合わせで、暗くなりすぎないよう配慮がされている。しっかりした造りの大きめの肘掛け椅子とソファは深紅の布張りで、深緑のカーテンはレースやフリルのない、ごくシンプルなものだ。

フィリップは暖炉のそばで片腕を炉棚にかけて、炎を見つめていた。火明かりに縁取られた彫刻のようなその横顔を見て、キャロラインはめまいがするほどの欲望にとらわれた。フィリップとの距離が離れすぎている。この腕に抱きしめていないと、いいえ、わたしのなかに彼を迎え入れないと、この隙間は埋まらない。

すると、フィリップがこちらを向いた。いつもの大胆で挑発的で、たまらなく魅力的な笑みを浮かべ、瞳に熱い欲望を燃え立たせて。キャロラインは彼の上着の縁に視線を向けたが、本当に見たいのはズボンの輪郭だった。なにか話さなくてはと思うのに、抗いがたい欲望のせいで頭がはたらかない。フィリップは硬く興奮しているだろうか。わたしに触れられることを想像しているのだろうか。彼を腕に抱きしめないかぎり、ざわめくこの心と身体は休まらない。でも、ものごとにはふさわしい手順というものがある。

キャロラインは部屋の入り口に立ちつくし、ぐっと歯を食いしばった。

「こんばんは、ミスター・モンカーム」キャロラインは上品に膝を曲げてお辞儀をした。

フィリップはそれにには応えず、黙ってキャロラインのほうへ手をさしのべた。キャロラインはお腹の奥がぎゅっと締めつけられるような心地がした。できるものなら彼に駆け寄り、思いきり抱きつきたい。フィリップはわたしを激しく欲情させたことをわかっていて、愉しんでいる。そのことに興奮すると同時に、腹立たしくもあった。しかし少なくともその腹立ちのおかげで、上品に彼に近づいていって、本物のレディらしく冷静に手をさしだすことができた。

「こんばんは、レディ・キャロライン」どちらも手袋をしておらず、フィリップは素手でキャロラインの手を包んだ。そして欲望にきらめく目で彼女を見つめたまま、手の甲にそっと口づけた。

キャロラインはしぶしぶと手を引き抜いた。本当は抱きついて、唇を開いてキスを受けたい。でも、できなかった。

「うちの家政婦がコーヒーを淹れておいてくれたわ」キャロラインは銀のポットと砂糖衣のかかったケーキを盛った皿を載せた盆のところへ行きながら、胸の内でミセス・フェリデイの心遣いに感謝した。「それとも、もっと強いものを召しあがる？」キャビネットに並んだポートワインやウイスキーのデカンターを指し示した。

「コーヒーを頼むよ」フィリップは後ろで手を組んで言った。「頭をはっきりさせておかないといけないから」

キャロラインはフィリップにコーヒーを注ぎ、クリームと砂糖を入れるかたずね、言われたとおり――クリームなしに、紅茶と同じく砂糖を三つ――を入れ、指が触れあわないように気をつけながら、カップを渡した。

「ハリーのこと、どう思った？」キャロラインは暖炉のそばに腰かけてたずねた。

「気に入ったよ」フィリップはキャロラインの座った肘掛け椅子をじっと見て、ソファに目を移した。そちらならふたりで腰かけられる。「彼の家のディナーに招待された」

キャロラインはうつむいて、膝の上で両手を握りしめた。「受けたの？」

「喜んでうかがうと答えた」フィリップが炉棚にカップと受け皿をかちんと置く音がした。

「キャロライン、きみに話さなくてはいけないことがある。ミセス・ウォーリックのことだ」

フィリップはソファに近づいたが、座らずに引き返した。それを見て、キャロラインは彼が話に集中したいのだと察した。キスや愛撫で頭を曇らせたくないのだ。

「きみが一番知りたいことはなんだい？」フィリップはたずねた。

「わたしは……あなたとミセス・ウォーリックのあいだになにがあったのか、どうしてそうなったのか知りたいわ」キャロラインは手を握りしめながら言った。「もちろん、話したくなければ断ってくれていいのよ。わたしたちはなんの約束も……」

「だがもし断ったら、きみは悩みつづけるだろう」フィリップは言った。「困った立場にある彼女をぼくが捨てたのか、きみも同じ目に遭わせるのか、と」

キャロラインは毅然と顔を上げた。「たとえそうなってもあなたの援助は求めないわ」

「それに、困っている女性を見捨てるような男となど、つきあいたくないと思うだろう」

「ええ」キャロラインは答えた。「そんな男性とはつきあいたくない。それにあなたも、わたしがそんなプライドのない女だったら、つきあう気にはならないでしょう」

「そうだね」フィリップは認めた。キャロラインは勇気をふりしぼって、フィリップの率直なまなざしを受けとめた。「でもきみはそれとは正反対の女性だ」

キャロラインは胸の奥でなにかがゆるむ感じがしたが、両手はきつく握りしめたままでいた。フィリップは気づいているようで、じっと彼女の手を見つめている。キャロラインのなかにプライドと欲望がこみあげてきた。このレディに似つかわしくない感情には慣れつつある。慣れたからといって、その強烈さが弱まるわけではないけれど。

「なにがあったか、知りたいんだね」フィリップはキャロラインの手から目をそらし、窓のほうを向いた。「事実だけを言えば、こういうことだ。去年、田舎屋敷のパーティーでミセス・ウォーリックと出会い、つきあいはじめた。彼女は男性の庇護を必要としたり、結婚を望んだりせずに、気楽な恋愛を楽しめる女性だとわかっていた。あるいは、わかっているつもりだった。つきあいはかなりつづき、とても濃密な関係だった」フィリップはキャロラインが手を揉みしぼっているのに気づいたのか、言葉を切った。「先をつづけるかい?」

「ええ」わたしからたずねたことだ。真実をすべて受け止めようと心に誓ったのだから、最後まで聞かなくてはならない。

フィリップはうなずいた。「一カ月ほど前、彼女がひどくそわそわした様子をしているのに気づいた。ふたりで暮らしていた部屋へ行くと、彼女はほかの男とベッドにいた。とても若い男で、あわてて逃げだしていったよ。その若い男が出ていくと、彼女はこう言ったんだ。見つけてくれてかえってよかったわ、あなたには飽き飽きしていたところなの、と」フィリップは歯ぎしりした。ふたたび話しはじめた彼の声は怒りに張りつめてかすれていた。「一言、別れたいと言ってくれればよかったのに、とぼくは言った。彼女は新しい恋人の魅力やセックスのうまさをひとしきりほめちぎったあとで、こう言った。でも彼は貧乏で、妻子持ちなの。だからあなたがちょうどいい目くらましになってくれていたのよ、と」

「ずいぶん浅はかな言いわけね」キャロラインはつぶやいた。

フィリップの口角が上がり、笑みらしきものが浮かんだ。「うん。ぼくも同じような感想を持ったよ。それでも、ともかくぼくは彼女の言葉どおりに受けとめて、こう言った。ぼくよりも好きな相手ができたのなら幸せを祈るよ、きみがぼくに煩《わずら》わされることは金輪際ないだろう、と。それで彼女との関係を終わらせたつもりだった」彼は言葉を切り、つぶやいた。「傷ついたよ」低い声で言う。「彼女の行いと言葉に。プライドを傷つけられたのはもちろんだが、愛などという幻想にとらわれず、互いに友情と敬意を抱いていると思っていたから」

キャロラインは固唾をのんで聞いていた。話すごとにフィリップは自己の内側へ入っていき、ユーモアあふれる情熱的な恋人は影も形もなかった。目の前にいるのは、以前にも垣間見たことのある、老成し、人生に倦み疲れた男性だった。

キャロラインはふたりの距離を埋めたくてたまらなかった。彼を抱きしめて、そんな侮蔑《ぶべつ》的な扱いをした女性をなじってやりたい。それでもキャロラインは動かなかった。フィリップの独白をやめさせるわけにはいかない。冷静に話すために、彼が心の痛みをけんめいに押し殺しているのが手に取るようにわかる。彼の話を最後まで聞かなければ。そして彼もまた、最後まで話す必要があるのだ。

「それからしばらくして、ミセス・グラッドウェルの庭園できみを置いていかざるを得なかったのは……友人のギデオン・フィッツシモンズが、ミセス・ウォーリックがおまえを探していると警告しに来たからだ。彼女がなにか騒ぎを起こすとまずいと思った。そういう女性だから。それできみを置いて、彼女と話しに行ったんだ」フィリップは強い感情をのみこもうとするように、言葉を切った。キャロラインは両手を膝に置き、冷静に話に耳を傾けるよう、自分に命じた。「彼女は、ぼくを追い払ったのは間違いだったと言った。ほかにもいろいろとまくしたてていたが、要はよりを戻したいということだった」

「でもあなたは応じなかったのね」キャロラインは名づけようのない感情に、激しく胸が揺れ動くのを感じた。

「応じなかった」フィリップがうなだれているのは、屈辱のためか、それとも安堵のためなのか、キャロラインにはわからなかった。「ぼくは彼女を置いて、歩き去った。だが今は、あれが正しいことだったのかどうかわからない」

「彼女をまだ想っているから？」

「違う。彼女が腹いせに、きみを困らせるかもしれないからだ」

ふたりのあいだに沈黙が広がった。キャロラインはフィリップの言葉について考えた。彼は真実を話してくれたに違いない。そのことにほっとすると同時に、厄介で不愉快なこの状況に、どう対処すればいいのかわからなかった。

「その後、ミセス・ウォーリックと個人的に話す機会はあったの？」

「いや」フィリップは答えた。「何度か家を訪ねてみたが、いつも留守だと言われた」言葉つきから、居留守に違いないと彼が思っているのは明らかだった。「それから、今夜のオペラハウスの一件があり、どうしたものかと頭を悩ませているんだ」

「あなたは信じていないんでしょう、よりを戻したいと言われたのを断って、彼女が本気で傷ついたとは」

フィリップは鋭くキャロラインを見た。「どうしてそう確信できるんだい？」

「相手の女性を本当に悲しませることになってしまうとしたら、あなたはむげには断らないはずだから」

フィリップの瞳の奥にまったく新たな輝きが宿るのが、キャロラインにはわかった。欲望とも尊敬とも違う。自分を理解してくれたことへの純粋な感謝の念だった。キャロラインの胸にも、欲望とは違う、まったく新たな温もりが広がった。

「知りあったばかりなのに、よくそんなにぼくの心理がわかるね？」フィリップは言った。

「わたしは間違っている？」キャロラインはたずねた。

フィリップはじっと考えてから答えた。「いいや。彼女が傷ついたとは思わない。彼女の正体を、最初からわかっていればよかったと思うよ」

フィリップはコーヒー・テーブルの脇をまわり、暖炉のそばに立った。キャロラインは椅子の上で向きを変えて、彼の動きを追った。彼は目を合わせようとはせず、じっと炎を見つめている。

「キャロライン、きみが望むなら、ぼくは帰るよ。そう願うきみの気持ちも理解できる。出会ったばかりの男と、スキャンダルを起こしたいと思う女性はひとりもいないからね。今夜は、来るのはやめようかと思ったんだ。過去の一件が片づいていないのに、きみに会いに来るのはフェアじゃない気がして」

「それならどうして来たの？」

フィリップはキャロラインのほうを向いた。身体の脇で拳を固く握りしめているのは、怒りのせいではなく、必死に自制しているからだろう。

「ぼくが心変わりをして、約束を破ったと思われたくなかった」

フィリップが来なかったら、わたしはそんなふうに思っただろうか？　そうかもしれない。彼がもたらした感情や熱い想いは、あまりにもなじみがなく激しいもので、キャロラインはどう解釈していいかわからなかった。もしも数日間、放っておかれたら、わたしはどうなってしまうだろう？　きっとハリーを責め、フィオナとの友情にもひびが入っていたかもしれない。それを考えると、なんとも冷たく虚《むな》しい気持ちになった。

ミセス・ウォーリックの問題がなくても、フィリップには帰ってもらったほうがいいのかもしれない。ゆっくり心を整理する時間が必要だ。この激しい情熱をしっかりとコントロールして、レディらしいふるまいを取り戻すためにも。このまま衝動にまかせていたら、彼と別れて、ロンドンを発つのが難しくなってしまう。ジャレットが来て、キーンズフォード館に連れ戻されでもしたら、それはすべてわたしの過ちだ。

「キャロライン？」彼女は顔を上げ、暖炉の火明かりに照らされたフィリップの雄々しい姿を見た。彼の張りつめた声には、以前にも感じ取ったことのある、口にされない言葉がこめられていた。

「なにを言わずに我慢しているの、フィリップ？」

彼は今度もためらった。それからゆっくりと、キャロラインが逃げるのを恐れるように口を開いた。「言うまいと思っていたが、ここに立って、冷静に話をするのは死ぬほどつらい。どんなにきみを抱きしめたいか。誘惑の言葉をきみの耳元でささやいて、とろけさせ、その熱い身体を思うぞんぶんに愛撫したい」フィリップは片手をのばしてキャロラインの顎に優しく触れた。「きみにキスしたい。その唇に、喉に、熱いキスを。きみが悦びの悲鳴をあげて、もっと欲しいと懇願するようなことをしたい。だが、そんなことは口にできない。情熱を利用して、きみの判断を曇らせてはいけない。ぼくはあくまで冷静に、自制していなければならない。そう自分に言い聞かせつづけた。だが、目の前にいるきみが、あまりにも誇り高く、美しすぎて……」フィリップはいきなり、抑えていたものがあふれるかのように近づいてきた。「ああ、キャロライン！」彼は叫んだ。「ぼくを追い返すか、そばへ来いと命令してくれ。こんなふうによそよそしく話すだけなんてもう耐えられない」

キャロラインの胸は苦しいほど高鳴った。フィリップを追い返す？　そうすべきなのかもしれない。そして落ち着きと自制を取り戻すのだ。

けれども言葉にはならなかった。

「来て、フィリップ」

22

フィリップは自分が歩いたことも覚えていなかった。気がつくと、キャロラインを椅子から抱きあげ、激しくキスをしていた。彼女の官能的で柔らかな身体が、腕のなかでとろけた。フィリップは勝利の歓《よろこ》びにも似た欲望に包まれ、キャロラインをぴったりと抱き寄せると、全身を撫でまわして揉みしだき、ひかえめで上品なドレスの紐やホックを、ほとんど無意識にはずしていった。頭にあるのは、ぼくのキャロラインをこの腕に抱いているという想いだけだ。髪に手をさし入れて、開いた唇に舌を滑らせた。濃密なキスにキャロラインがため息をもらして、いっそう柔らかく身を預けてくる。フィリップは彼女の瑞々しいお尻を両手で包みこみ、つま先立つほど引き寄せて、腰をこすりつけた。

「そのスカートの下は、もう準備ができているんだろう?」彼は荒々しくささやいた。「今すぐここでしてもいいかい?」

キャロラインは甘いうめき声で応え、フィリップはふたたびその口をキスでふさいだ。きつく抱き寄せて片手で胸をつかみ、硬くなった乳首のまわりを親指で円を描くように愛撫すると、キャロラインは悦びの声をもらしてフィリップの背中を両手でまさぐり、尻をつかんだ。

「いいわ。ここでして。あなたのすべてが欲しいの」すでに全身で応じていたが、それでは足りないかのように、キャロラインはあえぎながら言った。その言葉にフィリップはキスで応え、甘美な唇を味わった。キャロラインが腰をすり寄せてくる。「頭がどうにかなってしまいそう。あなたの裸の身体を感じたい。なかに入ってきてほしい」

フィリップは荒々しくうめいた。〝なんでもするよ〟欲望に駆られた心の声が叫ぶ。〝きみが望むことをなんでも。ぼくを押し倒してくれ。なんでもしたいことを言ってくれ。なんでもきみの言うとおりにするよ〟

暴走する想いと荒れ狂う欲望をコントロールするには、渾身の力が必要だった。フィリップはキャロラインの唇から自分の唇を離した。夢遊病者のように、自身の両手が彼女の肩を押しやるのを見つめる。

「フィリップ？」キャロラインは彼の行動にとまどっている。フィリップ自身、一瞬自分がなにをするつもりなのか、わからなくなった。

彼は笑みを浮かべ、お互いの欲望に素晴らしく熱く応えてくれたキャロラインはなにもいけないことをしていないと、まなざしで伝えた。

「きみの欲しいものをすべてあげるよ」フィリップは言った。「でもその前に……二階のきみの部屋へ行って、裸になり、ベッドでぼくを待っていてくれ」

「なにをするの、フィリップ？」キャロラインはたずねた。

その質問で、キャロラインの心が冷めつつあるのをフィリップは感じた。彼女はゲームに乗らずに、頭で考えようとしている。それはまずい。彼女の思考の先を読めなくなってしまう。自分の心さえままならないのに、彼女の心の動きを追えるはずがない。

フィリップはふたたびキャロラインに触れそうなほど近づいた。彼女は息を乱しながらも情熱に抵抗し、けんめいに自制心を保っている。キャロラインの香りがした。レモンとジャスミンとコーヒー、そして彼女自身のかすかにスパイシーな香り。フィリップは彼女の両手をつかんで、腕を頭の上に上げさせた。そしてゆっくりと、しなやかな強さを秘めた柔らかな身体を撫で下ろした。「ぼくをあげるよ、キャロライン。でもその前に、言われたとおりにするんだ」

一瞬、キャロラインが逆らうかとフィリップは思った。彼を見つめるキャロラインは輝くばかりに美しく、欲望に頰を紅潮させ、褐色の瞳に燃え立つような意志を宿している。彼女に触れられるだけで、フィリップの全身が激しく昂る。ズボンのなかの分身はきつい締めつけに今や窒息寸前だ。すぐにもキャロラインをソファに押し倒して激しく奪い、歓喜の雄叫《おたけ》びをあげたい。それから、彼女に口を使って愛する方法を教えるのだ。そして、準備ができたらふたたび奪い、彼女がぼくの名前を呼んで、ちょうだいと懇願するまで攻めつづける。

望みどおりに満たしてやるのだ。これまでベッドをともにしてきたすべての女性たちと同じように。

キャロラインは背筋を伸ばしてフィリップの頬を撫で、顎から胸へ、股間へとてのひらを滑らせた。フィリップは自制心をかき集めて彼女の視線に耐えた。

そしてキャロラインはスカートを揺らしてきびすを返し、歩き去った。

ドアが閉まる音がした。フィリップは目を閉じてうめいた。待ちかねた、悩ましくも彼の我欲を満たす音だった。どうにか動けるようになると、フィリップはデカンターを置いた棚へ行って、ウイスキーを一杯注ぎ、ひと息にあおった。ともかく落ち着かなければ。キャロラインにあのたまらなく魅惑的で敏感な身体を押しつけられて、どうして欲しいかささやかれたとき、どんな愛人にも言ったことのない言葉をわれ知らずつぶやいてしまっていた。〝なんでもするよ〟と。〝なんでもきみの言うとおりにする〟と。危うく〝命令してくれ〟と懇願しそうになった。

女性に自らの願望を口にさせるのは楽しい。どんなことをされたいか、こと細かに聞きだし、「お願い」という言葉を添えさせるとなおいい。興奮すると同時に、どの願望を満たしてあげようかと、選ぶこともできる。そしてもちろん、命令に屈するふりをするのも、愛人ゲームの一つの楽しみだ。

しかし今回は違う。キャロラインに対する圧倒的な欲望について語ったときは無我夢中だった。そのことにまず心を乱される。そしてある時点から、自分の感情や欲望はどうでもよくなった。

ユージニアとの関係について包み隠さず語ったあと、キャロラインに追い返されるに違いないと思った。その瞬間、なじみのない、恐ろしいくらいに悲痛な気持ちにのまれそうになった。あの苦い味が、まだ喉の奥に残っている。キャロラインが微笑むのを見て、やっと息を吹き返した心地だった。この腕のなかで、彼女がどうしてほしいかささやくのを聞いたときは、死者の国からよみがえったような気がした。

〝なんでも〟〝きみのためなら、どんなこともするよ〟あの瞬間、心の底からそう思った。キャロラインの前に裸でひざまずき、この放蕩貴公子のフィリップ・モンカームが、命令してくれと懇願しそうになったのだ。

そのイメージが、ウイスキーよりも熱くフィリップの身体のなかを駆けめぐり、下腹部が痛みを伴うほど激しく脈打った。キャロラインが女王のように椅子に腰かけ、お辞儀をしなさいと命じる。ぼくはわが身の欲望ではなく、彼女の欲望に完全に屈するのだ。

ごくゆっくりと、フィリップはグラスを置いた。渾身の力で、その倒錯の淵《ふち》から自分を取り戻した。ぼくはぼくの欲望を遂げる。恋人はぼくのために準備をして待っている。とはいえ、彼女のもとへ行くまでに、自制心を失ってはならない。自制心をなくした男は、自由をも失う。それはゆるされない。たとえ愛人ゲームであっても、屈従するのはほかの男がやることだ。日頃から命令されている男は、それが身体に染みつき、つまらない考えにも屈するすべを自分の心に教えこむ。そして不幸な運命に陥った男たちは、愛だの結婚だのという考えに屈する。そういうバンブリッジや兄のオーウェンみたいな輩は、自由の最後の一握りまでも失い、必死で生き延びていくしかない。ぼくはやつらより幸運だ。あらゆる責任から自由だ。この類いまれな自由を危険にさらしてはならない。たとえキャロラインとの情事を愉しむためであっても。しかしぼく自身すでに、キャロラインの保護者を名乗る彼女の友人一家と親しくなり、招待を受けるという危うい一歩を踏みだしてしまった。

彼はもう一口、ウイスキーをあおった。まったく、命令されて屈従するイメージがほんの一瞬浮かんだだけで、なんだってこんなに動揺しまくっているんだ？　苦笑しながら思った。おそらく、男の破滅のもとであるこの熱くいきり立った分身のせいだろう。猛烈に昂っているこいつのせいで、あらゆる妄想が湧いてしまうのだ。とりわけキャロラインに関しては。それだけのことさ。

大事なのは、彼女がぼくを待っていることだ。命じたとおり、全裸で。

フィリップはいまいちど、身も心もしっかりと引き締め、ウイスキーを飲み干すと、階上を目指した。

23

〝二階のきみの部屋へ行って、裸になり、ベッドでぼくを待っていてくれ〟

フィリップの命令が、キャロラインの頭のなかでこだました。心の一部はまだ混乱している。なぜ急にキスをやめてしまったの？　いつもの彼独特のゲームなのかもしれないが、違うような気がした。キスをやめて身体を離したとき、彼はたしかになにかを恐れるような表情をしていた。

フィリップがほとんどの紐やホックをはずしてくれていたので、ドレスを脱ぐのにたいして手間はかからなかった。キャロラインはドレスをベッドの足元の衣装箱にかけた。つぎにシュミーズとコルセットを脱いで、その上に載せる。布地が肌にこすれるたびに、フィリップの手で腕やお腹やお尻を撫でられているような気がした。下の客間にいるフィリップを想像した。暖炉のそばに立ち、金色の髪が火明かりに輝いている。わたしにどんなことをしようか、考えているのだろうか？　どんなふうにわたしを愛撫し、奪おうかと？

いつまで待たせるつもりなのかしら？

あと身につけているものはストッキングだけになった。かがんでガーターをはずしていると、彼にお尻を揉みしだかれて、うめき声をあげたのを思い出した。早く触れてもらいたくて待ちきれない。こんなに待たせて、なんて残酷な人なのかしら。

シルクのストッキングだけの姿で、階段を下りていったらどうなるだろう？　そして早く来なさいと彼に命令したら？　そんな大胆な考えを抱いた自分が信じられなかったが、そのイメージはとても魅惑的だった。フィリップが階段を上がってくるところを想像してみた。わたしは踊り場で、この裸の胸を触りなさい、と命じるのだ。

ドアはまだ開かない。キャロラインは少女の頃のように、ベッドに仰向けになって心のなかでいらだちの叫び声をあげた。なにも覆うもののない乳房が揺れ、それがおかしくてつい吹きだした。熱い興奮が全身を駆けめぐり、混乱し、欲求不満な状態でも、くだらないことで笑えるのはいいことだ。

キャロラインは仰向けになったまま、片脚を上げてガーターをはずそうとした。

その瞬間、ドアが開いた。

「おやおや」フィリップがからかうように言った。「うっとりするような眺めだ」

ドアのそばにいるフィリップからは、上げた片脚の根元とお尻が丸見えであることに、キャロラインは遅ればせながら気づいた。

彼女はゆっくりと脚を下ろした。「あなたが命じたことをしていただけよ」無垢な表情を装って、瞬きする。

フィリップは獲物を狙う豹《ひょう》のようにベッドのまわりを歩き、純然たる欲望のまなざしで彼女を眺めまわした。キャロラインはベッドに仰向けになったまま、自分が全裸であるのを強く意識したが、恥じらいはみじんも湧いてこなかった。胸が重たく張って、乳首が硬く縮まる。興奮の熱いさざ波が広がり、四肢から力が抜けて、どうとでもしてほしいという気分になる。

「でもなかなか言うとおりにしなかっただろう」フィリップの声は欲望でかすれていた。キャロラインの肌が興奮で赤みを帯びた。「だから非常にがっかりしている」

「がっかりしているようには見えないけど」キャロラインはフィリップのズボンの見間違いようのないふくらみに視線を走らせた。

「ぼくになにをしたか、わかっているのかい？」フィリップがにじり寄る。「わかっていて、愉しんでいるんだな？　きみのことを想うだけで、ぼくが硬くなるとわかって、面白がっているんだな」

「そうよ」キャロラインはヴェルヴェットのような手触りの温かい彼のものを握って、上下にさすったときのたまらなく甘美な感触を思い出した。後ろから突き入れられて、きつく締めつけたことも。

「きみは恥知らずの淫奔《いんぽん》な女だ」フィリップは厳しく言った。

「あなたは女をたぶらかす意地悪な放蕩者よ」キャロラインは身体をよじって、べつの角度から裸体を見せつけた。わたしを待たせて、欲求不満で苦しませたのだから、同じ思いを味わわせてやるわ。

フィリップはベッドの端へ行き、ゆっくりと自分自身を撫でてみせた。「これが欲しいなら、取りにおいで」

服を脱がせろと言いたいのだろう。今度はキャロラインも心の準備ができている。わたしを待たせたらどうなるか、教えてあげるわ。

キャロラインは、フィリップと同じ目線になるように膝立ちになり、両手を彼の肩から上着の下に滑りこませ、シンプルで仕立てのよい生地が腕を滑って床に落ちるにまかせた。

「ほう」フィリップはいたずらな子供をとがめる口調で言った。「それがご主人様の服を扱う態度かい？」

キャロラインはそれも予想がついていたので、まっすぐに彼を見つめ返した。「あなたはわたしのご主人様なの？」

「この部屋のなかではそうだ。きみも承諾したはずだよ」

「わたしが？」キャロラインはお尻を踵《かかと》につけて、考えこむように指で顎をとんとんと叩いた。「そんなことを認めた覚えはないけれど」

フィリップは妖しく危険な光を瞳に湛《たた》えて、大きな手でキャロラインの長い髪をつかんだ。そして容赦なく顔を引き寄せ、耳元に唇を近づけた。「では思い出させてやろうか」

フィリップはキャロラインの胸を荒々しくつかんだ。キャロラインはその性急さに息をのみ、悦びに甘くうめいた。彼は舌を容赦なくさし入れてキスをし、てのひらで硬くなった乳首を転がし、熱い指先できつくつまんだ。激しいキスでキャロラインの口をとらえ、舌を絡ませながら、乳房と唇への執拗な責めにキャロラインが苦悶の声をあげるまでいたぶる。彼女はフィリップに身体をすり寄せて、いじめられていないほうの乳房をこすりつけた。彼が欲しい。今すぐ。手のなかに、身体の奥に、彼を感じたい。果てしのない熱く素晴らしいキスにうめき声をもらしながら、彼のズボンの前ボタンを手探りした。

「こらこら」フィリップは身を引いた。「そうあわてないで。さっき命令に従わなかった罰として、お愉しみはお預けだよ。仰向けになって」

「どうして？」キャロラインはすねた子供のような態度だと自分でもわかっていたが、欲求がつのるあまりに威厳など保っていられなかった。予想どおり、フィリップはしゃくにさわる笑みを浮かべて、キャロラインを見た。

「そのわけを知りたいなら、いい子にして言われたとおりにするんだ、いいね？」

キャロラインは彼のシャツをつかんで、ベッドに引き倒してやろうかと思った。でも彼はものすごく力が強いので、かなわないだろう。しかたなく仰向けになって、思いきりにらみつけるしかなかった。案の定、フィリップは笑っただけだ。

「ぼくに夢中な恋人の目つきとは思えないな。服従することで得られる悦びを、きみに教えてやらねばならないようだ」そう言うと、サイドテーブルの引きだしから、黄色いシルクのサッシュを取りだした。

「いい子だ、ちゃんとこれを取っておいたね。正しい使い方を教えてあげよう」

フィリップはベッドの周囲をまわって、キャロラインの背後に来た。キャロラインは身体をひねって彼がなにをしているのか見ようとしたが、できなかった。彼はキャロラインの手首を持って、客間でしたように、柔らかな腕を頭の上に上げさせた。手首に黄色いシルクを巻きつけられて、キャロラインは苦しげにため息をもらした。

「いったい……なにを……」目を見開いて言う。

「これは引き結びだ」フィリップはささやいた。「きみが強く引っ張れば、ほどけるようになっている。しかしほどく前に……」両腕を上げているために引っ張られて張りつめている乳房を撫でる。「こうして縛られていると、ぼくの前でいかにきみが無力かわかるだろう。ぼくの命令と自分の欲望に、忠実に従わなければいけないと」

キャロラインはサッシュを引っぱってみたが、両腕は動かなかった。ベッドの支柱に縛りつけられたのだ。

彼はわたしを、ベッドの支柱に縛りつけた。

フィリップはキャロラインの乳房を撫でまわし、もてあそび、キスをして、指や舌でさんざんいじめた。彼女はどうすることもできず、苦悶の声をあげて、身体をよじった。彼の経験豊富で巧みな愛撫にさらされて、まったくの無抵抗だった。

「さてと」フィリップはキャロラインの身体を撫で下ろし、脚のあいだに手を滑らせた。

「これで少しは学んだかい?」

彼はキャロラインの両脚のあいだにひざまずき、熱くて硬い手で柔らかな腿を撫でまわした。彼女は上掛けの上で身もだえした。フィリップが鋭く息をのむのがわかった。その手がお尻にまわり、荒々しく揉みしだく。あまりの快感に、キャロラインはうめき声をあげて、腰を突きあげた。

「触って」キャロラインはあえぎながら言った。「触ってほしいの」

「お願いと言うんだ」

「お願い!」

フィリップは片手でキャロラインのお尻をつかみ、敏感なひだのあいだに指を入れて刺激した。欲望のらせんが胸の奥に達する。濡れている感触が心地いい。彼の指がなめらかに出入りするのがわかる。フィリップは敏感な蕾《つぼみ》を見つけると、二本の指で挟んで、優しくそっとつまんだ。衝撃が彼女の身体を駆け抜けた。勝ち誇ったような彼の笑い声も耳に入らなかった。彼がその愛撫をやめないかぎり、なにがどうなってもかまわない。

フィリップは身をかがめて、キャロラインの乳房に鼻をすり寄せ、ゆっくりといたぶるように舌を這わせた。下腹部と胸を同時に攻め立てられて、キャロラインは苦悶に身をよじった。欲望がつのり、息遣いが荒く乱れる。もっと指を奥深くに感じたくて腰をすりつけようとしたが、押さえつけられていて動けない。完全に無力だ。フィリップの思うままにされ、それは彼が言ったとおり、素晴らしい快感だった。

フィリップの唇が乳房を離れ、キスをしながらお腹まで下りていき、さらに下へと向かう。彼がなにをしようとしているのか、キャロラインが悟った瞬間、舌先が秘所に触れた。キャロラインはあえいだ。フィリップは敏感な部分に舌を滑らせ、指をさらに奥へ入れた。それと同時に蕾を舌で刺激する。フィリップは強烈な快感に悲鳴をあげ、シルクの縛《いまし》めを引っ張った。フィリップの髪をつかんで、彼の口をもっと近づけさせ、強くなめてもらいたい。けれども両手は自由にならず、彼は舌先でほんの少し触れるだけで、ひだを撫でたり、もてあそんだりする指使いもごく軽やかだ。

「お願い、ご主人様！」キャロラインは苦しげに言った。「もっと強くして、お願い！」

するとフィリップは唇を離してしまった。キャロラインは欲求不満のあまり、食いしばった歯のあいだから声にならないうめきをあげた。フィリップはキャロラインの上にまたがり、快感を求めてふくらみ、疼いているひだを、太腿で挟ませた。

彼が前かがみになると、襟の先が敏感になっている乳首を刺激した。片手をキャロラインの頭の横につき、もう片方の手でのばした腕を撫であげて、手首のシルクの縛めに触れる。

「ぼくはきみのご主人様だな、キャロライン？」フィリップは問いつめた。「ぼくが、きみの欲望と肉体の快感を支配しているんだな？」太腿でキャロラインを締めつけて彼が言う。

「ええ、そうよ！　それ以上の存在だわ！　お願い、フィリップ！」

彼は素早い手つきで手首の縛めをほどいた。ふいにキャロラインの両手は自由になった。けれども腕を下ろす間もなく、フィリップは彼女から離れて、ベッドの端に立った。

「ではこの服を脱がせるんだ、今すぐに」

キャロラインは四つん這いで起きあがり、毒々しい目つきでフィリップをにらみつけた。彼は眉を上げただけだ。不満が爆発しそうだったが、欲望のほうが勝っていた。キャロラインの全身の細胞が、ふたたび彼に愛撫されたがっている。しかし彼は両手を後ろにまわし、じっと立って待っているだけ。キャロラインは膝を折って座り、彼のベストを脱がせにかかった。はやる気持ちでボタンがうまくはずせない。フィリップは笑みを浮かべ、焦るキャロラインをからかいのまなざしで見下ろしている。

キャロラインは屈辱で頭からつま先まで真っ赤になりながら、落ち着いてゆっくり作業をするよう、自分に命じた。焦るせいで不器用な手つきになり、彼に満足感を与えてはならない。彼のほうもきつくてつらいはずだ、こんなに硬く張りつめているんだもの。もう少し苦しめばいいわ。

まずクラヴァットをはずそう。キャロラインが身体を起こすと、フィリップの口が目の前にあり、思わずキスをしないではいられなかった。両手で彼の顔を挟み、唇と唇を合わせて、口を開けるように舌で促した。

けれどもフィリップは口を開けようとはせず、キャロラインの身体に触れようともしない。大理石の彫像のようにぴくりとも動かない。キャロラインが顔を引くと、彼は冷ややかなまなざしで、作業を完了するまでは応じないぞ、と伝えてきた。

なんて意地悪で、腹立たしい人なのだろう。まったく何様のつもり？　キャロラインは乱暴にクラヴァットをほどき、シャツの前を開いた。口で反応しないなら、肩や喉に唇を這わせてやるわ。フィリップがかすかに身を寄せてくるのを感じた。今度はキャロラインが満足の笑みを浮かべる番だった。彼が腕を上げ、キャロラインはシャツを脱がせた。逞しい胸を爪《つめ》で軽くひっかく。乳首も忘れずに。両方の丸い褐色の部分が硬く立っているのを見て満足すると、ズボンのウエストに手をかけた。

キャロラインは隆起した部分をそっと撫でた。フィリップがうっと息をのみ、ゆっくりと吐きだす。いたずら心と欲望があいまって、キャロラインの焦る気持ちに歯止めをかけた。前ボタンを一つはずすごとに、必ずふくらみを指でかすめる。

ほらね。キャロラインは心のなかでフィリップに話しかけた。わたしって物覚えがこんなにいいのよ。

ついにズボンの前を開いて下ろすと、キャロラインは踵にお尻を載せて座ったまま、居丈高にそびえる男性のあかしにしばし見とれた。

フィリップが喉の奥からうなり声を発した。またなにか命令する気なのかもしれないが、キャロラインはもう聞くものかと思った。片手で彼のものを包み、上下にこすると、かつて感じたことのないほど強烈な快感が身体を突き抜けた。手のなかの彼の感触は、欲望を満たすと同時に彼女を魅了した。これが欲しい。どうしてもこれが必要なの。

「上出来だ、おてんばさん」フィリップは言いながら、キャロラインの髪に指を絡ませ、顔を上げさせた。「今度はその可愛い口を使って、ぼくを悦ばせてくれ」

キャロラインは無意識に下唇をなめた。わざとそうしたわけではない。フィリップのものを両手でこんなふうに握っていることも。さっき彼の舌が最も敏感な場所に触れたとき、どんなに快感を覚えたかをキャロラインは思い出した。わたしも彼に同じようにしてあげたい。

キャロラインは前かがみになり、そそり立つ彼のものに頬ずりし、唇で軽く触れてみた。耐えがたいほど強烈に興奮した。今度はそっと舌を這わせてみる。刺激的で、塩気のある味がした。彼の激しい鼓動が聞こえてくるようだ。手でもてあそびながら、なめたり、キスしたり、さらに裏側の筋を唇でたどり、丸みを帯びた先端に舌を這わせると、彼が苦しげにうめき声を発した。

「ああ、いいぞ、すごくいい……」

キャロラインは唇で先端を包みこんだ。塩気と麝香《じゃこう》と興奮の匂いがまざりあって、強力な媚薬《びやく》の味がする。うめき声をもらして、さらに彼を深く口に含んだ。硬くて丸い先端が口蓋《こうがい》にあたる。キャロラインは本能的に、もっと深くのみこめるよう、腿を広げて膝立ちになった。

「そうだ、いいぞ。ぼくの可愛いおてんばさん。美しいキャロライン」

フィリップはもはやじっとしていられず、彼女の背中を撫でまわしながらお尻に手をのばし、割れ目に指を入れて後ろの入り口に触れた。まったく初めての快感に貫かれ、キャロラインはさらに口を大きく開いた。

「そうだ、いいぞ、ここもだ」フィリップが指を入れると、キャロラインは彼を深く含んで、吸いついた。さらに深く挿しこまれて、彼女はうめきながら、彼の指を締めつけると同時に、彼のものを唇で締めつけた。フィリップが無我夢中でリズミカルに突き入れてくる。キャロラインもそれに応えて身体を前後させた。乳房が激しく揺れるのも快感だった。彼の根元を握りしめてペースを抑えようとしたが、どうにも止めようがなかった。お互いに激しく、容赦なく、われを忘れて、口と指で貪りあった。

「ぼくのためにいってくれ」フィリップが叫んだ。「きみの口のなかはものすごく刺激的だ。さあ、いってくれ！」そう言って、蕾を強く押した。

完璧な至福。キャロラインは純粋な悦びの衝撃に包まれた。熱い蜜のような絶頂の波が全身に広がっていく。フィリップの指を締めつけて痙攣《けいれん》しながら、彼のものをくわえてしごいた。

「ああ、すごい！　いいぞ！」

フィリップは乱暴に自身を引き抜くと、キャロラインをマットレスに押し倒した。絶頂感に身を震わせている彼女の太腿を広げ、ひと息に深く突き入れる。彼は言葉にならない欲情と快感の叫びをあげ、キャロラインはその勢いと悦楽に、笑いにも似た声を立てながら、腰を突きあげて迎え入れた。

「そうよ！」キャロラインは叫んだ。「もっと！　強く！」

フィリップはそれに応えて、キャロラインと同じように、欲望と快感にわれを忘れて突き入れた。キャロラインは彼のなめらかで硬い尻に脚を巻きつけて、もっと深く突けるように押さえこんだ。彼が引き抜いては入ってくるせいで感じるみだらな摩擦はたまらなく快感で、キャロラインは笑ったり、うめいたりしながら、その突きに応えた。さっきは彼女が降伏して絶頂に達したが、今度は彼が全面的に降伏する番だった。悦びが高まっていき、全身に広がって、キャロラインの内側が痙攣する。

フィリップはわれを忘れて荒々しく突き入れながら、叫び、身を震わせ、うめいた。純然たる悦びの波がキャロラインをまばゆく包み、砕け散った。その悦楽の波は彼へと伝わり、ふたりはきつく絡まりあって、互いの鼓動を感じながら、激しい欲情の嵐のなかで唇を求めあった。やがてゆっくりと、荒々しい絶頂の波が引いていき、ふたりは抱きあったまま静かに毛布の上に身を横たえた。

24

もう行かなければ。

いくつもの枕に埋もれて眠るキャロラインを見下ろしながら、フィリップは思った。よけいな場所を取るまいとするかのように、小さく身体を丸めて眠る彼女の姿を見ていると、胸が締めつけられた。あたかも必死に身を隠そうとしているようだ。

もう行かなければ。

フィリップはカーテンに目を向けた。隙間から朝の光が絨毯《じゅうたん》に射しこんでいる。今朝、彼が目覚めるのは、これで二度目だ。最初は夜が明けはじめた頃で、キャロラインをキスで起こしてもう一度抱いてから、帰るつもりだった。けれども彼女の身体に腕をまわしたら、夢を見ながら微笑みを浮かべてすり寄ってきた。頬を撫でると、また微笑んだ。そんな姿を見ていたら、起こすのが忍びなくなってしまったのだ。

「きみはいったいなにをしたんだ、キャロライン？」フィリップはささやいた。「ぼくに、どんな魔法をかけたんだい？」それに応えるかのように、キャロラインはフィリップに身を寄せ、手を下腹部に載せてきた。

そうされて分身が目覚めても不思議ではなかったが、眠るキャロラインの温もりに包まれて、まぶたが重たくなり、彼もまた浅い眠りに落ちていった。

数時間して目覚めたフィリップは、ふたたび恋人を見下ろした。カーテンを引いた窓の外では、馬車の行き交う音がしている。ドアの隙間から、使用人たちが朝の仕事にかかる物音が聞こえる。とっくに帰っているべきだったが、動けなかった。

眠っているキャロラインが顔を苦しげにゆがめ、すすり泣いて足を動かした。

「どうしたんだい?」フィリップはくしゃくしゃの栗色の巻き毛を撫でた。「落ち着いて、キャロライン。大丈夫だよ」

彼女はまたすすり泣き、足を蹴《け》りだした。

「ほら、起きて」フィリップは枕をどかして、彼女を腕のなかに抱き寄せた。「起きてごらん、大丈夫だから」

「いや」キャロラインは答えたが、フィリップに対してなのか、夢のなかの誰かに対してなのかはわからなかった。「いやよ」

「大丈夫」フィリップは彼女の眉間のしわにキスをした。「ぼくはここにいるよ、キャロライン。大丈夫だ。目を覚ましてごらん。ここは安全だよ」なだめながら唇にキスをした。

キャロラインがぱっと目を開けて、驚いて身を引いた。一瞬、フィリップのことがわからないようだった。しかしすぐに理解した。

「ああ、どうしよう」つぶやいて、離れようとする。「わたし、なにか言った……?」

「べつになにも」フィリップはキャロラインを放そうとしなかった。「悪い夢を見たんだよ。もう目が覚めたろう」キャロラインの頭を優しく抱き寄せて、肩にもたれさせた。身体が冷たい。フィリップは毛布を引っ張りあげて、彼女をすっぽりとくるんだ。

「そうね。ごめんなさい。すぐに大丈夫になるから」

「どんな夢だったんだい?　話せば楽になるかもしれないよ」

キャロラインはためらったが、首を横にふった。「なんでもないの。もう忘れてしまったわ」

彼女は嘘をついている。顔をそむけてしまったが、こわばる肩を見れば、フィリップにはわかった。けれど無理に話させようとは思わなかった。嘘をついたということは、ぼくを信用していないのだろう。そう考えると、フィリップはひどく哀しくなった。突き放されたような、虚しい気持ちになる。自分のこれまでのすべての経験をもってしても、キャロラインが本当に求めているものは、満たしてやれないのだ。彼女に信頼されたかった。しっかりと抱きしめて、たとえ想像にすぎなくても、苦しみを打ち明けてほしかった。

もう行かなければ。同じ考えが繰り返し浮かんできたが、今度はパニックに似た感情を伴っていた。

キャロラインは起きあがり、髪を後ろに払った。薔薇色の肌をして、寝乱れた姿は完璧だ。唇にまだ彼女の味が残っている。フィリップの分身がぴくりと動いた。彼女を仰向けにして、もう一度その秘密の場所に口づけたいと言ったら、どうするだろう? 少なくともそれで悪夢の名残を追い払えるに違いない。

「もう帰らないといけない時間でしょう?」キャロラインは背中を向けて言った。「洗面器に水が入っているから、身体を洗いたければそれで……」

キャロラインはわざと元気にふるまおうとしているが、声に疲労が表れている。フィリップはヘッドボードにもたれて、彼女を観察した。

キャロラインは肩をすくめた。「財産管理をまかせているミスター・アプトンと会うことになっているの。でも約束は一時だから……こんな話は聞きたくないわよね」

フィリップは笑った。「ぼくがなにを聞きたいか、よくわかっているみたいな口ぶりだな」

「わたしはただ……あなたはあんまり……」

フィリップはキャロラインの手を取ってキスをした。「キャロライン、ぼくらは友達だと思わないか?」

キャロラインは目を丸くした。「わからないわ。わたしたちは恋人で……」

「恋人と友人は違うと思っているんだね」フィリップはためらった。この話題は危険だ。今ここで、この女性が相手では。しかしかまうものか。自分には理解できない恐怖で、キャロラインがよそよそしくふるまうのは耐えられない。ぼくは臆病者《おくびょう》ではないし、これからもそうだ。「友達になりたいと思うかい？」

キャロラインは、フィリップが気まずくなるほど長いあいだ考えこんでいた。「ええ」ようやく彼女は答えた。「友達になりたいわ」

「じゃあ、なろう。友達はお互いの身に起きたことを話しあうものだ」

「女性の友達はそうするわね」キャロラインはうなずいた。「男性の友達は一緒になにをするのかしら」

どんなにたくさんのわいせつな答えがあるか、キャロラインは夢にも思わないだろう。フィリップはそれらの答えをすべて否定した。「男は酒を飲んだり、ギャンブルをしたり、馬について不満をもらしたするぐらいかな」

「なんだか限定的ね」

「ぼくたち男が女性を追い求めるのはどうしてだと思う？　わかりきった理由はべつとして」キャロラインが頬を染めるのを見て、フィリップは内心で喜んだ。

「わからないわ。わたしに近づいてくるような男性はたいてい……」彼女は言葉をのみこんだ。

「なんのため？　金かな？　貴族の身分？」

「どちらも。こんな話、どうでもいいことじゃない？」

「いいや、大事だ」フィリップはまたもや予期せぬ気まずさに襲われた。「信じていないようだけど、ぼくが今していることがまさにそうなんだよ」

「もちろん、信じていないわ」キャロラインの今度の微笑みは見せかけではなかった。彼女はフィリップの頬に片手で触れた。「あなたの求めるものがなんであれ、そういうことじゃないのは確かよ」

フィリップはキャロラインの手にキスをした。「きみは大げさに考えすぎだよ。ぼくが求めるものはここにある」指先で彼女の唇の端に触れた。「そしてここに」彼女の腿に手を滑らせて言う。

「もちろん、そうよね」キャロラインは手を引き抜いた。

「まだ考えこんでいるようだね」

「ときどきこうなるの」キャロラインはベッドから脚を下ろし、化粧室のドアにかけてあったシルクの部屋着を取った。「もしよかったら……あの……朝食を食べていかない？　コーヒーかチョコレートだけでも。使用人たちはみんな起きていると思うから……」

フィリップは膝に肘をついて、キャロラインが黄色いシルクの部屋着をはおるのを見ていた。それから立ちあがり、彼女が見ている前でこれみよがしにベッドの支柱からサッシュをほどいた。

怯えたりするものか。ぼくは今もこれからも自由でありつづける。ふたりで人前には出られないけれど、キャロラインの家で食事を一緒に楽しんでいけない理由はない。これまでそうしたことがないというだけで。

キャロラインが相手だと、今まで足を踏み入れたことのない道に、どんどん分け入ってしまいそうだ。

じきに彼女は行ってしまう。フィリップは自分に言い聞かせた。いなくなってしまうんだから、いいじゃないか。

でもなぜ？　フィリップはその疑問を打ち消し、気をまぎらわすためにキャロラインの背後にまわり、腰のくびれに彼自身を触れさせた。そしてゆっくりとした手つきで、ほどいたサッシュを支柱から引き抜き、彼女の部屋着を脱がせた。キャロラインは彼の胸に安心しきって身を預けてきた。「きみが望むだけいることにするよ」

フィリップはキャロラインの腰やお尻をわざと指でかすめながら、彼女の下腹部にサッシュをリボン結びにした。

「ベッドの支柱のほうがまだいいわ」キャロラインはつぶやいた。

「おやおや」フィリップが鋭くささやく。「願いごとには気をつけないといけないよ」

キャロラインがベルを鳴らしてミセス・フェリデイを呼んだのは、それから一時間ほどしてからだった。

フィリップはまず、キャロラインをまたベッドの支柱につないで、彼女がいかせてほしいと懇願するまで、胸や秘所をいたぶった。それからようやくお尻をつかんで持ちあげ、深く貫いた。キャロラインはなすすべもなく彼の尻に脚を巻きつけた。フィリップに荒々しく執拗に攻められて、歓喜の頂をどこまでも高く昇りつめていき、どうやって舞い戻ればいいのかわからなくなってしまうほどだった。

それから洗面器の水で、お互いに身体を洗った。しまいにはふたりとも子供のように水で濡らしたタオルで叩きあい、笑いあった。キャロラインが水差しの水をフィリップの頭からかけようとして、彼が水差しを取りあげ、子供じみたけんかにけりがついた。その拍子にフィリップと抱きあう格好になり、彼がふたたび硬く興奮しているのがわかった。キャロラインは彼にキスをして、水に濡れて冷たくなった乳房を胸板に押しつけた。

フィリップが身体を離したときには、欲求不満に思うべきか、感謝するべきかわからなかった。

「ほら、好きなだけ触っていいよ」彼はキャロラインの手を取って、鼓動を感じる場所にあてさせた。「きみの欲しいだけ与えることを心から誓います」

けれどもキャロラインのなかには疑う気持ちがあった。わたしがフィリップ・モンカームに飽き足りることは絶対にないだろう。彼の愛撫や笑い声や熱く刺激的な男性のあかしに。彼によって内なる飢えが目覚めさせられ、ここ数日間で、その飢えは決して満たされることがないと知った。

でもいずれこの気持ちも冷める。きっと。こんなに強烈な感情が長つづきするはずがない。キャロラインはそう自分に言い聞かせながらようやく部屋着をはおり、サッシュを結んで、ミセス・フェリデイを呼んだのだった。

ミセス・フェリデイが入ってきたとき、フィリップは暖炉の隅のほうにいたが、家政婦は冷静な顔で、ダイニング・ルームにご朝食の用意ができております、とキャロラインに告げた。そして新しい水差しと乾いたタオルを置き、フィリップにお辞儀をして部屋を出ていった。

「よくできた家政婦に恵まれているようだね」フィリップは服を着ながら言った。「長年勤めているのかい？」

「わたしの母の遠縁で、母の部屋付きのメイドをしていたのだけど、母が亡くなる間際に、引きつづきわたしのそばにいてほしいと頼んでくれたの」キャロラインは青い小花模様の朝用のドレスを頭からかぶった。「彼女がいなかったら、ロンドンへは来られなかったわ。彼女がすべて整えてくれたの。家を借りたり、使用人を雇ったり……内密の手紙を届けてくれたり」キャロラインはとくに考えもしないでフィリップに背中を向け、ドレスを着るのを手伝ってもらった。

「そういう忠実な使用人がいてきみは幸運だね」フィリップは彼女の肩を撫でてドレスを整

えながら言った。

「あなたのところにも家族に代々仕えている使用人がいるでしょう?」

フィリップはほとんどしわにならずに無事だった上着を着ながら答えた。「たぶんいるだろうが、ぼくに忠実なわけじゃない。明らかに父に対してもね」かつてはクラヴァットだったしわくちゃの布をまじまじと眺める。「屋敷には彼らの子供もひとりもいないし」

「そうなの?」キャロラインは化粧台の前に座った。「それはおかしいわね。子供たちはどこへ行ったのかしら?」

「知らないな。ただ……いないんだ」フィリップはキャロラインの後ろから鏡を見て、クラヴァットをごく簡単に結んだ。朝のうちはこれで持つだろう。「べつに意外じゃないよ。ぼくの父はつきあいづらい人物だから」口をつぐみ、鏡のなかでキャロラインと目を合わせる。

「また難しい顔つきをしているね」

「わたしが考えこんでいると、あなたの気にさわるのなら謝るわ」

フィリップはセクシーな笑みを浮かべて、キャロラインの両肩に手を置き、彼の愛撫をつねに待ち望んでいる身体の奥の衝動を目覚めさせた。「それはきみがなにを考えているかしだいだな」

キャロラインは怒った顔をしてみせた。「まあ、だめよ。もう絶対に無理ですからね」銀のブラシで、彼の手を肩から払いのける。「わたしはお腹がぺこぺこで、朝食を食べたいんだから」

「レディのお望みとあらば、どうして断れましょう」フィリップはお辞儀をして、腕をさしだした。

正式な晩餐《ばんさん》会に出席するときのように、キャロラインはフィリップの腕にそっと手をかけた。けれども彼のエスコートでドアを出て、階段を下り、ダイニング・ルームへと向かいながら、キャロラインの心は泣き叫んでいた。わたしの望みを否定したのはフィリップではない。わたし自身だ。わたしのなかのなにかが、この笑いに満ちた語らいのひとときを絶対に手放したくないと叫んでいる。フィリップが目覚めさせたのは、わたしのなかの本当の飢えだ。

いずれ治まる。キャロラインは必死に言い聞かせた。なんとしても治めなければ。

25

料理人は紳士のお客様のために、完璧な朝食を用意しようと張りきってくれたようだ。ゆで卵とトーストとジャムに加えて、厚切りの肉に二種類のソースを添えたシタビラメ、それにどうやって手に入れたのか、旬《しゅん》には早い苺《いちご》まで。キャロラインはさっそく苺を自分の皿に山盛りにして、クリームをたっぷりかけた。

フィリップと食事をともにするのはこれが初めてだ。キャロラインはふと、フィリップにどう思われるか気になった。夢中で苺を山盛りにしてしまったけれど、女性は人前では慎ましく食べるものだと教えられてきた。しかし幸いにもフィリップはそういう教訓を知らずに育ったのか、あるいはまったく気にしないようだ。キャロラインが苺を食べ終わると、彼はキャロラインの皿にゆで卵と白身魚、焼きたてのトーストを盛ってくれた。

「いっぱい食べて体力を回復しないとね」フィリップは白身魚にパセリのソースをかけながら言った。「ずいぶん酷使してしまったから」

「あら、そんなに痛むほどではないのよ」キャロラインがつぶやくと、フィリップは眉を上げた。

「そうかい？　ではつぎからは遠慮しないよ」フィリップは言うと、二枚目の厚切り肉を皿に取った。

キャロラインの心配は消え去り、和やかで楽しい朝食となった。彼女の席の横には招待状や手紙の山があり、フィリップの席の横には〈タイムズ〉紙の朝刊が置いてあった。彼はいくつかの記事を読み、最近の裁判のことや、英国国会の選挙法改正案についてふたりで意見を交わした。キャロラインは二重の意味で驚いた。フィリップが時事問題に関心を持っていること、女性の意見にまじめに耳を傾けてくれることに。

キャロラインがあちこちからの招待状をフィリップに見せると、どれには行くべきだとか、どれは丁重にお断わりしたほうがいいとか、親身に助言してくれた。

「自分を安売りしてはいけないよ」フィリップは言った。「慎重にえり好みして、自身の価値を高めるんだ。一番人気の客として、ぜひとも招待したいと思わせるように」

キャロラインは不服そうに言った。「わたしが一番人気になるのがそんなにいいことなの？」

「身分と財産、そしてもちろん美貌も兼ねそなえたきみが来るとなれば、招待主は大勢の魅力的な紳士を集めることができる。すると若い美女たちもこぞって集まり、舞踏会は大盛況で、招待主も鼻が高いというわけだ」

「お客を寄せ集めるための宣伝に利用されるなんて、複雑な気分だわ」

フィリップはサイドボードのポットからコーヒーのおかわりを注いだ。「正直に言うと、きみの気持ちもよくわかるよ」

「あなたの名前も、同じ目的で利用されているんでしょうね」

フィリップは肩をすくめ、席に戻った。「それが社交界というゲームのルールで、ぼくたちは参加者である以上、ベストを尽くすのさ」

「どうして？」

「どうしてって、なにが？」

「なぜそのゲームをしなきゃならないの？　女性が参加する理由はわかるけど、あなたが参加する理由はなに？　あなたは男性で、好きなように生きられるのに」

フィリップはしばしカップのなかをじっと見つめていた。「ほかになにをすればいい？」

「旅行。学問。なにかを創《つく》る。建築とか、ものを書くとか」

フィリップは笑った。「ぼくが書いたものを誰が読むかな？　あるいはぼくが建てたものなんか」

「それがどういうものかによると思うけど」

「言わせてもらうと、きみだって自由じゃないか」フィリップはカップでキャロラインのほうを示した。「それでもきみは、社交界の集まりにせっせと参加しているだろう」

「ずっとではないわ。フィオナが無事に結婚したら、大陸へ渡るつもりだもの」

「向こうでなにを?」

キャロラインは一心に白身魚を小さく切り分けている。「旅行。学問。人との出会い」

「恋をするとか?」

キャロラインははっとして、フィリップを見返した。「どうしてそんなことを言うの?」

「女性はみんなそういう願望があるんじゃないのかい?」

「わたしはふつうの女性じゃないってよく言われるわ」

「そういうことを言うやつがいたら、ぼくがとっちめてやる」

フィリップがふざけているのだと思って目を上げたキャロラインは、その真剣な表情に驚かされた。自分を侮辱する相手に彼が腹を立ててくれることがうれしかった。それだけでなく、キャロライン自身も名づけようのない、そして今後も縁のない感情を刺激された。

気まずい沈黙を埋めるように、キャロラインは残りの手紙の封を切った。

「ほかにも招待されているのかい?」フィリップは三杯目のコーヒーを注ぎながらたずねた。

「いいえ」キャロラインは手紙に目を通しながら言った。「実家からよ」

「お兄さんから?」フィリップは静かにたずねた。

キャロラインは自分の顔が青ざめるのを感じた。「違うわ」顔色の変化をフィリップに気づかれないようにと祈りながら答えた。「家政婦のミセス・ゴードンからよ。わたしがいないあいだ、領内の村の世話をお願いしてあるの。兄はそこまで配慮してくれないと思ったから」

「お兄さんはあまり細やかな人ではないということ？」

「いいえ、細やかすぎるほどよ。少なくとも、自分の所有物に関しては。屋敷、土地、小作料。でも村の小作人たちや、わたしたちの祖母が村の子供たちのために作った学校のことには見向きもしない」キャロラインは手紙をたたんだ。「母は病弱だったから、わたしが代わって村人の面倒を見ていたの。だからわたしがいなくなったらみんな困ると思って、ミスター・アプトンにわたしの収入の一部をミセス・ゴードンに送金するよう頼んでおいたの。村人の役に立ててもらうように。ちゃんとお金を積み立てて、村の女学校に新しい教科書と石版が行き渡るようにしたと書いてあるわ」

「すごい心配りだね」フィリップはもう一枚トーストを取って、オレンジ・マーマレードをたっぷりと塗りつけた。「きみたちなら、ぼくの兄とうまくやっていけるだろうな」

「お兄さんも細やかな方なの？」

「細心かつ綿密。頭脳明晰《めいせき》でもある。兄は大学での研究が楽しくてしかたないらしい。いっぽうで、領地の管理も完璧にこなしているよ」

「あなたはお兄さんをあまり好きではないみたいね」

「どうしてそんなふうに思うんだい？」

キャロラインはにっこりした。「お兄さんの長所を一生けんめい挙げているけれど、心のなかでは〝退屈〟と思っているのが見え見えだった」

フィリップは気まずそうに苦笑した。「白状するよ。たしかに、兄のオーウェンのことを退屈な人間だと思っている。共通の興味がまるでないんだ」

「あなたはなにに興味があるの?」

「ごくふつうのことさ、競馬とか賭《か》けごととか……」

「女性は?」

「女性も」フィリップは露骨な目つきでキャロラインを眺めまわして言った。

「お兄さんの趣味は?」

「もちろん、領地と屋敷の管理だろう。読書も。それから、文通相手が大勢いるらしい」

「らしい? 知らないの?」キャロラインは、オーウェン・モンカームが英国学士院で講演をした、とハリーが言っていたのを思い出した。じつの兄がそんな名誉な立場にあることを、フィリップは知らないのだろうか? キャロラインは皿を脇へ押しやった。「あなたという人がよくわからないわ、フィリップ」

「そうかい? きわめて単純な男だよ」

「いいえ、わたしはそうは思わない」キャロラインはゆっくりと言った。「ある面ではあなたは経験豊富で洗練された紳士だけれど……少年みたいな一面もある。選挙法改正案のことを気にかけたり、わたしが快適かどうかに気を配ってくれたり。お父さんのことを心配したり。でもお兄さんや領地の管理や自分自身のことは、どうでもいいみたい」

フィリップは大笑いしたが、心から笑っているようには感じられなかった。「やれやれ、ぼくは自分のことしか頭にないやつだって、みんなから言われているんだぜ」

「それは違うわ」キャロラインは言った。「本当に自分のことしか考えていなかったら、そんな不自由な生き方に甘んじようとはしないはずよ」

「じゅうぶん自由な関係を楽しんでいると思うが」

「でも本心から望んではいない」

フィリップは無表情になって、キャロラインを見つめ返した。「なぜそう思う?」

「あなたが自分で言ったのよ。ゲームに参加しなきゃならないって。好きな人生を生きるのではなく」

「きみはぼくの言葉を曲解しているよ、キャロライン」フィリップは一語一語をはっきりと言った。「これはぼくが自分で選んだ人生だ」

キャロラインは真っ赤になって、手紙の束を片づけはじめた。立ち入りすぎてしまったようだ。フィリップの前ではつい気をゆるしてしまう。でも今のこの家庭的な雰囲気は、芝居の一場面のようなもの。つかのまの幻にすぎないのだ。

「どこでそんな男の性格分析を学んだんだい?」フィリップは自分自身から話題をそらした

いらしい。

「田舎の社交パーティーで」キャロラインは招待状の住所が右上に来るように並べながら答えた。「あなたも出たことがあるでしょう」

「数えきれないほど」

「暖炉のそばの隅っこで、人々を観察している女の子がどのパーティーでもひとりはいるはずよ」フィリップがうなずく。「それがわたし」

「信じられないな。そんなに活発なきみが、壁の花だなんて」

「でも本当よ。父は厳格で、軽はずみなことが大嫌いだったの。フィオナの家族が、できるかぎりいろいろな集まりに誘ってくれたけど、わたしは人目に立つことはしないように、細心の注意を払っていたわ、とくに……」キャロラインは言いよどんだ。

「若い男と噂にならないように？」

「そう。だからじっと座って、ほかの人たちを観察するぐらいしか、することがなかったのよ」

「それこそ退屈で、不自由な人生だ」フィリップはカップのなかでコーヒーをまわした。

「だけど利点もあったわ」キャロラインは言った。「人間の性質についていろいろと学べたし、家に帰ったら、母にお土産話をしてあげられたし」

「お母さんは一緒には行かなかったのかい？」

キャロラインは唇をかみしめ、話題を変えようとしたが、なにも思いつけなかった。「ほとんど。病気がちだったし、父がいい顔をしなかったから」フィリップが理由をたずねませんように、とキャロラインは心で祈った。誰にも、フィオナにさえ打ち明けたことのない、屈辱的な秘密を明かさずには、説明できないものだから。

フィリップはなにもきかず、炉棚の上の時計を見て、コーヒーを飲み干した。「ありがとう、キャロライン、素晴らしい朝食だったよ。だがそろそろ失礼しなくては」

「ええ、もちろん」キャロラインは無理して明るく微笑んだ。「本当に楽しくて……」

フィリップはキャロラインの手を包んだ。「もしきみがなにか言ったせいで、ぼくが帰ろうとしているなんて思っているなら、そんな考えはすぐに捨ててくれ」

「わたしはちっとも……」

「いや、絶対そうだ。きみの顔に書いてあるよ、お嬢さん。ぼくが帰るのは、ある人と会う約束があって、紳士としてその約束を守らなければならないからだ」

「そうなの」キャロラインは、ミセス・ウォーリックを思い浮かべ、自己嫌悪に陥った。

フィリップは彼女の手をふり、注意を引き戻した。

「きみはたずねるつもりがないようだから教えるが、くれぐれも気をつけてくれたまえよ、きみはぼくの評判をその手に握るわけだから」

「あなたから打ち明けられたことは、絶対誰にも言わないわ」

「わかっている。でもどうか気をつけてくれ。こんなことが広まったら、放蕩貴公子の名がすたるからね」フィリップは身をかがめて、キャロラインに耳打ちした。「病気の伯母の見舞いに行くんだ」

26

「フィリップ！」お仕着せの従者に案内されて、フィリップが伯母の部屋に入ると、ジュディス・モンカームは大声で言った。「やっと来たわね！　退屈で死ぬところだったわ！　こっちへ来て、話を聞かせてちょうだい！」

伯母は大判のレースのハンカチをふって命令した。従者は、巡回文庫を開けそうなほどの本や新聞の山を手近の椅子からどかした。

伯母のジュディスの部屋では、本は備えつけの家具みたいなものだ。壁一面だけではなく、あらゆる平面に山積みにされている。椅子の上だけでなく、床の大部分も占領されていた。この雑然としたありさまに慣れっこのフィリップは、ぐらぐらする本の山を器用によけながら、伯母が刺繍入りのショールをかけて寝ている寝椅子のそばの椅子まで歩いていった。

ジュディス・モンカームを型破りと呼ぶのは、フランスとの戦争を家族げんかと呼ぶようなものだ。伯母はまだほんの娘の頃から、結婚はしないと決めて、社交界からは距離を置いてきた。そして母親の遺産で出版社を立ちあげ、〈女性の窓〉という名の新聞を発行しはじめた。連載小説やファッション批評で大人気を博したほか、本や芸術の評論、政治問題のエッセイなど幅広く手がけている。ジュディスの並外れたセンスと経営手腕のおかげで、相当な事業収益があり、一族の恥として背を向けられている。

「おかげんはいかがですか、ジュディス伯母さん？」フィリップは伯母の両手を取って、頬にキスをした。七十歳を過ぎているが、真っ白な髪はまだたっぷりある。顔はしわだらけでも、頭は鋭く冴えていて、目の輝きは二十五歳ぐらいの若さだ。

「このいまいましい風邪さえ治れば、絶好調なんだけど」ジュディスはさも不愉快そうにハンカチをふった。「あなたは元気そうでよかったわ。カナリアをのみこんだ猫みたいにご機嫌じゃないの。なにがあったの？　女性のはずがないわね」

フィリップは眉をつり上げた。「どうしてです？」

伯母のふんと鼻を鳴らすしぐさはおよそ貴婦人に似つかわしくなかったが、それを言ったら答えを教えてくれそうにないので、フィリップは黙っていた。「それはね、坊や。あなたはまだ半ズボンを穿いていた頃に、その類いののぼせをとっくに克服しているからよ。まるで馬を乗り換えるみたいに、少年からいきなり自堕落な大人の男になってしまったの」

「伯母さん！」

「あなたを責めているわけじゃないのよ。自分が奪われた楽しみを代わりに味わわせたくて、あなたに湯水のごとく遊ぶお金をあげているわたしのばかな弟が悪いんだもの」

「伯母さん、その露骨なもの言いのせいで、いずれ誰かの恨みを買うことになりますよ」

ジュディスはフィリップの警告を笑い飛ばした。「だからわたしは、ソファの上で孤独死する運命の老いぼれの行かず後家なのよ。それで、やっぱり女性なの？」

フィリップはためらった。昨夜のトランプの勝負よりも真剣な話題を打ち明けられる相手は、そう多くはない。ジュディスはその数少ないひとりだ。伯母の助言は辛辣《しんらつ》だが、つねに筋が通っていた。それでも、キャロラインのことを相談するには迷いがあった。彼女に対する気持ちをどう解釈していいのか、自分自身でさえわからずにもてあましているのだ。

しかし今朝の朝食のときの会話が、フィリップは気になってしかたがなかった。最初に会った頃から、キャロラインにはつらい境遇から逃げているという印象があった。兄からの手紙を恐れていることからも、それは明らかだ。彼女を安心させて、自由な暮らしを心から楽しめるようにしてあげたい。母親やキャロライン自身の拘束された暮らしぶりからは、過去にスキャンダルがあったことがうかがえる。なにがあったのかわかれば、なぐさめようもある。万が一、ものすごい醜聞だったとしても、社交界の人脈を駆使して、彼女が楽に溶けこめるように道ならしをしてあげられるだろう。そうすれば、親友の結婚式のすぐあとでロンドンを発たなくてもよくなるかもしれない。

「はい、ある女性のことで」フィリップは答えた。「彼女はレディ・キャロライン・デラメア、新しいキーンズフォード伯爵の妹です」

「デラメア? ずいぶんと久しぶりに聞く名前だこと」ジュディスは、新聞や原稿の積まれていないテーブルの片隅に置いてある銀の盆からポットを取り、ティーカップに紅茶を注ぎ、レモンの薄切りを入れた。フィリップには自分で注がせる。伯母は気に入っている人間には、形式張ったことは一切しないのだ。

「伯母さんがなにかご存じかと思いまして」フィリップは紅茶を飲みながら、サンドウィッチをつまんだ。寝食を忘れてしまいがちな伯母のために、この家ではつねにビスケットやサンドウィッチが用意されているのだ。「どうも彼女の母上にまつわるスキャンダルが過去にあったようなのです」

ジュディスはティーカップをゆっくりと置いた。「フィリップ」甥《おい》っ子に襟を正させるおなじみの声で言う。「まったく、あなたまでゴシップ好きの仲間入りをするようなら、フレデリックにわたしの棺を用意させなくては。退屈で死んでしまうでしょうからね」

「そういうんじゃないんですよ、ただちょっと……興味があって」

伯母からじろじろと吟味するように見られるのには慣れているフィリップだが、今日はなぜか身をすくめたくなった。もっと悪いことに、顔が赤らんできた。伯母は眉間のしわを深め、遠くを見るようなまなざしになった。

フィリップは身を乗りだした。「なにかご存じなんですね?」

伯母は話してくれそうに見えたが、ふと用心深い表情になった。「あなたはこの件にどういうかかわりを持っているの？」

「純粋な好奇心ですよ」フィリップはいかにも本当らしく言った。「レディ・キャロラインがミセス・グラッドウェルの夜会に現れたとき、ルイス・バンブリッジが言っていたんです。彼女がロンドンに来ることを許されなかったのは、過去のスキャンダルのせいだって……」消え入るように言う。

ジュディスはしばらく無言で、気まずい沈黙がたれこめた。「あなたはその女性をミセス・グラッドウェルの夜会で見初めたわけね？」

「いいや。彼女がぼくを選んだんです」

ジュディスは眉をつり上げた。「一目見ただけで放蕩貴公子を追いかけるなんて、その女性はとんでもない淫婦か、頭の空っぽなばか娘に違いないわ」

「彼女は淫婦でもないし、ばかでもありませんよ。そういう発言は、金輪際慎んでください」フィリップは思わず感情的になって言ってしまったが、その激しさに驚いたのは彼ばかりではなかった。

「おやまあ」ジュディスはインクの染みついた手でハンカチをいじりながら、ソファの背にもたれた。「わたしもそのレディ・キャロラインとやらにがぜん興味が湧いてきたわ。いつ彼女に会わせてくれるの？」

「彼女に会いたいんですか？」今までこの伯母がフィリップの愛人に会いたいなどと言った

ことは一度たりとてない。

「フィリップ、わたしの知るかぎり、あなたがゴシップだのスキャンダルだのに興味を示すのは、今回が初めてよ」ジュディスは言った。「ことあるごとに、そういうものを軽蔑してはばからなかったあなたが、その女性と家族について教えてくれと頼みに来るなんて。興味が湧かないわけがないでしょう？　来週、わたしのサロンにその人を連れていらっしゃい」

ジュディスはお茶を飲み干すと、ポットに手をのばした。

「来週、伯母さんのサロンに来たいかどうか、彼女にきいてみますよ」フィリップはわざと言い直した。ジュディスは、そんな些細な違いはどうでもいいとばかりにハンカチをふった。

「ご存じのことを教えてくれませんか？」フィリップは言った。

ジュディスは考え深げに紅茶をゆっくりと飲みながら、カップの縁越しにフィリップを見ていた。「いいえ」ようやく伯母は答えた。「話すつもりはないわ」

フィリップは憤然として言った。「いったいどうしてです？」

「教えなければ、あなたはその女性に直接きかざるを得なくなるでしょう？」

知りたいなら自分できなさい、という伯母独特の言い方なのだ。あいにく、伯母の言うことは筋が通っている。しかしデラメア家にまつわるゴシップを、キャロラインと寝室にいるときや朝食をともにしているときに持ちだしたくはない。それにゴシップ自体はどうでもいい。そのゴシップのせいで、彼がまだ手放す気になれないうちにキャロラインがロンドンを去ってしまうのが問題なのだ。

〝一生キャロラインを手放せなかったらどうする？〟心の深奥からそんな問いが浮かんできて、フィリップは伯母の目を直視できなかった。急に疲労感が押し寄せてきた。もうあれこれと思い悩んだり、気まずい思いをするのはたくさんだ。そもそも伯母に相談したのが間違いだったのかもしれない。伯母のせいで、なんでもないことが、なんだか大事《おおごと》になってしまったぞ。

「さてさて」ジュディスがつぶやいた。「退屈で死にそうだったけど、あなたのおかげで救われたわ、フィリップ」

「お役に立てて光栄です」フィリップは座ったままお辞儀をした。「ぼくはなにをしたんでしょう？」

伯母は不安になるほどどずる賢そうな目をして言った。「あなたは恋に落ちるという重大危機に瀕《ひん》しているのよ」

「ありえない。女性と出会ったというだけですよ」出会い、誘惑し、交わり、ふざけあい、楽しく食事をして、また逢い引きの約束をして、これから先も何度も何度も……。

「やれやれ」ジュディスはため息をついた。「自分をだましてどうするの？　でもまあ、あなたはわたしのお気に入りの甥っ子だから、ゆるしてあげるわ。好きなだけそうやって幻想にしがみついていなさい。ところで、オーウェンが昨日来たわよ」

「オーウェンが？　ロンドンに？」

「やっぱり知らないと思った。ごく短い滞在だそうよ」

フィリップは肩をすくめた。「たぶん、領地の管理に関する用事でもあるんでしょう」今までも何度も言ってきたせりふだが、キャロラインの考えこむような表情を思い浮かべずにはいられなかった。腹を立てる理由を探してみる。家族との関係で、キャロラインに意見を求めたわけじゃない。認めてほしいと頼んだ覚えもない。彼女は肉体と欲望でぼくを認めてくれればそれでいい。そう思っても、彼女の哀しげな表情や、自由について交わした言葉の余韻を、心から消し去ることができなかった。

「ところで」ジュディスが、フィリップのもの思いを破って言った。「今日、わたしの財産管理人に連絡をして、弟を相続者リストから抹消できるかどうか相談してみるわ」

「ぼくがなにか言いましたか？」

「べつになにも。ともかく、あなたのレディ・キャロラインを、来週わたしのサロンに連れていらっしゃいよ。あなたがたふたりに伝えたいことがあるから」

「レディ・キャロラインはぼくのものではないし、ぼくも彼女のものではありません」フィリップは自分のきついもの言いに驚いた。人をちくちくいじめて、答えや反応を引きだそうとするのが、ジュディス独特のやり方だとわかっているのに。田舎の屋敷にこもりきりの兄のオーウェンに、伯母をたずねる図太い神経があったとは驚きだ。「ジュディス伯母さんに仲人役なんて似合わないから、やめたほうがいいですよ」

「冗談でしょ！　とりわけあなたみたいな不良品はごめんですよ。さあ、伯母さんにキスをして、もうお帰り。わたしはもう疲れたわ。それにこれから作家が訪ねてくるの。ああいう人たちが、どんなに面倒くさいか、あなたも知っているでしょう」

フィリップは帽子と手袋とステッキを手に取り、義理堅く伯母の頰にキスをした。伯母は彼の頰を軽く叩いて、次回のサロンにレディ・キャロラインを連れてくるようにと繰り返した。

フィリップはいつにも増して伯母をたずねたあとのしゅんとした気分を味わいながら、春の朝のなかへ足を踏みだした。キャロラインに関する質問に答えてもらえなかったからだけではない。伯母の最後の言葉が頭から離れなかった。

〝とりわけあなたみたいな不良品はごめんですよ〟

ジュディスの辛辣なもの言いには慣れているつもりだが、不良品とはあんまりじゃないか。ぼくはどこも悪くない。ほかの大勢の人々と、なんら変わりはない。遊んで暮らせるだけの金はあるし、友達もたくさんいるし、女性はよりどりみどりだ。人並みに借金はあるが、父がくれる小遣いですぐに清算できる。

伯母も年を取って偏屈になってきたのかもしれない。最近、ぼくが兄と疎遠になっていることや、彼が街にいるのを知らなかったことが、気にさわったみたいだが。すると、ふとある思いにとらわれて、フィリップはつまずきそうになった。

キャロラインは、今の話をどう思うだろう？

フィリップはかぶりをふった。キャロラインがなにを思うというんだ？　彼女だって、自分の兄と仲が悪いんじゃないのか？　ぼくたちのあいだでいったいなにが起こっているんだろう。

彼は内心で苦笑した。なんとぼくは、皮肉屋なだけでなく、偽善者にまでなってしまったらしい。自分の家族のことはキャロラインには関係ないと言っておきながら、彼女の家族のことを詮索しようとしているとは。でも、それは当然じゃないか？　キャロラインと兄の関係には、事実、問題があるのだから。ぼくとオーウェンの関係は、もっとありきたりだ。たんに共通点がないというだけ。オーウェンは母親に似て、家で静かに本を読んだり、机仕事をしたりするのが好きだ。後継ぎでなければ、オックスフォードに残って、大学教授になっていただろう。いっぽうぼくは、根っからの都会人だ。領地の管理なんてはなから向いていない。父でさえ、ぼくが家にいても、なんの役にも立たないと言う。

〝こつこつ働くなんて、おまえの性に合わないんだよ、フィリップ。男らしいのがおまえの本分だ。外へ出かけて、モンカームの名を世の女たちに知らしめるのが役目だ。つらい事務仕事はオーウェンにまかせておけばいい。あいつはそれが得意なんだから〟

フィリップは眉をひそめた。どうも記憶違いをしているようだ。父は〝あいつはそれが得意なんだから〟とは言わなかったような。それとも言っただろうか？

驚くことに、その疑問はしばらくフィリップの頭から離れなかった。

27

「よくいらしてくださいました、ミスター・アプトン」キャロラインは、ミセス・フェリデイに案内されて居間に入ってきた小太りの背の低い男性に言った。「お手間を取らせて申しわけありません。どうぞおかけになってください」

「ありがとうございます、レディ・キャロライン」ミスター・アプトンは毛むくじゃらの、陽に灼《や》けた血色のよい男性で、ドブソン・スクエアのこの家の大家でもあり、キャロラインの祖父が設立した信託財産の管理人のひとりでもある。いつもながらごくふつうの黒い上着に黒いズボンに黒い帽子という格好だ。彼が手袋を脱ぐと、その手はペンだことインクの染みだらけだった。「手間だなんてとんでもありません。あなたがご自分の資産に関心をお持ちになって、大変うれしく思っておるんですよ。じつは、お知らせしたい新しい案件をいくつか持ってきているのです」

ミスター・アプトンは書類がたくさん入った書類かばんをいつも持ち歩いていて、そのなかから何枚かの書類を取りだした。

キャロラインがロンドンでの新しい生活で一番驚いたのは、ミスター・アプトンと会うのが非常に楽しいということだった。とても実直な男性で、自分が運用をまかされている資産に心から関心を持っている。そしてなにより、キャロラインのことを知性ある大人として扱ってくれる。

ミセス・フェリデイが運んできてくれたサンドウィッチを食べ、紅茶を飲みながら、キャロラインはミスター・アプトンの持ってきた書類に目を通した。このシーズンに新しく賃貸契約を結んだドブソン・スクエアの物件がいくつかあり、それらの維持費と内装費の明細書だった。

堅苦しい手続き書類を集中して読むことが、意外にもちょうどいい気分転換になった。身体はまだフィリップと過ごした熱いひとときの余韻に疼いているが、難しい書類を読んでいると、フィリップが巻き起こした情熱の砂嵐から抜けだして、理性と落ち着きを取り戻すことができた。

また思い出して息苦しくなりそうだったので、キャロラインはきっちりとした計算書の数字に視線を集中した。フィリップと朝食のテーブルを囲み、楽しく会話したことや、彼が読みあげた新聞の記事にキャロラインが疑問を投げかけたときの彼の目の輝きや、彼女の手や顔を愛おしげに見つめる彼のまなざしを思い出して、感傷に浸っていてはいけない。それなら、フィリップが仕掛けた妖しげなゲームに思いを馳《は》せるほうがまだ安全だ。ちゃんと服を着て、一緒に朝食のテーブルにつき、仲のよい友人として和気あいあいと過ごしたひとときを思い出すと、冷静さと自制心を保てなくなってしまう。肉体的欲望のほうがずっとましだ。

キャロラインは唇をかみしめ、明細書の最後のページの内容がまったく頭に入っていないことに気づいた。はじめから読み直さなくては。深呼吸をして、無駄とわかっていても、フィリップへの想いを頭の片隅に追いやろうとした。

どうにかすべてのページを読み終えて書類を置くと、ミスター・アプトンがまだ開けていない書類挟みを膝に抱えているのが目に入った。

「ほかにもまだあるんですの、ミスター・アプトン?」

「じつはひとつ提案がありまして、レディ・キャロライン」ミスター・アプトンは反対されるのを覚悟しているかのようにあらたまった態度で切りだした。「現在、わたしどもは賃貸物件で満足のいく収益を得ておりますが、もっと利益を上げられると思うのです。ロンドンは開発が進み、とりわけ西へ広がっています。こちらは高級住宅地とはいきませんが……」ミスター・アプトンはロンドン西部の地図を広げて、ある区画を指さした。「きちんと土地を整備すれば、この辺りは有望な宅地になるでしょう」

キャロラインはミスター・アプトンが地図で示した場所を見た。「沼地じゃないの」

「今はそうです」彼は認めた。「しかし水を抜けばいい」

「お金がかかるんじゃない?」

「たしかに。土地を購入する費用もかかります。とりわけ未開発の土地を買うには、投機的なリスクは避けられない。ここに見積書がございます。評判のよい建設会社に依頼しました」ミスター・アプトンは新たに書類を取りだした。「チープサイド（ロンドンのシティを東西に走る大通り）の土地整備を請け負っていた会社です」

キャロラインは細かくびっしりと記された数字と文字に目を向けた。

「ミスター・アプトン、どうしてこの話をわたしにするの？」キャロラインはたずねた。「わたしにはなにも決定権はないし、配当金を受け取っているだけなのに」

「それはですね、信託金の管理者たちがこの新しい土地に投資することを渋って、株の投資に資金の大半を使いたがっているからなのです」

キャロラインは納得すると同時に驚いた。「わたしがその人たちを説得して、あなたの計画に同意させられると思っているの？」資産管理をまかせている人たちのうち、実際に会ったことがあるのはミスター・アプトンだけだ。堅苦しいオフィスで、いかめしい顔つきのひげを生やした黒服の男性たちに囲まれて座っている自分を想像して、キャロラインは笑いそうになった。

ミスター・アプトンはしごくまじめな顔つきだが。「あなたは信託財産の受益者で、実務的な権限は持っておられませんが、資産の管理者たちに意見をする権利があります。あなたがわたしの計画を支持する旨を伝えてくだされば、話しあいの余地が生まれますし、あなたが積極的に資産運用を監督なさっていることが、管理者たちにも伝わるでしょう」

「でもそうしたら、ロンドンにずっといなければならなくなるわ！」

ミスター・アプトンはキャロラインの激しい動揺ぶりに面食らい、椅子に深く座り直した。

「失礼しました、こちらにずっと滞在するつもりではなかったんですか？」

「いいえ、あと二週間ほどでヨーロッパ大陸へ行く予定でいます。たぶん、もう戻ってこないでしょう」キャロラインはパニックに胸を締めつけられた。しかしそれはロンドンに留まることを考えたからではなく、このままロンドンの、この家に留まり、お互いが望むかぎりフィリップと過ごしたいと願っている自分に気づいたからだった。

「わかりました」ミスター・アプトンは考えを整理しているようだった。「正直に申しまして、それをうかがって大変残念です」

「まあ、どうして？　さっきご自分でおっしゃったように、わたしにはなんの権限もないのに」

ミスター・アプトンは首をふり、書類の端をそろえながら、意を決したように切りだした。

「レディ・キャロライン、率直に申しあげてよろしいですか？」

「ええ、どうぞ」キャロラインは緊張に胃が締めつけられる心地がした。

「女性がビジネスに関わることをよく思わない人々が存在することは確かです、とくに金融関係においては。しかし、このままあなたの資産の運用を彼らにまかせきりにしていたら、危険な株の投資で損をしかねません」

「あるいは危険な沼地への投資でね」

ミスター・アプトンは苦笑した。「一本取られましたな。あなたの資産を運用している者たちは、皆善良で、堅実なビジネスマンです。しかし彼らにとって、あなたの資産を健全に運用することは、たくさんある仕事の一つにすぎない。でもあなたにとっては生死にかかわる大問題です」

キャロラインは緊張で冷たくなった手の震えをミスター・アプトンに気づかれないよう、テーブルの下に隠した。

「これをご覧ください」ミスター・アプトンはべつの書類の束を取りだした。「ロンドンの中心地の地代収入と、所有している株の収益を比較したものです」正確に記されたグラフを示して言う。「株は急激に損をする場合も、急激に儲《もう》かる場合もあります。地代収入のほうがはるかに安定していて、信頼性が高い」

「これがほかの人だったら、難しい数字でわたしをだまそうとしていると思うでしょうね」

キャロラインのからかいに、ミスター・アプトンは少しも腹を立てる様子はなかった。

「僭越《せんえつ》ながら、あなたは大変聡明で頭の切れる方だと思います。身分が高く、領地を所有しておられる多くの紳士よりも、はるかに投資に関する知識と勘をお持ちの女性を、わたしは大勢存じあげております」ミスター・アプトンは身を乗りだしてつづけた。「こう考えてみてください。もしあなたが荘園屋敷を所有していたら、住み込みの使用人や執事についてよく知っておく必要があるでしょうし、地代収入や経費、屋敷の維持費など、数えきれないほどの事柄をすべて把握しておかなければなりません。信託資金についても同じことが言えるのです。しっかりと関心を持っている者が運用していないと、なし崩しにだめになってしまいます」

「そういうことは考えてもみなかったわ」キャロラインにとって、信託財産は不動のもので、心配すべきはジャレットがそれを奪うなんらかの法的手段を見つけだすかどうか、ということだけだった。

「信託財産を相続する際に生じる責任について、お母上様からなにもうかがっておられませんか？」ミスター・アプトンはたずねた。

キャロラインは持っていた書類を、束の上にきちんと戻した。〝答えるのよ〟そう自分に命じたが、言葉が出てこない。誰にも話したことのない、考えることさえ自分に禁じている事柄について。

「いいえ」キャロラインはどうにか答えた。「信託財産があるということも聞いていませんでした」

「そうですか」ミスター・アプトンは言った。「あなたのご結婚のときか、初めてのお子さんのご誕生の折に、驚かせるおつもりだったのでしょう」

「そうかもしれません」母はわたしが結婚することも、子供を持つことも、期待していなかったけれど。わたしが自由になることだけを望んでいた。それなのに、わたしを自由にしてくれるもの――お金――については、なにも教えてくれなかったなんて。衰弱しきって、説明できなくなるまで黙っているなんて。そのことを考えると、キャロラインはいつも喪失感にとらわれる。なぜ母は、お金があることを教えてくれなかったの？　ほかにも隠していたことがあるんじゃないの？

「子供にお金の話をするのはよくないとお考えの方は多いですからね」ミスター・アプトンは優しく言った。「かつて富は領地と結びつけて考えられてきましたが、世界は変わろうとしています、レディ・キャロライン。これからは視野を変えていかないと」

たしかにそうなのだろう。キャロラインは深呼吸をして、話題を変えた。「ミスター・アプトン、以前にもうかがいましたが、もう一度確認したいことがあります。わたしの受益権は、絶対的なものなのでしょう？　どんな状況であっても、配当金を受け取る権利は、誰も無効にできないんですよね？」

「以前にも申しあげたように、お祖父《じい》様は信託財産を設立されたときに、あなたのお母上様を唯一の受益者に指定なさいました。お母上様の遺言は明快です。自分が受け継いだのとまったく同じ条件で、あなたを受益者に指定する、と」彼は一瞬口をつぐみ、またつづけた。「ただし、あなたが不適格とみなされた場合は例外ですが」

「不適格？」

「禁治産者、つまり心神喪失状態である場合です。しかしそれはありえないでしょう。あなたほどしっかりした聡明な女性には、めったにお目にかかれませんよ」ミスター・アプトンは書類をしまいながら言った。「ほかになにかご質問は？」

「いいえ。ありがとう、ミスター・アプトン。書類に目を通して、よく検討しておくわ」

「よろしくお願いいたします、レディ・キャロライン。ではごきげんよう」

キャロラインはベルを鳴らし、使用人にミスター・アプトンを玄関まで送らせた。ひとりになり、椅子に身を沈めて、きちんとまとめられた書類の束を見下ろした。費用の明細は読めばわかる。母が亡くなる前から、家政のことは手伝っていたから。でもそれ以外のことは……。

信託財産は荘園管理と同じで、わたしの意見が必要なものだとは思ってもみなかった。ミスター・アプトンはああ言ってくれたけれど、たとえ自分のお金に関することでも、女のわたしの意見を男性たちが聞き入れてくれるとは思えない。いかめしい銀行家たちが居並ぶ前で、自分の意見を述べることを想像すると、どぎまぎしてくる。

やっぱり無理だわ。ロンドンにずっといるわけにはいかないし。

キャロラインは地図と、ロンドン西部に広がる何十エーカーもの湿地帯の水抜きをする計画と費用をまとめた分厚い書類の束を手に取った。

だけどミスター・アプトンの言うとおりだったら？　不安定な株の投資で、信託金が目減りしてしまったら、どうしよう？　わたしにとっては配当金が唯一の生活の支えなのに。それを失ったら、キーンズフォード館に戻らざるを得なくなる。

キャロラインは目を閉じて、唾をのみこんだ。誰かに相談したい。この難しい問題を理解できる人に。わたしを臆病者とみなさずに、ちゃんと耳を傾けてくれる人に。

無意識にフィリップを思い浮かべていた。フィリップなら聞いてくれる。この書類の山が恐ろしくなくなるまで、わたしを抱きしめていてくれるだろう。

そこでふと時計を見た。彼に手紙を書こうかしら？　午後の集配はこれからだ。うちに来てほしいと伝えたら？　でもこれは愛人の取り決めとは関係のないことだ。暗黙の了解として、情事のとき以外は別行動で、知らない顔を通すことになっている。親密な朝をともに過ごしたあとで、すぐに呼び戻したら変に思われるだろう。わたしが彼に依存している、あるいは恋をしているように思われてしまうかもしれない。

そう考えて、キャロラインははっとした。どうしてそんなふうに思うの？　わたしがフィリップ・モンカームに恋するはずがない。そもそも、男性に恋することなどありえない。恋愛は結婚につながり、家と子供がついてくる。夫と子供のいる家に閉じこめられて、やがて誰からも愛されず、嘆きやつれて死んでいくのだ。その光景をこの目でつぶさに見てきた。

キャロラインは両手で顔を覆った。母の孤独な生涯から学んだ教訓を、決して忘れてはならない。わたしは誰のことも愛さない、これから先もずっと。とりわけフィリップのことは。彼はわたしと結婚したいとは思っていない。わたしと戯れ、もてあそび、縛り、抱く。ただそれだけ。

ドアを軽くこする音がした。キャロラインがはっと顔を上げると、ミセス・フェリデイが入ってきた。

「なにか御用はありませんか？　メイドにお茶の用意をさせましょうか？」

「ありがとう、お願いするわ。待って」

キャロラインは書き物机に走り寄った。午後を一緒に過ごしませんか、とフィリップに手紙を書こう。愛に縛られていない関係なのだから、お茶に誘っても重荷に感じられることもないだろう。

キャロラインは短い文をしたため、封をして、住所を記し、ミセス・フェリデイに手渡した。家政婦のわけ知り顔の目の輝きには気づかないふりをした。ミセス・フェリデイは恋文だと思いこんでいるらしく、お辞儀をして、浮かれた様子でいそいそと出ていった。

ミセス・フェリデイにどう思われようと、べつにかまわないわ。キャロラインは自分に言い聞かせながら、書類が積まれたテーブルに戻った。おそらくフィリップは来ないだろう。情事以外になんの関心も持たれていないことがわかれば、彼に対するこの気持ちも冷めて、わたしも冷静に自分の問題に集中できる。

フィリップは来ない。彼はわたしを愛していないし、わたしも彼を愛していない。わたしたちは友達かもしれないが、彼にもいろいろと予定があり、日頃は距離を置きたいと思っているに違いない。縛ったり、服従させたりするゲームがいい証拠だわ。彼は来ない。

でももし、来たらどうしよう？

28

ジュディスのところへの気まずい訪問をすませたフィリップは、そのまま帰宅する気になれなかった。どうせひとりでキャロラインのことや、伯母に言われたことを、あれこれ思い悩むに違いない。

以前にも嵐のような情事を経験したことはあるが、キャロラインほど心を乱す女性は初めてだ。ミセス・ウォーリックのときでさえ、こんなふうにはならなかった。女性たちとは一緒に出かけたり、ベッドをともにしたりしてきたが、友人や家族からなにか言われたことは一度もない。放蕩息子の武勇伝を聞くのを楽しみにしている父でさえ、ひとりひとりの名前は覚えていないだろう。

別れるときも、なんの未練も感じなかった。暴れん坊の分身が数時間、あるいは数日前にたっぷりと満喫したセックスを懐かしがることはあるが、それはべつの問題だ。つきあっている愛人が、今なにをしているだろうかなどと考えたこともない。去り際の態度はあれでよかっただろうかとか、あまりに急に親しくなりすぎたと思われていないか、などと気にしたこともない。

不良品呼ばわりされていると知ったらどう思うかなんて、考えてみたこともない。

フィリップは顔を上げた。気がつくと、石畳をにらみながらずっとうつむいて歩いていたのだ。辺りを見まわして、毒づく。ぼんやり考えごとをしていて、うっかりアンドーヴァー・ストリートまで来てしまった。

くそ。これじゃあ、まるで道化芝居の主人公みたいじゃないか。いっそのこと、もう彼女とつきあうのをやめようか。

だがその名案を思いついたとたん、フィリップの心のなかでフランスの革命にも劣らぬ大反乱が巻き起こった。初めて会った晩と同じ、つややかな琥珀色のシルクのドレスを身にまとい、白百合を栗色の髪に飾ったキャロラインの姿が目に浮かんだ。彼女の身体がぴったりと重ねられる感触をありありと感じた。彼女のなかに突き入れたときの快感を思い出したとたん、痛いほど昂った。縛られながら彼女は、苦悶の声をあげて懇願し、激しく彼を迎え入れた。あなたのすべてが欲しいと要求し、彼はそれに応えた。理性も自制心も吹き飛び、彼女が望むものならなんでも与えたいと思った。

どんなものもすべて。

わかっている、あれはただのセックスじゃない。朝食のときは、その日の記事について、知的でうがった意見を聞かせてくれた。彼女をジュディスに会わせたら気が合いそうだと、あのとき思った。

フィリップは帽子を持ちあげて、髪をすいた。まいったな、すっかり骨抜きじゃないか。いいかげん、自制心を取り戻せ。フィリップは自分に命じてきびすを返し、セント・ジェームズ・ストリートの男の砦《とりで》であるクラブへ向かった。誰か見つけて一杯飲もう。ギデオンがいるかもしれない。あいつといれば、こんなくだらないもの思いも忘れられる。

しかしどんなに考えまいとしても、キャロラインのことがふり払えなかった。まるで彼女がすぐ隣にいて、笑ったり、流し目をくれたりしながら、わたしがかきたてたこの感情を素直に認めなさいと、促しているかのようだ。彼女の威力の前に屈し、無条件に降伏して欲望に身をゆだねるようにと。

ようやくクラブの入り口に着いた。砂漠でオアシスを見つけた気分だったが、階段を上ろうとしたとたん、目の前のドアが開いて、何年も前の、流行遅れのくたびれた帽子をかぶった長身の男性が現れた。

フィリップは目をみはった。相手の男性も目を丸くする。

オーウェンだった。

最初にオーウェンが立ち直り、階段を下りて弟と並んだ。「やあ、フィリップ。おまえに伝言を残してきたところだ」

兄弟は握手を交わした。フィリップと並ぶだけの長身の男性はめったにいないが、オーウェンはその数少ないひとりだ。インスブルックの領内をいつも忙しく動きまわっているせいで、オーウェンの肌はつねにブロンズ色に日焼けしていて、握手をする手の力もあいかわらず強い。村の祭りで徒競走をやると、決まって兄が若者たちを追い越して、一番になる。モンカーム家の青い瞳をしているが、髪の色は母ゆずりの赤みがかった金色だ。田舎風の丈夫で地味な、着古した服を着ているものの、まわりの視線などまったく気にせず、堂々としている。

「やあ、オーウェン」フィリップも言った。「兄さんがロンドンに来ているって、ジュディス伯母さんからちょうど聞いたところだよ。ぼくにどんな伝言を?」

「父さんのことだ。三月に風邪を引いて、咳がずっと治まらない。医者から肺炎かもしれないと言われたよ」

フィリップは苦笑した。「医者のアシュフォードは、十年も前から父さんの死を予告しているじゃないか」

オーウェンの頬がひくついた。「おまえに二、三日戻ってもらいたいようだ」

「今はちょっと都合が悪いんだ」フィリップはためらいつつ答えた。いろいろと混乱を抱えたまま、実家に戻る気にはなれなかった。ミセス・ウォーリック、伯母のジュディス、そしてなによりキャロラインのことを、ちゃんと整理して考えたい。それができたら、実家へ戻って、父が期待するいつもの放蕩息子を演じられるだろう。

フィリップは自分の考えにはっとした。実家に戻ることを、今までそんなふうに考えたことはないのに。いったいどうしたというんだ？

「絶対に無理なら、父さんにそう言っておくよ」オーウェンはフィリップの横を通り過ぎた。兄の後ろ姿を見送るフィリップの脳裏に、ジュディスやキャロラインと交わした言葉が鮮明によみがえった。

「待ってくれ、オーウェン」フィリップは言った。「よかったら……一杯つきあってもらえないか？」

オーウェンは弟がなにを言っているのかさっぱりわからないという顔でふり向いた。「おまえのクラブにぼくを招待しているのか？」

「まあ、そういうことかな」前例のないこの状況に、ひきつった笑みを浮かべながらフィリップは答えた。

オーウェンは戻ってきて、フィリップの顔を用心深くまじまじとうかがった。ほかの男にそんなことをされたら、猛烈に腹を立てるところだ。相手がじつの兄でも、やはり居心地が悪く、オーウェンはなにを考えているのだろう、とフィリップは首をひねらずにはいられなかった。

「わかった、いいだろう」ようやくオーウェンは言った。「予定の時刻までまだ少しある」

自分がしていることに確信を持てないまま、フィリップは兄とともに階段を上り、クラブへ入った。

紳士クラブを利用する目的は、会員がいつでも来てくつろげるように、贅沢な空間と極上のもてなしを提供されたいからだ。フィリップのクラブはその条件を完璧に満たしている。メイン・ルームは金箔仕上げで、黄金の柱が並び、大きな暖炉とゆったりとした座り心地のい い椅子があり、天窓から陽射しがたっぷりと注ぎ、新聞や雑誌を読んだり、カード・ゲームやビリヤードを楽しむこともできる。けれどもハリー・レイバーンのにぎやかで気の置けないクラブのあとでは、どうしても冷たく取り澄ました雰囲気に感じられた。

席の半分ほどが埋まっていて、フィリップは用心深くぎくしゃくとした足取りでついてくるオーウェンとともに、そちらへ歩いていった。すると幸いにも沈黙が耐えがたくなる前に、ギデオン・フィッツシモンズが窓際の席で手をふっているのが見えた。フィリップはありがたく友人の席にオーウェンを案内した。

「やあ、ギデオン。こちらはギデオン・フィッツシモンズ、尊敬すべきわが兄のミスター・オーウェン・モンカームだ。お互いに会うのは初めてだよな?」

「ああ、そうだね。どうも、初めまして」ギデオンはにこやかに言って、オーウェンと握手を交わした。「コーヒーとブランデーを頼んだところなんだ。一緒にどうです?」

オーウェンはギデオンの隣に腰かけ、フィリップはその向かいに座った。兄はよく知らない人間に囲まれて、不安げに周囲を見まわしている。もともと緊張するタイプなのだ。

「どうしてロンドンへ?」フィリップはたずねた。「領地の管理に関係のあることかい?」

「多少は」給仕が飲み物を持ってくると、オーウェンはブランデーを断り、コーヒーだけ受け取った。「個人的な用事もいくつか」そう答えたきり、黙りこむ。

フィリップは悪態をのみこみ、さらに会話をつづけようとした。「ジュディス伯母さんは、風邪をべつにすれば、元気そうだったね」

「ああ」

沈黙が広がる。オーウェンは椅子の上で居心地が悪そうに身じろぎし、火傷しない範囲でなるべく早くコーヒーを飲み干そうとしている。フィリップはため息をついた。やっぱり兄を誘ったのは失敗だった。オーウェンとは気が合ったためしがない。お互いに違いすぎるし、兄はぼくと仲良くなりたいとは思っていない。ずっと昔からわかっていることだ。キャロラインに言われたせいで、すっかりそれを忘れて、つい誘ってしまったが。

それにギデオンはなんで冷たい目でぼくを見るんだ? 兄のオーウェンから会話を引きだすのがどれだけ大変か、ちっとも知らないくせに。

フィリップの心の声が聞こえたかのように、ギデオンはオーウェンのほうを向いた。

「フィリップがよく言っていますが、本がお好きなんですってね」ギデオンは言った。

「バーストークのオークションはご存じでしょう?」

ギデオンのその言葉にオーウェンが反応した。「じつは、このあとそこへ行く予定なんですよ。リンネ（スウェーデンの植物学者）の翻訳書が出品されるそうで」

「ぼくも行くんですよ。バザーリ（イタリアの画家・建築家）の『美術家列伝』に目をつけていまして」

それをきっかけに、ギデオンとオーウェンは本やオークションの話で大いに盛りあがり、ディーラーの善し悪しや出品される骨董《こっとう》品の価値について熱く語りはじめた。フィリップは驚いてその様子を見ていた。オーウェンはうすのろだとずっと思ってきたが、翻訳書や翻訳者、贋作《がんさく》、大作家の〝失われた〟原稿が出まわりすぎていることなどについて、ギデオンと熱のこもった意見を交わしている兄は、どう見てもうすのろには見えない。フィリップには、ふたりの話の内容がさっぱりわからなかったが、心地よい会話のリズムに気持ちが和むのを感じた。兄と一緒にいるのが、不思議と楽しく思えた。ギデオンの辛口のジョークにオーウェンが笑う場面さえあり、兄も心から楽しんでいる様子だった。こんな光景を今まで見たことがあっただろうか？

それとも自分が見ようとしなかっただけなのか。

三人ともコーヒーのおかわりを飲み干したところで、オーウェンは時計を見て舌打ちした。

「急がないと遅れてしまう」彼は立ちあがって、ギデオンに手をさしだした。「会えてうれしかったよ、フィッツシモンズ。フィリップ」弟に冷ややかにうなずき、帽子と手袋を持ってきてもらう。

「オーウェン」フィリップもうなずき返し、ブランデー・グラスの底を見つめた。オーウェンのギデオンに対する態度と、弟の自分に対する態度のあからさまな違いにとまどっていた。ぼくら兄弟が疎遠なのは、オーウェンの性格のせいだけではないのかもしれない。

「面白い人じゃないか、きみの兄貴は」ギデオンは上機嫌で言った。「きみから聞いていたのとは大違いだ」

フィリップはデカンターに手をのばした。「兄があんなふうに一度にしゃべるのを初めて見たよ」

「ふうん」ギデオンはいつもの怠惰に見せかけたまなざしでフィリップを観察しながら、肩をすくめた。

「たしかにそうだ」「ロンドンでは、みんな違った顔を見せるからね」

フィリップはグラスをまわしたものの、ブランデーを飲もうとはしなかった。「日によって別人のようにふるまうこともある」

「べつに悪いことじゃないさ」ギデオンは答えた。「そうやってぼくらは、自分自身や親しい人々について学んでいくんだよ」

それもそうだ。フィリップは、キャロラインやほかの悩みごとについて、ギデオンに相談してみようかと思った。ギデオンならわかってくれるだろうし、絶対に笑ったりしないだろう。

「ところできみに知らせておきたいことがある」フィリップが切りだす前に、ギデオンが言った。「バンブリッジがロンドンを離れた」

「本当か？」

ギデオンはうなずいた。「今朝早くだ。行き先は誰も知らない。カレー（英国に最も近いドーヴァー海峡に臨むフランス北部の港町）へ向かったんじゃないかともっぱらの噂だよ」カレーは、ロンドンで借金の返済に困った者の避難先として有名な場所だ。しゃれ者で有名なボウ・ブランメルも、最後はそこに行き着いた。

「本当にそうなのかな」フィリップはつぶやいた。

「きみは興味があると思ってさ。レディ・キャロラインに教えてあげなよ」ギデオンはわざとさりげない口調で言った。

「そうしよう。恩に着るよ」フィリップは礼のしるしにグラスをかかげながら、胸に広がる満足感を無視しようとした。まるでバンブリッジのやつに嫉妬していたみたいじゃないか。

「失礼いたします」従者がフィリップの脇にやってきた。「お手紙でございます」

「さっき会う前に、オーウェンが書き残したものだろう」フィリップはそう言って、手紙を受け取った。文字を見て凍りつく。オーウェンではない。これはキャロラインの筆跡だ。

29

キャロラインが居間でミスター・アプトンが置いていった書類を整理していると、フィリップがミセス・フェリデイを後ろに従えて飛びこんできた。

「どうした？」帽子を投げ捨て、キャロラインの肩をつかんで立ちあがらせた。「いったいなにがあった？」

キャロラインはあまりにびっくりして、フィリップの瞳に浮かんでいるのが恐怖だと気づくのにしばらくかかった。それまでの経緯をいろいろと思い出してみる。

「まあ、フィリップ。ごめんなさい」キャロラインはミセス・フェリデイを下がらせた。

「どうして謝るんだい？　大丈夫なのか？」危害を加えられた証拠を探すかのように、フィリップはキャロラインの顔をうかがった。そのあまりに深刻な顔つきに、キャロラインは吹きだしそうになったが、同時に思いがけない優しさが胸にあふれた。

「もちろん大丈夫よ」キャロラインは自分の肩に置かれたフィリップの手を包んだ。「どうして大丈夫じゃないと思うの？」

フィリップは身を硬くした。「すまなかった」用心深く言う。「きみの手紙を受け取って、緊急事態かと思ったんだ」

キャロラインは髪を撫でつけ、手紙になにを書いたか思い出そうとした。こんなふうに心配させるようなことを書いたかしら？　あのときはものすごく混乱していたから、もしかすると書いたかもしれない。

「でもなにかあったようだね」フィリップはテーブルを指して言った。「書類の雨が降ったみたいだ」

「ミスター・アプトンと会っていたの」キャロラインはフィリップのほうを見ないように、書類に目を向けた。恥ずかしさで胃が締めつけられる。こんなくだらない用事で呼びつけられたと知ったら、きっとすごく怒るに違いない。どうしてあんな手紙を出してしまったのだろう？　恋人に直接確かめないで、手紙で気持ちを試すようなことをする女の子たちを心底軽蔑しているというのに。わたしはそれとまったく同じことをした。フィリップが想ってくれているかどうか、確かめるために呼びつけたのだ。そして彼が実際に駆けつけて、ベッドの相手というだけでなく友人として気にかけていることを証明してくれたのに、ずるい女の子たちみたいに言葉を濁し、答えをはぐらかそうとしている。

ともかく説明しなくては。キャロラインは深呼吸して言った。「ミスター・アプトンから、信託財産のことでいろいろと言われて、誰かに相談したかったの。それであなたのことを思いっていた。「こんなことで呼んだりして、本当にごめんなさい。そういう関係じゃないのに。それによけいな心配をさせてしまって」彼のとまどった表情を見ていられなくて、顔をそむける。「わたしがばかだったわ」

短い沈黙があり、フィリップが背後に来るのがわかった。「そんなことはないよ」彼はキャロラインの腕を優しくさすった。「ちょっとびっくりしただけだ。レディはふつう、ぼくみたいな男に資産管理の相談なんかしないものだから」

「わたしはただ……」キャロラインはためらった。心の一部は、黙っていろと叫んでいる。フィリップにはなんの関係もない話だ。

「ぼくたちは友達だって約束したのを覚えているかい、キャロライン？」フィリップは静かに言った。「話してごらん、なにがあったんだい？」

優しく穏やかに促されて、黙っていることはできなかった。

「ミスター・アプトンから警告されたの、わたしが自分の資産運用に積極的にかかわらないと、信託財産がなくなってしまうかもしれないって」

フィリップは大きくため息をついた。「それだけかい？　ぼくはてっきり……」最後まで言わずに、かぶりをふる。「それなら、資産管理の問題がまとまるまで、旅行は延期したほうがよさそうだね。ナポレオンはいなくなったから、一年先でもヨーロッパは無事に存在しているると思うよ」

旅行を延期する？　ロンドンであと一年、フィリップと過ごす。その考えは魔性の歌声のようにキャロラインの心に響いた。ほんの二週間ではなく、丸々一年も、フィリップと情熱的な日々を過ごせる。毎日のように朝食をともにし、互いの立場を尊重しながら、社交界のいろいろな催しにも一緒に行けるかもしれない。フィオナに頼めば、融通をきかしてくれるだろう。

「無理よ」キャロラインはつぶやいた。

フィリップがすぐそばに来て、そっと彼女の顎に手をかけた。彼のそのしぐさがキャロラインは大好きだった。離れようとしたが、できなかった。顔を上げて、情熱的な青い瞳を見ないわけにはいかなかった。

「どうして？」フィリップの優しい声が、胸に突き刺さる。「なぜもっと長くいられないんだい？」

キャロラインの心は激しく揺れた。フィリップの腕のなかに身を投げだして、子供のように泣きじゃくりたい。自分の孤独と不安を知ってもらいたい。なにもかも彼に打ち明けてしまいたい。

けれどもそれは、レディが愛人に対してすることではない。「どうしても無理なのよ」

キャロラインは肘掛け椅子に座りこんだ。

フィリップは暖炉の前を横切り、彼独特の優美な物腰で、キャロラインのそばにひざまずいた。「話してくれ、キャロライン。お願いだ。どうして行かなければならないんだ?」

キャロラインは暖炉を見つめた。今日はまだ火を入れていない。火を熾しておけばよかった。なんだかひどく寒い。

「ぼくを信頼してくれ、キャロライン」フィリップは彼女の腿に手を置いて言った。「信じてくれるかい?」キャロラインの額をそっと撫でる。

「でも、できるかしら?」消え入るように言い、彼女は目に涙があふれるのをフィリップに見られたくなくて、顔をそむけた。今まで誰にも打ち明けたことのない暗い秘密を話せと迫っていることを、フィリップは知らない。フィオナにさえ、すべてを話したわけではなかった。

「できるとも」フィリップはなんのためらいもなく答えた。彼が本心から言っているのは明らかだ。わたしがなにを話しても、彼は耳を傾け、秘密を守ってくれるだろう。

けれどすべてを話したら、彼はわたしのことをどう思うだろうか? 自分が最も恐れているのは、そのことだとキャロラインは気づいた。フィリップが裏切るかもしれないことではなく、軽蔑されるのが怖いのだ。

フィリップは椅子の肘に置いたキャロラインの手を包んだ。彼の力強さと温もりと忍耐強さが伝わってくる。彼に帰ってもらうべきだとわかっていたが、そばを離れてほしくなかった。今だけは。

キャロラインは背筋が粟立《あわだ》つのを感じた。フィリップを行かせたくない。彼を失いたくない。ともに過ごした短い日々、ベッドで分かちあった熱い数時間は、キャロラインを永遠に彼の虜にするのにじゅうぶんだった。

〝彼に話すのよ〟キャロラインは自分に命じた。〝あなたが本当はどういう人間で、どういう過去を持っているかを。彼がわたしと一緒にいてはいけないわけを。彼の気持ちが揺らぐ前に。あなたが忘れてしまう前に〟

「わたし……わたしは、兄から逃げているの」

自分の早鐘のような鼓動を感じながら、キャロラインは待った。フィリップは笑いだすか、ショックで身を引くのではないだろうか。

彼はどちらもしなかった。「どうして?」静かにたずねる。「お兄さんはきみになにをしたんだい?」

「兄がなにかしたというより……もっとずっと根の深い話よ」キャロラインはどこからはじめればいいのか、しばしためらった。「わたしがまだ幼い頃、母は病弱で、今思えば神経衰弱だったに違いないわ。いつもベッドに寝たきりで、よく泣いていた。父がそばに行くと、言い争いばかりしていた。その後、母はまったく口をきかなくなってしまったわ。娘のわたしにさえ」キャロラインはささやくように言った。

恐ろしい日々だった。毎日、母の枕元に座り、冷たい手を握って、思いつくかぎりのことを話した。母の大好きだった物語、使用人たちやフィオナから聞きかじった面白いゴシップ。母が笑顔を取り戻してくれるような、あるいは娘の顔を見てくれるような、思いつくかぎりの話を。

「父はとうとう医者を呼んできたわ」キャロラインは言った。「母を隔離して、絶対安静にするようにと医者たちに言われ、父は文字どおりに従った。母はベッドから起きられるときでも、庭園で座っていることしかゆるされなかった。治療のためと称しながら、まるで監禁されているみたいで、そんな生活がずっとつづいたわ。数週間が数カ月になり、数カ月が数年になった。ときどき医者がやってきて、母に調合した薬を与え、引きつづき安静にするようにと命じて帰っていった。ごくたまに元気なときがあって、母は歌ったり、ふざけたり、笑ったり、室内を走りまわったりすることさえあった。幼い頃はそれがうれしかったけれど、成長するにつれて、なんだか恐ろしくなったわ。目が不自然に輝いて、やたらとはしゃいで、早口でぺらぺらしゃべり、ときには支離滅裂なことを言ったりして。母がそういう……状態になると、父が医者を呼びにやり、また寝たきりの日々がつづく」

フィリップはなにも言わなかったが、キャロラインの手を放しもしなかった。彼の手の温もりにはげまされて、キャロラインは話をつづけた。

「レイバーン家の人々がいなかったら、わたしはどうなっていたかわからないわ。本当に親切にしてもらって、わたしが十五歳を過ぎると、近隣のハウス・パーティーや、狩猟やアーチェリーの集まりにいつも誘ってくれた。はじめは母を置いていくのが心配だったけど、ぜひ出かけてお土産話をしてちょうだい、と母からすすめられて。だから精一杯がんばったわ。そして母の部屋で何時間も、ときには一日じゅう、パーティーの様子を再現してみせて、母を笑わせようとした。母の笑顔はとっても素敵だったから」

「そのあいだ、お兄さんはどうしていたんだい？」フィリップがたずねた。

「ほとんどの時間は学校へ行っていて、あとは父のそばで、将来伯爵になるための勉強をしていたわ。母の部屋へはまったく来なかった。兄は母の存在を恥じていたに違いないわ。しまいに母はとうとう耐えきれなくなったのでしょう。なにも食べなくなり、口もきかなくなって、誰もどうすることもできないまま、衰弱していった」

キャロラインはフィリップの手をぎゅっとつかんだ。彼の力強い手の温かさがどうしても必要だった。冷えきった母のきゃしゃな手の感触をまざまざと思い出してしまったから。母の手はあまりにも軽く、骨と皮しかなかった。

「母の喪が明けると、父もジャレットも、一切母の話をしなくなったわ。母の部屋は改装され、壁の肖像画は下ろされて、唯一の名残はわたしだけになった」キャロラインの頬は濡れていた。いつから泣いていたのだろう。「父とジャレットで相談して、わたしも隔離されることになった。十八歳のとき、レイバーン家の人々はわたしがロンドンで社交シーズンを過ごせるように父を説得してくれたの。厳しく監督するから、おまかせくださいって。でも父は……わたしは自分の部屋にいたのだけれど、父がこう言うのが聞こえたわ。父はわざとわたしに聞かせたかったのだと思う。〝娘はあのとおりの気質で世間知らずなため、とてもロンドンでは耐えられないでしょう。もうひとり、寝たきりの病人を抱えこむのはごめん被りたい。娘は行かせません〟って」

フィリップは押し黙ったまま聞いていた。

「わたしには自分のお金がないし、未成年なので、家にいるしかなかった。父を憎むまいとしたわ。ひがんだり、恨んだりしてもしかたがないし。でもとても孤独だった。フィオナたちレイバーン家の人々がいても、ほとんどの日々は屋敷と庭園のなかだけで過ごすしかなかった。

わたしが二十四歳になってすぐに父が亡くなり、ジャレットがすべてを引き継いだわ。少しでもいいから、自由を認めてほしいと、どんなに兄に懇願したかわからない。レイバーン家の人々も説得に来てくれたけど、兄は父とまったく同じ口ぶりでこう言うだけ。〝妹は精神的にもろいので、ずっとここで暮らさせます〟と。

そんなある日、新しく雇ったばかりの従者が、わたしに一通の手紙を持ってきたの。父は朝食の席にすべての郵便物を自分のところへ持ってこさせて、それぞれにふり分けていたわ。

ジャレットもその習慣をつづけていたけれど、新米の従者がその習慣を知らなかったか、一通だけ遅れて届いたか、それともミセス・フェリデイがわたしに渡すように言ってくれたのかもしれない。ともかく、それがわたしが最初に見たミスター・アプトンからの手紙だった。〝ご成人おめでとうございます、あなた様の信託財産について、わからないことはなんでもおたずねください〟と書いてあった。

そのとき、初めて信託財産のことを知ったわ。わたしの祖父が母のために信託金を設けて、それを母がわたしに遺したの。母は死に際にそれらしきことを言っていたけれど、わたしは理解できなかった。でも遺言にちゃんと記されているのに、父はなにも言わなかった。自立できるだけの財産があることを、父はわたしに知られたくなかったのよ」

「ミセス・フェリデイが力になってくれてよかったね」フィリップは言った。

「どれほど感謝しても足りないくらいよ。ミスター・アプトンやフィオナへの手紙は、すべて彼女が届けてくれたわ。秘密を守ってロンドンに行き、ミスター・アプトンと会ってこの家を借り、使用人を雇って、すべての手配をわたしの名前を出さずに整えてくれたの。フィオナやハリーに頼めば、手伝ってくれたでしょうけど、レイバーン夫妻に知られたら、ジャレットと仲直りさせようとするに違いなかったから。ロンドンでの手配がすむまでは、どうしてもジャレットに知られたくなかった。ばれたら絶対に阻止されるもの」キーンズフォード館の彼女の部屋で、思いとどまるように脅したりすかしたりするジャレットの姿がよみがえり、キャロラインは目をつぶった。

「だいたいこういうわけよ」キャロラインは自分の声がひどくか細く弱々しく聞こえた。こらえきれず涙が頬を伝い、乱暴に手でぬぐった。「ごめんなさい、弱虫で……」

「そんなことはない」フィリップはハンカチを取りだして、初めて会った晩のように、優しくキャロラインの目元を拭《ふ》いてくれた。「きみは決して弱虫なんかじゃないよ」

「あなたは知らないからよ、どんなにわたしが怯えて、不安を抱えているか……」

フィリップはそれをさえぎって言った。「恐れは弱さとは違う。恐怖に対面したときに恐れるのは自然な感情だ。大事なのは、それに対してどうふるまうかということだよ。その点では、キャロライン、きみはぼくの知るなかで最強の女性だ」

キャロラインはハンカチを持っているフィリップの手を握りしめた。感謝の思いがあふれ、彼の手に頬を押しあてる。彼がそばにいてくれて、どんなにありがたいことか。

「まだ事情があるはずだ。きみのご両親がそんなふうになってしまった理由が」フィリップは言った。「きみやきみのお兄さんが知らされていない事情がね。きみたちを苦しめているのは、病気でも弱さでもなく、その過去の秘密なんだよ」

キャロラインの心に希望の火が燃えあがった。それが本当だったら？　秘密は暴けばいい。謎は解けばいい。それを知る方法があるなら、ジャレットとの溝も修復できるかもしれない。そうしたら、ああ、そのときは……。

「だめ」キャロラインはフィリップに対してというより、苦しいほどふくらみつつある希望に向かって言った。「無理だわ。わたしは行かなくては。ロンドンにいるかぎり、ジャレットが……きっと連れ戻しに来る」

フィリップはなにも言わずにハンカチをキャロラインの膝に置くと、立ちあがって窓辺へ行った。外は雲が広がり、今にも雨が降りそうだ。

「きみのお兄さんは田舎にいて運がよかったよ」フィリップはふり向かずに言った。

「でもどうかわかって――」

「いいや、わからない」ふり返ったフィリップの激しい怒りの表情に、キャロラインは驚いた。「ふつうの暮らしを望んでいただけのきみを、罪を犯した囚人のように扱う神経が、ぼくには理解できない。当然きみのものである遺産について、嘘をついて隠そうとするなんて。逃げる必要などないよ、キャロライン。きみは好きなように生きればいいんだ」

「男の人は簡単に言うけれど、女に対する世間の目はまったく違うわ」

フィリップは反論したそうだったが、それは事実であり、どうにもできないことだった。

「きみの財産管理をしている、ミスター・アプトンだったか、その人はなんて言ってきたんだい?」

キャロラインは、ミスター・アプトンから新しく土地を購入する計画を提案されたことを話した。フィリップは書類を手に取り、ざっと目を通して、今度は地図を見た。そして困ったような顔で地図を置いて言った。「人生で初めて、自分が兄だったらと思うよ」

「お兄さん？」

フィリップはうなずいた。「知ってのとおり、ぼくは次男坊だ。こういう——」書類の束を手で示して言う。「資金的なことや土地の運用や整備っていうのは、平たく言えば、領地の管理と同じだろう？　オーウェンは領地の管理にかけては、素晴らしく優秀なんだ」ふと言葉を切り、またつづける。「今まで考えたこともなかったけど、ぼくが遊ぶ金をふんだんにもらえるのも、みんなそのおかげなんだよな」

「そうなの？」

フィリップはうなずき、しばらく書類を見下ろしていたが、意を決したように口を開いた。「ぼくの父は車椅子生活を送っているんだ」キャロラインのほうを見ないで言う。「ぼくが子供の頃からそうだった。落馬事故だ。柵《さく》を乗り越えようとして馬が転倒し、父は下敷きになって、腰を骨折した。医者は命があるだけ幸運だったと言うが、父は……そんななぐさめでは納得できなかった」

「どうして？」

「自分の脚で立てないようでは、本当の男じゃないから」キャロラインの顔をふり返ったフィリップは、その表情を見て驚きに眉を上げた。「きみはそう思わないのか？」

「故郷の村にも、ワーテルローの戦いで負傷した者たちが何人かいたけど、みんなつらい思いをしながら、誰ひとり自分は本物の男じゃないなんてこぼしていなかったわ」

「戦争で負傷するのと、単なる事故は違うよ。結局父は、乗馬も狩りも、以前のように大酒を飲むこともできないし、もう……」フィリップは口をつぐんだが、キャロラインは彼がなにを言おうとしたのかを察した。

「息子を作れない？」

「そういうこと」

「奇妙なものね」キャロラインはつぶやいた。「あなたのお父様とわたしの母だったら、理解しあえたかしら。どちらも、自分ではどうにもできない理由で、人生の楽しみから引き離されて」

フィリップとキャロラインは互いに見つめあった。今ここにいるのは、ユーモアたっぷりの魅力的な放蕩貴公子ではない。途方にくれた表情で見えない目的地をめざし、不確かな道を用心深く歩もうとする、ひとりの若者にすぎない。こちらの印象のほうが、本当のフィリップ・モンカームに近いのだろう。キャロラインは立ちあがって彼を抱きしめ、その温もりに包まれたかった。耳元で、きみこそぼくの目的地だ、これからはずっと一緒だよ、とささやいてほしかった。

なぜなら彼女は屈してしまったから。あの初めての夜のどこかで、すでにフィリップ・モンカームに恋してしまったから。

30

キャロラインが顔を上げてこちらを見たとき、フィリップは胸があふれそうになった。彼女と見つめあったその瞬間ほど、強く一瞬を意識したことはなかった。同時に、そのときほど自分が無力に思えたこともなかった。足元で世界が崩れ去り、どこにも拠り所がなくなったような気がした。

「キャロライン」フィリップはささやき、彼女に歩み寄った。絨毯を踏む足元がおぼつかず、キャロラインをきつく腕に抱きしめた。「ああ、キャロライン」

夢中で唇を重ねた。思いがけず優しいキスは彼の胸を熱く焦がした。彼女の髪を撫でながら、キスを深める。キャロラインは甘く、涙の味がした。彼女の悲しみをキスでぬぐい去ってあげたい。この身体で、心を癒《い》やしてあげたい。彼女にすべてを与えたい。どんなものもすべて。口に出して言うつもりはない。彼女がそれを知ることもない。それでもすべてを与えよう。

フィリップはキャロラインをさらに抱きしめ、優しく身体を撫でた。性的な興奮よりも、今はただ彼女をなぐさめ、安らぎを与えたい。キスをやめたのはキャロラインのほうだった。フィリップを見上げる彼女の瞳は、痛ましいほど不安げだった。

「わたし……あの」

「肩の力を抜いてごらん、キャロライン」フィリップは額にかかる彼女の髪を後ろに撫でつけた。「少し休んだほうがいい。きみさえよければ、一緒に休もうか」けれどもその言葉の裏で、フィリップは違うことを言おうとしていた。自分でも確信の持てない、なにかほかのことを。

キャロラインの淡い褐色の瞳が、探るようにフィリップを見つめた。陽射しがその瞳のなかの金や緑の斑点《はんてん》をきらめかせ、虹彩《こうさい》の黒い円を鮮やかに際立たせている。彼女の瞳はフィリップを虜にしてやまなかった。百年経ってもこの魅力は色あせないだろう。いつまでもその類いまれな完璧な美しさを保っているだろう。けれどもその非の打ち所のない瞳を見つめながら、フィリップは自分が恐れていることに気づいた。

キャロラインがふたたび唇を重ねてきたとき、フィリップは心の底から深く安堵し、彼女を腕にきつく抱きしめた。自分がここに存在することを証明するには、そうするしかないように思えた。下半身が熱くいきり立ち、初めて腹が立った。腕のなかにいる女性に捧げたいと思っている優しさとは正反対の、野蛮で獰猛《どうもう》な肉体の反応がいまいましい。

彼女の唇の甘い温もりを味わいながら、フィリップは少しずつダンスを踊るようにあとずさりしたものの、ソファが脚の後ろに触れると、彼女と一緒に倒れこんだ。クッションに身を預けて、彼女に腕枕をし、頬に、眉に、喉に口づけた。手を握り、指を絡ませて、それ以上のことはしなかった。

時間は意味を失った。唇でかぎりなく優しく触れている彼女の肌しか、フィリップの意識にはなかった。ゆっくりと、キャロラインが欲求に目覚めはじめているのを感じた。彼女が自ら彼の口を求めて唇を開き、舌で歯に触れてくる。フィリップの髪をたぐり寄せて、さらに深く舌をさし入れてきた。

その切迫した求めを合図に、フィリップはゆっくりと両手で彼女の胸を押しあげ、寄せたふくらみの柔らかな肌に口づけた。そしてキスと愛撫をつづけながら服をはぎ取り、シルクのように柔らかくて瑞々しく美しい肌をあらわにしていく。温かな柔肌を感じ、身体を締めつけているコルセットから自由になって彼女が悦びに息をつくさまを、フィリップは存分に堪能した。彼女を締めつけるものは、なに一ついらない。ぼくが自由にしてやる。

一糸まとわぬ姿になったキャロラインは両腕を上に上げて、惜しげもなく美しい裸身をさらけだし、頭をそらして甘い悦びの吐息をもらし、フィリップを誘った。

そう、そうだ！　フィリップの全身が叫ぶ。永遠にずっと、そうしていればいい。

まず胸からはじめた。キャロラインの胸は完璧だ。豊かで柔らかなふくらみの中央に、敏感で繊細な蕾がついている。それを舌でねぶり、吸い立てる。彼女はフィリップの髪に指を絡ませて、興奮にあえいだ。熱く火照っている胸のふくらみを寄せて、二つの乳首に同時に吸いついた。彼女をこれほど悦ばせる力が自分にあることが、フィリップはうれしかった。持てる技を駆使して、恐れも悲しみもすべて忘れさせてあげたい。

キャロラインがフィリップの服を手でまさぐり、脱がせようとしてくる。今すぐ裸になって肌を合わせたいが、そうするには愛撫を中断しなければならず、フィリップは葛藤のうめき声をあげた。しかしどうにかすべての服を取り去り、床にあるキャロラインのドレスの上に落とした。胸の激しい動悸に連動するように、分身が痛いほど熱く脈打つのを感じながら、フィリップはキャロラインを抱き寄せて、ソファに身を横たえた。

だがフィリップがことを急ぎすぎたせいか、キャロラインが熱くなりすぎたせいか、ふたりはソファから転げ落ちてしまった。

キャロラインがきゃっと叫び、フィリップは彼女に馬乗りにされた格好で、身体を硬直させた。互いの目が合い、彼女が笑いだした。女の子のくすくす笑いではない、キャロラインそのものの笑い方で。その楽しげな美しい笑い声につられて、フィリップも笑いだした。笑いの振動が彼女の腰からフィリップの下腹部へ伝わり、快感が広がっていく。

そうだ、これこそぼくが求めていたものだ。キャロラインの太腿を腰に引きつけながら、フィリップは思った。浅く乱れた呼吸に合わせ、彼女の胸が上下している。フィリップは彼女を引き寄せて唇を貪り、その背中を撫でまわし、片手をお尻の割れ目に入れた。キャロラインは最初、身をすくませたが、彼が愛撫でどんなにその部分が敏感で感じやすいかを教えると、すぐに力を抜いた。彼女のどんな動きも、彼を硬く興奮させた。キャロラインはふたりの身体のあいだに手を入れて、フィリップのものを握った。彼が快感にうめき声をもらすと、キャロラインは笑って彼の腕から逃れ、馬乗りの体勢になった。

「このままできるかしら?」キャロラインが自身を押しあて、柔らかな茂みがフィリップの根元に触れた。「この姿勢で?」フィリップのものを玩具《おもちゃ》のように両手で持ち、自身をこすりつける。

「ああ、できるよ」フィリップはうめいた。「もちろん、できるとも!」

「じゃあ、してみせて」キャロラインは浅い吐息をつきながら、フィリップが悦ぶのを心得ていて、彼のものを上下に撫でる。「どうやってするのか、教えて」

まともにものを考えられない状態だったが、幸いフィリップの身体がやり方を覚えていた。キャロラインの腰をつかんで持ちあげる。彼女はすぐに察して膝立ちになり、ゆっくりと彼の先端をひだに滑らせ、迎え入れていく。彼女の鞘《さや》におさまったとき、フィリップの息遣いは荒々しく乱れていた。彼は懇願しないように歯を食いしばった。キャロラインが目を見開いて、彼を見つめている。

そして目を見つめたまま、彼女は身を沈めてきた。フィリップは自分を残酷に奪うセイレーン（ギリシア神話に登場する海の魔物で、美しい歌声で船人を惑わし、難破させる）とも女神ともつかないこの女性の美しさ、その衝撃に、言葉にならない叫びをあげた。彼女にすっぽりと包まれてきつく締めつけられる快感は、その貪欲な唇に攻められるよりもいっそう衝撃的だった。

「そうだ」フィリップは鋭く息をついた。「いいぞ、キャロライン」

キャロラインは歓喜の色を瞳に浮かべ、興奮と悦びに全身を紅潮させて、彼の上でじゃれるように身をよじった。あまりの快感にフィリップは危うく達してしまいそうになった。

「これからどうするの？」

「これから？」フィリップは唸《うな》った。「乗馬をするのさ」

彼がお尻をぴしゃりと叩いて笑うと、キャロラインはきゃっと叫んだ。

欲望が全身を駆け抜けた。獰猛なライオンか、荒くれ者の野蛮人になった気分だ。フィリップはキャロラインのお尻を乱暴につかんで持ちあげ、すぐに引き下ろし、自分も腰を突きあげた。衝撃で彼女の乳房が揺れ、甘いうめき声がもれる。ふたたび尻をつかんで持ちあげ、引き下ろす。キャロラインは目を丸くしてその荒々しい摩擦に息をのんだが、すぐに野性的なリズムに乗って、上下に腰を揺らしはじめた。苦悶の声をあげて、無意識に自分の両手で乳房を包み、乳首をつねる。

さあ、きみにあげるよ、もっと、もっと、いくらでも。

フィリップはキャロラインのお尻をつかんで前かがみにさせ、割れ目が広がるようにした。

「自分に触るんだ」後ろから指を入れながら、キャロラインに命じる。

キャロラインが返事の代わりにうめく。フィリップはかまってなどいられなかった。この焼けつくような激しい渇望は、彼女が自分のひだに触れ、こするさまを見つめ、彼女の内側がひきつり、きつく締めつけるのを感じることでしか癒やされない。

彼の指が、きつく閉じた彼女の後ろの入り口を探りあてた。指をゆっくりと押し入れる。

「なにをするの！」キャロラインが目を見開いた。

「大丈夫」フィリップは唸るように言い、お尻から片手を離して、彼女がひだに触れている手の上に重ねた。そして快感が途切れないように愛撫をつづけた。「ここもだと言ったろう」

フィリップは両手で彼女の臀部《でんぶ》を挟み、腰を突きあげながら、後ろからさらに指を深く入れた。キャロラインは未知の快感に屈していいものかわからずに、抵抗と屈従のあいだで揺れていた。今ならやめられる。彼女がいやだと言えば、えも言われぬ素晴らしい締めつけをあきらめるつもりだった。しかし彼女は拒もうとはせず、ついに降伏した。これも愉しみ方の一つで、悦びを感じてもいいのだと理解したのだ。

「いいわ」キャロラインは腰をゆすった。「いいわ、フィリップ！」

その瞬間、フィリップはわれを忘れた。頭にあるのはキャロラインの身体と熱と動きだけ。互いのあいだの燃え立つような悦びだけ。凄《すさ》まじい快感の波に包まれ、高みに押しあげられ、砕け散りながら、フィリップはクライマックスに叫ぶ自分の声を聞き、もっと、永遠につづけていたいと願った。

キャロラインがふたたび動けるようになるまで、長い時間がかかった。しかしその分、フィリップにもたれて、彼が内側で柔らかくなっていく不思議な、けれど不快ではない感覚を味わっていられた。ふと気づいて部屋を見まわし、うめき声をもらす。

折り重なった服はくしゃくしゃにつぶれ、知らないうちにテーブルにぶつかったらしく、絨毯一面に散らばった書類の上に、ポットとティーカップが落ちている。

「心配いらない」フィリップはキャロラインの頭に優しく触れて自分のほうを向かせた。

「ここにいるんだ」

フィリップにまじめな顔で見つめられ、彼女は断れなかった。

「わかったわ」キャロラインはまた横たわり、フィリップにすり寄った。ところどころ筋肉の盛りあがった彼の硬い身体に寄り添っていると、とても心地がいい。結った髪は素晴らしい乗馬ごっこの最中にほどけてしまったらしく、フィリップがそれをうっとりと彼女の肩に広げている。

「きみの髪が好きだ」彼がささやく。

「あなたが好きなのは、わたしのお尻だと思っていたわ」

「これも大好きだ」お尻をぴしゃりと叩かれ、キャロラインは笑った。

「遅かれ早かれ、起きあがらないといけないわね」

「どうして?」

「さあ。洪水とか火事とか国会のはじまりとか」キャロラインはフィリップの乳首のまわりに指で円を描きながら言った。

「よし」彼は目をつぶって、また仰向けになった。「そのどれかが起こったら、起きあがろう」

キャロラインは笑って、彼の肩にキスをした。「ありがとう」そっとささやく。「あなたが必要だったの」

フィリップは息をのみ、なにやらつぶやいた。彼が緊張するのがわかり、キャロラインの心で警告の声がした。

「なんて言ったの?」キャロラインはフィリップの顔がよく見えるように、上半身を起こした。

フィリップが嘘をつこうか迷い、正直に答えることにしたのがわかった。「もっときみに与えてあげられるものがあればいいのにって」

彼が起きあがろうとしたので、キャロラインは脇にどいた。「どういうこと?」

フィリップは股間のぐったりした分身を見下ろし、皮肉っぽく微笑んだ。「ぼくが持っているのはこれだけだ」いらだたしげに指さす。

「そんなふうに言わないで」

「だが本当のことさ。この肉体、ほんの少しの笑い、ゲーム、欲望。ほかにはなにもない。今まではそれを自由だと思っていた」フィリップは膝を引き寄せて肘をつき、怒ったように散らかった部屋を見まわした。「でも今は……わからなくなってしまった」

「あなたが与えてくれたものは、肉体だけじゃないわ！」キャロラインは、自分をそんなふうに卑下するフィリップに腹が立って叱りつけた。「ここにいてくれること、わたしの話を聞いてくれて、それでも背を向けずにいてくれること。それがどんなに大事なことか、あなたはちっともわかっていない！」

フィリップは哀しげな目でキャロラインをじっと見つめていた。彼女が本気でそう言っているのか、確かめているのだろう。キャロラインはよけいに怒りがこみあげてきた。わたしがただのお世辞でこんなことを言うと思っているの？

「しかし、じゅうぶんじゃない」フィリップは言った。「それはきみが本当に必要としているものじゃない」キャロラインは反論しようとしたが、フィリップはなにかを思いついたらしかった。そのとたん、暗い表情は消え去り、驚きが広がった。

「こいつはすごい」彼はつぶやき、キャロラインのほうを向いたものの、目は彼女を見ていなかった。頭のなかの想像図に見入り、素晴らしい名案だと判断したらしい。「いやはや、こんな簡単なことだったとは。まったく灯台もと暗しとはよく言ったものだ」フィリップは誠実さを湛えた目でキャロラインを見つめて言った。

キャロラインは叫びだしたいのをこらえた。「なんのこと？」

フィリップは彼女の両肩をつかんだ。「キャロライン、ぼくを信じてくれるかい？」

「もちろんよ」

「いや。ぼくが言いたいのは、心の底から信頼してくれるかという意味だ」

〝いったいなにが言いたいのか、わたしにはさっぱりわからないわ！〟キャロラインは心のなかで叫んだが、口には出さなかった。フィリップの顔があまりにも真剣で、ノーと言われるのを恐れているかのようだったから。「なぜそんなことを言うの？」代わりにそうたずねた。

「ぼくは行かなければならないからだ。今すぐ、実家へ帰らないと」

31

フィリップがインスブルックの領地へ向かうまでの時間は嵐のように過ぎた。驚いた顔のキャロラインと、脱ぎ散らかした服もそのままに、急いで自分の家に帰った。フィリップ自身もひどい格好で、クラヴァットも置き忘れてきてしまった。玄関から入るなり、朝一番で発てるように、荷物をまとめておいてくれと使用人たちに命じた。

ベッドには入らなかった。気分が高揚し、頭がめまぐるしく回転して、眠るどころではなかったのだ。明け方まで、手紙を書こうかと思った。まずはギデオンに、これからするつもりのことを説明し、助力を求めよう。しかし思うように書けず、紙を投げ捨てた。ぼくは自分をごまかしている。本当に手紙を書くべきは、キャロラインだ。けれどいくら書こうとしても、真っ白な紙面を見つめるばかりで、羽根ペンのインクが乾いていく。

彼女にきちんと説明するべきだったろうか？　フィリップは葛藤した。困惑させたまま、置いてくるべきではなかったのではないか？

キャロラインはとまどっていた。帰り際に戸口でキスをしたとき、当惑が顔に表れていた。

それでも彼女は、なにもきかずにぼくを送りだしてくれた。わけもわからないまま、ぼくを信頼してくれた。そのことが申しわけなく、説明しようと思った。自分自身、ちゃんと理解できていたなら。だが、どんなに彼女が自分にとって必要な存在かをわかりやすく伝えるのに、女性をほめそやす才能はなんの役にも立たなかった。ただ言葉では説明できない深い実感だけがあった。

結局、情けないことに手紙をあきらめ、灰色に煙る明け方のロンドンの通りへと歩きだした。

一つだけ、フィリップにもわかっていることがあった。キャロラインを失うわけにはいかない。フランスだろうとヴェニスだろうと、あるいは通りの向かいだろうと、自分も一緒でなければ、彼女をどこへも行かせたくない。しかしきちんと申しこむなら、寸分の疑いもなく確信できていなければならない。自分が彼女の夫としてふさわしい男かどうかを。ただの見栄えのいいお飾りや、セックスのうまいだけの遊び相手にはなりたくない。それだけが目的で結婚したら、じきに軽蔑されるのはわかりきっている。キャロラインに心を打ち明ける前に、放蕩貴公子と名高いこのフィリップ・モンカームは、本物の男にならなければいけないのだ。

この春は雨が多かった。けれど幸いにも、インスブルック領までの道程は、本街道に石畳を敷きつめるというミスター・マカダムの新計画の恩恵にあずかり、とても順調だった。夕暮れまでには領地のはずれの柵にたどり着き、横道に入った。やがて少年時代を過ごした懐かしい風景が広がる。ふだんならロンドンの家並みと同じく、なんの注意も払わないが、今回はまったく新たな目で、侯爵家の領地を眺め渡した。畑では整然と植えられた穀物の苗が育っている。屋敷の裏の丘の上に建てられた製陶用の窯から煙が立ちのぼっているのを見て、父がオーウェンの〝いまいましい考案品〟に文句を言っていたのを思い出した。村の家々に目をやると、ひどく古びて傾いているのが何軒かあった。けれども学校の建物は真新しかった。

フィリップは、自分が乗った馬車が通ると、よぼよぼの年寄りから少年まで、みんな帽子を取って深々と頭を下げることに気がついた。

インスブルックの屋敷はものすごく大きいわけではないが、地元の花崗岩《かこう》で建てられた頑丈な母屋に、広い翼棟がその両側にある。ひし形のガラス窓が、三つの階すべてに並んでいる。フィリップは従者をひとり先に馬で行かせて、到着を知らせておいたので、腰の曲がった白髪の執事のジェサップが馬車を迎えに出てきた。

「お帰りなさいませ、フィリップ様」馬車から飛び降りてかばんを渡すフィリップに、ジェサップはあいさつした。かなりの老齢だが、重たい旅行かばんを軽々と持てるぐらいだから、まだまだ頑健なようだ。「侯爵様が待ちかねておいでですよ」

父の名を口にするときのジェサップは、前からこんな渋面だっただろうか？　それに自分はまったく気づいていなかったのだろうか？

「あとですぐに会いに行くよ」フィリップは馬番の少年に手綱を預けた。本来なら使用人の名前はすべて知っているべきだが、彼はわからなかった。この子の兄の名ならわかるかもしれない。そういうことも、これからは覚えていかなくては。「オーウェンはいるかい？」

オーウェンの名前を聞いたとたん、執事の顔が輝いた。「今朝早く、お帰りになられました」

「よかった。兄さんに話があるんだ。どこにいるか知っているかい？」

ジェサップが身を引き、用心深い顔つきになるのがわかった。まるでフィリップがオーウェンにいたずらでも仕掛けるのではないかと心配しているように思えて、フィリップは胸がちくりと痛んだ。「屋根裏部屋にいらっしゃると思いますが。知らせてまいりましょう」

「いいよ、ぼくが直接行くから」

「ですが……しかし……」

フィリップは口ごもる執事を残して屋敷に入った。放蕩者の次男坊がオーウェンの屋根裏部屋へ行くなど、空前絶後のことなので困惑しているのだろう。だがこれからみんなには、新しいフィリップ・モンカームの前例のない行動に慣れてもらわなければならない。フィリップ・モンカーム本人も含めて。

フィリップが驚かせたのは、ジェサップだけではなかった。厨房の下働きのグレースが、ハムとチキン、パン、フルーツにチーズ、紅茶のポットを載せた大きな銀の盆を持って、狭い階段を上がっていこうとしているのに出くわしたときもだ。

「ぼくが持っていくよ、グレース」フィリップは盆を取りあげると、下働きの娘が口をぱくぱくさせているうちに、さっさと階段を上がっていった。

階段の真上にある木のドアは閉まっていたが、鍵はかかっていなかった。フィリップは肩で戸を押し開けて、背中から入り、ふり返って目を丸くした。

正直、オーウェンの屋根裏部屋になにがあるのか、まったく予想がつかなかった。だがそこで見たのは、どんな予想もはるかに超えたものだった。長テーブルがいくつも並び、どのテーブルにも書類や地図が散乱している。地球儀やスケッチをしたキャンバス、羊皮紙、顕微鏡、なにかの道具入れ、アルコール・ストーヴ、蒸留器、動物の剝製《はくせい》まである。鳥の剝製が多い。オックスフォードの教授か、世捨て人の錬金術師の部屋のようだ。

それらの雑多なものに囲まれて、シャツに揉み革のベストをはおっただけの格好のオーウェンが丸椅子に腰かけ、大きな帳面に熱心になにかを書きつけている。

「ありがとう、グレース」オーウェンは顔を上げもしないで言った。「その辺に置いておいてくれ」肩越しにテーブルを指さす。

「お茶を注ごうか?」

オーウェンが丸椅子の上でぱっとふり返った。身を守る武器がいるとでも思ったのか、鉛筆を構えている。フィリップはいろいろな物がごちゃごちゃと載っているテーブルの片隅に盆を置いた。この屋根裏部屋は、伯母のジュディスの居間に驚くほどそっくりだ、とフィリップは思った。ただし本や原稿より、科学の道具類のほうが多い。

「いったいなにをしに来たんだ?」オーウェンはかすれた声でたずねた。

「兄さんにランチを運んできた」フィリップはカップにお茶を注いで受け皿に載せ、兄にさしだした。オーウェンはまったく動かず、フィリップは肩をすくめて、そのお茶をひと口飲んだ。

「こんなふうだとは予想もしていなかったよ」フィリップは部屋を見まわして言った。「なんだかずいぶん忙しそうだね」講演プログラムと紋章盾と兄の名前が目に留まった。「英国学士院だって? おめでとう。びっくりしたよ」

「いや」弟に武器はいらないと判断したらしく、オーウェンは鉛筆を下ろした。「本当に、どうしてここへ来たんだ、フィリップ?」心配といらだちのまざった口調でたずねる。フィリップは話の糸口を探した。

「兄さんに会いに来た」フィリップは言った。「仲直りして、頼みたいことがあるんだ」

「ぼくに?」

「そう、兄さんに。説明させてくれるかい？」

オーウェンは疑い深そうに、フィリップを上から下までまじまじと見た。この計画には、オーウェンの助けが絶対に必要なので、フィリップはかんしゃくをぐっと我慢した。今までさんざんばかにしてきたのだから、兄がぼくを疑うのはあたりまえだ。

フィリップは英国学士院の講演プログラムを手に取り、オーウェンの名前の下のタイトルを見た。「オウム？」

オーウェンはフィリップの手からプログラムを奪い返した。「どうせ父さんに言うんだろう？　ふたりでそうやって、うすのろの長男を笑いものにしていればいいさ」

オーウェンの激しい口調にフィリップははっとした。たしかに今まで、オーウェンを笑いものにして、父と一緒になってからかったりしてきた。そのことを悪いとも思っていなかった。オーウエンは男のくせに繊細すぎる、とよく父は言っていたが、兄がそれで傷ついているのを察するべきだった。自分と兄とは違っていてあたりまえなのに、ちっとも理解しようとしなかった。なぜそんなにも無神経だったのか。キャロラインやジュディスに言われたことが、ここへ来る道すがら、胸に刺さっていた。どうにかして兄に謝り、この気持ちを説明しなくては。

「兄さんが言われたくないなら、なにも言わないよ」フィリップは言った。いくらかでも誠意が伝わったのか、オーウェンはゆっくりと丸椅子に腰を戻した。

「よかった」オーウェンは渇望に似たまなざしでプログラムをじっと見た。「父さんに知られたら、使用人に命じて、全部捨てろと言われるからな。使用人たちは捨てはしないだろうけど、でも……」オーウェンは部屋を見まわして、肩をすくめた。

「父さんはどうして兄さんに腹を立てるのかな？」フィリップはたずねた。

オーウェンはまた肩をすくめた。「わかりきってるじゃないか。父さんがさせたいことを、ぼくがしたがらないからだよ。酒も飲まないし、ギャンブルもやらないし、女遊びもしない。ぼくは生きたいんだ。世界を探検して、さまざまなことを学びたい」テーブルの端にある地球儀に触れながら言う。「この世界の知識に、ささやかでも自分なりに貢献したい。今よりもよいものを後世に残したい。自分と、自分を頼ってくれる人々のためにも」

フィリップは部屋を歩きまわり、テーブルの上の地図や、網に載せて乾燥させてある植物を見た。その横の帳面には、細密画が描かれ、オーウェンの細かい字で観察記録が記されている。

「キャロラインに、どうして使用人の子供たちが屋敷で仕事を手伝っていないんだ、ときかれたんだが」フィリップは丁寧に色づけされたカエデの葉のスケッチに触れた。まるで本物のようで、今にも紙の上から飛んでいきそうだ。

「ほとんどは学校に行っているからさ」オーウェンが背後で答える。「それか弟子入り奉公か。キャロラインって誰だい？」

「兄さんが援助してやっているの？」

「そうだ。ぼくはこの土地と父に縛られているけれど、使用人の子供たちは違うからね。どんな生まれだろうと、人は誰でもよりよい人生を生きるチャンスを与えられるべきだと思うんだ」オーウェンは、自分の衝撃的な民主主義を唱える発言にフィリップが反論するのを受けて立つかのように、腕組みした。

しかしフィリップは無言だった。今まで想像したこともなかったオーウェンの生活を、けんめいに理解しようとしていた。兄は領地に関わるすべての責任を背負い、心を病んだ父親の嘲笑と叱責に耐えながら、勤勉に仕事を果たしてきたのだ。ほかの多くの荘園と違って、インスブルック侯爵領は豊かで健全に運営されている。使用人や小作人の子供たちは、よりよい人生を歩むための援助を受けている。それなのにオーウェンの心はこの屋根裏部屋にひっそりと隠されたまま、世間に知られて奪われることを恐れている。血を分けた弟がそばにいてさえ、彼はつねに孤独なのだ。

「キャロラインって誰だい？」オーウェンがふたたびたずねた。

フィリップは襟を正した。もう先延ばしにはできない。生き方をあらためるつもりなら、今すぐはっきりと、包み隠さずに話さなければならない。「レディ・キャロライン・デラメア。ぼくが戻ってきたのは、彼女のためなんだ。まあ、間接的にだけど。一から学びたいんだ。そして生き方をあらためたい」

フィリップとしては大々的に宣言をしたつもりだったが、オーウェンは信じられないと言いたげに、当惑気味に眉をひそめた。「どういうことだ?」

フィリップはため息を押し殺した。オーウェンが相手だといつもテンポが狂ってしまうが、しんぼう強くならなければ。いつもの皮肉を言ってしまったら、すべて台無しだ。「兄さんと取り引きしたい。ぼくに領地のことを、管理の仕方や農園や牧場のこと、それに帳簿のつけ方を教えてもらいたい。ぼくがちゃんとできると兄さんが判断したら、ここの管理はぼくが引き継ぐよ。兄さんは南米のヒバリだかなにかを研究しに行けばいい」

「オウムだ」オーウェンは冷ややかに言った。

「オウムでも、ヒバリでも、ユニコーンでも、なんでもいいさ。取り引きに応じてくれるかい?」

オーウェンはきわめて難解なチェスの勝負に挑むかのように、合わせたてのひらの先を唇に押しあてて考えこんでいる。「フィリップ・モンカームが、放蕩貴公子と呼ばれるおまえが、泥にまみれて荘園の管理をやりたいと?」

「ツイードの上着が必要だね」フィリップは答えた。「それと丈夫な長靴も」

一瞬、フィリップは言い方を間違えたかと思った。すると、兄が大きな声ではははっと笑った。「どうしてだ?」

フィリップはぐらぐらする丸椅子に腰かけ、キャロラインがどういう女性で、自分にとっていかに大切な人であるかを語った。それを聞くにつれて、オーウェンの眉がしだいに驚きにつり上がっていく。

「その女性のために、今までの放蕩三昧をすっぱりやめるというのか？」

「彼女にふさわしいのは本物の男なんだよ、オーウェン。ちゃんと責任を負える大人の男だ。兄さんみたいに」

オーウェンが唾をのみこむのが喉仏の動きでわかった。

「でも彼女のためだけじゃない」フィリップはつづけた。「自分のためでもあるんだ。もう疲れたんだよ。本物の人生を生きたい。自堕落でお気楽な遊び人を演じて、ぼくは時間を無駄にしてきた。だが今は、キャロラインを迎えられる家が欲しい。ともに家族を育《はぐく》んでいける家が」

「結婚を申しこむのか？」

「そのつもりだ」

実際にその言葉を口にしたら、自分は怖《お》じ気《け》づくのではないかとフィリップは思っていた。けれどそれとは正反対に、無性にうれしくてたまらなくなった。女性とベッドをともにしているとき以外は味わったことのない、生きている喜びを感じた。なにより、自由を感じた。矛盾するようだが、キャロラインと結ばれて生涯をともにすることが、無上の自由だと思えたのだ。これが詩人のうたう真実の愛というものなのだろうか。足かせどころか、キャロラインへの愛は、フィリップにとって命綱に等しい。

オーウェンはテーブルに所狭しと置かれた帳面や道具類をじっと見つめていた。兄の顔にさまざまな感情が揺れ動くのをフィリップは見ていた。

「父さんには話したのか?」オーウェンは静かにたずねた。

「まだだ」フィリップは正直に答えた。「着替えをすませたら、すぐに行くよ」

オーウェンは皮肉そうな表情になった。「ぼくを練習台にしたってわけか」

不本意ながら、フィリップの胸におなじみの怒りがこみあげてきた。この怒りが収まるまでは、なにも答えてはならない。まいったな、思っていたより道は険しい。でも自分でこしらえた迷路なのだから、一歩一歩、確かめながら進んでいくしかない。「できることなら、父さんのゆるしをもらいたい。だけどぼくが第一に必要としているのは、兄さんの助けなんだ」フィリップは言った。「話を先へ進める前に、それだけは確かめておきたかったんだよ」

オーウェンはしばしフィリップをじっと見つめていた。フィリップはギデオンと楽しげにくつろいで話していたオーウェンを思い出した。あのとき、兄にはとても知的で魅力的な一面があるのを知った。ハリー・レイバーンにも同じ雰囲気がある。ふたりとも物静かで、フィリップが日頃つきあう仲間からは見下されているが、どんなしゃれ者や遊び人より深みのある本当の男だ。これからもっと理解していきたいと思うふたりでもある。

「ぼくの助けが必要なら、手を貸すよ」オーウェンは言った。「ただし、父さんにすべてをちゃんと説明するんだぞ」

フィリップはうなずいて、立ちあがった。ライオンのねぐらへ行くときが来た。

32

フィリップがロンドンを発った日、キャロラインはミセス・フェリデイに説得されて、一日家にいることにした。

「これだけたくさんご招待をいただいたら」ミセス・フェリデイは新しく届いたカードの束をふりまわして言った。「訪問にいらっしゃる方々もあるはずです。舞踏会やコンサートへご招待いただいたのですから、お客様をお迎えしないのは失礼ですよ」

キャロラインはミセス・フェリデイのお小言にうんざりしていた。けれども家政婦の言うことは正論だ。招待を受ければ、こちらも訪問に応じるのは当然だ。もっともロンドンに滞在するのはほんの短い期間なのだから、社交界の儀式にわざわざ参加しなくてもかまわないのではないかと思うが。

キャロラインはお茶と軽食の用意をさせることにした。屋敷の正面側の客間に花を飾り、まだ外は肌寒いので、暖炉に火を入れた。そして自分は薔薇の小花模様のお茶会用のドレスを着て、客の訪れを待った。

するとまもなく、最初の訪問客が現れた。ミセス・カーマイケルと、その妹のミセス・ベントンだ。そのつぎに、ふたりのミス・ドビュッシーと、レディ・ウェルズとレディ・マーガレット・シェルズフォードがやってきた。はじめは気の進まなかったキャロラインだが、その午後はいろいろな客とのおしゃべりを大いに楽しんだ。女主人である自分の裁量で、単なるゴシップではなく、もっと知的で教養のある話題に会話を向けることができた。キャロラインはレディたちの多くが、〈女性の窓〉紙の忠実な読者であることを知り、その記事について大いに盛りあがった。今度はわが家にもぜひ、と招待カードをたくさんもらい、ミセス・フェリデイも上機嫌だった。

時計が午後四時を打つ頃には心地よい疲れを覚え、そろそろお茶にも飽きてきた。五時までは訪問を受けるべしとされているが、今日はもう来ないだろう。お昼寝でもしようかしら。これで夜にフィリップと会えるなら、最高の一日なのに。

キャロラインはため息をついた。フィリップがなにをしているか、なぜ急に実家へ戻ってしまったのか、くよくよ考えて時間を無駄にしないと自分に誓ったのに。その約束を守れたのは最初の五分間だけだった。昨夜はほとんど眠れなかった。ひとりさみしく寝返りを打ちながら悶々と過ごし、自分がなにかまずいことを言ったせいで、彼は行ってしまったのだろうかと思い悩んだ。しかし精神的なものより、身体的なつらさのほうが深刻だった。彼が欲しくてたまらない。ようやく浅い眠りにつくと、熱い官能的な夢に悩まされた。ベッドにうつぶせにされて、彼に後ろから奪われる夢。彼が入ってきて、勢いよく突きはじめる。容赦なく、激しく突き入れられて、キャロラインは叫ぶ。もっと、もっと強く、やめないで、もっと突いて。

〝ああ、ぼくのレディ！〟彼が叫ぶ。

目覚めると、秘所が熱く疼き、フィリップの種がまき散らされたかのように太腿の内側がじっとりと濡れていた。キャロラインは欲求にうめき声をもらし、自分の手で脚のあいだを刺激して、身を震わせながら達した。

それでも欲望は鎮められなかった。この渇きはフィリップしか癒やせない。

ミセス・フェリデイがドアを開け、キャロラインの熱い夢想を破った。キャロラインはあわててティーカップを置いた。よかった、また来客だわ。誰にせよ、気をまぎらわしてくれるのだから、ありがたい。

けれどお辞儀をするミセス・フェリデイの表情はひどく深刻そうだ。キャロラインが不審に思った矢先、家政婦は知らせた。

「ミセス・ウォーリックがお見えです、お嬢様」

キャロラインは驚きに息をのんだ。「ミセス・ウォーリックですって？」

「はい、お嬢様」ミセス・フェリデイは訪問カードをさしだした。金色に浮き彫り加工された名前を赤い薔薇が囲んでいる、凝ったデザインのカードだ。

ミセス・ユージニア・ウォーリック、と記されている。けれども信じがたかった。ミセス・ウォーリックがここへたずねてくるなんて、まさかそんなはずは。

キャロラインの苦悩が顔に表れていたようで、ミセス・フェリデイは心配そうに言った。

「お留守だと伝えましょうか?」

そうして、とキャロラインは言いそうになった。会ってもろくなことにはならないだろう。そのとき、ルイス・バンブリッジと腕を組んでいたミセス・ウォーリックの姿が思い浮かんだ。彼女はフィリップを自分のほうへ来させようとやっきになっていた。今、訪問を断ったら、つぎにどんな仕返しをしてくることか。このうえ、フィリップを取り戻そうとあれこれ画策されてはたまらない。ただでさえ、深刻な悩みを山ほど抱えているというのに。

キャロラインはカードをコーヒー・テーブルに置いた。「お通しして、ミセス・フェリデイ」

「承知いたしました、お嬢様」

ミセス・フェリデイが出ていくと、キャロラインは田舎の社交パーティーで女性たちがよくする、上品に取り澄ました表情をつくろった。しかし内心では不安に苛まれていた。

幸い、ミセス・ウォーリックはすぐに入ってきた。

「レディ・キャロライン!」大きな声で言う。「会っていただけてうれしいわ」ミセス・ウォーリックがさしだした手を、キャロラインは一瞬だけ、軽く握った。

　今日のミセス・ウォーリックは黒と深紅のドレスに、黒の刺繍入りのショールをはおっていた。とても派手な組み合わせで、垢抜けない女性だったら、とりわけ夕刻にそんな服装はできないだろう。けれどもミセス・ウォーリックは生まれつき身につけていたかのように、そのどぎついドレスを着こなしている。

「なんて素敵なお宅でしょう！」ミセス・ウォーリックは意地悪そうに目を輝かせて言った。「てっきりドブソン・スクエアにお住まいかと思っていましたわ。でもこの辺りは都会から離れていて、静かでいいですわね」

「どうぞおかけになって、ミセス・ウォーリック」キャロラインは言った。この状況でどうふるまうべきかは完璧に心得ている。住まいの選択を小ばかにされたことには、気づかないふりをした。言いたいことを言わせて、さっさと帰ってもらおう。ゴシップの種を与えるようなことだけは、絶対にするまい。

　ミセス・ウォーリックはキャロラインが示した椅子に腰かけ、手袋をはずして、しばらく居座るつもりでいることを暗に伝えた。

「オペラハウスでお目にかかったときは、本当に驚きましたわ」ミセス・ウォーリックが言った。「社交界にはあまりなじみがないとうかがっておりましたから、フィリップに目をつけられて、誘われたんでしょう」いかにも楽しそうに笑う。「新顔には目がないんですもの、フィリップったら」

ミセス・ウォーリックはまた笑い、キャロラインは歯を食いしばった。じっと我慢して、好きにしゃべらせておくのよ。怒りを見せてはだめ。これは社交ゲームなんだから。わたしはプレーをするだけ。

フィリップと向かいあって、朝食をとっていたときのことが頭によみがえった。自分の声が聞こえる。

〝どうしてそのゲームをしなきゃならないの？〟

あれは絶妙な質問だ。とりわけ今は。

「シーズン初めのフィリップを見ているのは、いつも楽しいわ」ミセス・ウォーリックは話しつづけている。「あなたにこんなことを教えてはいけないのだけど、わたしたちはお友達ですものね。じつは、みんなで賭け帳をつけているんですのよ、放蕩貴公子が最初に誰に目をつけるか……」

キャロラインは社交的なマナーもレディとしてのふるまいも、一気にかなぐり捨てた。

「いったいなにが狙いなの、ミセス・ウォーリック？」単刀直入にたずねた。

ミセス・ウォーリックは眼をぱちくりさせて、身を引いた。「狙うだなんて、べつになにも、レディ・キャロライン、あなたとお近づきになりたいだけよ」

「ばかばかしい。わたしからフィリップ・モンカームのことを聞きだそうとして来たんでしょう？　オペラの晩に彼をわたしたちから引き離そうとしたみたいに。なぜなの？」

ミセス・ウォーリックが険悪そうに目を細めたが、キャロラインは少しも怯まなかった。

「あら、まさかミスター・モンカームの評判をご存じでは――」

「いいえ、ミセス・ウォーリック。すべて余さず聞いておりますわ。それがあなたとどう関係があるんです？」

「余さずだなんて――」

キャロラインは冷ややかにさえぎった。「あなたが最近まで彼の愛人だったことを、わたしが知らないとでも？ 彼からすべて聞きましたわ、あなたがよりを戻したいと懇願したことも。彼の芳《かんば》しくない評判を吹きこんで、わたしに身を引かせたいんでしょうけど。猛烈に嫉妬させたあとで」

「それは言いすぎじゃないこと？」ミセス・ウォーリックの甲高い笑い声が、石のように冷たい声に変わった。われながら不思議なことに、キャロラインは少しも恐れを感じなかった。どちらも社交的なマナーを大きく逸脱している。互いになにを言うか、なにをするか、予測がつかない状況だ。

「ええ、そうですとも。同じ言葉をお返ししますわ。もう一度、おたずねします、ミセス・ウォーリック。フィリップ・モンカームとわたしになんの関心がおありなの？」

一触即発の空気に、ミセス・ウォーリックは明らかにとまどっている。「わたしはまだ彼とは終わっていないからよ」

「なるほど」

「いいえ、わかってなどいないくせに」ミセス・ウォーリックは顎を突きだして、あざけりの笑みを浮かべた。その角度だと、かなりの厚化粧をしているのがよく見えた。頬紅をたっぷりとはたいて、目の下のくまを隠すために白粉を塗りつけている。「あなたは社交界で張りあっていくことの大変さを知らないのよ。毎日毎日、人より抜きんでるために、どれほどの努力が必要か。つねに最先端のファッションや最新のゴシップに通じ、人から尊敬され、慕われるために自分を立派に見せることが。あなたも何シーズンか経験してごらんなさいよ。年増の行き遅れなんて、どんなに金持ちでも、すぐに誰からも相手にされなくなるわ。つねに若くて可愛い新顔が、あとからあとから現れるんだから。そして恐怖が忍び寄る。いつか挫折《ざせつ》する日が来るわ。周囲から陰で笑われて、転落しはじめる。一度堕《お》ちたら、もう戻れない。孤独で哀れな老女になって、誰からも顧みられずにひっそりと暮らしていくしかないのよ」

ミセス・ウォーリックの言葉がキャロラインを打ちのめした。けれどなにより胸を打たれたのは、彼女の悲痛な声の響きと、目元ににじむ疲労だった。

「本当の友達は……」キャロラインは言いかけた。

ミセス・ウォーリックは辛辣な甲高い声で笑った。「友達? そんなもの、社交界にいるもんですか。派閥、取り巻き、そのなかで張りあっているだけよ」

「そして、もしあなたが放蕩貴公子を征服したら」キャロラインはゆっくりと言った。「それは大手柄で、みんなから尊敬され、羨望の的になれるのね」

「あたりまえでしょう。誰にもできないことですもの」

キャロラインは、自分のなかの怒りが溶けて、深い哀れみに変わるのを感じた。ミセス・ウォーリックは本気でそう信じているのだ。社交界の荒波のなかであまりにも長いあいだ生きてきて、それ以外の考え方ができなくなってしまっている。彼女は犠牲者なのだ。

「信じてもらえないでしょうけど、わたしはあなたのお気持ちがよくわかります」

ミセス・ウォーリックは身を乗りだし、疲れた瞳を期待にぎらつかせた。「フィリップを返してくれるのね？」

「あなたに？　いいえ」キャロラインは首をふった。「そうしても無駄でしょう」

「でも、今、気持ちはわかると言ったじゃない！」

「ええ、わかります。あなたは哀しくて孤独な女性で、自分の善良さにずっと目をそむけてきた。甘いお菓子が大好きで、もっともっとと欲しがって泣く子供みたい」キャロラインは立ちあがり、客に帰るように暗黙の内に促した。「フィリップにあなたが来たことを伝えます。今日の会話をすべて話して、彼があなたのもとへ戻ることにするなら、彼はわたしが思うような男性ではなかったということですから、わたしたち全員にとって幸せな解決となるでしょう」

ミセス・ウォーリックはぱっと立ちあがった。「あんたを破滅させてやる！」金切り声でわめいた。「あんたがどんな女か、みんなに知らせてやるわ。あんたの友達の、ちびで商人上がりの――」

「わたしのことかしら」

ドアが勢いよく開いて、ふたりのレディがしとやかに入ってきた。

「フィオナ！」キャロラインは思わず叫んだ。「ミス・ウェストブルック！」

「ごきげんよう、レディ・キャロライン」エマ・ウェストブルックはまっすぐにキャロラインに歩み寄り、大の仲良しのように頰をすり寄せた。「おじゃまして、ごめんなさいね。ミセス・フェリデイから、あなたがお家にいると聞いて、フィオナと直接うかがうことにしてしまったの」エマはミセス・ウォーリックのほうを冷ややかに見た。「ミセス・ウォーリックではありませんこと？」

ミセス・ウォーリックは膝を折ってお辞儀をした。エマはお辞儀を返さなかった。

「もうお帰りになるようよ」フィオナはまったく彼女らしくない、氷のように冷たい声で言った。間違いなく、先ほどの会話を聞いていたのだろう。

「ええ」ミセス・ウォーリックは言った。「そのつもりです」

ミセス・ウォーリックは顎をつんとそらし、ふり返りもせずに出ていった。フィオナがドアを閉め、キャロラインはどっとソファに座りこんだ。ミセス・ウォーリックは手袋を忘れていったようだ。

フィオナはキャロラインに走り寄り、両手を握った。「ああ、キャロ！　あのひどい女にいったいなにを言われたの？」

「ごめんなさい」キャロラインはささやいた。「聞かせるつもりじゃなかったのよ」彼女はフィオナの未来の義妹を見た。「ミス・ウェストブルック、どうか今日のことで先入観を――」

しかしエマはただ微笑んだ。「誰に対して？　あなたに？　ユージニア・ウォーリックに立ち向かうなんて、断然、見直したわ。それとも、わたしたちウェストブルック家の者がお高くとまって、あなたがあの意地悪ばあさんとけんかをしたという理由で、フィオナとジェームズの婚約を破棄するとでも思って？」

「まあ、あの……」

エマは鈴のような笑い声をあげた。「まったくもう、ねえ、フィオナ？　あなたのお友達は、わたしたちのことをどう思っているのかしら」

「わたしからよく説明しておくわ、エマ。心をこめて」

エマは暖炉のそばの椅子に軽やかに腰かけて、スカートを撫でつけた。「ねえ、キャロライン……キャロラインと呼ばせてもらってもいいかしら？」キャロラインはうなずいた。

「キャロライン、貴族階級のなかには、それ以外の出身の人々との結婚に批判的な人々がいることは、わたしもよく知っているわ。でもわたしたちは違う。フィオナと義理の姉妹になれて、どんなにうれしく思っているか、言葉では言い表せないほどよ。ミセス・ウォーリックがなにを言おうと、ちっとも関係ない。無視すればいいのよ。勝手に騒がせておけばいいわ」

キャロラインはエマの率直で親しみのこもった瞳を、驚きの思いで見つめ返した。彼女の言葉を素直に信じたいけれど、ミセス・ウォーリックの別れ際の暴言のせいで、自信が揺らいでいる。「でもあなたはきっと……」

「エマも知っているわ、キャロライン」フィオナが静かに言った。

「なにを?」

「あなたとミスター・モンカームのこと?」エマはキャロラインをいなすように手をふった。「気づかないわけないでしょう、そこまで鈍感じゃないわ」

キャロラインは手で口を押さえた。「細心の注意を払っているつもりだったのに!」

エマは首を横にふった。「どんなに気をつけていても、わかる人にはわかるものよ。最初の瞬間から、あなたたちのあいだにはなにかがある気がしたわ」

「じつはそのことで話があって来たの」フィオナは真剣な口調で言った。「ふたりだけで話そうと思っていたけど、エマがどうしても来たいって」

キャロラインはふたりの女性を交互に見た。「どういうことか……わたしにはよくわからないのだけど」

「あなたがわたしの結婚のことを心配して、フィリップ・モンカームとの関係をひた隠しにしているなら、そんな必要はまったくないって、伝えたかったの」フィオナは言った。「親しい人たちはみんな知っているんだから、ちっとも気にすることはないのよ」

キャロラインは怒りがこみあげるのを感じた。「話したのね！」フィオナにかみつく。

「彼女に怒るのは筋違いよ」エマがすぐに取りなした。「わたしが無理やり聞きだしたの。フィオナは、あなたが気をまわしてひとりで悩んでいるのを、見ていられなかったのよ」

キャロラインは恥ずかしさで頬が熱くなり、うつむいた。フィオナはそんなキャロラインと目を合わせようと、顔を近づけてきた。優しく理解にあふれた親友の表情を見て、キャロラインは涙で喉がつまった。「わたし……なんて言えばいいのか……」ふたりに向かって言う。「でも……ありがとう」

「あたりまえじゃない、キャロライン」フィオナはキャロラインをぎゅっと抱きしめた。「ねえ、偉大な秘密を教えてあげる。昔のことわざって本当なのよ。正直さこそ最大の武器って言うでしょう。社交界ではとくにね。あなたも気づいたはずよ、ミセス・ウォーリックみたいな人は、正直さには太刀打ちできないのよ」

そう言われて、キャロラインは無意識に身をこわばらせた。フィオナは困惑して、身を離した。自分が言ったことが、キャロラインにどれほど影響を及ぼしたか、フィオナにわかるはずがなかった。

社交界は正直さには太刀打ちできない。本当にそうかしら？　スキャンダルを堂々と認めれば、スキャンダルにはならないの？

今日を皮切りに、正直に生きることにしたら、どうなるのだろう？　今までひた隠しにしてきた家族の恥、幽閉されたまま亡くなった母のことから、兄との確執まで、すべてを認めたら。ごく親しい人たち以外の人々がなにを言おうと、かまわずに生きていけたら。自分だけの答えに従って、社交界のゲームには応じないと決めたら。

フィオナの社交界に対する判断は、ミスター・アプトンの信託財産に対する保証と同じくらい正しく理にかなっている。彼女たちを信じてみる？　彼女たちとフィリップを？　正直に心に従い、行動してみようか？

そうすれば、外国へ旅立たなくてもよくなるかもしれない。

キャロラインは雷に打たれたような気がした。本当に信じていいのだろうか？　ロンドンを離れるしかない、とずっと思いこんでいた。胸が裂けるほどつらいけれど、逃亡するしかないのだと。でも今、フィオナは、フィリップとわたしが一緒にいるところを社交界の人々に見られても、ちっともかまわないと言う。ミスター・アプトンも、信託財産の権利は絶対に揺るぎないと保証している。そしてフィリップも、ぼくを信じてくれ、と誠実さのあふれるまなざしでわたしに言った。彼が実家へ向けて旅立つ直前のあの交わりは、それまでのものとはまったく違っていた。ふたり同時に、偽りなく、歓喜の頂に昇りつめた。互いに愛と情熱を求めあい、相手が尽きることなく与えてくれると信じていた。わたしたちは最初からお互いに信じあっていた。相手を信じていたからこそ、ゲームをはじめたのだ。それこそ究極の信頼と言えるのではないだろうか。

その信頼を普遍のものにできるのかしら？　フィリップとともに築いた愛と情熱の世界は、数週間で消え去る運命ではないと、信じることができるだろうか？

「そんなに単純なことかしら？」キャロラインはつぶやいた。「必要なのは信頼と正直さだけなの？」

「絶対とは言いきれないけど」エマは言った。「それが一番大事なことじゃないかしら」

キャロラインは自分が置かれているこの状況に、輝かしい啓示が訪れたように感じた。わたしはフィリップを信じている。ミセス・グラッドウェルの夜会で出会った最初の瞬間から、彼を信じ、正直に接してきた。彼のほうも、同じ誠実さで応えてくれた。彼がわたしのもとに戻ってくると言ったのだから、必ず戻ってくるだろう。そうしたら話しあおう。話し、触れあい、そしてともに手を取りあって、世間へ出ていこう。堂々と人前でつきあい、もしもいつか別れることになっても……その別れの理由は恐れや秘密ではない。社交界のゲームやしきたりが愛に勝っていたからではない。キャロラインは大きく深呼吸した。賢明だろうとそうでなかろうと、わたしはフィリップ・モンカームを愛している。みだらに、奔放に、情熱的に。

自由に。

若い女性ふたりは、キャロラインを期待と不安の入りまじった表情で見守っていた。するとキャロラインがにっこりと微笑んだので、ふたりとも安堵した。キャロラインは立ちあがり、エマの両手を握った。

「あなたとお友達になりたいわ、エマ、あなたさえよければ」

エマは笑って、キャロラインの手をぎゅっと握り返した。「もちろん、わたしたちは友達よ！　さてと、キャロライン。早速、あなたの助けを借りたいんだけど、ここにいる頑固で哀れなフィオナを一緒に説得してくれない？　新しいカシミアのショールがないと、花嫁支度が完璧じゃないって言い張って困っているの！」

33

その後、フィリップは翌日まで父に会えなかった。身体を洗って着替えると、父の侍従が来て、侯爵様は今お休みになられています、と知らせに来た。父が病気なのはいつものことなので、珍しくはなかったが、フィリップはたまたま父の部屋から空のデカンターがいくつも運びだされるのを見てしまった。そして、父の状態は病気というより、それらのデカンターの中身と関係があるようだと疑いを強めた。

フィリップとオーウェンはふたりだけで夕食をとることになった。沈黙の多い、気詰まりな夕食だった。会話が途切れるたびに、互いに昔の関係に戻るまいとして、気を遣うのがわかった。フィリップは自分と兄に、猶予を与えることにした。長年の習慣は、ほんの数時間で捨て去ることはできない。それまで培ってきた社交術をめいっぱい発揮して、フィリップは会話を盛り立てようと奮闘した。オーウェンに研究についてたずね、一生けんめい耳を傾けた。オーウェンのほうも、キャロラインについて質問してきて、フィリップは饒舌《じょうぜつ》に語りながらも、言い足りないようなもどかしさを味わった。

夕食のあとは妙に落ち着かず、地元産のうまいビールを出す村のパブまで出かけようかと思ったが、また雨が降りだし、結局屋敷のなかをうろつくことになった。どの部屋も、ロンドンの自分の住まい同様よく知りつくしている。それでも領内の土地と同じく、フィリップはまったく新しい目でそれらを見る思いがした。想像のなかで、彼はキャロラインと一緒に屋敷内を歩いた。居間の凝った象眼模様を施した書き物机で手紙を書くキャロライン。ともに廊下の壁に飾られた先祖たちの肖像画を見て歩き、そのいかめしい尊大な顔つきを見て笑いあう。伯爵の娘である彼女にも大勢の名だたる先祖たちがいるだろうが、老トビアス・モンカームほどの豪傑はいないに違いない。フィリップはまた、新年の舞踏会に招かれた客たちをふたり並んで出迎え、彼の隣の女主人の席にキャロラインが座るところを想像した。

そしてもちろん夫婦の寝室にいる彼女の姿も。ヴェルヴェットの天蓋の下に、興奮で肌を桃色に染めた彼女が、瑞々しい身体を横たえ、瞳で彼を招き、唇で懇願する。ぼくはゆっくりと彼女を抱く。ともに情熱のおもむくまま、全身を隅々まで探索する。ぼくは彼女を幾度も幾度も歓喜の縁に追いつめ、至福の境地にいたらせる。彼女が抱いている欲望のすべてを発見し、ひとつひとつを満たしていくのが、ぼくの生涯の役目だ。

〝生涯の役目〟その言葉を心のなかで何度も繰り返してみた。ベッドの相手というだけでなく、キャロラインの夫として。するとまたべつの想像が湧いてきて、フィリップははっと足を止めた。階段の上にキャロラインがいる。彼女はひとりではない。子供たちがまわりにいる。ぼくの子供たち。ぼくらふたりの子供たちだ。そのイメージに、フィリップの胸は喜びにはちきれんばかりにふくらんだ。

その夜はほとんど眠れなかった。天井を見上げて、自分のこれからの新しい生き方について、思い巡らせた。本当にできるだろうか？　キャロラインの夫に、よき父親に、実直でまじめな男になれるだろうか？　もしなれなかったら？　ぼくはもう大人の男だ。今さら変わろうとしても手遅れかもしれない。キャロラインを結婚の鎖でつないだあげく、彼女を置き去りにして賭けごとや快楽に耽るのでは？　こんな無節操な道楽者の自分のために、彼女の人生を犠牲にしていいのか？

明け方までそうやって悶々とし、ようやく浅い眠りについた。夢のなかでフィリップは、キャロラインを探して屋敷じゅうを歩きまわるが、彼女はどこにもいなかった。

翌朝は不安な気分のまま、遅くに目覚めた。朝食はひとりだった。オーウェンはすでに領内のどこかに出かけていた。そのせいでよけいに落ちこんだ。兄と一緒に出かけて、自分が役に立つことを証明したかったのに。幸先がいいとは言えないな。

そこへ父の侍従のシモンズが、侯爵様がお目覚めで、会いたいとおっしゃっております、と知らせに来た。

フィリップはコーヒーを飲み終えると、立ちあがった。侍従のあとから、生まれ育った屋敷のなかを、見知らぬ客のように歩いていく。チャンスはこの一度きりしかないことを、フィリップは強く意識していた。きっぱりと父に意志を伝えなくては。失敗すれば、オーウェンはぼくの変わろうとする決意を信じてくれなくなり、せっかくさしのべてくれた助けの手も引っこめてしまうだろう。

しかしそれ以上に、もしためらえば、自分自身を信じられなくなりそうな気がした。そうなれば、二度とキャロラインに顔を見せられなくなる。彼女の夫になるという特権を求めるに値しない人間になってしまう。

シモンズが侯爵専用の書斎のドアを開けて、脇へ寄った。フィリップは襟を正し、息子を迎える父の言葉を聞くために入っていった。

「ほう! 帰ってきたか。よしよし! 座りなさい! どうしていたか聞かせておくれ」

侯爵の書斎は滑稽なまでに男性的で、壁には鹿の角や動物の頭の剝製が飾られ、暖炉の前には熊の毛皮が敷かれている。サイドボードにはまるでクラブのように、酒瓶やデカンターがぎっしりと並んでいる。その中央に父がいた。

十二代インスブルック侯爵は、かつてはダーク・ブロンドの髪の、とても背の高い男だった。しかし今やすっかり白髪頭になり、背中は丸まって首が肩にめりこみ、いつも用心深そうに見える。ねじれた脚は使わないために棒きれのように細く、つねに毛布で覆っている。それでも暖炉では盛大に火が燃え、室内はうだるほど暑い。薄青い目は生気の光があるものの、いつも怒りを湛えて世の中を見据えている。侯爵がさしだした節くれ立った手を、その目を期待に輝かせながらフィリップは握った。

「ただいま帰りました、父上」敷居をまたいだとたん、青二才に逆戻りしてしまう自分をふがいなく思いながら、フィリップは言った。「お元気そうで安心しました」

「元気なものか」侯爵は椅子の脇の盆に置いてある小瓶と洗面器をにらみつけた。「まあいい。それよりおまえの話が聞きたい。ミセス・ウォーリックとはどんなあいだ？」侯爵は両手を膝に置き、誇らしさと好色さの入りまじった目で息子を見た。「このあいだのおまえの話では、ふるいつきたくなるほどいい女だそうじゃないか」

「とっくに別れましたよ」フィリップは父のそばの革張りの椅子に座り、背もたれに肘を預けた。

「そうか、そうか」老いた父はさかんにうなずいた。「面倒になる前に捨てるのが一番だ。今年のシーズンの収穫はどうだ？」

フィリップは肩をすくめた。「じつはひとり……」

「おお、そうか、もうひとり見つけたのか！　モンカームの名に寄りついてくる女はいつでもいるからな！」父は豪快に笑ったが、すぐに激しい咳に身体を震わせた。フィリップは立ちあがり、薬用の盆からタオルを取って、父のそばにかがみこんだ。父はタオルをつかみ取ると、不機嫌にフィリップを追い払った。

「かまうな！　うるさく世話をされるのはうんざりだ！」

フィリップは椅子に戻った。「医者が肺炎ではないかと心配していると、オーウェンから聞きました」

「医者か！ ふん！ ろくでもない連中だ。医者がそういうことを言うのは」ドアのほうを顎でしゃくる。「あいつがそう言ってもらいたがるからだ」

フィリップは眉をひそめた。「そんな言い方はひどいですよ」

「なんだと？」侯爵は口をぬぐった。「どういう意味だ？ 本当のことだろうが。あいつは屋根裏部屋をうろつきながら、わたしが死ぬのを待っているんだ。この屋敷と領地が限嗣相続不動産で、あいつは運がよかった。そうでなければ、本当の男としての生き方を知っている息子のほうに、全部継がせるところだ！」

父のそうした暴言は珍しくはなかったが、今回はフィリップの耳に虚しく響いた。茶色の毛布に包まれた細くしなびた父の脚に、視線を向けずにはいられなかった。

「ところで」フィリップは自分の緊張を意識しながら言った。「本当の男としての生き方を知っているのはオーウェンのほうだと、ぼくは最近思うようになりました」

「なんだと？」父はぼさぼさの眉をひそめた。「いったいなにが言いたいのだ？」

「オーウェンのことです。考えたんですが、兄さんがひとりでここの仕事を全部しているのは不公平だ。ぼくは手伝おうかと思うんです。ぼくも自分の役割を果たしたい」

「なにをばかなことを。おまえには向いていない。都会の男だ。どうせできやしないさ」

フィリップはおなじみの屈辱感に襲われた。いかに役立たずかを父に指摘されるたびに、いつも同じ屈辱をかみしめてきた。フィリップ自身、キャロラインの家の居間でたくさんの法的な書類を見せられて、どれ一つ理解できない自分がほとほと情けなかった。

「今からだって学べます」フィリップは説得力があるように、きっぱりと言おうと努力した。どうしてこんなに難しいんだ？　ぼくはもう大人の男なのに、なぜ父の前では子供に戻ってしまうんだ？

父が疑わしげに顎を突きだした。「いったいどうした、フィリップ？　ロンドンで、問題でも起こしたのか？　決闘を申しこまれたか？　いやいや、それはあるまい」侯爵は自分で自分の問いに答えて言った。「おまえが逃げたりするはずがない。金貸しか？　賭けで大負けして、借金が払えなくなったのか？　気にするな。わたしが払ってやる」

「そういうことじゃないんだ。ぼくは……大人になろうと思う」なぜ単刀直入に言えないんだ？　フィリップは車椅子の父を見た。何時間も父のそばに腰かけ、ロンドンでの放蕩三昧を話して聞かせ、さんざん喜ばせてきた日々を思った。父からほめられて、フィリップの土産話はさらに大胆なものになり、父はますます喜んだ。放埒な土産話のあとは、父はいつも満足して元気になり、気前がよくなる。フィリップは父の自慢の息子としてたっぷり可愛がられ、財布をぱんぱんにふくらませてロンドンに帰り、友人たちから羨ましがられるのがつねだった。

彼は、キャロラインが病弱な母親を喜ばせるために土産話をしていたと言っていたのを思い出した。しょうがないじゃないか、ほかになにができたというんだ？　まわりからの刷りこみもあった。大学でも、ロンドンでも、知りあいの男たちはみんな父と同じ考えだった。それが一人前の男になる方法だと。酒を浴びるほど飲み、女遊びに明け暮れ、服と馬には金をかけるべし。それが本当の男の生き方だと。

そういうのは周囲を顧みないやつがすることだ。フィリップはふいにはっきりと悟った。

「どういう女だ？」突然、父がたずねた。

フィリップは答えなかった。

「どんな女だときいたんだ」侯爵は椅子の肘を拳骨《げんこつ》で叩いた。「絶対に女だろう。とうとうどこぞの女に、懐にもぐりこまれたようだな？」

もう限界だ。幼少期からの屈辱感も、父の前だと青二才に戻ってしまうふがいなさも、一瞬で消え去った。フィリップは立ちあがった。一人前の誠実な男として。

「あなたはぼくの父親で、息子としての義理がありますが、ぼくの大切な人をそんなふうに呼ぶことはゆるしません」

「なんと！」侯爵は口をぱくぱくさせた。「フィリップ・モンカームが、どこぞの女の愛玩《あいがん》犬に成り下がるとはな」

「そこまでだ！」フィリップは怒鳴った。

父はさっと口を閉じた。

怒りが全身に満ちあふれていたが、不思議と心地よかった。ずっと抱えてきたこの感情を、今やっと認めてやれたような気がする。「今までずっと言われたとおりにしてきました」フィリップは父に言った。「本物の男は、自分の楽しみ以外はなにも気にかけなくていい、というあなたの言葉を鵜呑《うの》みにしてきました。今回、戻ってきたのは、あなたは間違っていると言うためです」

フィリップは父が怒鳴り返すのを待ったが、父は椅子の上でおのれを精一杯大きく見せようと身体をのばしただけだった。「やれやれ」侯爵は口元をゆるめて言った。「どんな女か知らないが、たいした策略家のようだな。その女になにをされたんだ、坊主？　女の――」

「黙れ」フィリップはさえぎった。「それ以上は言うな」

父は忍び笑いをもらした。「やれやれ、わかったよ。惚れちまったんだな。だがまあ、じきに冷めるさ。好きにしろ」侯爵はどうでもいいというように手をふった。「ここで何日かオーウェンのあとをついてまわり、ロンドンに戻って、忠実な恋人をもう二、三週間も演じていたら、すぐにうんざりするだろう」

「その点でも、父上は間違っています」

「間違ってなどいない」侯爵はわけ知り顔で目を輝かせた。「おまえはわたしの息子だ、フィリップ。おまえに男の生き方を教えたのは、このわたしだ。必ず舞い戻ってくる。念のため、今日から手当は一切やらないぞ。おまえに金がなくなっても、その女が愛してくれるかどうか、見てみるとしようじゃないか」

フィリップはきびすを返して、大股に父の部屋を出た。そうしないではいられなかった。留まっていたら、自分の父親に手を上げてしまいそうだった。

フィリップがオーウェンを捜すと、案の定、図書室にいた。

「話したのかい？」フィリップが入っていくと、オーウェンは本から目を上げた。

フィリップは兄の横を素通りして、サイドボードへ行き、早い時間にもかかわらず、ふたり分のグラスにウイスキーをたっぷりと注いだ。

「なんて言っていた？」

フィリップは返事の代わりにオーウェンにグラスの片方を渡し、自分の分を一気にあおって、強い酒が怒りを焼きつくしてくれるのを願った。オーウェンの同情のまなざしが胸に刺さり、今まであのゆがんだ心根の父を喜ばせ、甘やかしてもらうために、自分がどれほど無駄に人生を費やしてきたかを思い知った。

「ぼくが正気に戻るまで、手当はやらないと言われたよ」フィリップは答えたが、本当はそんなことを言いたいのではなかった。だが頭が混乱していて、それだけ言うのがやっとだった。

「心配いらないよ。帳簿を握っているのは父上じゃないからね」オーウェンはウイスキーを少しだけ飲んだ。「どんな気分だい？」

フィリップは髪をかきあげた。「ぼくらすべてを、新しい目で見直しているところだ」グラスの底を見つめて言う。「ぼくはなんていやなやつだったろうと思うよ。兄さんはよく我慢していたね」

オーウェンはウイスキーをもう一口飲むと、ふたりのグラスと本を脇に置いた。「本音を言うと、ぼくのほうこそ、おまえにすまないと思っていたんだ。ぼくには好きな学問があり、文通仲間もいる。たとえこの領地という重い錨《いかり》をつけられていてもね。だがフィリップ、おまえには本気で心を傾けられるものがなにもない。いくら大勢の女性とつきあっても」

オーウェンに哀れまれていたというのは、なかなか受け入れがたい考えだった。「なにか言ってくれればよかったのに」フィリップはつぶやいた。

オーウェンは片方の眉をつり上げた。「もし言っていたら、耳を傾けたか？」

「いいや」フィリップは苦笑した。「聞かなかったな」ふと口をつぐんでから言う。「父さんを憎んでいるんだろうね？」

オーウェンはただ肩をすくめた。「父さんは痛みを抱え、恐れている。ずっと昔にゆるしているよ」

フィリップは兄の顔をまっすぐに見つめた。「ぼくのこともゆるしてもらえるかな？」

オーウェンはゆっくりと立ちあがると、フィリップに歩み寄り、肩に手を置いた。「おまえはぼくの弟だ、フィリップ。もちろんゆるすさ」

人生で初めて、フィリップは兄ときつく抱擁を交わした。そして生まれて初めて、実家に戻ったと感じた。

34

親愛なるキャロライン
うれしいことに、実家での用事はとてもうまくいったよ。すぐにロンドンのきみのもとへ帰る。ぼくを待っていてくれ。
忠実なるきみのフィリップ・モンカーム

キャロラインは丁寧に手紙をたたみ、書き物机の引きだしにしまった。ついつい笑みがこぼれた。フィリップが帰ってくる。胸の鼓動が速まった。彼がいない一週間は、一年にも感じられた。幸い、フィオナとエマが毎日のように来て、キャロラインも結婚式の準備に駆りだされたので、気がまぎれて助かった。衣装合わせをしたり、ほかの花嫁付添人とお茶をしたり、フィオナの嫁入り道具の買い物の仕上げにつきあったり、荷物をつめる手伝いをしたり。舞踏会やコンサートも長い夜を埋めてくれて、おかげで疲れきってベッドに入ると、すぐに眠ることができた。夢ばかりの浅い眠りではあったけれど。目を閉じたとたんに、愛撫と甘い約束の息もつけない幻想の世界に引きこまれるのだ。フィリップに帰ってきてほしくてたまらなかった。

そして、結婚式の準備や新しい友情よりもさらにありがたかったのは、ずっと心に重くのしかかっていた不安が、薄れはじめてきたことだった。ミセス・ウォーリックはあの日以来、現れなかった。フィオナやエマが仕入れてきた噂によると、彼女はバースへ行っているそうだ。ルイス・バンブリッジも姿を見せなかった。そしてなによりありがたかったのは、何日経ってもジャレットからの手紙が来ないことだった。

兄からなにも言ってこない日々が過ぎるにつれて、信託財産の権利は絶対に無効にならないというミスター・アプトンの言葉を、信じられるようになってきた。それがもし本当なら、ずっとロンドンにいて、フィリップと過ごすことができるかもしれない。社交界の催しにフィリップと連れだって出かける裏技について、フィオナに相談したりさえした。思ったとおり、フィオナは素晴らしいアイディアの宝庫だった。それでもフィオナが新婚旅行に出かけてしまったら、どうやって切り抜けようかと悩んでいたら、エマが助けを買って出てくれた。

そんなふうに友人たちと楽しく過ごしながらも、フィリップとの熱い夢から覚めると、決まって疑念に苛まれた。フィリップが帰ってきたら、すべての悩みは消え去り、楽しいおしゃべりと情熱の夜がいつまでもつづくと、本気で信じているの？　フィリップとつきあうことが、新たな不安のもとになったら？　ジャレットが恐ろしい剣幕で部屋に入ってくるのを恐れる代わりに、いつかフィリップの瞳から関心が薄れるのを、息をつめて待つ日々がはじまるのかもしれない。

キャロラインは憂鬱な顔で、書き物机の上の招待状や手紙の束を見つめた。新しくもらった山ほどのカードに記された名前を、訪問帳に記載しておかなければ。それから着替えて昼食をすませ、フィオナとエマが来るのを待つ。午後はお茶の招待に応じ、夜はウェストブルック家のディナーに招ばれている。けれどもどちらも気が進まなかった。家で、フィリップが帰ってくるのを待っていたい。キャロラインは頭をふって、自嘲した。あれほど冷静に自制するよう、自分に言い聞かせてきたのに、いったいどうしてしまったの？　いつからこんなふうなのか、思い出そうとしても思い出せない。フィリップのせいだ。

ドアを軽くこする音がした。キャロラインがふり向くと、ミセス・フェリデイが入ってきた。いつになく顔色が悪い。

「どうしたの、ミセス・フェリデイ？」キャロラインは机のふたを閉めた。「なにかあったの？」

「それが、お嬢様、あの……」ミセス・フェリデイは口ごもりながら言いかけた。

そこへ、ジャレットがつかつかと入ってきた。

キャロラインは反射的に立ちあがった。頭が兄の存在をけんめいに否定しようとする。

ジャレットがここにいるなんてありえない。兄はわたしを放っておくことにしたはずだ。わたしのほうを見もしないで、シルクハットと黒いマントをミセス・フェリデイに渡すジャレットも、家政婦を下がらせ、後ろで両手を組み、わし鼻の上から不機嫌に見下すような目をこちらに向けるジャレットも、すべて幻だ。

ミセス・フェリデイがドアを閉めて出ていくと、ジャレットは口を開いた。

「しばらくだな、キャロライン」

「ジャレット」キャロラインは息をつめて言った。「なにが目的なの？」

「おまえのことをどうやって知ったか、聞きたいのか？」ジャレットは薄い口の端をゆがめた。「ミスター・バンブリッジに感謝することだな」

気づいておくべきだった。愚かなわたし。キャロラインは椅子に座りこんだ。バンブリッジが、こちらのドレスや装飾品を値踏みするように見ていたことを思い出した。バンブリッジは周囲で噂されているように、カレーに行ったわけではなかった。ジャレットに告げ口をしに行っていたのだ。

バンブリッジがいなくなったことにほっとして、それ以外の可能性を考えもしなかった。ロンドンで自由に、フィリップと暮らすという理想図をふくらませるのに夢中で、すっかり油断していた。

理想図が目の前でがらがらと崩れていく。キャロラインは両手で顔を覆った。

「そうだな、顔を隠して当然だ」ジャレットが冷酷に言う。「自分が引き起こした迷惑や恥知らずな行いを思えば」

強い怒りがこみあげて、キャロラインは兄の冷たい目をまっすぐに見返した。「わたしはなにも悪いことなどしていないわ！」

「モンカームのやつとかかわったことをのぞけばな」ジャレットは椅子にどさりと腰かけた。

「まったく、キャロライン、なんだってそんなことを？　このわたしでさえ、あいつの評判は知っていたというのに！」

「わたしの行いが気に入らないのなら、勘当すればいいじゃない」キャロラインは叫んだ。

「わたしはあなたの妹じゃないって正式に宣言して、二度と口を利かなければいいでしょう！」

「わたしがどれほどそうしたいと思っているか、おまえにはわかるまい」ジャレットは冷たく言った。「しかし何度も言うように、いまわの際の父上に誓ったんだよ、おまえの面倒を見ると」

キャロラインは怒りで頰が熱くなった。「わたしがその誓いからあなたを解放してあげるわ、ジャレット。ごらんのとおり、ちゃんと自分の面倒は自分で見ていますから」両手を広げて、快適な部屋を示した。

「とてもそうは思えないな」ジャレットは室内には目もくれないで言った。「おまえに誓ったわけではないから、おまえに口を挟む権利はない。ともかく、わたしは言い争いをしに来たわけではない。おまえを連れ戻しに来たのだ」

「わたしは帰らないわ」キャロラインは無表情に言った。

「わたしがこれから言うことを聞けば、帰らざるを得なくなる」

キャロラインは心臓が凍りつく気がした。ジャレットは唇をゆがめて、上着のポケットから折りたたまれた書類を取りだした。

「おまえは信じないだろうが、わたしだってこんな方法は取りたくなかった」ジャレットは言った。キャロラインは兄がその書類を手渡すものと思ったが、彼は手に持ったまままつづけた。「バンブリッジの報告がなければ、わたしもわざわざ来ることはなかっただろう。彼からおまえの自堕落なふるまいについて、逐一教えてもらったよ」

「彼は嘘をついているのよ！」キャロラインは叫んだ。

「本当にそう断言できるのか？　バンブリッジがなにを言ったのか聞かずに？　キャロライン、そうやって怒るのは、やましいことがある証拠じゃないか」ジャレットは青白い手で書類をひっくり返した。「だが真偽はともかくとして、なんとかしなければならない。幸い、わたしの事務弁護士が方法を考えてくれたよ」ジャレットは書類をコーヒー・テーブルに置いた。キャロラインはそれらの紙片が飛びかかってくるかのように、おそるおそる見つめた。書類の束は赤いリボンでくくられ、赤い封蠟がしてある。ミスター・アプトンから渡された法的な書類と同じだが、なんの書類か見当もつかなかった。

「それは精神病院への収容命令書だ」ジャレットは言った。「おまえのだ」

キャロラインの目の前で世界がぐらりと揺れ、彼女は一瞬、気を失いそうになった。

「わたしの意図を理解したようだな。男性の最近親者として、医師ふたりがついている病棟におまえを入院させることにした。おまえが心神喪失と診断されれば、おまえとおまえの財産は土地も含めてすべてわたしが管理することになる」ジャレットは氷のように冷たく無情な声で言った。「医師たちにはおまえの生い立ちや、わたしたちの母親のことも、すべて話してあるよ」ジャレットはあてつけがましくわざと言葉を区切って言った。

ジャレットはついに見つけたのだ。わたしのお金と自由を奪う抜け道を。兄は本当の意味でわたしの看守になるのだ。

キャロラインは恐怖のあまり、息もつけなかった。「どうして?」

「あたりまえだと思わないか」ジャレットはあざけりの笑みを浮かべた。「まともな神経を持つ男なら、精神に障がいを持つ母親に妄想を吹きこまれて育った妹の身を案じるのは――」

「精神障がいなんかじゃないわ!」新たな怒りが燃えあがるのを、キャロラインはむしろ歓迎した。怒りのおかげで頭が冴え、立ち向かう気力が湧いてくる。今、挫《くじ》けるわけにはいかない、本当の意味で命がかかっているのだから。

ジャレットは侮蔑的に鼻を鳴らした。「そうか、あれは精神障がいなどではなかったか。何日も泣き暮らしていたかと思えば、けたけた笑いながら屋敷じゅうを駆けまわる。母親を崇めたてまつる娘をあとに従えて。あれがまともだというのか」

「お母様は閉じこめられて退屈していたのよ、それに医者たちのわけのわからない薬のせいだわ。あのアヘンチンキと強いブランデーの混ぜ物！　あんなものを飲まされたら、誰だって錯乱するわ。それにお父様は――」

ジャレットは威圧するように立ちあがった。「父上は精一杯のことをしていた。醜聞や揉めごとから母上を守るために！」大声で怒鳴りつける。「そのせいで身体を壊し、看病のために大枚をはたいてまでも、家名を守りつづけたんだ！　それがなんたることか！」ジャレットはキャロラインの前にそびえるように立った。「母親よりもひどい、道徳観念のかけらもない娘に裏切られるとは。だからわたしはその娘を生涯鎖でつないでおくことにしたんだ。なにをしでかすか、わかったものではないからな！」

キャロラインも椅子から立ちあがった。怯えた少女のようにすくみあがるまいとしたが、今にも膝が崩れそうだった。彼女の恐怖を具現したような怒れる兄の姿に、なすすべもなかった。病院に入れられる前に逃げなければ。でもいったいどこへ逃げればいいというのか。

「おまえに選択肢を用意してやった。わたしはおまえよりはるかにものわかりがいいからな」ジャレットは激しい憤怒を声ににじませて言った。「ある条件を満たせば、入院は見送ってやろう」

「条件って?」

「故郷に戻り、ルイス・バンブリッジと結婚しろ」

「ミスター・バンブリッジと!」貪欲な目つきで、心にもない愛想笑いを浮かべるルイス・バンブリッジ。ミセス・ウォーリックと組んで、わたしからフィリップを引き離そうとした男。あの男がどこか近くにいて、このおぞましい修羅場の結末を知らされるのを待っている。賭けに勝って、大金とわたしを手に入れられるかどうかを。

「バンブリッジは事情をすべて心得ている。おまえをしっかり監督すると約束してくれているよ」

キャロラインの心は激しく混乱した。なぜそんな情け容赦もない目に遭わなければならないの?「看守の役を、あなたから夫に喜んで譲り渡せというの? いやよ」キャロラインは拳を握りしめた。「絶対にいや!」

「それならそれでいい」ジャレットは、キャロラインが今日は出かけたくないと断っただけのように、こともなげに肩をすくめた。「納得できないというのなら、もう一つの手段を取るまでだ」

「どうしてそんな残酷なことができるの?」

「やりたくてこんなことをしていると思うか?」ジャレットは金切り声を張りあげた。「わたしだって自分の人生を生きたかった。自分の家族を持ちたかったさ！」キャロラインははっとして顔を上げた。「おまえがわたしになにをしたか、考えたことがあるか？　わたしが自由に憧れたことがないとでも？　あるいは愛に？　だがいくら爵位があろうと、精神障がいを持つ母親を生涯看病しつづけなければならない男と結婚したがるような女など、ひとりもいやしないんだ！」ジャレットが一歩、また一歩と近づいてくる。抑えつけた憤怒で胸が激しく上下している。「わたしの好きにしていいなら、おまえのような娼婦《しょうふ》はとっくに見捨てているさ。しかしわたしは父上に――」

ジャレットが最後まで言う前に、ドアが勢いよく開き、フィリップが飛びこんできた。

35

「フィリップ！」キャロラインは叫んだ。だがフィリップの注意は完全にジャレットに向けられていた。

「初めてお目にかかりますね？」険悪な響きのある低い声でフィリップが言う。

ジャレットは怒りを抑えこみ、無表情を装った。憤怒のまなざしでフィリップを頭からつま先までにらみつける。

「わたしは知っている」ジャレットは言った。「フィリップ・モンカーム。放蕩貴公子。どうやら好き勝手にここに出入りしているようだな」軽蔑もあらわに言い、青ざめた無表情でキャロラインに向き直った。「妹よ、母親の金でひとり暮らしをした結果がこれか。父上はやはり正しかった。ロンドンに来て一カ月もしないうちに、娼婦に成り下がるとはな」

キャロラインが反論するより早く、フィリップはジャレットの襟首をつかまえて、壁に乱暴に叩きつけた。

「レディ・キャロラインに無礼な口をきくやつは誰だろうとゆるさない」恐ろしいほど冷静

な顔で、フィリップはジャレットの喉に前腕を押しつけて言った。「謝れ」

キャロラインは駆け寄って、フィリップの腕に手をかけた。「フィリップ、やめて！」

しかしフィリップはそれには耳を貸さず、ジャレットを容赦なく釘づけにしたまま、腕の力をゆるめもしなかった。

とうとうジャレットがしわがれた声でつぶやいた。「すまなかった」

フィリップはゆっくりと身を引きながら、ジャレットを解放した。「出ていけ」

「そのつもりだ」ジャレットはコーヒー・テーブルから書類を取って、ポケットにしまった。「どうなるかはもうわかっているな、キャロライン。わたしは約束はかならず守るぞ」

ジャレットがドアを荒々しく閉めて出ていった。

キャロラインは石になったように身動きできなかった。フィリップの手が優しく肩に置かれ、彼のほうをふり向かせられても、まだ身体がこわばっていた。

「キャロライン、大丈夫かい？　なにを言われたんだ？」

恐怖のなかにも怒りがこみあげてきて、ようやくわれに返った。

「あなたにじゃま立てする権利はないはずよ」キャロラインはフィリップに向かって声を荒らげたが、彼女に見えていたのは恋人の姿ではなかった。ジャレットによってもたらされた世界の終わり。その引き金を引いたのは、あろうことかフィリップなのだ。

フィリップは殴られでもしたようにたじろいだ。「だがあいつはきみを――」

「ええ、聞こえたわ、ありがとう。おかげで兄は、わたしが暴力的で、酒に酔って暴れるような男とつきあっているとみなして、わたしは……わたしは……」キャロラインは両手で口を押さえて嗚咽《おえつ》をこらえた。

「なんて言って脅されたんだ？」フィリップは手をのばしたが、キャロラインは身を引いた。彼の驚きととまどいの表情は見るに忍びなかったが、ここで触れられ、抱きしめられたら、どんな目に遭おうと、二度と彼を放せなくなってしまうだろう。

「キャロライン」フィリップはささやいた。「なにがあったんだ？」

キャロラインは炉棚にきつくつかまった。まだ息苦しく、なにかにつかまっていないと、今にも倒れてしまいそうだった。「兄はわたしに禁治産者という宣告を下すつもりよ」キャロラインは言った。「もしもルイス・バンブリッジと結婚しないなら」

それを聞いたフィリップは嫌悪に顔をゆがめた。「そんなばかなことができるはずがない」

「そうかしら？」キャロラインはにべもなく言った。「ジャレットはわたしにとって、男性の最近親者よ。そのうえ伯爵でもある。その兄が、不適切な男と交際している妹の不品行を心配して、しっかりした男性の監督を必要としていることを、医師に相談していたら？そのうえ母の……母のことまで……」

フィリップがキャロラインのそばへ寄ろうとして、ぐっとこらえるのがわかった。「それはしないだろう」穏やかに言う。「そうしたら彼の評判まで危うくなる」

「でももう話したそうよ。正式な書類を持っていたわ。わたしを厳重に監督すると約束しているミスター・バンブリッジと結婚しないなら、禁治産者という判定を下させると言われたわ」世界がぐるぐるまわり、わけがわからなくなりそうだ。キャロラインは一瞬、本当に自分も精神的におかしくなりはじめているのかと思った。

「キャロライン……」フィリップがそばに来て、両手で肩を包み、優しくしっかりと自分のほうを向かせた。「すまなかった。きみをひとりにするべきじゃなかった」

キャロラインはその一瞬、完璧な安心感に包まれた。フィリップの腕のなかで歓喜の頂に昇りつめたあとは、いつもその黄金色の安らかな波の狭間《はざま》で漂うのだ。彼がここにいる、わたしのそばに。この瞬間だけは、なにもかも大丈夫だと思えた。キャロラインは彼の肩にすがって泣き崩れ、抱きしめてもらいたかった。けれどできなかった。彼の目を見てもいけない。もしそうしたら、また心をゆるし、誘惑に負けてしまう。これから逃亡するために必要な理性まで失ってしまう。わたしは危険を知りながら、無視していた。もう手遅れかもしれない。

フィリップはそれを察してくれたようだった。「一つだけ解決策があるよ」

「そうね。逃げなくては。今すぐに」キャロラインはフィリップの手から離れ、素早く書き物机に駆け寄った。「銀行とミスター・アプトンに手紙を書かないと。持てるだけのお金を持っていかなきゃ。金塊や小切手に換えて。フランスの銀行に口座を移すわ。それなら可能よ、きっと――」

「行くな、キャロライン」フィリップは言った。「ここにいてくれ。ぼくと結婚しよう」

「なんですって?」さっとふり向き、フィリップの荒々しく情熱的な青い瞳を見つめた。

フィリップは優しく微笑みかけた。「こんな状況だから言うわけじゃないんだが。結婚しよう。ぼくと結婚したら、お兄さんは法的になにも手出しができなくなる」

キャロラインはそれ以上フィリップに言わせず、彼の手から身をふりほどいた。「出ていって」

「キャロライン……」

「わたしがあなたと……寝たから、一生を捧げざるを得ないと思っているのね!」

「ぼくの話を聞いてくれ、キャロライン。ぼくは……」

キャロラインは一言も聞くまいとして、両手で耳をふさいだ。彼の話など聞くものですか。調子のいい言葉でわたしを丸めこむつもりだわ。ジャレットの脅迫を知りながら、よくもわたしに、今度は自分と結婚して囚人になれだなんて言えるものね。

「あなたはわかってくれると思っていたのに!」キャロラインは叫んだ。「あなたならわたしの覚悟をわかってくれると!」

フィリップはあとずさった。彼の表情が困惑から傷心に変わるのを、キャロラインは見ていた。「きみは動揺しているんだ。気持ちはよくわかるよ」

「ええ、そうよ、動揺しているわ。じつの兄と恋人から、立てつづけに自由を脅かされたんですもの。でもふつうの女性は、そんなことで動揺したりしない。結婚を申しこまれて動揺するのは、精神的にまともじゃない女だけよ。ジャレットの言うとおりかもしれないわ。わたしは精神的にまともじゃないのよ」

「キャロライン、そういう言い方はゆるさないぞ」

キャロラインは高笑いしたい気持ちと、金切り声でわめきたい気持ちに引き裂かれた。しかしすぐに、冷たく張りつめた、驚くほど冷静な気持ちになった。「そうやって命令しはじめるのよ、毎日のちょっとしたことで。あなたもほかの男と同じだと、わかっているべきだったわ。女性の身体と人生はべつものだということが、あなたにはわからないのね。あなたもほかの大勢の男と同類よ」

「それはひどいよ、きみもわかっているだろう」

「いいえ、わからないわ」キャロラインは吐き捨てるように言った。毒々しい言葉が自分の心までも腐らせる気がした。それでも彼に毒を投げつけ、追い払わなければならない。フィリップがそばにいるのは地獄の苦しみだった。恐ろしい運命に背を向けて、彼の優しい瞳のなかに逃避してしまいたくなるから。「なぜわたしがわかると思うの?」

「きみがぼくを愛しているからだよ。ぼくがきみを愛しているように」

「人の気持ちを読むのが得意なようね、フィリップ。そんな才能があるなら、舞台にでも出

れば いいのに」

一瞬、彼の瞳に怒りがちらついた。その火が激しく燃えあがるのをキャロラインは祈った。彼が本気で腹を立ててくれれば。彼が怒って出ていったとしても、わたしは立ち直れる。彼が怒って、わたしを憎み、立ち去ってくれれば、わたしもあきらめがつく。

けれども怒りの火は、深い理解と傷心に一瞬でかき消されてしまった。わたしが傷つけたのだ。キャロラインは炉棚にしがみついて、嗚咽をもらした。フィリップの足音が聞こえた。彼は足音をさせずに歩けるはずだが、今は彼女を驚かせないようにわざと音を立てているのだろう。背中にフィリップの熱が感じられ、すぐそばで声がした。

「本気で言っているんじゃないのはわかっているよ」彼は言った。キャロラインは目をぎゅっとつぶり、炉棚にいっそうきつくしがみついた。ふり向いてはいけない。絶対に。

「本気じゃないのはわかっているよ。キャロライン、ぼくはきみをよく知っている。でもぼくはもう行くよ、きみに出ていけと言われたから」

大理石を握りしめる指が痛かったが、キャロラインはふり向かなかった。フィリップが絨毯を踏みしめ、床板に足音を響かせてドアを開け、閉める音がしても。頰を流れ落ちる涙を見られたくなかった。唇が何度も彼の名前を形づくるのも。

心がゆっくりと二つに裂けるところも、見せるわけにはいかなかった。

フィリップは悄然《しょうぜん》として、玄関広間を歩いていった。この家に着いたときは、キャロラインの前にひざまずいて、手を取ることしか考えていなかった。すると怒鳴り声がして、あわてて飛びこんでみたら、彼女と彼女の兄がいた。

そして今また、愛する女性に出ていけと言われて、玄関広間にいる。彼女の悲痛な叫び声が心を打ち砕く。

「ああ、ミスター・モンカーム！」キャロラインの家政婦が、両手を揉みしぼりながら現れた。「いったいどうすればよいのでしょう！」

「わからない……」フィリップはため息をつき、かぶりをふった。一瞬ののち、目の前の女性に視線を集中させる。ちょっとためらってから、彼は言った。「あなたはミセス・フェリデイだね？」

年配の女性はうなずいた。「わたしはすぐお嬢様のおそばへ行かなければなりません。お嬢様は逃亡するつもりでしょう。ほかの方法が見えなくなっているのです。どうかお嬢様を助けてあげてくださいませ。どういうやりとりがあったのか、詳しくは存じませんが、お嬢様はあなた様を愛していらっしゃいます。ただ恐れているだけなのです」

「もちろん、恐れて当然だ」フィリップはゆっくりと正気を取り戻した。麻痺状態から脱した頭が忙しく回転しはじめる。キャロラインを助けなければ。最優先にすべきはそれである。

それ以外のこと、彼女が侮蔑的な言葉を投げつけ、ぼくを拒んだことについては、あとでゆっくり悩めばいい。「よく聞いてくれ。あなたの女主人と兄上の問題は、一家の過去のスキャンダルと関係しているはずだ。それについてなにか知っているかい？」

ミセス・フェリデイは首をふった。「おっしゃるとおりだと思いますが、わたしがお仕えする前のことなので、なにも存じあげません」

「よし、では思いきった手段に出るしかない。彼女の兄上の宿泊先を知っているかい？」

ミセス・フェリデイはぱっと目を輝かせた。「ロンドンを訪れるときは、いつも〈クラウン・ホテル〉にお泊まりです」

「よし、いいぞ。いいかい、なにがあっても、とにかくキャロラインを忙しくさせておいてくれ。彼女の逃亡を手伝うふりをするんだ。すぐにぼくから手紙を届ける。それを必ずキャロラインに読ませてくれ。わかったかい？」

ミセス・フェリデイは、そんな年配の婦人にあるとは思えないほど強い力でフィリップの両手をしっかりと握った。「おまかせくださいませ」

フィリップは身をかがめて、老婦人のしわだらけの頬に軽くキスをした。「頼んだよ」そう言うと、玄関広間のテーブルからシルクハットを取り、外へ出た。

フィリップの足取りに迷いはなかった。することはわかっている。いつの日か、キャロラインがこのぼくの行いをゆるしてくれるのを祈るばかりだ。

36

猛烈な速さで馬車を飛ばし、フィリップはクラウン・ホテルの正面階段で、キーンズフォード伯爵ジャレット・デラメアが、泥はねの飛び散った旧式の旅行用馬車から降り立つのを待ちかまえていた。ジャレットは御者と騎乗御者にあれこれ指示するのに忙しく、すぐにはフィリップに気づかなかった。人目に立つのを恐れるかのように、まっすぐ前をにらんで階段を上っていく。

「キーンズフォード伯爵」フィリップは静かに呼びかけた。

伯爵はさっとふり向いた。フィリップは身じろぎもせずに立っていた。キャロラインの兄は上背もそれほどなく、運動神経も鈍そうに見えたが、それでも危険であることに変わりはない。

「貴様と話すことなどなにもない」伯爵はまた階段を上りはじめた。

「いいや、あるはずだ」フィリップは言った。「あなたの妹さんのことで」

キーンズフォード伯爵はホテルの正面のドアと、足元の通りを交互に見た。顔面蒼白で、唇まで青灰色になっている。「断る。妹のことはすべて把握している」

フィリップは両手を脇に下ろしたまま、慎重に進みでた。「じつは妹さんとあなたについて、あなたの知らないことがたくさんあるんですよ」

キーンズフォード伯爵は青白い唇を皮肉っぽくゆがめたが、そのしょぼついた目には激しい動揺の色がうかがえた。「貴様は破廉恥なだけでなく、詐欺師でもあるようだな」

フィリップはフランス式に肩をすくめた。「ぼくらはどちらもほめられたものではないので、今のは聞き流しますよ。一つ、提案があります。一緒に来てください。あなたのご両親について、説明させてほしいのです。あなたとレディ・キャロラインの確執の原因が、それで明らかになるはずです。その秘密がわかれば、妹さんと仲直りできるでしょう」

「なんの権利があって、われわれの個人的な問題に口を突っこむんだ?」

「あなたの妹さんを愛しているからです。彼女と結婚するつもりです」

キーンズフォード伯爵は愕然として目を見開いた。人の顔色が〝シーツみたいに真っ白〟と言われる状態を、フィリップは生まれて初めて目にした。「貴様が真剣に言っているのだとしても」キーンズフォード伯爵は怒りに声を震わせて低くつぶやいた。「断じて、貴様のようなやつに妹の財産は渡さないぞ」

「それも聞き流しましょう。レディ・キャロラインにではなく、ぼくに言ってくれたのがせめてもの幸いだ。もう一度うかがいます。一緒に来て、話を聞いてくれませんか? 彼女とあなた自身の心の平和のために」

「なんと言おうがわたしの気持ちは変わらない。貴様のような最低の放蕩者の言うことなど、耳を貸す価値もない。さあ、わたしのじゃまをしないでくれ」

フィリップはため息をついた。「いいえ、それはできません」

そう言うなり、キーンズフォード伯爵はフィリップの腕のなかにくずおれた。通行人が目を丸くして見ている。フィリップは待たせていた従者とふたりでキーンズフォード伯爵を素早く担ぎ、自分の二頭立ての馬車に乗せた。それからフィリップは御者台に飛び乗り、鞭《むち》を鳴らして、騒ぎ立てる人々を尻目に馬車を走らせた。

フィリップが伯母のジュディスの家の前に馬車を乗りつけ、従者に手綱を渡していると、キーンズフォード伯爵が意識を取り戻した。幸運にも、伯爵はフィリップのように酔っぱらいの大げんかに巻きこまれた経験がないことが判明した。フィリップに羽交い締めにされて階段を上らされても、どう抵抗していいかわからないようだった。

しかし残念ながら、声も取り戻していた。

「なにをする！　放せ！　放せと言っているだろうが！」キーンズフォード伯爵は、あとで知っているとは認めないに違いない冒瀆《ぼうとく》的な言葉をひとしきり連発した。

そんな訪問のしかただったので、ジュディスの従者のルベットが、目を丸くして口をあんぐりさせているのも無理はなかった。フィリップは怒れる伯爵を羽交い締めにしたまま、伯母の家のタイル敷きの玄関広間を進んでいった。広々とした客間のドアの向こうから、笑ったりしゃべったりする声が聞こえる。遅ればせながら、今日は水曜日で、ジュディス伯母の主催するサロンの日であるのに彼は気づいた。

やむを得ない。フィリップはキーンズフォード伯爵を書斎のなかに突き飛ばし、素早くドアを閉めた。すぐに伯爵がレパートリーの豊富な毒舌を吐きながら、ドアをどんどん叩きはじめた。

「鍵を貸せ、ルベット」フィリップは従者に言った。

長年命令に従うことが身体に染みついている従者は、すぐさま鍵束を取りだし、部屋の鍵を手渡した。フィリップは素早く書斎のドアに鍵をかけた。鍵のかかる音を聞きつけたらしく、伯爵はドアを叩くのをやめた。

「フィリップ・アルマンド・モンカーム」ジュディスの冷静でよく通る声が玄関広間に響いた。「いったいなんの騒ぎです?」

フィリップはルベットに鍵を返してお礼を言った。それから伯母のほうに向き直った。

ジュディスは開け放った客間の二重扉の真ん中に立っていた。黒いレースと黒いビーズで縁取りをした目の覚めるように鮮やかなインディゴ・ブルーのドレスを着た伯母は、圧倒的な威厳を放っていた。

「おまえはいったいなにをしているの？」伯母は問いつめた。「それにあのひどい罵声《ばせい》はどういうこと？」

フィリップは伯母に恭しくお辞儀をした。「あの声の主はキーンズフォード伯爵ジャレット・デラメアです。伯母さんの書斎に監禁しているもので」

ジュディス伯母は威厳たっぷりに腕組みした。「こういう場合、ふつうなら頭がどうかしたの、とたずねるところでしょうけど、それはもうお互い了解済みだわね。でもどうしてわたしの大事な書斎を、伯爵の監禁場所に選んだりしたの？」

「彼の妹さんが来るまで、伯爵をここに留まらせておけるのは、伯母さんしかいないからですよ」

一瞬の間を置いて、いつものごとく伯母はすべてをつなぎあわせて理解したようだ。「その妹さんが、あなたのレディ・キャロラインなのね？」

「彼女はぼくのレディ・キャロラインではなくなりました」フィリップは胸の傷を焼かれるような気持ちで言った。「ぼくがどじを踏んだせいで」

「それは間違いなさそうね。彼女がこの暴挙を認めたの？」

「違います。でも、彼女はまもなくここへ来て、事態を解決に導いてくれるでしょう」

「あなたの家へランチにお招きすればよかったじゃない」ジュディスはそっけなく言った。

キーンズフォード伯爵がふたたびドアを叩き、ノブをがちゃがちゃいわせはじめた。

「招待しても彼女は来ないでしょう」

「どうして？」

「あのやかましい伯爵が、ルイス・バンブリッジと結婚しないなら、精神病院に閉じこめると彼女を脅迫したからですよ」

それを聞いたジュディスは、たっぷり五分間、無言だった。

「それで、わたしの書斎で兄と妹の涙の再会を果たさせて、そのあとはどうするの？」

「ぼくの大好きな伯母さん、お願いします。あのふたりの両親について、過去になにがあったのか、伯母さんがご存じのことをすべて話してあげてください」

ジュディスはふたたび黙りこんだ。そしてとうとう、ため息をついてうなずいた。「だいたい状況がのみこめたわ。それと、フィリップ、あなたの高貴な人質がガラスを割って表に助けを求めたりしたら、ガラス代の請求はあなたにまわしますからね」

ほっそりした黒髪の、古めかしい服装をしてだらしなくクラヴァットを結んだ男が、客間からぶらりと出てきた。

「大丈夫かい、ジュディス？」だらしない格好の男は、おぼつかない手つきでグラスをかかげて、玄関広間に目をこらした。「やあ、モンカーム」フィリップは男が誰だかわからないまま、無言で頭を下げた。

ジュディス伯母は最高の笑みを張りつけて、後ろをふり返った。「まあ、なんでもありませんのよ。クラブの仲間同士でちょっと揉めたらしいんです。賭け金がどうだとか。まったく、近頃の若い人たちは、なにを考えているやら。一昔前は、けんかといえば、女性を巡る決闘と決まっていたのに。腕を貸してくださいな、伯爵様。めまいがしてきましたわ。どうぞご心配なく。フィリップがすぐに追い返してくれるでしょう」

謎のフランス人伯爵とジュディスが腕を組んでサロンに戻っていくのを、フィリップはお辞儀をして見送った。どうせろくでなしの甥っ子の話で盛りあがるのだろう。フィリップはルベットのほうを向いた。

「紙とペンはあるかい？　手紙を書かないと」

どうか誘いに応じてくれ。フィリップは心から祈った。キャロラインが来てくれなければ、すべては水の泡になってしまう。

今すぐ逃亡するにしても、まずは荷物をつめなければならない。使用人たちにひまを出さないといけないし、ミスター・アプトンに連絡して、銀行で小切手と現金を用意してこなければならない。それから従者のダグラスに頼んで、わたしとミセス・フェリデイと、たくさんの荷物を載せてドーヴァーまで行けるだけの、大きな馬車を借りてこさせなくては。替えの馬の手配も必要だ。

準備しなければならないことをリストに挙げながら、キャロラインはパニックのあまりヒステリックに笑ったり、文句を言ったりを繰り返していた。四回ほど合間を見つけて、フィオナに手紙を書こうとしたが、うまく書けず、丸めた紙くずが机の上や床に散らばっていた。

〝フィーにはパリに着いてから手紙を書けばいいわ。落ち着き先が決まりしだい、ミスター・アプトンに住所を知らせよう。カレーに着いたら、ホテルの手配をしなきゃ。フィーが書いてくれた、マダム・ド・レイシーへの紹介状は、どこにしまったかしら？〟

さまざまな考えが頭のなかに一気に押し寄せた。けれどもそれらの考えや行動のすべてが、自分をフィリップから遠ざけるものであるのを意識しないではいられなかった。

〝考えてはだめ。もうすんでしまったことなのだから。フィリップを追いだしてしまった。そうしなければならなかった。彼は行ってしまった。永久に行ってしまった〟

涙で目がかすみ、キャロラインは机のなかをひっかきまわすのをやめて、涙をふり払わなければならなかった。

〝なにも考えずに、ただ前へ進むのよ〟

とにかく前に進まなければ、ジャレットに病院へ連れていかれてしまう。わたしは病室に監禁され、唯一の自立のための手段である財産を奪われてしまう。

〝結婚しよう〟フィリップの声が記憶の底から響く。

その言葉で、自分がわたしになにをしたか、彼はわかっているのだろうか？　どんなエロティックな命令も、それほど危険なダメージを与えない。わたしは結婚はできない、フィリップとも、ほかの誰とも。二度とどんな男性の支配も受けたくない。人生の究極の目的は自由を手に入れることだが、その自由は足元の薄い氷のようにはかないものなのだ。ジャレットがその薄氷にひびを見つけた今、わたしは全力で逃げなければならない。一瞬でもためらえば、ジャレットにつかまって、閉じこめられてしまう。けれどもつかまらなければ、兄のお抱えの医師たちも、わたしを心神喪失と診断することはできないだろう。

〝結婚しよう〟ふたたび記憶の底からフィリップの声がした。

「彼はもう行ってしまったのよ！」キャロラインは声に出して叫んだ。彼の鮮やかな青い瞳、彼の笑い声と笑顔、彼の優しく巧みな手、彼の愛しい身体とその内側に宿る魂、すべてはもう遠いかなたにある。取り戻すことはできない。彼はもう死んだと思えばいい。結婚が実際はどういう意味を持つのかを、しっかり胸に刻みつけておくことだ。結婚は人を変えてしまう。一度、フィリップのものになったら、彼はわたしを束縛するだろう。守るためではなく、所有権を主張するために。結婚とはそういうものなのだ。

フィオナの場合は違うようだけれど。フィーとジェームズのあいだに通いあうすべてのものがまやかしだと、わたしは言いきれるだろうか？　結婚の誓いを交わしたとたん、あのふたりは他人になり、理不尽な嫉妬心でお互いを苦しめあうのだろうか？

それはないかもしれない。でもフィリップとジェームズは違う。わたしもフィオナではない。彼は放蕩貴公子で、わたしは……わたしだ。

キャロラインは座りこんで、ぼんやり宙を見つめた。フィリップの思い出と彼がもたらした感情のせいで、わたしはすっかりふぬけになってしまった。キャロラインは歯を食いしばり、書き物机から手紙を取りだした。一通ずつより分け、きちんと束にしていく。

フィリップはわたしを愛してなどいない。本当には。結婚を申し出た理由は、衝動と同情、無節操と欲望の組み合わせであり、愛ではない。それを忘れてはいけない。心に深く刻みつけておくのだ。なぜなら、わたしが彼を愛しているように、フィリップもわたしを愛していると信じてしまったら、旅立つ気力が失せてしまうから。

ミセス・フェリデイが入ってきて、キャロラインはわれに返り、涙で曇る目で、手紙やカードの整理をつづけた。

「お手紙です、お嬢様」ミセス・フェリデイが折りたたまれた紙をさしだした。

「今は忙しいから」キャロラインは目からあふれる不本意な涙をふり払って言った。「テーブルの上に置いておいて」

ミセス・フェリデイは動かない。「ミスター・モンカームからです」

「それなら暖炉の火にくべてちょうだい」キャロラインは椅子から立ちあがった。ためらっている場合ではない。とにかく行動しなければ。

「いやです、お嬢様」ミセス・フェリデイは言った。

キャロラインはぱっとふり返った。「なんですって？」

「いやですと申しあげました。読んでいただくまでは、この手紙は燃やしません」

キャロラインは自分の耳を疑った。「ミセス・フェリデイ、わたしは命令しているのよ」

「そしてわたしはお返事いたしました」

どうしてこんなことに。よりによって今、母と自分に忠実に尽くしてきてくれたこの女性から、抵抗に遭うとは。ミセス・フェリデイは頑として動かない。ほかにどうしようもないので、キャロラインは封を開け、手紙を読んだ。

レディ・キャロライン
きわめて遺憾ながら、あなたの兄上が下記の住所に監禁されていることをお知らせしなければなりません。兄上の解放をお望みなら、ただちにこの住所においでください。

あなたのしもべ、フィリップ・モンカーム

37

キャロラインを従者のルベットが案内するあいだ、フィリップは玄関広間で必死に自分を抑えていた。彼女がやつれた青白い顔をこちらに向けたとき、フィリップは胸が引き裂かれそうになった。彼女の全身が疲労と悲しみを物語っている。美しい褐色の瞳はうつろに見開かれ、いつもの冷静さはかけらもなかった。冷たい無視や怒りならうまくかわせる。しかしキャロラインの瞳はまるで死にかけているようで、フィリップは思わず前に進みでた。彼女の手を取り、話しかけたい。

そこへジュディスが客間からすっと現れ、フィリップの前に立ちはだかった。

「レディ・キャロライン」ジュディスは女主人の威厳を漂わせて、優雅に言った。「お呼び立てして申しわけありません。自己紹介させてくださいな。ジュディス・モンカームと申します」

「初めまして、マダム」キャロラインはおずおずと小声で言った。〝だめだ！〟フィリップは叫びたかった。〝キャロライン、気持ちを強く持て、さっきみたいに！〟「兄がこちらにいるとうかがいましたが？」

「ええ、いらっしゃいますよ。どうぞ客間でくつろいでいてくださいな。今お連れしますから」

キャロラインは年配の貴婦人をそっとうかがった。眉をひそめ、奇妙な状況を理解しようとしている。フィリップはてのひらに爪が食いこむほどきつく拳を握り、口を利かないようじっと耐えていた。キャロラインがどんなに疲れたまなざしでこちらを見ようと、死んでも口を利いてはいけないぞ。もしも今動いたら、彼女の前にひざまずき、ゆるしを請うてしまうだろう。そして彼女は逃げだしてしまう。

自由を手に入れられないまま。

「わかりました。ありがとうございます」キャロラインはジュディスに言った。ジュディスは、今は誰もいない客間にキャロラインを案内した。あれから伯母は、サロンを早めにお開きにして、この前例のない寛大な措置の見返りはきわめて高くつくことをフィリップに警告した。

ジュディスはフィリップには一言も声をかけず、書斎のドアに近づくと、女主人の威厳と余裕の笑みをふたたび身につけ、鍵をまわした。

暖炉の前にいたキーンズフォード伯爵は、青ざめた唇を怒りにゆがめてふり向いた。しかし上品な老貴婦人を見て、凍りついた。

「フィリップ」ジュディスに命令口調で呼ばれて、フィリップはそばへ寄った。「紹介をお願い」

フィリップはお辞儀をした。「キーンズフォード伯爵、こちらはミス・ジュディス・モンカームです」

「初めまして、キーンズフォード伯爵様」ジュディスは手をさしだした。

キーンズフォード伯爵は目を丸くして、ジュディスの手とフィリップを交互に見た。状況が違えば、伯爵の表情はいかにも滑稽だったろう。だが伯爵は、すぐに落ち着きを取り戻し、礼儀正しくジュディスの手を取って、お辞儀をした。「おじゃまをして申しわけありません……マダム」

「どうかお気になさらずに」ジュディスは膝を折ってお辞儀をした。「あなた様が悪いのではありませんから。客間へいらしてくださいますか？　事情を説明させてください。それともこのままお帰りになりますか？」

キーンズフォード伯爵はフィリップをにらみつけた。

「マダム、あなたの甥御さんは、わたしの妹に個人的な干渉をしています」キーンズフォード伯爵は言った。「そのうえ、わたしたちの家族と過去の出来事に関して、なにやら誤解をしているようなのです」

「そのようですわね」ジュディスはため息をついた。「失礼を申しあげるつもりはないのですが、いわれのない醜聞が広まる前に、この不運な事態についてきちんと話しあっておいたほうが、わたしたち全員のためになるかと思います。いらしていただけませんか、キーンズフォード伯爵？」ジュディスは極上の笑みを浮かべて玄関広間の向こうの客間を手で示した。

お高くとまった貴族に対して、社交儀礼に訴えるほど効き目のある手段はなく、ジュディスはその完璧な所作を剣のようにふりかざせる。そしてたまたまキーンズフォード伯爵とドアのあいだに立っているので、伯爵が出ていこうとするなら、彼女を押しのけなければいけない。キーンズフォード伯爵は、ジュディスの肩越しにドアを見つめ、フィリップに険悪な一瞥をくれた。そしてうなずいた。

「ありがとうございます」ジュディスは優雅にきびすを返し、先に立って歩きだした。キーンズフォード伯爵は、フィリップが人質を逃さないようにと階段口をふさぎながら後ろからついてくるのに気づかないふりをして、ジュディスのあとにつづいた。

しかし、ジュディスが客間のドアを開け、窓辺の椅子にキャロラインがいるのを見つけると、キーンズフォード伯爵は瞬時に身を硬くし、ジュディスのほうをさっとふり返った。けれどもジュディスはそれを完全に無視して、フィリップのほうを向いた。

「あなたはそこにお座りなさい」暖炉の隅の椅子を指し示す。「その口を絶対に開いてはなりませんよ」ジュディスはフィリップの前を通り過ぎると、ベルを鳴らして従者を呼んだ。

「お茶をお願い、エメット。ウイスキーもね。それから料理人に言って、軽食を用意させてちょうだい。伯爵様はお疲れのようだから」

ジュディスが指示を出しているあいだ、キーンズフォード伯爵は目に敵意をみなぎらせてフィリップをにらみつけていた。まなざしで人を殺せるなら、フィリップはとっくに命を絶たれていただろう。幸いにもフィリップは、そういう目つきでにらまれることには慣れっこになっている。それに彼の意識のほとんどはキャロラインに注がれていた。彼女はいつも動揺しているときにそうするように、両手を固く握りしめてうつむいている。フィリップが客間に入っていくと、彼女はちらっと目を上げて彼を見た。その一瞬、フィリップはかつてないほどの希望の光が瞬くのを感じた。キャロラインの目はもう死んだようではなく、そこには怒りと強い意志が感じられたのだ。生気が戻りはじめている。いつものキャロラインに戻るのも時間の問題だろう。

「さて」ジュディスはソファに座り、たっぷりとした広がりのある昔のデザインのインディゴ・ブルーのスカートのしわをのばした。「お気づきではないでしょうが、キーンズフォード伯爵、レディ・キャロライン、わたしはあなたがたのお母様と、娘時代に親しくしておりました」

キーンズフォード伯爵は口をぱくぱくさせていたが、やっとのことで冷静な声で言った。

「それは存じませんでした」ジュディスがキャロラインのほうを見ると、キャロラインは顔を上げて、驚きに目をみはり、ただ首を横にふった。

「わたしのほうが年上でしたが、共通の友人が大勢いました」ジュディスはつづけた。「ミスター・フレデリック・マクラーレンもそのひとりです」

キーンズフォード伯爵は、銃声でも耳にしたかのようにさっと顔を上げたが、キャロラインはわけがわからないという顔をしている。フィリップは膝の上で拳を握りしめ、けんめいに口をつぐんでいた。できるものならキャロラインのそばへ行って抱きしめ、これから明かされる話に耐えられるよう、彼女を支えてやりたい。しかしぐっとこらえてその場を動かずにいた。

「ミスター・マクラーレンはとてもハンサムな青年でした」ジュディスはふたりに向かって言った。「詩人のバイロンにそっくりで。バイロンよりもハンサムだったかもしれないわ。でも今はそれは関係のない話ですわね。ともかく、わたしたち若い娘はみんな彼に夢中でした。昨今の軽薄な娘さんたちよりはよほど厳しくしつけられていましたけれど、愛だの恋だのという結婚にまつわるロマンスに憧れる年頃でしたからね」

「マダム」キーンズフォード伯爵が口を挟んだ。「詳しい説明はけっこうです。わたしの母が父に……それほど好意を持っていなかったことは存じております」

「ええ、たしかにそのとおりです」ジュディスは言った。フィリップはキャロラインの反応を見守った。彼女は窓のほうを向き、通りを行き交う馬車を一心に見つめている。「子供にとってこれほどつらいことはありません。使用人たちが世話をしてくれるとはいえ、互いに嫌いあっている両親のもとで育つというのは、本当につらいものです」ルベットと厨房の下働きの娘がお茶や軽食の盆を持って入ってくると、ジュディスは立ちあがった。「さあ、お昼をどうぞ」使用人たちに、料理を置く場所を指示しながら言う。「なにを召しあがります、キーンズフォード伯爵？」

「けっこうです、ありがとう」キーンズフォード伯爵は、ジュディスがわざと入り口を開け放っていることに気づき、逃亡を思案しているようだった。フィリップは緊張した。あの男には、ここにいて、話をすべて聞いてもらわないと困る。もしまた暴力に訴えなければならなくなったら、大いに楽しんでしまいそうだ。

幸い、ジュディスが完璧な女主人として、この奇妙な集まりを上手に仕切ってくれている。「まあ、そうおっしゃらずに」キーンズフォード伯爵の言葉を受け流し、二枚の皿に食べ物を盛りつける。「さあ、どうぞ。ハムを召しあがってみて、レディ・キャロライン。先週、送られてきたばかりなの。パンもどうぞ。フランスパンの美味しいお店を見つけたのよ。ぜひあなたの感想を聞かせてちょうだい」ジュディスはキャロラインに皿を手渡し、お礼を言うひまも与えずに伯爵のほうを向いた。「キーンズフォード伯爵、うちの料理人が作る最高のマッシュルーム・パイをぜひ召しあがってみてくださいな。紳士にはもちろんウイスキーでなくてはね。さあどうぞ」

ジュディスは料理を山盛りにした皿を、レースのナプキンと一緒にさしだして、にっこりと微笑んだ。キーンズフォード伯爵は受け取らないわけにはいかず、渋々食べはじめたところ、ぴくっと動きが止まった。キャロラインも皿を見つめていたが、やがてパンを食べるうちに頬に生き生きとした血色が戻ってきた。

フィリップは、ソファに戻るジュディスを畏敬《いけい》のまなざしで見守った。

「ヘレンは――あなたがたのお母様のことですけど、とても気まぐれな女の子でした」ジュディスはふたたび話しはじめた。「ころころと気が変わって、それでも本当に愛らしくて、周囲から甘やかされていました。彼女のお父様は事業で大成功なさった方で。株の投資ではなく、ロンドンの土地を買って財産を築いたのです。ヘレンには将来継ぐべき資産がたっぷり用意されていました。富と美貌は多くの求婚者を惹きつけます」

キーンズフォード伯爵は妹をにらみつけた。今回、キャロラインはしっかりとした表情で兄を見返した。それを見て、フィリップのかすかな希望は大きくふくらんだ。

「ロマンティックな気質のヘレンは、恋愛結婚をすると決めていて、両親のすすめる縁談には頑として応じませんでした。そしてミスター・マクラーレンと恋に落ちたのです。レディ・キャロライン、もっと召しあがってくださいな。オニオン・タルトを取ってあげましょうね。極上のチェシャー・チーズと一緒にどうぞ。伯爵様、ウイスキーのグラスが空ですわ。フィリップ、おかわりを注いでさしあげて」フィリップがウイスキーを注ぐと、ジュディスはすぐさまそのグラスを伯爵に手渡した。伯爵はふたたび料理を山盛りにされた皿を見つめながら、ここはあきらめて降伏すべきかどうか迷っているようだった。

「あなたがたのお父様である先代のキーンズフォード伯爵は、ミスター・マクラーレンとは正反対の方でした。歯に衣着せぬもの言いで、意志が強く、きわめて現実的で。そして彼なりに、ヘレンのことを深く想っていました。そういう現実家だったので、直接父親を訪ねて、ヘレンを妻に欲しいと頼んだのです。伯爵という身分や荘園屋敷のことを挙げて、自分と結婚することの利点について、詳細に説得したのでしょう。両親にとっては願ってもない良縁です。残る問題は、ヘレンとミスター・マクラーレンの恋愛関係でしたが、もともと気まぐれな娘なので、じきに目が覚めて現実的になるだろう、と両親は考えました」

キャロラインは皿を脇に置いた。身を乗りだし、目をみはり、唇をかすかに開いて、ジュディスの一言一句に聞き入っている。フィリップは勝利を収めたという思いと深い嘆きで息もつけなくなりそうだった。キャロラインはもう逃げたりしないだろう。話をすべて聞くまでは。

「ところが、ヘレンの恋心はなかなか冷めませんでした」ジュディス伯母はつづけた。そのとき初めて、フィリップは伯母の声に無念の響きを感じた。それまでは無関心そうに淡々と話していたので、彼は伯母が失った友人の話をしていることを忘れかけていた。「むしろいっそう熱烈になったようでした。そこで、あなたがたのお父様は行動を起こすことにしました。マクラーレンに会って、交渉したのです。彼の申し出を受けざるを得ないようなある手紙を添えて」

フィリップは固唾をのんで聞いていた。キーンズフォード伯爵はゆっくりとウイスキーのグラスを置いた。

「マダム」伯爵の声は怒りに震えていた。「わたしの父が、母の恋人を脅迫したとおっしゃりたいのですか?」

ジュディスは背筋をのばして答えた。「わたしはミスター・マクラーレンがヘレンと結婚を約束していたということしか存じません。そのようなことをおっしゃるなんて、びっくりしてしまいましたわ」

キーンズフォード伯爵はぐうの音も出せずに黙りこんだ。フィリップは頬の内側をかんで笑いをこらえた。キャロラインの唇の端がひくついているのを見て、彼女への愛と一縷の希望に胸を締めつけられ、その場で息絶えてしまいそうになった。

「ミスター・マクラーレンは最低の意気地なしだったことが判明しました。彼は伯爵の申し出を受けて、かわいそうなヘレンに心変わりを告げる手紙を一通だけ残し、姿を消してしまったのです。口さがない社交界で、ヘレンは捨てられたと噂になりました。そこへ、あなたがたのお父様からふたたび結婚を申しこまれ、彼女は承諾せざるを得なかったのです」

失意のなかで、両親と社交界の冷たい重圧を受け、最初に申しこまれた縁談にすがりつくしかなかったのだろう。その場の誰ひとりとして口にはしないが、それはじゅうぶんに推測できた。ヘレンはウェディング・ベールで涙を隠し、失恋の痛みを夫への反抗心で乗り越えようとしたのだろう。しばらくはそれでやり過ごせたのかもしれない。しかし世間の厳しい目は伯爵の跡取りとして生まれた息子に向けられ、それ以上の嘆きと後悔はゆるされなかったに違いない。息子は義務と世間体を守るよう厳しく育てられ、愛を与えられることはなかったのだろう。

フィリップはうなだれ、悲しみのなかで成長せざるを得なかったキャロラインのことを思った。母親は自分の悲しみを娘に打ち明けたのだろうか？　いや、それはないだろう。もしキャロラインが知っていたら、話してくれていたはずだ。

キャロラインの手が動いた。そしてスカートの上を滑って、ゆっくりとフィリップのほうへさしのべられた。フィリップの胸は激しく高鳴った。窓辺の席に歩み寄って彼女の隣に腰かけるまでの時間が永遠にも思えた。フィリップは壊れものに触るように、そっと彼女の手に指先を重ねた。千年にも思える一秒が過ぎ、それでも彼女は手を引っこめなかった。

フィリップの頭のなかで天使の合唱が聞こえた。

キーンズフォード伯爵は無言だった。フィリップもなにも言わない。ジュディスも無言で、キーンズフォード伯爵のグラスにウイスキーを注ぎ足し、伯爵はそれをふたたびぐっとあおった。それからジュディスはキャロラインのほうを向き、彼女の空いているほうの手を取って、驚いている彼女を優しく見つめた。

「あなたのお母様は、なぜあなたにこのことについて話さなかったのかしらね。こんな形で聞かせて、悲しませてしまったことを申しわけなく思うわ。でもこれが、わたしの知っているかぎりの真実よ。それから伯爵様」ジュディスはキーンズフォード伯爵のほうを向いて言った。「お母様のご病気の原因に対するあなたの疑いが、これで晴れることでしょう。深い悲しみから体調を崩されたのであって、決して遺伝性のものではないと」

キーンズフォード伯爵は歯を食いしばった。「それでも状況に変わりはない」歯ぎしりしながら言う。「彼女はわたしの妹であり、面倒を見ると誓ったのだ」

「僭越ながら言わせていただくと、あなたは選べるのではありませんか。妹さんを手放すという選択肢もありますよ」

「わたしは父に誓ったんだ。その誓いを全うする」キーンズフォード伯爵は強情に言い張ったが、その声にかすかな迷いがきざしたようにフィリップには感じられた。

キャロラインもそれを感じたようだ。彼女は立ちあがり、励ましを得るようにフィリップの手をぎゅっと握った。そして兄である伯爵に毅然と向きあった。

「あなたはわたしの兄よ、ジャレット。わたしはあなたを愛したい」キャロラインは言った。「あなたと一族の名を汚さないよう、正しい行いをしたい。でもあなたがわたしの看守を名乗るかぎり、わたしはどうしても逃げざるを得ないわ」

「キーンズフォード伯爵、あなたの誓いは悲しみにもとづくもので、愛のためではありません」フィリップは静かに言った。「あなたもキャロラインも犯していない罪に対して、永遠に罰を与えつづけることにしかならない」

キーンズフォード伯爵の顔には葛藤がありありとうかがえた。目の前に扉が開いている。父から死の床で命令されたとはいえ、妹の人生の鍵を握りつづける必要はないのだ。ふたりともに自由を選ぶことができるのだと信じたい。しかしできない。今はまだ。

キーンズフォード伯爵はキャロラインにつかつかと歩み寄った。フィリップはいつでも飛びだせるように身がまえた。

「ジャレット」キャロラインは小さいけれど落ち着いた声で言った。「わたしたち、子供の頃はお互いに大好きだったわ。よく助けあったわね。わたしを信頼して、好きなことをさせてくれたあの頃をどうか思い出して」

「なぜだ？　あの男のものになるためか？」キーンズフォード伯爵は、フィリップのほうを顎で示した。

フィリップは大きく息をついた。「ぼくは自分がどういう男かわかっているし、過去にどういう行いをしてきたかも、じゅうぶんにわかっています。ぼくのような男に個人的な干渉をされるくらいなら、喉をかき切ったほうがましだとあなたが思っていることも、わかっていますよ。あなたは信じないだろうが、その気持ちはぼくもよく理解できる。でもあなたの母上が精神障がい者でなかったことは明白です。心から欲するものを否定され、囚われていただけだ。レディ・キャロラインのように」

「あなたも同じよ」キャロラインはキーンズフォード伯爵にささやくように言った。キーンズフォード伯爵は、怒りと不満を目にたぎらせて、妹をにらみつけた。しかしフィリップは、伯爵のこわばった表情のなかに新たな光を見つけた気がした。希望の光を。

キーンズフォード伯爵はキャロラインとフィリップに背中を向けると、ジュディスのほうへつかつかと歩み寄り、お辞儀をした。

「おもてなしに感謝いたします、マダム。どうぞお気遣いなく。出口はわかります」

キーンズフォード伯爵はドアを開けて、玄関広間へ出ていった。フィリップがジュディスに向かって口を開こうとすると、伯母は彼をにらみつけた。キャロラインは嗚咽をこらえて兄を追いかけようとしたが、ジュディスが腕をつかんで止めた。

「行かせておあげなさい、レディ・キャロライン」

「でも……」

「そっとしておいてあげなくては。お兄様にも、今後のことをゆっくり考える時間が必要よ。あなたと同じでね」

キャロラインは老貴婦人の親切で賢い瞳を見つめ返し、苦悩の末にうなずいた。ジュディスは一件落着とばかり、大きくため息をつくと、スカートのしわを手で直した。

「さて」ジュディスはきびきびと言った。「あなたがたは、ふたりで話したいことがあるでしょうから、わたしは隣の部屋に行っているわ。どちらかが怒って出ていくにしても、ドアを乱暴に閉めるのはやめてちょうだいね」

ジュディスはそう言うと、若いふたりを残して、悠然と客間を出ていった。

38

客間のドアが閉まり、キャロラインはフィリップとふたりきりになった。その瞬間、ついに力尽きて、膝をつきそうになった。けれども床に倒れる前に、フィリップが力強い腕で軽々と支えてくれて、窓辺の椅子に座らせてくれた。彼の目を見上げると、そこにすべてが書いてあった。キャロラインが答えざるを得ない問いかけがはっきりと。だが今さっき聞かされた、母のひた隠しにしていた秘密のことで、キャロラインの頭はいっぱいだった。

おもむろに彼女は泣きだした。母の、父の、ジャレットの、そして自分の長年の不必要な苦しみと誤解、胸の痛みをぶちまけるように、悲痛な声をしぼり、身も世もなく泣き崩れた。フィリップの胸を拳で叩きながら、彼に対してではない、けれど抑えきれない怒りの言葉をつぶやいた。

「知らなかった」もういない母に、恐ろしかった父に、兄に、そして自分自身に言う。目に見えぬ牢獄に囚われ、誰ひとり逃れるすべを知らなかったデラメア家の人々に。「ごめんなさい。知らなかったのよ」

そのあいだずっと、フィリップはただ抱きしめていてくれた。なにも言わず、初めてのときと同じように、穏やかな力強さで包みこんでいてくれた。フィリップの温もりと愛情のおかげで、やがてキャロラインの心の嵐は静まり、感覚が戻ってきた。

最初に感じたのは、ばかげたことに、恥ずかしさだった。きっと泣き腫《は》らした顔は真っ赤で、涙とほかの液体でぐちゃぐちゃになっているに違いない。ぎゅっと閉じていた目を開けて、身を引こうとすると、フィリップのハンカチが目に入った。

またしても。

キャロラインは思わず吹きだした。そして大判の白いハンカチを受け取り、激しく笑いながら顔をうずめた。フィリップがつられて笑う声が響く。

なにもかもがめちゃくちゃだ。元どおりになるには長い時間がかかるだろう。でも少なくともわたしは泣く代わりに笑っている。そしてフィリップがいる。初めて会ったあのときのように、白いハンカチをさしだして。

「知らなかったわ」キャロラインは、それだけしか言葉を知らないかのようにつぶやいた。さんざん泣きつくして、もう涙も出ない。「ジャレットが傷ついていたことも知らなかった。同じ屋敷に暮らしていながら、どうして兄の気持ちをわかってあげられなかったのかしら？」

「そういうこともあるさ」フィリップはハンカチで、キャロラインの左右の頬や目元をそっとぬぐいながらささやいた。「誰しもみんな、家族にさえ言わない秘密を抱えているものだよ」

キャロラインの脳裏に記憶がよみがえった。暗い庭園で、肌を撫でる微風を感じる。涙を拭きながら、フィリップが瞳で交わした約束を今も覚えている。キャロラインは彼の目を見上げて、自分のなかの複雑な気持ちを理解しようとした。けれどもさまざまな糸が入り組んでいて、どこからほどけばいいのかわからない。そういうときはフィリップの目を見るにかぎる。彼の瞳はとても雄弁だ。そこには恐れと愛、そしてキャロラインの大好きな茶目っ気があった。さらに深い悲しみと混乱、同情の思いも浮かんでいる。

「ジャレットは絶対にわたしをゆるしてくれないわ」キャロラインはつぶやいた。「今さら仲直りしようとしても無理なのかもしれない」

フィリップは、胸が破れそうなほど優しい微笑みを浮かべただけだった。「ぼくも自分の兄と父に対して、そう思っていたよ」彼は言った。「きみが違う見方を教えてくれたんだ」

「わたしが？」

「そうだよ。きみがいなかったら、ぼくは一生、兄と腹を割って話すことなどなかった。兄は素晴らしい男だ。それに、父が事故のせいで追いつめられて、ぼくを通して望みの人生を味わおうとしていたことにも気づかなかっただろう。ぼくにその負の鎖を断ち切る力があることも気づかなかっただろうし、自分の気持ちしだいで生まれ変われることにも気づかない

ふり返った彼の瞳には、涙が光っていた。

「キャロライン?」

彼女はフィリップに駆け寄り、腕を広げて、思いきり抱きついた。そして自分に残された唯一の言葉をささやいた。

「愛しているわ。あなたを愛しているの、フィリップ。あなたをどこへも行かせたくない」

フィリップはゆっくりとキャロラインに腕をまわした。壊れものに触れるようにそっと、彼自身なにが起こったかわからないかのように。キャロラインがさらに抱きつくと、きつく抱き返してきた。彼が目をつぶり、キャロラインは彼の睫毛が頬をくすぐるのを感じた。

「愛しているよ、キャロライン。愛している!」

フィリップはキャロラインを抱きかかえて、くるくるとまわった。あまりに速くまわるので、彼女の足が浮いて、スカートがはためいた。キャロラインは目がまわるのと無邪気で自由な感覚に、声をあげて笑った。フィリップが夢中でキスの雨を降らせてくる。彼女の眉に、鼻に、頬に。キャロラインは彼の顔を押さえておとなしくさせ、その唇にたっぷりとキスをした。いかにもフィリップらしく、すぐにそのヒントを察して、彼女の頭を後ろから支え、ふたりそろってそれ以前のことをすっかり忘れてしまうほど、素晴らしく熱く濃厚なキスを返してきた。

やがてフィリップは、ようやくほんの少しだけ顔を離した。互いに片時も手を離せなかったのだ。

「キャロライン」フィリップは息を乱しながら言った。「ぼくの願いはただ一つだ。きみの愛にふさわしい男になりたい。だがぼくは長いあいだ放埒のかぎりを尽くしてきた。その才能は変えられないかもしれない」

キャロラインは彼の唇に指を押しあてた。「変える必要なんてないわ、わたしのためにもね」

フィリップは微笑んだ。「でも自分で確信しておきたいんだ。本当に愛に服従して、貞節を守れるかどうか」

「どうしても確かめたいのなら、実際に行動で示せば？」

フィリップの瞳のいたずらっぽい輝きに、キャロラインはぞくぞくするほど興奮した。

「いい方法がある。だけどもう一度、ぼくを信じてくれないといけないよ」

39

キャロラインは客用の寝室で、ちょっぴりばかげた気分でひとり座っていた。ベッドは壁際に寄せてあり、ドアの前を広く開けてある。キャロラインはシュミーズとストッキングだけの姿で、ダイニング・ルーム用の椅子に座っていた。フィリップが以前に彼女をベッドの支柱に縛りつけた金色のサッシュが片方の手首に巻きつけられ、その端が膝の上にかかっている。

今夜は使用人すべてに、ミセス・フェリデイにさえも、休みを与えている。これから起こることは、完全に彼女とフィリップだけの秘密だ。

ドアにノックの音がした。不安にびくりとする。キャロラインはそれを打ち消し、背筋をのばして、精一杯、高慢な口調で言った。

「お入り」

ドアが開き、フィリップが入ってきた。彼は全裸だった。キャロラインはその眺めに息をのんだ。彼は本当に完璧だ。逞しく引き締まった肩や腕、そして長い脚に力強さがみなぎっている。すでに期待に昂っているものを見て、キャロラインはたまらなくそそられ、椅子の上で身じろぎした。

それほど美しく見事な体つきにもかかわらず、フィリップは慎ましく目を伏せてゆっくりと部屋に入ってきた。キャロラインは欲求をぐっとこらえて、彼の全身をもの欲しげに眺めまわした。キャンドルの炎に照らされた胸毛と、下半身の茂みの色がずいぶん違うことに気がついた。揺れる明かりが彼の筋肉に影を作り、輪郭が際立って見える。そして自らを誇示するように、下腹部の分身は高々と屹立《きつりつ》している。

そのあいだもフィリップはおとなしく立ったまま、キャロラインの命令を待っている。これは彼が言いだしたことだ。彼自身が設定した恋人の試験なのだ。今夜はキャロラインがフィリップに命令する側で、お互いに相手を信頼して、支配し、服従できるかどうかを試すのである。

けれどもギリシア神の彫像のようなフィリップの美しい肉体を見ていると、キャロラインは早くゲームを終わりにしたくてたまらなかった。すると彼女のなかの淫奔な声が言った。〝わたしが命令する立場なのだから、このわたしに触りなさいと命じればいいのよ。早く。今すぐに〟

キャロラインは歯を食いしばって言った。「ひざまずいて、両手を出しなさい」

フィリップは膝をついた。そんな姿勢でも彼は優美だ。言われたとおり、両手首をそろえて前にさしだす。キャロラインはその手首を金色のサッシュで、彼に教わった引き結びにして縛った。「おまえはわたしの囚人よ」フィリップに言う。「今までの悪行を白状なさい」「悪行？　ぼくが？」フィリップが顔を上げて、わけがわからないというように困惑して瞳を見開いた。「ぼくがいったいなにをしたというんです？」

キャロラインはサッシュを強く引いた。「女性のことを妄想したのでは？」

フィリップは黙りこんだ。

キャロラインはまた縛めを引っ張った。「おまえが女性の妄想をしているのは知っているわ。欲望を湛えた女性の瞳や、長い髪を乱して抱きついてくるところを想像したでしょう。その唇も」自分の口にする言葉が、自分の身体の奥に火をつけていく。言葉を口にしながら、その場面を想像した。裸の女性がフィリップに抱きついてキスをしたり、触ったりするところを。嫉妬して当然なのに、不思議と欲望がいっそうつのった。どうやら自分で思っていたよりはるかに、わたしはこのゲームが気に入ったみたいだ。「女性の唇がおまえの肌や口に触れ、おまえの大事な部分に口づけるところを想像したでしょう」

「はい」フィリップはうなだれて答えた。「白状します。女性の唇を想像しました」

「どんな想像を？」キャロラインの息遣いは浅く乱れ、フィリップの男性の部分のように乳首が貪欲に愛撫を欲して痛いほど硬くとがった。

「あなたが言うように」フィリップが小声で言う。「彼女の唇がぼくの肌を這い、キスをされたり、なめられたりするのを想像し、興奮して硬くなりました」

「夢にも見たのでは？」キャロラインは自分の太腿のあいだに触れたかった。そうしているところをフィリップに見せて、彼の言葉がどんな影響を与えたか、わからせたかった。本当にしてみようか？　わたしはなにをしてもいいのだ。これはわたしのゲームで、わたしが一番偉いのだもの。

「はい、見ました」フィリップがほんの一瞬だけ目を上げ、キャロラインはその鮮やかな青い輝きを垣間見ることができた。「彼女の唇が触れるところを、ぼくのものを激しく口に含むところを」

「その夢を見ながら、自分自身を触ったのでは？」

フィリップはまた沈黙した。キャロラインはサッシュを強く引いた。「答えなさい。卑猥な夢を見ながら、みだらな気分で自分自身をもてあそんだのでしょう？」

「はい、そのとおりです」

キャロラインは乳房が張りつめて、息が苦しくなった。前のめりになると、乳房が揺れた。フィリップが飢えた目つきでその一挙手一投足をうっとりと見つめているのがわかった。

「女性がおまえをなめたり、吸ったり、もてあそんだりする夢を見て、自分自身に触り、もっと硬くなったのね？」

「はい、そうです」

「して見せて」キャロラインは命じた。

フィリップは怯んだ。「ああ、そんな、ぼくは……」

「するのよ」キャロラインは笑みを浮かべた。自分が全能になった気がする。ああ、彼が欲しい。彼をなかに感じたい。この見事な肉体に抱かれて、自慢のもので貫かれたい。でもここはまだ自制して、ゲームを完了させなければ。「おまえがどれだけ不道徳か、判断してあげるわ」

「ああ、いったいなにをすればいいんでしょう？　ぼくはご主人様の無力な奴隷です」

キャロラインはサッシュを引いて結び目をほどき、後ろへ下がって座った。太腿にサッシュをたらしておき、彼が不服従を示したらすぐに縛れることを暗黙に伝える。男のように無造作に脚を開いて、片腕を椅子の背もたれに載せた。はしたない格好をしていると、もっと興奮がつのってくる。

「こうして自分を持ちました」フィリップが分身を握ると、キャロラインは深く息を吸いこんだ。「そしてこうやってこすりました」彼は自分のものをしごきはじめた。頬が紅潮し、快感と欲望で目がとろんとなる。「最初はゆっくり、そして速く」

「彼女の妄想をしながら？」キャロラインの手が腿のあいだに忍びこみ、せわしなくさすりはじめた。「彼女の唇と、身体を？」

「はい」フィリップは自身を握る力をゆるめた。キャロラインの姿は視界に映らず、彼女が紡ぎだす妄想のなかに入りこみ、切望に顔をゆがめて、ゆっくりと自分を愛撫する。「彼女のなかに突き入れることを想像しました」一転して荒々しく握り、速く強く動かす。「彼女はぼくの名を呼び、もっと強く、もっと速くと求めます」

「彼女を欲しかったのね？」キャロラインはあえぎながら言った。

「はい、彼女が欲しかった。ぼくの下で、ぼくの上で、彼女が激しくいって、ぼくも彼女のなかで絶頂に……」

「そしていっそう強く自分をしごいたのね？」

「はい……そうです……」フィリップは自身を握りしめたまま、湧きあがる快感と欲望に野蛮なほど顔をゆがめた。キャロラインはその光景にうっとり見入っていて、まだフィリップに精を放たせてはいけないことを忘れていた。ほかにもいろいろとさせたいことがあるのに。

「やめなさい！」キャロラインは声を張りあげた。

フィリップが自身から手を離した。真っ赤な顔で、激しくあえいでいる。その分身はお腹に張りつくほど屹立し、腫れて光沢を放っていた。彼はひざまずいたまま手を下ろし、女主人の命令に忠実に従うべく、必死に自制している。キャロラインは痛いほど熱い欲望に貫かれて、身震いした。一瞬、ゲームをもうやめようかと思った。フィリップのそばにひざまずいて、彼を迎え入れ、奪ってほしかった。

しばらくかかってようやく呼吸を落ち着かせ、自分の役に必要とされる高慢な態度をふたたび身につけることができた。

「おまえはなんていやらしいの」キャロラインは言った。「わたしはものすごく不愉快だわ」

フィリップはゆっくりと目を上げた。その瞳には底知れない欲望が満ちあふれていて、キャロラインは圧倒されるほどだった。彼女を狂おしく欲しながらも、彼はじっと動かずにいた。

「どのように償えばいいでしょう？」フィリップはささやいた。「どうしたらレディに喜んでいただけるのでしょうか？」

キャロラインは喉がからからに渇いた。心臓が激しく打ち、全身が欲望の塊になる。

「こっちへ来なさい」

フィリップは両手と両膝をついて這ってきた。それでもなお優美で力強い。今度は目を伏せず、狩人のように近づいてくる。そして膝をついて座った。「おそばにまいりました、ご主人様」

キャロラインは息もつけなかった。今すぐ抱かれたい。このゲームがわたしにどんな影響を及ぼしたか、彼はわかっているのだろうか？　愛の行為を命令するのが、どれほどの責め苦かを。たぶん彼はわかっている。フィリップはいつも、わたしの胸の奥に秘められた衝動を刺激するすべを心得ているのだ。キャロラインは欲望のせいで荒々しい気分になり、彼の髪をわしづかみにして、乱暴に上を向かせた。「夢のなかで女性にしたことを、わたしにしなさい。その口を使って」

フィリップは純粋な性欲で瞳を煙らせた。

「全力を尽くして、ご主人様を悦ばせられるようにいたします」

キャロラインはさらに腿を少し広げた。フィリップが身を乗りだす。熱い息がかかり、彼女は甘いうめき声をもらした。フィリップがにやりとするのがわかった。絶対ににやついている。キャロラインはどちらが主人かを思い知らせようと、彼の頭の後ろを軽く叩いた。それに応えて彼は前かがみになり、キャロラインの秘所に顔をうずめた。彼の舌が深く入ってきて、キャロラインは安堵と悦びの声をあげた。フィリップが強く、深く、舌で刺激する。巧みにリズミカルに、何度も吸ったりなめたりされて、彼女は快感のあまり言葉にならない叫び声をあげた。フィリップは彼女の両脚を持ちあげて肩にかけ、よりいっそう口を密着させて、激しく舌を使った。両手でお尻をつかんでさらに開かせ、蕾を探りあてて、強く吸いついた。

純粋な甘い悦びが全身に広がり、キャロラインは極みへと押しあげられ、翻弄《ほんろう》され、望みどおりの悦楽の淵へ達した。

ようやく激しい脈動が治まり、キャロラインはゆっくりと自分の意志で動けるようになった。けれど絶頂の熱い余韻に、全身がぐったりとして力が入らない。フィリップは踵の上に尻を載せて座り、キャロラインを飢えたまなざしで貪るように見つめている。彼の唇や顎はながら彼女の愛液で濡れて光り、分身は激しく怒張している。キャロラインは笑みを浮かべながら両腕を頭の上にのばして、張りつめた乳房を見せつけた。

フィリップは唇をなめた。「悦んでいただけましたか？　ご主人様を満足させられたでしょうか？」

キャロラインは顎を指でとんとんと叩いて、考えるふりをした。「悦んだかといえば、そうね。でも満足はしていないわ。もっと努力してもらわないと」

フィリップは身を震わせながら、頭を下げた。「では、ぼくがご主人様の忠実なる下僕であることを証明させてください」

「どうしようかしら……」わたしったら、なんて意地悪で残酷なの。でもすごくいい気分。

「お願いです」フィリップはかすれた声で言った。「どうか、ご主人様。このとおりです」

彼が顔を上げると、すべてのゲームを超越した想いが目に表れていた。「なんでもします」

その言葉で、フィリップはすべてを与えようとしていることを、キャロラインは不思議と理解した。これまでなにかを隠していたとしても、今、すべてを彼女の手にゆだねたのだ。ゲームは終わり、役割はもう関係なくなった。この瞬間は現実であり、今後起こることは永遠のものなのだ。

キャロラインは感涙にむせび泣きそうになりながら、ゆっくりと椅子から降りると、フィリップの前にひざまずいた。そして彼の両手を取って目と目で見つめあい、お互いに膝をついた姿で、女主人と下僕は、愛しあう恋人同士になった。

キャロラインはフィリップに優しく、激しくキスをした。彼の腕を自分にまわさせて、彼がとろけるようにぴったりと寄り添うのを感じた。そしてフィリップの手を引っ張って、横たわった。フィリップはキャロラインを抱きしめて寝返りを打ち、彼女を腰にまたがらせると、優しく自然に彼女のなかへ入った。

これから一生、ゲームを楽しむこともできる。だが、こういう愛しあい方もできるのだ。フィリップに満たされ、キャロラインは彼に抱きついてキスをし、肉体と魂で互いに安らぎを与えあう。この愛は本物で、永遠のものだ。彼を抱きしめ、彼をなかに感じるこの素晴らしいひとときを、これからはいつも味わうことができるのだ。

フィリップが唇を離し、肘で身体を支え、しっかりと腰を密着させてなかに入ったまままさやいた。「結婚してくれ」

キャロラインのなかにまだほんのちょっぴり残っていたいたずら心が答えさせる。「たぶんね」

フィリップが驚いて、彼女のなかでびくっと動いた。「たぶん？」すねたように言う。「それがきみの真実の恋人であり、ご主人様であるぼくに対して言う言葉かい？」

キャロラインはおかしくて笑いだした。フィリップと一緒だと、いつも笑いが絶えない。

「今度はあなたがご主人様なの？」

フィリップはきっぱりした態度でキャロラインを引きあげ、自分の上にぴったりと身体を重ねさせて抱きしめると、激しく唇を奪い、片手で背中を、もう片方の手でお尻を撫でまわした。キャロラインは悦びに身をよじり、叫びそうになった。フィリップはいっそうきつく抱きしめてきて、キャロラインが彼と、彼の口と、彼の身体と、自分自身の悦びしかわからなくなるまで、何度も激しく腰を突きあげた。キャロラインは瞬く間に、荒々しく頂に昇りつめていった。けれどもフィリップはやめない。

「結婚してくれ」

「ええ、フィリップ。いいわ！」

絶頂の波にのみこまれていくキャロラインにフィリップはキスをして、身も心も自分のものにすると同時に、彼自身を捧げ、ともに永遠の歓喜のなかへ落ちていった。

訳者あとがき

とびきりホット&スパイシーで、アメリカのアマゾンでも出版早々に多数の好評レビューが寄せられ、大注目のヒストリカル・ロマンスの新人作家、ダーシー・ワルイドのデビュー作品のご紹介です。官能的でハッピーな味わいのベテラン作家エマ・ワイルズと、ハートウォーミングなドラマとユーモアを兼ね備えたテレサ・マデイラスをミックスしたような作風で、今後も大いに期待できそうな新進作家です。

束縛された今の境遇がとてもつらい、でも抜け出せる手段がまるでない。そんなとき、目もくらむほどの大金が舞い込んだら、どんなに自由に好きな人生を送れることでしょう！ヒロインのキャロラインは伯爵家の令嬢でありながら、厳格な父と兄によって田舎屋敷で幽閉も同然の生活を送ってきました。彼女の母もまた、冷酷な夫キーンズフォード伯爵の命令で長いあいだ幽閉生活を余儀なくされ、悲しみと孤独のうちに最期は心を病んでいました。

一生、この暗く冷たい田舎屋敷に閉じこめられて、みじめに生きていくしかないのだ。そんな絶望に押しつぶされそうな日々を過ごしていたキャロラインのもとに、ある日、運命をゆるがす手紙が届きます。亡き母が遺言で、キャロラインが成人に達したら受け取れるように莫大な信託財産を遺してくれていたのです！

キャロラインは今までそのことを隠して幽閉しつづけてきた兄と大げんかして、親友の結婚式に出席するために、生まれて初めて憧れのロンドンへ。その後は、兄が遺産を取りあげる手段を見つけて田舎に連れ戻そうとする前にパリへ渡り、自由気ままに暮らすつもりでした。ところがある舞踏会で、強烈な出会いを経験してしまいます。あろうことかその相手とは、放蕩貴公子とあだ名をつけられるほど有名なプレーボーイのフィリップ・モンカームでした……。

いっぽう、大勢の女性と浮き名を流し、なに不自由なく享楽的に生きてきたフィリップは、近頃なぜか妙に虚しい気分にとらわれていました。そんなとき、純粋で情熱的で個性に富んだ美しいキャロラインと出会い、今までの自分の生き方を見直すようになっていきます。キャロラインを守りたい、信頼に応えられる本物の男になりたい。そう思い決めたフィリップのとった行動とは……。

本作の読みどころは、ソフトSMっぽいスパイスの効いた、熱々の官能的なラヴ・シーンはもちろんのこと、臨床精神科医の岡田尊司氏のベストセラー『母という病』、『父という病』（ポプラ新書）などで最近大いに注目されている、いわゆる〝毒親〟からの解放と自立というサブ・テーマにあると思います。誰しも親による精神的支配を多少なりとも受けながら成長し、正常な親子関係であればやがてその呪縛を断ち切って自立していくものなのでしょう。もうじき高校生で反抗期中の息子がいる訳者にはとても耳の痛い話ですが、それは人格形成に少なからず影響を与えてきた親からの精神的な自立のために、どうしても必要な過程なのだと思います。本作では、どちらも〝毒親〟の支配に苦しめられてきた主人公のキャロラインとフィリップの解放と成長の物語にもぜひご注目ください。

さらに本作では、主人公以外にも魅力的な脇役が登場しています。フィリップの悪友でイケメンの、芸術に造詣の深いギデオン・フィッツシモンズや、キャロラインの親友のフィオナの兄で、男気抜群の貿易商ハリー・レイバーン、フィリップの兄で、博物学者のオーウェン・モンカームなど、今後が楽しみな男性陣がそろっています。彼らを主人公にした続編もぜひ読んでみたいです。個人的には、断然オーウェンのファンになりました！ 新人作家ダーシー・ワルイドの瑞々しい才能を、どうぞ応援してあげてください。

二〇一五年十一月

ザ・ミステリ・コレクション

禁《きん》じられた愛《あい》のいざない

著者　ダーシー・ワイルド

訳者　石原《いしはら》まどか

発行所　株式会社 二見書房
東京都千代田区三崎町2-18-11
電話 03(3515)2311［営業］
03(3515)2313［編集］
振替 00170-4-2639

印刷　株式会社 堀内印刷所
製本　株式会社 村上製本所

落丁・乱丁本はお取り替えいたします。
定価は、カバーに表示してあります。

ISBN978-4-576-15200-4
http://www.futami.co.jp/

はじめての愛を知るとき
ジェニファー・アシュリー
村山美雪［訳］
〔マッケンジー兄弟シリーズ〕

〝変わり者〟と渾名される公爵家の四男イアンが殺人事件の容疑者に。イアンは執拗な警部の追跡をかわしつつ、歌劇場で出会ったベスとともに事件の真相を探っていく…

一夜だけの永遠
ジェニファー・アシュリー
村山美雪［訳］
〔マッケンジー兄弟シリーズ〕

ひと目で恋に落ち、周囲の反対を押しきって結婚したマックとイザベラ。互いを愛しすぎるがゆえに別居中のふたりは、ある事件のせいで一夜をともに過ごす羽目に…

真珠の涙がかわくとき
トレイシー・アン・ウォレン
久野郁子［訳］

元夫の企てで悪女と噂されて社交界を追われ、友も財産も失ったタリア。若き貴族レオに求愛され、戸惑いながらも心を開くが…？ ヒストリカル新シリーズ第一弾！

パッション
リサ・ヴァルデス
坂本あおい［訳］

ロンドンの万博で出会った、未亡人パッションと建築家マーク。抗いがたいほど惹かれあい、互いに名を明かさぬまま熱い関係が始まるが…。官能のヒストリカルロマンス！

ペイシェンス 愛の服従
リサ・ヴァルデス
坂本あおい［訳］

自分の驚くべき出自を知ったマシューと、愛した人に拒絶された過去を持つペイシェンス。互いの傷を癒しあうような関係は燃え上がり…。『パッション』待望の続刊！

その唇に触れたくて
サブリナ・ジェフリーズ
石原未奈子［訳］

父親の仇と言われる伯爵を看病する羽目になったミナ。だが高熱にうなされる彼の美しい裸体を目にしたミナは憎しみを忘れ…。ベストセラー作家サブリナが描く禁断の恋！

二見文庫 ロマンス・コレクション

黒い悦びに包まれて
アナ・キャンベル
森嶋マリ［訳］

名うての放蕩者であるラネロー侯爵は過去のある出来事の復讐のため、カッサンドラ嬢を誘惑しようとする。が、彼女には手強そうな付添い女性ミス・スミスがついていて…

危険な愛のいざない
アナ・キャンベル
森嶋マリ［訳］

故郷の領主との取引のため、悪名高い放蕩者アッシュクロフト伯爵の愛人となったダイアナ。しかし実際の伯爵は噂と違う誠実な青年で、心惹かれてしまった彼女は…

許されぬ愛の続きを
シャロン・ペイジ
鈴木美朋［訳］

伯爵令嬢マデリーンと調馬頭のジャックは惹かれあいながらも、身分違いの恋と想いを抑えていた。そんな折、ジャックに殺人の嫌疑が……全米絶賛の官能ロマンス

赤い薔薇は背徳の香り
シャロン・ペイジ
鈴木美朋［訳］

不幸が重なり、娼館に売られた子爵令嬢のアン。さらに〝事件〟を起こしてロンドンを追われた彼女は、若くして戦争で失明したマーチ公爵の愛人となるが……

罪つくりな囁《ささや》きを
コートニー・ミラン
横山ルミ子［訳］

貿易商として成功をおさめたアッシュは、かつての恨みをはらそうと傲慢な老公爵のもとに向かう。しかし、公爵の娘マーガレットにそうとは知らず惹かれてしまい…

その愛はみだらに
コートニー・ミラン
横山ルミ子［訳］

男性の貞節を説いた著書が話題となり、一躍時の人となった哲学者マーク。静かな時間を求めて向かった小さな田舎町で、謎めいた未亡人ジェシカと知り合うが……